王晓鹃 —— 著

岁月能言

陕西新华出版
陕西人民出版社

图书在版编目（CIP）数据

岁月能言 / 王晓鹃著 . -- 西安：陕西人民出版社，
2024. -- ISBN 978-7-224-15613-3

Ⅰ . I267

中国国家版本馆 CIP 数据核字第 20259NB003 号

责任编辑 ：晏　黎
封面设计 ：白明娟

岁月能言

SUIYUE NENG YAN

作　　者	王晓鹃
出版发行	陕西人民出版社
	（西安市北大街147号　邮编：710003）
印　　刷	西安市建明工贸有限责任公司
开　　本	787毫米×1092毫米　1 / 16
印　　张	23
字　　数	300千字
版　　次	2025 年 2 月第 1 版
印　　次	2025 年 2 月第 1 次印刷
书　　号	ISBN 978-7-224-15613-3
定　　价	79.80元

如有印装质量问题，请与本社联系调换。电话：029-87205094

不是序言

父亲在他的书《随感录》里说:"故乡秋林坪村,位于大西北崇山峻岭深处,武都县城东北角约50公里处,爬上米仓山再攀上云雾山之巅,向北下望,就看见我的故乡,那处在青青树林、袅袅炊烟之中的村庄了。"

他笔下的故乡,也正是时常萦绕在我梦中的地方。我们兄妹四人在那里出生,度过了贫穷却难忘的童年时光。在梦中,我们在山野里爬上窜下,笑声在骤然惊醒的深夜里还有余音隐隐回响。

生活虽然贫困,但我是家里的老幺,上面有爸爸妈妈顶着,身边有哥哥姐姐罩着,并没吃过什么苦。家里哥哥是老大,性格温和宽容,成天笑得像弥勒佛似的,就算我做错了什么事,顶多黑着脸数落几句,一根手指头都没碰过我。大姐是乖乖女,漂亮又温柔,从不和我吵架拌嘴。偶尔反倒是我尖牙利齿把她惹急了,那时候的她也只是默默地擦着眼泪,不搭理我而已。在大哥和大姐跟前,我是很轻松自如的。但我和二姐的关系就有点微妙。我既欣赏她又有点怕她,她既是我的姐姐又是我最好的朋友。在她面前我有点矜持还有点自卑。

这种微妙的关系是因为我俩不只是姊妹而且是同学。我们那时候都是七周岁才报名上学。可我六岁的时候，老爸在城里上班，老妈是老师，哥哥姐姐都背上书包上学堂了，家里没人照看我。不得已，正在村小教一年级的老妈，就把我放在她班上最后一排，给支铅笔给个本子让我坐着自己玩儿。不求学到什么，只要不出声扰乱课堂纪律就好。结果，我期末考试居然成绩不错，就那样直接升到了二年级，算是正式入学了。后来，我八岁的那年腊八节，奶奶去世了。翻过年，我们随父母搬家到城里的时候（其实，那个地方只是一个离城很近的镇子，叫两水），就读的学校居然从三年级要开始学英语！英语啊！在当时连普通话都不会说的我看来，简直比天书还要天书，简直就是天方夜谭。老爸老妈估计也很懵，两人盘算了一下，就把上四年级的二姐和刚升到三年级的我放在了一个班。一来是要学英语，二来二姐前半年刚生了一场大病，几个月没去学校，趁机把落下的课补回来。

就这样，从小学三年级开始，我和二姐就成了同级同学。我们同一年小学毕业，同一年考进一中，又同一年考上大学，大学里又都选中文专业。她的老师就是我的老师，她的同学也是我的同学。在一年又一年的读书时光里，我俩的关系一直是碾压式的。当然，我是被碾压的那个。看学习吧，我能考九十她就能考一百，我能考一百她就能考双百。我要是进了班上前十名，那她必定是前三名。中学六年，全年级六个班大排名，她从来没出过前二十，我从来没进过前五十。看职务吧，我是少先队一道杠的时候她是三道杠。中学我当过最大的官是地理课代表，她则是父母再三坚持老师才妥协，把当了几年班长的她换成了学习委员。看其他吧，她个子比我高，眼睛比我大，辫子比我长，还比我苗条。更重要的是，她安静沉稳又周全细致，心思细腻又敏感热情，情商比我高。

总而言之，她就是家长口里的那个"别人家的孩子"，老师眼里那个"苹果"，同学目光的焦点（尤其是男同学，哈哈），也是朋友信任的靠山。同时，更是我日日追随的影子。我的追随，不仅仅是因为她以姐姐的姿态罩着我，更是一种同龄人的慕强和竞争。而我内心的矜持，自卑和要强也都根源于此。以她为榜样，我曾经无数次做过很多事，比如：暗下决心下次考试一定要赶上她，模仿她的穿着打扮，结交她结交的人，读她读过的书……

在家里，我俩一直睡一张床，也一起做一些秘密的事。还记得读高中的时候，她偷着和我一起藏在被窝里，打着手电看琼瑶的小说，什么《在水一方》《窗外》《雁儿在林梢》等等等等。我也背着爸妈看男生写给她的信，也曾给望风，让她去赴男生的邀约。反正整个学生生涯，我就是她的跟屁虫，她去哪我就跟到哪。以至于我对她班上的同学比对我班上的同学还要熟。上大学以后，我们去了不同的城市，但我们的书信往来从没断过。前几年回国翻到旧日信件，才发现我俩之间的最多，每年都有厚厚一沓。那些泛黄的信纸和褪色的墨水，见证了我们最真挚的姐妹情谊。让我在多年以后泪眼模糊，顶着昏黄的暮色，一页一页拍照带走。

我们在信里什么都说，五花八门。我全心全意地信任她，把生活中的点点滴滴都向她倾诉。我们分享着彼此的惊喜和秘密，也互相鼓励成为更好的自己。为了练习，我们甚至用蹩脚的英文写信。因为都是中文系的学生，我们也曾讨论过无数的小说情节和不同的作家作品，什么三毛的撒哈拉沙漠，席慕蓉那棵开花的树，张爱玲点燃的第一炉香，马尔克斯的百年孤独，巴尔扎克的人间喜剧……

还记得那年春天，她刚读到了一本好书，是台湾女作家萧丽红的《千江有水千江月》，马上写信给我分享她的喜悦和读后感。听到我学校的图书馆没有那本书之后,她把书借出来寄给我,我看完再赶一个月到期之前寄回去。至今我还记得收到书的喜悦,和躲在丁香树下一口气看完那本书的满足。书香、花香、心香,定格成了年轻的我们最美好的画面。那本书也成了我的最爱之一。

在她面前,我总觉得自己是莽撞懵懂不谙世事的。她却总是包容着我,也指点着我,帮助我一路成长。我一直觉得,她是世界上最懂我的那个人。忘了哪部电视剧的主题曲,有一句歌词是"谁知我心难道你还不明了?"于是,那一年的新年明信片,我就把它变成了四行写给她:"谁知我心难道你还不明了?谁知我心难道我还不明了?谁知你心难道你还不明了?谁知你心难道我还不明了?"这绕口令一般的文字,是只有我们才能懂的心有灵犀。

大学毕业以后,她来我读书的城市工作,离我读研的学校只隔了十几分钟的距离。我常常去她单位,和她一起吃一起住。在她那里呼朋唤友搞聚会,也点灯熬夜写论文。后来我去了北京,之后涉洋过海定居在大洋彼岸,离她越来越远。但是,她依然是我的生命中影响最大的那个同龄人。所以,我出国之前,想都不想地把所有的书,专业的非专业的,都留给了她。而她在几年以后,带着孩子,一边工作一边走上了读硕、读博、读博士后到做教授的学术之路。

在家人看来,那是一条非常辛苦的路。她从小体弱,拿我们的方言来讲就是"孃细"。但她有一颗强大的内心,又凡事要强,生活、家庭、工作样样不落。我想,这跟她的性格有关吧?小时候,爸妈给了我们兄妹四个一人一个小名。二姐的叫"王烈"。果然,长大以后,尽管她身体很纤弱,但内心很刚烈。这才使得她没有放弃理想,而是迎难而上,苦中作乐。最难能可贵的是，能在连轴转的忙碌里偷空，用文字记录对生活的热爱。而我，则跟随着她的文字，走过了她走过的路，看到了她看到的风景，感受了她感受过的酸甜苦辣。我们之间虽然隔山隔海隔着岁月，但她依然是我心里最亲近最看重的朋友。

其实，这篇文字是不太适合做二姐这本书的序言的。因为，出国多年，我已经不知道怎样用一个评论者的笔法，来介绍或者剖析她的文字。我只知道，她的文字是一条铺在时光里的路，从记忆中的老家秋林坪、两水小学、武都一中，到读过书的陕师大、工作过的兰州；从现在定居的西安，到短暂生活过的遥远新疆；从附近的岐山、凤翔、汉中、渭南，到青海的寺庙、循化积石镇、华灯初上的玉树、青藏线上的格尔木、海子诗中的得令哈、黄河源头卡日曲，到郑州刘禹锡墓侧的石碑、杭州的潺潺流水依依杨柳、呼兰河畔萧红故居的青砖瓦房、三毛宗祠地舟山、山西晋祠的古树、南昌滕王阁的诗词，再到感受三毛足迹的马德里……她走在时光里，一路走一路看一路写。

二姐的文笔则是多变的风，时而轻盈，时而深情，时而激昂，时而悲伤。透过她的文字，我看到了在她生命里留下深深浅浅痕迹的那些人：裹着小脚的祖母，给自己心里"种桃种李种春风"的朋友，开小卖部的邻居，高大挺拔的数学老师，唱着《耶利亚女郎》的陌生背影，青春洋溢的学生，细心体贴的师兄师姐，德高望重的老师，操着陕北口音的路遥，昵称"小叶子"的学者，比父亲还年长的大表哥，唱高山戏的男男女女，博学多识的导师，喜欢考古的记者朋友，令人肝肠寸断的父亲……

同时，二姐又是一个专攻文学的学者。所以，她的文字是有历史、有典故、有诗意、有情怀、有深度的。我在美国的朋友，每每看到我转发的二姐的文章，都会在下面留言夸赞。每当看到那些留言，我都会又得意又自豪地回复："是啊，我姐很有才气的！"

《红楼梦》里有一章的标题是"慧紫鹃情辞试忙玉"。第一次看到的时候，我就心头一动，觉得"慧"字用得妙极了，简直就像在说我二姐。因为她的名字就是鹃。从她的文字里就可以看出，她为人处世洞达聪慧，但又没有宝钗的圆滑；她敏感细腻才气灵动，可也不是黛玉的孤高；她既有探春的心志高远，又有妙玉的跳脱藩篱，还有湘云的热情和惜春的单纯。一个"慧"字再恰当不过了！

最后，我想说的是，在这个雪天的下午，我写下的这些文字，就权当是一个引子，一个特殊视角下的一帧作者素描吧。

王晓鹂

2025 年 2 月 12 日

代　序

春节前，这本书的责编约我在金地广场吃饭。我们相谈甚欢，很快确定了出版细节。末了，编辑说还需要补一篇序言。我一怔，询问能不能没有序言？因为这是我的第一本散文集，有些稚嫩，说实话不敢邀请名家或学者来做序，但编辑说为了书稿的完整，最好有序言。

回家后，我思来想去，决定让妹妹晓鹂来写，主要缘于我们俩从小一起长大，她对我很熟悉。此外，哥哥、姐姐和我都要回家过年，无暇顾及此事，晓鹂在美国的年肯定简单一点，时间更宽裕。果然，晓鹂在元宵节那天就按约发来序言。

晓鹂用深情的文字，回忆了我俩成长的经历，对我多有溢美之词。细读序言，感慨万千。一直以来，我尽心尽力地按照父母的要求带着她成长，却不知道我对少年的她造成了那么大的影响，不由得泪眼模糊。

晓鹂在序言中爆出了不少我的隐私，比如高三学业最紧张时，我俩却打着手电在被窝读琼瑶；比如我的小名"王烈"，只在至亲之间使用，她却公之于众！

起初，我准备删掉晓鹂序言中的一些文字，尤其是那些溢美之词，着实让我脸红，但最后决定一字不删，主要出于对她的尊重，以及对我们姊妹深情的纪念。

王晓鹃

2025 年 2 月 17 日

目 录
CONTENTS

第一辑	请回答，1982	003
故园情深	我那遥远的武都城	012
	种桃种李种春风	023
	家乡的茶叶	027
	奇肱人的飞车	031
	回家过年	038
	元宵节	044
	初夏·武都	049
第二辑	我爱这土地	057
石城恋歌	寻梦莫索	065
	掀起石城的盖头来	067
	小蛮和绵绵	074
	在那遥远的地方	078
	三年前，种下一棵爱情树	095

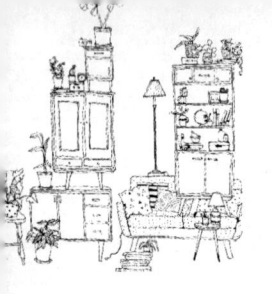

第三辑	蔷薇红了	101
长安栖居	梧桐苑	106
	时间都去哪儿了	109
	路遥，积学堂和师大路	116
	一株水草	126
	小叶子来了	131
	风雨周公庙	135
	刻骨铭心，我的2021！	141

第四辑	摸到一条鱼	151
岁月如流	有一首歌	155
	人间三月桃花开	162
	不要问我从哪里来	168
	三八节有感	187
	在我生日前三天，爸走了	192
	你我生而平凡	198
	人生若只如初见	203

第五辑 评论和致辞	昔我往矣，杨柳依依；今我来思，雨雪霏霏	
	——读父亲的诗文集《随感录》有感	209
	道德文章传几世，到君合上三台位	
	——再评《随感录》及其《续集》	242
	请记得文学　请记得红烛	
	——在陕西师范大学文学院2019届毕业生毕业典礼暨毕业晚会上的发言	272
	坚守阅读　努力创新	
	——在第29届全国图书交易博览会《读者》杂志宣传会上的发言	275
	在第三届天鹅杯少儿美术作品展上的致辞	279

第六辑 附录	我和工行一路走来	王在富 285
	武都一中啊，我和你只差一张照片的距离	王晓辉 312
	我的武都一中，我的中学时代	王晓燕 318
	就在那里，我的一中！	王晓鹏 332
	怀念武都，怀念一中	李　奇 340

后记	父亲的愿望	351

第一辑 故园情深

请回答，1982

今天，闲来无事，便整理相册，无意中发现一帧两寸的黑白照片，照片上四个傻傻的小女孩，正对着镜头笑成一团，照片背面用蓝色圆珠笔歪歪扭扭地写着"两水，1982年"几个字，我心里忽然有所触动，儿时在两水生活的情景，不由得浮现在脑海中。

大约1979年，我转学到两水上三年级。两水镇在武都城西，离城15公里，是武都城唯一的西出口，地势和我国大陆一样，从西北略向东南倾斜。通往兰州的212国道像一根簪子，将两水划为两半，路南是白龙江林业管理局，路北是林林总总的各个政府部门。路北顺着212国道建有长长的一排白墙黑瓦的平房，分配给不同的单位使用。这排平房的中间有一个高高的铁大门，大门里面便是路北职工的家属大院。铁大门左手第一家，就是父亲供职的两水储蓄所。别小瞧这看似普通的五间平房，仅从地理位置，银行老大哥当年的气势仿佛呼之欲出。储蓄所有五位工作人员，低矮喜气的包伯、身材伟岸的张伯、温婉如水的哈姐姐、身材高挑的霞姐姐和帅气英俊的父亲。不过，长期住在储蓄所的只有包伯、张伯和父亲，正当年的两位小姐姐是走工，一下班就回热闹的城里去了。

我家就在储蓄所的后院。前面的储蓄所和后院组成了一个小小的四合院。院子东面有两棵高大的梧桐树，枝繁叶茂，几乎将我们的卧室和包伯家的厨房完全遮住。当阔大优美的梧桐叶如黄蝴蝶般在小院飘飞时，两水的秋天就到了。院中间是一个公共水池，各家洗菜淘米、涮锅冲盆、洗衣刷鞋，都要靠这个水龙头，生活用水直接排在南墙根半米宽的水渠中，哗哗啦啦一路向东流向白龙江。院子西边是我家的厨房。晚饭后，我经常踩着小板凳趴在灶台上刷锅。直到现在，我都不喜做饭，而钟情刷锅，总觉得刷锅才是生活和秩序的回归，而做饭往往是一种破坏和凌乱。院子北面有一个小小的后门，好像刚够两人并排行走，绝对隐蔽。更意想不到的是，通往后门的过道与两水派出所的几间办公场所只有一墙之隔。那时，没有隔音设备，早晨抓着书包匆匆出门或夜半偶然醒来，会听到隔壁传来或大或小的嘈杂声，但年幼的我们并不为意。现在想来，这样的单位布局也颇能体现出政府的某种用心。

爸爸的同事们很有趣。张伯和张姨是上海人。张伯大高个，大背头，喜欢背剪着双手走路，从后面看起来很是伟岸魁梧。张姨中等个头，长着一张圆脸，齐耳短发，白白净净，怎么看都像一个干净的白馒头。张家只有一个独子。当时，阳光英俊的张家哥哥已经高中毕业。张伯夫妇很温和，说话轻声细语，从来不会大声斥责淘气的孩子们，尽管我们中午有时吵闹得他们无法入睡。张姨很喜欢养花，养得最多的是水仙、兰花和凤仙花。张姨厨艺尤其好。母亲和包姨秉承了本地人的传统做法，做饭以炒、煎为主，多用花椒和辣椒，清鲜醇浓，麻辣辛香。张姨却经常用糖，以红烧、煨为主，做的上海菜精致美观，清淡爽口。张姨、包姨和母亲有时会一起做美食。夏天的晚上，三家人在小院聚餐，餐后各家依次表演节目，欢腾喧闹的情景至今难忘。好像不到一年，张伯一家就离开了两水。我很高兴，因为张姨腾出了一间南向的房子，这样一来，我和妹妹就能拥有单独房间了。此后，每当吃到上海菜时，我常常会想起张姨，有一种亲切的味道，一如当年的岁月。

包伯一家是本地人。包伯个子小，爱笑，话少，是储蓄所的主任。包姨比包伯个头高，脸盘大，声音更大，这可能和她开着一个小卖部有关，因为需要大声吆喝。包姨的小卖部永远有吃不完的各种零食，时时诱惑着我，以至于在小学的很长一段时间，我的理想都是做一个像她一样的售货员。不过，包姨声音大的原因更可能因为小明，她的么儿。小明和我一班，很聪慧，也很淘气。包伯夫妇对这个小儿子非常疼爱，几乎有求必应。小明有一个亲外甥，好像叫张红（宏），比小明大一岁。每次，当张红不太情愿地喊小明"小舅舅"时，我们都开怀大笑，小明和张红便涨红了脸，甩手进屋，不再搭理我们了。小明和张红也打架，几乎每次都是小明赢。当时觉得张红懦弱，长大后才明白是张红碍于伦理，自然不敢下手揍亲舅舅。小明不喜学习，当兵回来后子承父业，也在银行工作。包家还有一个大哥哥，在部队，偶然回来，会给我们讲1979年的对越战争故事。

出了后门，就是路北家属大院。一排排平房整齐排列着，好像是一排四户，每户都用篱笆在门前围着一个院子，或大或小，院子里栽种着各种花卉，印象最深的是火红的绣球，鲜艳的玫瑰，金灿灿的向日葵和五颜六色的凤仙花。一到春夏，家家花团锦簇，花香扑鼻。这里住的人大致分为两类：一类是像我一样的本地人，多一些。另一类是来自全国各地的支边人员和下放人员，除了东北人和山东人，还有北京人、上海人，也有天津人、江苏人，亦有四川人和河南人等，我们统一管他们叫外地人。外地人的"外"从多处可以感受到。比如，外地人的孩子讲的是普通话，穿的是碎花裙子和平跟小皮鞋，而本地孩子说的是方言，大多穿着土里土气的蓝布裤子和黑布鞋。再比如，外地人很有知识，有几位还是医学、林学领域的国内专家。再比如，外地人会做甜点，尤其是上海人和无锡人，做的小点心精致美味。再比如，外地人会拉优美的小提琴，会跳让人脸红的交谊舞。这些细小的东西，对我而言，都有一种隔着玻璃看五彩海底世界的眩晕和兴奋。于是，每有闲暇，我就会悄悄溜出储蓄所的小门，去后面大院溜达，玩味外地人的生活。姐姐的好朋友东北人张霞家自然就成了我最好的借口。不可否认，是这些外地人给幼年的我打开了一扇窗户，让我知道生活除了眼前的苟且，还有诗和远方。在以后的日子里，每当我烦闷时，就会想到储蓄所的那扇小北门。很多次，我决定听从内心的呼唤，义无反顾地推开那扇小门，果然领略到美不胜收的各色大院。在静与动、内与外、眼前与远方之间的交错和转换，似乎已经构成我的生活常态。在这个大院，人们平静、和睦、愉快，生活虽无波澜，但绝不乏味。在大院，父母从不担心我们会跑丢，因为太大，往往一晚上我们都跑不完大院的四角。遗憾的是，大院只有一个公厕，在东南角。晚上爬出温暖的被窝上厕所，对小女生来说实在有点为难，尤其是冬天落雪时，一步三滑，常常栽跟头。也是从那时起，我养成了晚上喝水少的习惯。

  出路北大院，顺斜对面那条向南面逐渐倾斜的大路往前走200米路东，就是我和妹妹就读的林业局小学。小学的斜对面，便是哥哥和姐姐们的林业局中学。白龙江林业管理局是一个企业，和国内上世纪80年代的其他企业一样，完全是一个独立的小社会，企业的孩子从出生到上学、就业、结婚、退休，基本都在体内循环。当时的林业局，外地人占多数，学校自然讲普通话。在林业局轻松悠然工作氛围的影响下，在外地人对教育的宽容态度下，小学生的学习便成了很轻松的事。当时，两水政府部门的孩子都在这里借读。小学一进门也是一个大大的操场，占全校面积的多半。穿过大操场，由北向南依次排列着五六排教室，我们三年级好像就在第三排第一个教室。班主任是一个姓崔的女老师，给我们教语文，黑龙江人，双眼皮，大眼睛，讲话铿锵有力，行走呼呼带风。数学老师姓颜，刚从师范毕业，高大挺拔，颜值绝对比他的姓更气派。小颜老师身穿海军衫上课的情景，就像一幅色彩斑斓的油画，永远镌刻在我们童年美好的记忆里。寒假时，为了见小颜老师一面，我们冒着风雪，拿着几道并不难的数学题，四处寻找他，锲而不舍，好像这才是我们的寒假作业。等我们真正见到他，却紧张得一句话都说不出来。在我们幼小的心目中，这么英俊帅气、才华横溢的小颜老师只能和杨姐姐结婚。杨姐姐是同学杨蓉的姐姐，美丽活泼。为此，我们曾强逼杨蓉去和杨姐姐谈判，谁知让姐姐一句"哈哈"就给打发了。这使我们无比沮丧。"小颜老师会娶谁？"这个疑问和不安几乎伴随了我们两年，直到离开两水。小女生的忧愁啊，永远是飘飞的大玫瑰气球，虚幻，缥缈，喜庆。

　　这张照片上的几位小伙伴就是我的林小同学。中间大脑门，马尾辫，紧紧抿着嘴微笑的，是田丽萍。她是班长。刚到林小时，我害羞，自卑，几乎没有勇气和这位骄傲的小公主搭讪。不过，她倒是很热情，主动拉着我玩，几天就混熟了。田同学左边微微探头出来浅笑的，是焦继萍，一个很安静的小女孩。最左边的是我的妹妹晓鸥，咬着两颗小门牙，笑得很灿烂。我在田同学右边，傻傻笑着。

在林小，我度过了一生中最快乐的时光。好像一学期后，我就成了班里的少先队中队长，学习成绩也名列前茅。托林业局的福，学校逼迫我们学习的时间并不多。早上8点半，我们才上学，11点多又放学了，下午也只上一节课，好像主要任务是玩，不像现在的小学生，每天背着大大的书包，戴着眼镜到处跑各种补习班。小女生玩的花样很多，最喜欢的是跳皮筋。看着皮筋一点一点从脚踝升到小腿，再升到腰部，再到脖子，心都快跳出来了。有意思的是，皮筋升得越高，跳得越来劲，天天乐此不疲。跳累了，就去抓羊骨拐。把羊骨拐染成红、蓝、黄、绿、黑五个骨头，再缝制一个沙包，就能玩了。或者不染色，直接用来抓。这种小羊骨不大不小，刚刚适合小女生的手。这种现在看来无意思的小游戏，我们当时竟然一次能玩两三个小时。有时课间也玩，常常上课铃响了，几个人还玩得忘乎所以。正玩得兴起，耳边突然响起崔老师炸雷般的声音，慌得我们同时抬头，"砰！砰！"几个小脑袋又同时撞在一起。我们揉着小脑瓜，伴着老师的呵斥声如鼠般飞窜，好不狼狈！没有羊骨拐时，就玩抓石子。和羊骨拐相比，石子太硬太沉，尤其是冬天，拿在手里有些凉，热情也就大降。男女生在一起，就玩跳方。用树枝或用脚随便在地上画几个不规则的几何图形，再画上数字，就能跳了。跳方男生总赢，就换抓特务。女生不愿当特务，特务只能是倒霉的男生扮演。一帮人在操场上大呼小叫，跑来跑去，其乐无穷。周末，我们会去江边河滩上抓蝴蝶，煞有其事地制作了一本蝴蝶标本，并立志长大做一个了不起的植物学家，寻找全世界最美丽的蝴蝶。蒲公英也是我们喜欢的植物，因为老师说蒲公英会带走理想。几个小女孩认真地盯着蒲公英白白的绒毛一丝一丝飞向天空，放飞各自理想的场面至今记忆犹新。

染指甲也很受我们青睐。武都属于亚热带气候，这里的人家，几乎家家户户都会栽种凤仙花，我们俗称指甲花。指甲花长得很美，状如彩凤，妩媚动人。指甲花颜色多样，有粉红、大红、紫色、粉紫等。儿时的我们对指甲花的栽培和药用一概不感兴趣，我们垂涎的是娇艳的花朵，要用它来染指甲，最好在早晨上学前就染好，这样就可以在班里炫耀，和同学们比试。指甲花盛开的日子，我们晚上定好闹钟，第二天一大早就去摘带露水的花朵和叶子，因为指甲花喜欢在早上盛开，如果下午放学再去摘，就蔫了，上色不易，染出来不鲜艳，也没人稀罕了。母亲忙于工作，无暇务花，我和妹妹只好偷摘张姨的指甲花。染指甲要用明矾，染出来才会鲜艳明媚，保持得也久。不过，明矾属于奢侈品，不常有。大多数时候，我和妹妹将摘来的指甲花和叶子轻轻地捣碎，均匀地涂在指甲上，然后用碧绿的树叶慢慢包裹起来，再用母亲的花线细细地绑起来。一两个小时后，指甲就会如愿变成粉色——因为张姨的指甲花只开粉红色的花朵。上课时，小女生各自亮出五颜六色的指甲，在课桌下悄悄比试，多么天真、烂漫！我对自己的指甲很有信心。"荞皮指甲，抓土吃佳；桶桶指甲，哄着吃佳"，祖母在世时，总这样评价我的指甲，断定我将来不会踏实干活，可能要靠哄骗为生，因为我的指甲又长又圆，实在入不了她老人家的法眼。直到现在，我也经常去做指甲，美甲店的小姑娘总会半羡慕半讨好地夸奖我的指甲，我也总是欣然接受。"要染纤纤红指甲，金盆夜捣凤仙花"，多么美好的岁月！

两年多后，由于父母工作再次调动，我们只好依依不舍地离开两水，转学到莲湖小学，家也搬到武都城东的南桥路。在这里，我度过了整个少年时期，留下更多难以忘怀的光阴故事。莲湖小学是武都城知名的优质小学，作业一下子增多了，学习压力也猛然增强。常常是下午 6 点了，我们还搬着小凳子在操场上写老师油印的训练题。黄昏时的操场是蜻蜓的天下，它们轻快地在风中自由地飞舞，时不时落在我的手上。后来，曾多次聆听日本歌曲《红蜻蜓》，"晚霞中的红蜻蜓，请你告诉我，童年时代遇到你，那是哪一天？"恍惚间又回到儿时。

这张照片，可能就是 1982 年暑假，我们离开林小时拍摄的吧。林小的同学，除了前面提到的三位，我记得名字的还有三位，第一位是刘燕红，有着一对甜甜的酒窝，现在加拿大定居。另一个是罗意琴，当年留着长长的头发，活脱脱一个小公主。还有一个是谢琼，一位温和善良的女孩。后来，我在高一时见过田丽萍一面，她来武都一中探望另一位来自林中的同学李娜。彼时的她亭亭玉立，却不怎么健谈了。其他小伙伴，从此再未相见。2015 年，韩国电视剧《请回答 1988》上演，我一集不落追着看完了，因为总觉得这部剧和我儿时和少年时的生活似曾相识。其中的主题曲《青春》，哀婉、惆怅、深情，令人荡气回肠：

总有一天会逝去吧 这翠绿的青春

就像那开了又谢的花瓣一样

每到那月圆的夜晚 窗边就流淌着

我年轻的恋歌啊 好悲凉

早已逝去的日子啊 为了将其挽留

虚晃着手 感到悲伤

还不如放它离去 我该转过身

就那样 岁月它会离去啊

若你离我而去 我可以原谅你

但是弃我而去的岁月啊

我已无处留情 内心一片空虚

去寻找 曾多情的小山

  庚子年的春天，至今姗姗来迟。在疫情笼罩的日子里，封足居家，慢慢舔舐逝去的日子，不由得感慨万端。儿时的岁月，早已弃我们而去；儿时的伙伴，早如蒲公英般星散各地，徒留伤感和回忆。待疫情退去，在流光溢彩的日子里，我散落在各地的伙伴们啊，不知是否还能相聚，共同唱一首儿时的歌曲？

2020 年 2 月 15 日

我那遥远的武都城

今天，表弟从武都来，带来了新摘的鲜花椒。花椒叶青、花黄、果红、膜白、籽黑，成熟后大小如红豆，果实呈圆形，色泽鲜艳，味道醇厚。武都花椒产量虽然不大，但是却因其色艳、气香、味麻、有药效而驰名全国，早在唐代已是朝廷"贡椒"，故又称"千年椒乡"。花椒秉天地精华，承五行之气，佐万家之餐，是武都人生活的必备品。武都人使用花椒，就像沐浴阳光，呼吸空气，饮用泉水一样自然而然。武都最有名的花椒叫"大红袍"，一簇簇大红色的果粒上散生着微凸起的黑色油点，就像武都少年一张张长满青春痘的笑脸，而那红色果实裂口处半露出的黑色籽粒，恰如武都姑娘黑漆漆的眼睛……

是的，我想念武都城了。

武都是一座小巧的江城

　　武都城，在北纬32°和东经104°，地处秦岭山脉最西端的米仓山南麓，早在秦汉就已经建城。小城夹在南山和北山之间，南山陡峭高峻，北山低矮平缓，长江支流白龙江从南山脚下缓缓绕城而过。这是一片由东去的白龙江和南来的北峪河冲积而成的小小扇形盆地，东西宽长，南北狭窄。

　　武都城有多小呢？我的一位兰州的朋友杨征曾一本正经地说："我从武都西关到新市街买东西，再返回西关，同一个人我碰见了三次！"是的，武都老城区抬头见山，迈步踏江，确实太小，规模甚至比不上国内的某些知名大学。当年上学时，除了旧城山和东江外，全城的中小学生都是步行，最远的学生上学单程也不会超过30分钟。

　　当时，我家住在南桥路。放学后，家住附近的同学三三两两，结伴绕莲湖公园而行。大家嬉笑玩耍，走走停停，有时候磨叽了一两个小时，还在公园说悄悄话。现在想起来也是诧异，怎么会有那么多话要说呢？都说了什么呢？如今，我和同学们分隔多年。可一想起武都，就会想起初春时莲湖公园那绿绿的、小小的、湿湿的、怯怯的柳眉儿。当时，我们东施效颦，也学《柳眉儿落了》的主人公，在池塘边那棵最粗、树皮最皱、枝条最高的柳树下面，放过小小的纸船儿。南桥路东边的教场坝，有一大片流金溢彩、金浪滔滔的油菜花海，春天开得激情澎湃，像极了凡·高笔下的《向日葵》。金黄金黄的花朵中，当年曾经藏过多少小女生们灿烂而忧伤的小秘密！

武都是一座颇有历史的小城

早在1000万年前,在武都龙沟一带就有"武都森林古猿"活动的足迹,而白龙江、北峪河沿岸的黄土坪上,曾发掘出仰韶文化、马家窑文化、齐家文化和寺洼文化遗址。从先秦至今,武都先后属于雍州、梁州、武都道、武都郡、阶州。阶州是唐昭宗景福元年(892)所改,一直沿用到民国二年(1913)。废州制后,阶州改为武都县,后又改称陇南市武都区,是陇南市政府所在地。武都城曾建在高高的西山上,后称旧城山,现在是武都区政府所在地。如今的武都古城建于明穆宗时期,规划整齐:东西南北各有一座城门,城中是州府和生活区,城西是文庙和城隍庙,城东是教场。北峪河水从城西引入,在西门分为三路,叮叮咚咚,一路穿城而过。

我们上学时,当年的文庙,早已改造成了武都一中。旧城的南门和东门已经不存,西门和北门亦斑驳破败,如一位饱经沧桑,却目光如炬的老人。放学后,我们喜欢去城墙上走走,不为别的,只想看得更高一点、更远一点。有时候,会看到一群乌鸦从城头掠过,像一道道从历史中斜冲出来的黑影,让人浮想联翩。我们也喜欢抚摸城门洞的土墙,仿佛这一摸,我们就走进了深远的历史,在时空交错中听到了波澜壮阔的历史叙事。因此,城门洞凡是手能够到的地方,都变得油光黑亮,光滑如镜。后来,听说北门被拆除。再后来,仅存的西门又被重新翻修。新西门是比老西门高大气派,富丽堂皇,但如凿出七窍而死亡的混沌一般,新西门早已失去了历史的气质和魂魄。据说,翻修西门时曾挖出两把镇城宝剑,也早已不知去向。

当年,我们每天或穿过厚厚的城门,或绕过莲湖,或路过城隍庙去学校。静默的城门，寂寥的雨巷，叮咚的水声，湿湿的青石板路，含苞的莲花，还有那个心仪少年的背影，至今仍像初秋的梧桐叶一样在风中旋转飘飞，欲落还休。

武都是一座崇尚武力的小城

几千年来，武都一直是汉族聚居、少数民族散杂居的地区。这里自古就是交通要道，向西，逆白龙江，去兰州；顺水，向东至汉中，南下至成都，素有"巴蜀咽喉、秦陇锁钥"之称。秦朝时，武都属白马氐族人，秦始皇始设武都道，隶属陇西郡。武者，扬秦人威武拓疆也；都者，水之聚也。秦人用武力拓疆，破白马氐至天池大泽，故称武都。

在历史上，围绕这片土地，发生过太多的战争。伴随着战争而来的，则是生灵涂炭。如唐代宗广德二年（764），武都曾被吐蕃占据，100年后的唐懿宗咸通八年（867），才被唐朝政府收复。宋理宗端平三年（1236），阶州又被蒙古人占领。今天，武都区仍有汉族、回族、藏族、蒙古族、彝族、壮族、朝鲜族、满族、土家族、纳西族等10个民族生活在一起。

在漫长的历史行程中，在严峻的生活环境下，在各民族相互融合的过程中，血腥和武力不可避免。因此，在武都人身上，多少留存下"武"的一面：即阳光，帅气，热情，豪放，勇敢，但也多少有些直率；与"武"字相辅相成的，则是"通"：即通达，通情，通顺，不固执。说起"武"字，还有一个不得不提的人——田飞龙！武都城曾有一句戏言："白龙江的水，田飞龙的腿！"可见此人对上世纪80年代武都城幼稚少年的影响力！

武都是一座讲方言的小城

武都话属于中原官话秦陇片，音调比普通话丰富。武都人深受羌氐藏文化影响，较情绪化。如表示惊讶、意外时，武都人睁着大大的眼睛，用夸张的语气，表情丰富地说"e nia nia"（在现代汉语中，我实在找不到代用词）；表示应允、同意时，武都人微低着头说"阿也代"，尾音都拖得老长老长，像夏日的蝉声，穿花度林而来，经久不息。如表示生气，就有"涨气""气大""二气""气怯""生头"等词。这些词有强弱之分，也有情绪的高低起伏之别。小孩子们闹矛盾了，武都人说"各业着呢"；邻里之间争吵打架了，武都人说两家"淘神着呢""嚼（qué）仗着呢""打捶着呢"；遇到麻烦事了，武都人说"熬糟着"；碰到劳神的事了，武都人说"泼烦着"；见到难对付的人了，武都人则摇着头说"这人麻缠得很"。

武都人注重脸面和德行。男人相貌堂堂，叫"脸（niān）势"；受了别人的委屈，说"看脸（niān）势着"；看到谁不顺眼了，就说"日脸（niān）"；做错事还不好意思承认，就叫"伤脸（niān）"；丢人了，就叫"丧德（déi）"；失德了，就叫"无（mō）贵"。烦不胜烦时，就怒目大声斥责对方"戳眼得很！"——瞧！你是多么让人讨厌！你站在我面前，我的眼睛都被你戳痛了！——除了视觉，还有疼感！

谈恋爱，武都男人说"挂雌儿"，颇有氐羌男人的遗风。形容女孩漂亮，武都男人不用秀、俊、美、好看、靓丽这些词，而是眨巴着眼睛，暧昧地说"长得能！""心疼得很！"女孩伤心、委屈时，眼泪一串串滑下脸颊，再豪情万丈的男孩，此刻也瞬间融化，手足无措地哄道："你不老叫唤了，成里不拉？"这句话，武都人用的全是阴平，尤其是"叫唤"二字，语气柔软，声音平缓，让人蓦然心动。"哭"的时候也有，那是在丧葬场合。那时的"哭"，并不需要太多的眼泪，真正需要的是悠扬，又略带悲戚的声音，多少带有表演的因素——"叫唤"，则是呼叫和呼唤，多少有些诉说和撒娇的意味。武都人也用"呻唤"，即申诉和呼唤，不流泪，特指被病痛折磨发出的呻吟。

至于造孽、无常、柱殚、担怕、丢脱、给给、挨靠、凶动、谝传、把稳、精赞、谋成、谋量、熬蔫、扯展、跳赞、迭办、遗了、跌了、落了、瞎（hā）了、撂下、棒客（kei）、脚（jué）户、迷种、憨班、瓜袋、梦袋、孽障、瞎（hā）帐、阔阔、阒地、丁甲、冬弥、二下、行口子、讨口子、倒灶了、垮杆儿、烈经子、褚腰子、绲身子、绌口子、缠胎子、巧儿、蒲个、律曲子、盖嘟子、麻麻燕、麦舌儿、盐别夫、曲蟮、匹户末儿等日常用语，则是武都人的隐喻，有且只有武都人才能懂真正的含义。

乡音真是世界上最奇妙的东西。她平日沉睡在大脑深处，无一用处，可仅仅一两个音节，也就换一个电视频道的工夫，乡音瞬间就被唤醒，如白龙江水般滚滚而来，难怪古人会说："久旱逢甘雨，他乡遇故知。"看来，出门在外，最难遇难求的就是乡音乡亲了。

武都是一座多情的小城

武都城的客山南山比主山北山高峻挺拔，武都的男人便处处宠溺着女人，就连城北石家庄的樱桃花也仿佛是女人花，在每年的"三八节"如期绽放。白色的樱桃花依山傍水，如诗如画。樱桃花深处，蜂飞蝶舞，落花点点，懵懂女孩与风流少年邂逅，真有几分"春日游，杏花吹满头。陌上谁家年少，足风流。妾拟将身嫁与，一生休"的错觉和冲动！

五一节，武都的樱桃会如期上市。卖樱桃的都是石家庄的女孩子，扎一个简单的马尾，穿一双凉鞋，坐在人家阶石的一角，不时吆唤一声："卖——樱——桃——"，三个字都是阴平，柔柔的，缓缓的，就像武都人的生活。武都的樱桃属于野樱桃，很小，只有一个小指甲盖那么大，颜色橙黄橙黄的，皮薄，汁多，叫作"玉珍珠"。这个名字起得真好，真是像一块晶莹剔透的美玉！一点都不酸！在西安定居多年，我发现白鹿原的樱桃最好，但要比武都晚半个月，个头比大很多，颜色呈黑红色，怎么品也比不上武都的玉珍珠。武都的樱桃很娇嫩，极不易存放。母亲每年都托人给我们捎一些，但即使存放在冰箱，也一日色变，二日香变，三日色香味尽去矣！

　　中秋时节，橘子就上市了。唐代诗人岑参说："雨滴芭蕉赤，霜催橘子黄。逢君开口笑，何处有他乡。"中秋前后，一层层微薄的白霜笼罩着橘树，轻轻地催熟了橘子。在农家的房前屋后，水边坡上，一颗颗金黄、浑圆、结实的小灯笼挂满枝头，好不令人欣喜！橘子成熟的时候，小城的亲友们便开始过中秋节。母亲会打发我们送中秋礼品，七大姑八大姨再回赠过来。礼品大大小小，不尽相同，但有一样却是不变的，那便是团团圆圆的橘子。

　　这时，和三五好友闲坐茶屋，听潇潇秋雨声，洁白的瓷器盘子上，里面摆得满满的橘子！橘生于南，枳生于北。我们会聊起武都，说起橘树，也会谈起《橘颂》："后皇嘉树，橘徕服兮。受命不迁，生南国兮。深固难徙，更壹志兮。绿叶素荣，纷其可喜兮。曾枝剡棘，圆果抟兮。青黄杂糅，文章烂兮。精色内白，类任道兮。"更多的时候，大家则是沉默听雨。带着雨珠的橘子使我的心软软的，不是怀人，亦非思乡。

武都是一座美丽的小城

武都城属于亚热带半湿润气候，气候宜人，风景如画。武都城东有万象洞，南有姚寨沟，西有水帘洞，北有云雾山和五凤山，都是踏青出游的好去处。

当时，学校寓教于乐，每年都要组织学生春游和秋游。小学时，我们只能去近处的姚寨沟远眺瀑布，或去石家庄水帘洞转转。初中后，我们的心就野了一些，胆就大了一些，敢背着父母去爬五凤山！

相传，古时武都四海晏平，有五只凤凰翩翩而来，落在山巅，故名五凤山。五凤山又名真武山，曾是明代道教大师张三丰的活动地，一直很有灵气。农历三月三前后，是五凤山传统庙会。

五凤山在武都城北3公里处，海拔2265米，垂直高度1200多米，高耸入云。当时，五凤山不像现在有直接通往山顶的公路，只有南面的羊肠小道。大约在初二暑假时，我和同学们第一次爬五凤山。山高路险，石子路在脚下不断打滑，大家手脚并用，狼狈不堪。更糟糕的是，临到山顶时，突然下起了小雨，而有几处土路前两日已经塌方，男生不得不伸手把女生拉、扯、推、举、抬过去。这需要极大的勇气！要知道，当时男女生之间是不轻易说话的，更不要说拉手了！山上的建筑、游玩的情景和下山的场面全然模糊，但新雨后，山顶油油的松树林散发出的清香至今萦绕心头。

第二次爬五凤山，已经是大三的暑假了。我是陪妹妹晓鹂去的，同行的还有她的好友，兰州大学高才生李嵘。怕我们口渴，李嵘执意从山脚下买了一个大西瓜，一路背上山。当时，上山的路已经打出台阶，好走多了，但对胖胖的、背着西瓜的李嵘而言，还是有些艰难。我们中午到达山顶时，道姑们刚刚做好一锅香喷喷的面片。清清的汤水，白白的萝卜，绿绿的菠菜，碎碎的芫荽，薄薄的面片，我们连吃两碗，还意犹未尽！饭后，想抽一支签，但被告知签师不在。我们怅然若失。一位圆脸的道姑笑嘻嘻说道："你们一来就赶上午饭，都是大贵人，又何必抽签。"如今，妹妹远在美国，李嵘在成都，我在西安，大家天各一方，再回想起道姑当年的话，感慨万千！

上高中后，我们的心更野了，胆也就更大了，居然敢偷偷去万象洞探险！

万象洞距武都城12公里，在白龙江南岸露骨山的半山腰，已有2.5亿年的历史，洞内乳石遍布，森列多姿，宛如仙宫，是我国西北地区发现的一处规模宏大、艺术价值极高的溶洞，有"华夏第一洞"的盛誉。现为省级重点文物保护单位，国家AAAA级的风景名胜区。

当时，万象洞基本未开发，洞内地形复杂，曲折迂回。不过，"初生牛犊不怕虎"，我们拿着火把、手电，就开始在洞中潜行，结果在里面迷了路。四周漆黑一片，火把已经燃完，手电筒微弱的光根本照不到洞顶，地上到处是积水和泥巴，胆小的女生已经吓哭了。"滴答、滴答"的水声和女生嘤嘤的哭泣声，让溶洞显得更安静、更神秘，也更害怕了。其中，有一个溶洞又小又陡，我爬了半天也过不去，急得直冒汗。后来，还是两个同学前拉后推，才将我生生拽出去！从那以后，我再也没去过万象洞。据说，开发后的万象洞美不胜收，洞中有"犀牛望月""石帘垂布""天针对地针"等美景，正如清代武都人贾廷管《万象仙洞》赞说："不是人世间，包罗万象天。卧龙何日起，玉柱几时悬？谁凿鸿蒙窍，空留丹灶烟？洞深苔不滑，何处遇神仙？"值得一观。

当然，姚寨沟的古羌族遗址，云雾山的杜鹃花，龙凤山的佛寺，都是旅游的好去处。如果你想走得远一点，也可以去宕昌官鹅沟、康县阳坝、两当云屏、成县杜甫草堂、文县天池、礼县大堡子山、康县长坝、西和姜席等，数不胜数。

武都是一座有美食的小城

一方水土养一方人，一方美食馋一方人。武都年平均气温14.9℃，年日照时数1872小时，极端气温最高40℃（1951年），最低-9℃（1991年），市区无霜期300天以上。因此，武都城的小吃以降温消暑为主，主要有三样：洋芋搅团、凉粉和酸菜汤。

武都盛产洋芋，鱼龙的洋芋尤其瓷实，是做搅团的好原料。煮一锅鱼龙洋芋，晾温后剥皮，然后用石臼或木臼捣至黏团状。如果喜欢热吃，就放入酸菜浆水中略煮，盛在碗中，加以盐、花椒、韭菜、小葱、油泼辣子即食。如果要凉吃，就调入醋、盐、花椒、韭菜、小葱、油泼蒜、辣子再吃。搅团风味独特，口感滑润、清香，是武都城最主要的小吃之一。在老家秋林坪，乡亲们用初生的花椒叶子、野生的小蒜和芫荽拌食搅团，清香爽口，堪称人间美味！

武都的酸菜汤也享誉省内外。武都人做酸菜，原料很讲究：一定要用野生苦曲菜、木疙瘩菜、芹菜茎叶、野生银钙菜和苦戈菜。先用大锅煮野菜，然后发酵。发酵好的酸菜既脆又酸，是上好的解毒、清热、消暑食品。做酸菜汤时，要先用菜籽油炝一下酸菜，再加入适量的花椒、盐、红辣椒、红葱和野生韭菜花。然后，将炒好的酸菜放入烧好的清汤中，即可享用。

武都酸菜拌汤，是夏天家家必备的防暑食品。武都人曾有一句俗话："媳妇巧不巧，就看酸菜和得好不好！"——和酸菜是一门手艺活，对火候、发酵时间的要求很高，一般的妇女拿捏不住。不过，武都女人现在已经很少自己动手和了，往往买腌制好的袋装"圆根菜"。这让母亲耿耿于怀。她老人家曾经感叹地说："你们这一代人没有根了，连酸菜都不会和了！"其实，母亲不知道的是，我离乡多年，武都的经典小吃，洋芋搅团、凉粉、酸菜汤、洋芋丝饼、米皮，我一样也不会做了！

舌尖上没有了家乡的味道，是不是一个没根的人呢？我不知道。

2020 年 8 月 19 日

附记： 2020 年 8 月 18 日，家乡陇南遭遇特大洪水灾害，5 人死亡，40 万人受灾，损失高达 81 亿元！这让远在他乡的我夜不成寐，遂写了此文祈福家乡。9 月 29 日，我应《甘肃日报》的要求，删去了原文中"武都是一个被水患威胁的小城"一节，增加了武都的美景和美食两节。特此说明。

种桃种李种春风

今天，读到梁老师的《和你一样》一文。梁老师的文字温暖亲切，读她的散文，就像独坐溪边，听流水汩汩，生活的不如意随着水声在心底一丝一丝旋起，又一点一点放大，如溪水中一圈圈荡起的旋涡，仿佛有千千心结。然而，随着潺潺的水声，你会蓦然发现所有浩渺的心思都会顺着溪流涌向远方，内心只有宁静和平和。

在文中，她写到了三毛。我也一直欣赏三毛的纯粹和真诚，理解她的敏感和脆弱。她提到了三毛的一首诗：每个人心里一亩田／每个人心里一个梦／一颗啊一颗种子／用它来种什么／种桃种李种春风。

这首诗，后来被三毛的好友齐豫和潘越云唱红了，歌名就叫《梦田》。在齐豫飘忽的歌声中，我忽然想起了自己的那亩心田，想起那个为我种下桃李和春风的人。

那是1984年，我在武都一中上初二。那时的武都城，是一个比较偏远、闭塞的小小城市。城里有为数不多的几辆吉普，属于政府、银行和工商等稍富裕的部门。在狭窄的大街上，最常见的就是自行车。武都城狭小，大家上学步行也就十几分钟到学校。家里条件好的同学和家住东江、桥南和旧城山的同学，会骑自行车上学。阳光帅气的男生骑着自行车在放学的人流中如风一般穿行，与漂亮女生擦肩而过时，大胆的男生会甩下一声清脆的口哨，惊得懵懂女孩满脸通红，好像一朵盛开的碧桃花，独自在风中凌乱……

一个春天的下午，好像武都城北石家庄的樱桃花刚开不久，年轻美丽的班主任领着一位女生来到我们班，说是新转来的同学。这个女孩很是特别。她有一双圆圆的眼睛，忽闪忽闪地看着我们，好像会说话。她肤色白皙，容貌丰美，脸庞饱满圆润，像一个水分过剩的苹果。

那时的她居然穿着一条裙子。当时的武都城，大街小巷都是蓝色、灰色、军绿色或黑色的衣服，偶然点缀着几件小碎花衣裳。在校园，没有哪一个女生敢穿裙子，也没有裙子可穿。在当时的环境下，"穿裙子"几乎成了坏学生的标签。她却穿着一条斜纹短裙，刚没过膝盖，是当时最流行的样子和款式。她的小腿圆润光滑，充满莫名的诱惑。当发现大家的眼光都齐刷刷盯着她的裙子时，她窘迫极了，脸红得恰似武都熟透的樱桃一般。当时，我们全班同学的眼珠子都瞪得大大的——我们仿佛看到了外星人。

她来自繁华的省城兰州，讲一口流利的普通话。她笑起来时，两个眼角微微翘起，好像两轮弯月。她很安静，总是静静听大家高谈阔论——不像我们，满口说着粗鄙的家乡话，一笑起来就大张着嘴巴，毫无淑女的典雅之气。

她符合我对兰州城的所有记忆及想象：青春、美丽、时尚、神秘。"我一定要去兰州，我一定要成为和她一样的人！"——这颗希望的种子，从此便深埋在我的内心深处。

后来，我们成了好朋友，才知道她来武都也缘于她的美丽。在兰州，她被一众追求者滋扰，无法安心学业。父母忧心忡忡，便把她送到偏远的武都舅舅家，希望能在此躲避外界的骚扰，使得她能够心无旁骛，一心向学。

然而，天生丽质的她尽管能回避来自校园的爱慕，却依然无法逃避来自社会小混混的骚扰。一学期下来，她的成绩并不理想。大概不到一年，她的父母又不得不把她接回兰州。临行前，我们四个小伙伴还在隍庙街简陋的照相馆留过一张照片。遗憾的是，几经搬迁，照片早已丢失。

后来，我考上大学，如愿来到兰州工作。很多次，当我站在黄河铁桥上望着河水中那只旋转的羊皮筏子时，当我在五泉山和朋友一起喝大碗盖茶时，当我在白塔山眺望远方的风景时，我往往会出神，大家以为我在发呆，只有我知道我是想起了她，那个容貌丰美、娴静如花的她，那个为我种下桃李和春风的她。

再后来，我定居西安。闲暇时，我还是会想起她。她在哪里？在做什么？过得好吗？有一千次，夜深人静时，我都忍不住内心的冲动，拿起电话想问问班主任或其他同学；又有一千零一次，我又默默地打消了这个念头。见了她，我又该说什么？说她为我种下一亩心田？说我有今天都和她有关？她会懂我吗？

俱往矣！命运多舛的 2020 年即将过去，2021 年的钟声即将敲响。愿心中的她岁月静好，余生安稳。

听，齐豫又唱起了那首熟悉的歌：

每个人心里一亩田

每个人心里一个梦

一颗啊一颗种子

用它来种什么

种桃种李种春风

此后经年，只愿自己也成为那个为他人种下桃李和春风的人。

2020 年 12 月 31 日

家乡的茶叶

若是让我谈一谈家乡的特产,除去众所周知耳熟能详的陇南花椒、木耳、橄榄油外,我觉得陇南的茶叶或也值得一谈。作为国人最重要的饮品,茶叶在生活中无处不在,无论是西湖龙井、洞庭碧螺春、信阳毛尖、武夷岩茶,还是安溪铁观音、祁门红茶、云南普洱,都驰名中外,谈论陇南茶叶的确算不上什么特色,但像陇南这样鲜嫩、翠绿的茶叶却也是很特别的。

我的家乡陇南市,地处秦岭南麓秦巴山区,属于北亚热带地区,是我国茶叶生产的最北端区域之一,也是甘肃全省唯一的茶叶产区。陇南茶区范围非常小,主产区位于文县、康县和武都区三县区的交界处。这里,是长江支流白龙江与白水江的交汇处。该区域地处海拔 600～1200 米的林缘地带,水流清澈,植被茂盛,有机质丰富,沙质土壤,排水通畅,非常适合茶树的种植,属于我国绿茶最早的起源地之一。不过,陇南茶叶的栽培历史好像并不长,大概是从清代开始,大规模种植,已经是上世纪 50 年代的事了。

陇南茶叶味鲜。如果说云南普洱以滋味浓醇、经久耐泡闻名的话，陇南绿茶则以清爽新鲜取胜。陇南绿茶，尤其是明前的"早春嫩芽"，孕育于长江上游，水土未经污染，水质洁净，茶区日照短而多雾，气候温暖湿润，茶叶在早春回温较快，孕育的茶叶自然是豆蔻枝头的二月花，只宜轻轻呵护，不宜久泡。泡久了，则色黄汤败，寡淡如水。陇南夏季炎热，茶梢生长加速，大概每天平均可伸长1~2厘米以上，故陇南的春季茶优于夏秋季节的茶叶。细细品尝，夏秋季茶叶稍显苦涩。

陇南茶叶色绿。如果说祁门红茶以颜色乌润、红艳明亮享誉全球的话，陇南绿茶则以汤色嫩绿清纯为荣。陇南茶叶茶色碧绿，色泽明艳。这种"绿"，不是眉茶的灰白绿，也不是毛峰的墨绿，近似龙井、玉露和瓜片的翠绿，但又颜色稍浅。唐代陆羽《茶经》把烹茶之水分为"山水上，江水下，井水次"。品绿茶，陇南人一般就地取材，采用的是白龙江水，也有少数讲究人会取用山泉水。白龙江水清澈见底，水质洁净，水色浓厚，少有游离物，浸泡出来的绿茶颜色碧绿、清澄、鲜亮，让人赏心悦目。

陇南茶叶形美。如果说铁观音以条索肥壮紧结、卷紧重实驰名的话，陇南绿茶则显得扁平光滑，叶芽细嫩匀净，苗锋略显圆润秀丽，既不似铁观音的尖削，也不似雨露的条状，亦不似碧螺春的螺旋形，更近似龙井的光扁平直，故称"陇南龙井"。温水初洗时，茶叶外形略显拘谨不安；沸水泡，便一支支如箭般散开，在水中不断舒展身姿；再泡，叶片完全展开，如一条条绿色的美人鱼般在水中游弋沉浮，翩翩起舞，让人欲罢不能。

陇南茶叶气香。如果说武夷岩茶以兰花香气称誉的话，陇南绿茶就以香味淡雅为特色。陇南绿茶的香气中，似乎少了几分花香的浓郁，又多了几丝青草的味道，又含有几分清露的鲜美。究其原因，在于陇南茶区与陕南、川北茶区相毗邻，处在南北交融地带，受地理环境和气候因素影响，陇南绿茶香气略淡，稍逊于江南绿茶的馥郁持久，但却有几分初春的清冽和甜美，像极了碧口不谙世事、未经风霜的烂漫女孩，淡雅而不失芬芳，带着阳光的温暖和爱意，静静地走入你的心里。

去茶园要在清明前后。最好是细雨天，约三五好友，驱车前往碧口平台山。走到半山腰，就会发现成片的茶田，连绵起伏，青翠连天。让人欣喜的是，茶园边建有七八座供游人休憩的茶屋。随便找一处茶室避雨，听春雨落在茶叶上的唰唰声，看着茶树在雨中摇曳的曼妙身姿，嗅着茶树细细密密的清香，仿佛置身于茶的天地之中，满眼望去是一片朦胧的绿色，宛若一幅清新的水墨画。远处，青翠满目，烟雨蒙蒙，不由得浮起"待到春风二三月，石炉敲火试新茶"的念头。

古人品茶很讲究。《红楼梦》中有"栊翠庵茶品梅花雪"一回，说的是妙玉在栊翠庵中招待贾母一行，给贾母上的是贡茶老君眉，姑娘们的是六安瓜片，用的茶盘是古代的漆器，小盖盅是明朝成化年间的瓷器，宝钗的茶具是用葫芦做成的"𠤥瓟斝"，黛玉的是用犀牛角制成的"点犀䀉"，一个个价值连城，就连斟茶用的水，也是妙玉五年前在玄墓蟠香寺收集的香雪梅花水。这般吃茶盛事，已成诗意的传说。

陇南人也喜欢喝茶。陇南是一个汉族聚居、少数民族散杂居地区，保留了氐羌藏族喜好喝酒的风习。酒喝多了，自然需要茶来解渴。再者，陇南气候温和，尤其是武都，夏季炎热，饮茶便也成了解暑的方法，绿茶自然受到普通人的青睐。《茶经》曰："上者生烂石，中者生栎壤，下者生黄土。"陇南绿茶生于沙土，自然没有烂石茶的神气，但却具备栎壤茶满满的灵气，就像陇南人一样。

"人人尽说江南好，游人只合江南老。春水碧于天，画船听雨眠。"初春时节，拿一把透明的有机玻璃壶，几只透明的玻璃杯，和三五好友闲坐水中茶室，一边煮茶品茗，一边听潇潇春雨。我们也许会聊起李清照"豆蔻连梢煎熟水，莫分茶"，也许会谈起纳兰性德"赌书消得泼茶香，当时只道是寻常"，也许什么也不说，只是静静饮茶，沉默听雨。江南的雨，细细密密，温温柔柔，缠缠绵绵……

"半壁山房待明月，一盏清茗酬知音。"如果能在明月之夜，和一二知音共月色、品清茗，此生亦足矣！

2021 年 3 月 20 日

奇肱人的飞车

周末，萱妞跑来问我："奇肱人是妖怪吗？为什么有三只眼？白马和红鸟是不是他们的宠物？"我一怔，问她怎么想起这个问题？她举起手中的书，原来她在看《神话三百篇》中《奇肱人的飞车》一篇。

我耐心地给她解释，说这是源于《山海经》的一则神话，是夏商时期氏族人的一种图腾信仰。"什么是图腾信仰？"她好奇道。"打个比方，就是把你喜欢的某种动物、植物或超人当作你的保护神。保护神法力强大，会保护你，你还可以获得保护神的力量。"我敷衍道。"哦！我明白了。能不能让白月初做我的图腾，让他保护我，再帮我写作业，求你了！"她大喜。我哑然失笑。看来，这孩子是被最近看的《狐妖小红娘》迷住了。

好不容易支走了她，我却陷入深深的沉思。穿过漫长的时光隧道，我恍惚来到4000年前的陇南大地。那里，既是历史上奇肱人的家园，也是今天我的家乡。

陇南在甘肃省东南部，位于秦岭西部山区，西临青藏高原东部边缘，北靠陇山，东接陕西，南通四川，正好处在中国大陆腹地东西南北的地理分界线上，既是中国西部文化和东部文化的交会点，又是黄河文化和长江文化的自然结合处。气候与自然环境的独特性，使陇南呈现出融汇各种文化的独特地域风貌。

叶舒宪先生倡导，中国文化应该放置在一万年的历史长河中去审视。换言之，河姆渡遗址（7000年前）、马家窑遗址、牛河梁遗址、龙山文化城址和三星堆遗址等等，只是这个文化大传统中的一个小传统，而我国最早的文字——甲骨文距今不过3000多年。如果从全球来看，有文字记载的人类历史也仅5000年而已。在此之前，是极其漫长的口传文化时期。因此，要解读上古文化应该关注口传文化，要解读口传文化应该关注我国地理分界中心区域的陇南，要解读陇南文化应该关注西和、武都与宕昌。在陇南的高山深谷中，或许藏着不为人知的秘密。比如，刑天可能就是一把很好的钥匙。

据《山海经·海外西经》记载："刑天与帝争神。帝断其首，葬之常羊之山。乃以乳为目，以脐为口，操干戚以舞。"刑天死后葬在常羊（阳）山，刑天之邻又有奇肱国。那奇肱国在什么地方？《山海经·海外西经》也有记载："奇肱之国在其北，其人一臂三目，有阴有阳，乘文马。有鸟焉，两头，赤黄色，在其旁。"经考证，发现奇肱国的地望就在陇南西和仇池，而仇池地区也是伏羲、女娲、炎帝和黄帝等中华始祖的最早生活地或故乡，这一地区又与夏商周秦汉等各个朝代有着千丝万缕的联系。这是学界公认的事实。

刑天神话，可能隐约反映出夏商时期生活在长江上游的常羊（阳）氏族和生活在黄河流域的华夏帝族之间的攻伐与争斗。远古氐族，大约4000年前就生活在以陇南仇池山为中心的西和、武都、成县、文县、略阳一代。刑天应该是氐族的首领，热爱族人，酷爱音乐，曾为炎帝作乐曲《扶犁》和诗歌《丰收》。后来，属于炎帝部落的氐族与黄帝部落发生战争，氐族战败，首领刑天被杀，氐族被迫沿西汉水、白龙江、嘉陵江（长江上游）不断向南迁移，或向西攀上青藏高原繁衍生息，可能逐渐形成后来的白马族、羌族、藏族、党项族、哈尼族、独龙族和摩梭族。十六国时期，氐人杨氏曾建仇池国，以及后续的武都国、武兴国、阴平国，羌人曾建宕昌国。虽然常羊（阳）氐人的秘密早已湮没在历史的深处，但我们结合神话传说、出土文献和现在白马族的民俗，或许能破解一二。

目前，白马族集中分布在四川和甘肃两省交界摩天岭山脉的南北两侧，包括今陇南市文县、四川绵阳市平武县、广元市青川县、九寨沟县、松潘县等地域，有两万余人。不过，据文县碧口的朋友说，这个数字正在急速缩小，目前可能仅有几千人。赵逵夫先生曾考证说，由于氐人善于养马，故而非常崇拜马神，早期以白马为图腾，他们的白马神、马王爷大都是三只眼睛。三只眼睛的杨二郎传说在陇南相当流行，而天界"四大元帅"中的马元帅也是三只眼睛，他们都是氐族的祖先神。现在二郎神的祖庙在成都都江堰，正是氐族南迁的结果。按理，他的祖庙应该建在陇南才符合历史事实。《山海经》记载奇肱人有三只眼睛，其实是氐人"雕额"的一种习俗。在20世纪二三十年代，卫聚贤先生还曾在成都街头看到过长着"三只眼睛"的人。这些人的额头中间有一个立着的眼睛，其实并不是真正的眼睛，而是小时候人们将其额头中间划开，放入一个墨珠，长大后远远看上去就如同眼睛一样。后来改成在额中点墨点。三只眼睛，既是远古氐人的图腾崇拜，又是其部族身份的象征，也是其族群认同的方式。

今天的白马族，服饰以红色、白色、黑色为主色调，尤其是红色，是白马族服饰最常见的颜色，男女老幼的服饰上都有红色。白马人对红色的喜爱应该缘于远古氐人对太阳神的崇拜。刑天死后被埋入常羊（阳）山（即仇池山），常阳山又是"日月所入"之处，也就是太阳和月亮落下去的地方。这说明刑天是代表太阳神崇拜的方国主神。传说中的奇肱人出现时，常有长着两个脑袋的赤红怪鸟伴随，而他们钟爱的骏马"吉良"，也是全身白色，鬃鬣赤红，眼睛发出黄金般的光。显然，这都在隐喻太阳神的力量和光芒：太阳赋予了氐人生命和力量，红色能驱鬼神，故在重大民族传统节日中，他们都佩戴红色饰品，认为这样能驱邪降福。至于他们钟爱的白色羽毛帽，则是在白马图腾和太阳神崇拜互相叠加影响后，在服饰上的符号化体现。也就是说，白色缘于祖先神白马崇拜，羽毛帽子则有一个从太阳——鸟——鸟——锦鸡——锦鸡羽毛，不断演化并世俗化和生活化的过程。

今天陇南文县的白马族，热爱一种叫"池哥昼"的舞蹈，这是一种具有原始风貌的群体祭祀舞蹈。池哥昼因表演时头戴面具，亦称"白马面具舞"，四川平武白马人又叫"跳曹盖"，实为方言发音的区别。这与刑天的"干戚之舞"（"常羊"舞、"商羊"舞）有关。上古时期崇拜头颅，"猎头""献馘"是至关重要的巫术祭祀形式。如武王伐纣攻入商宫，尽管纣王和两个嬖妾已经自杀，但他仍要象征性地射三箭、悬白旗、分别以黄钺和玄钺斩掉他们的头，便是这种巫术宗教的仪式化体现。所以，帝砍掉刑天的脑袋和商汤斩断蜀地"夏耕之尸"头颅的目的一样，都是对失败者从宗教上和王权上进行双重打击和威慑，以达到统治的目的。刑天在被断首之后，毫不屈服，仍然以"以乳为目，以脐为口，操干戚以舞"的方式，将其悲壮的形象永远留存在神话记忆中。刑天的头颅被埋入常羊（阳）山，代表肉体的毁灭，但刑天又以"操干戚而舞"的方式获得精神上的永生。复活他的，正是他的族人。慑于帝的巨大威势，远古氐人只好以戴上硕大、夸张、面目狰狞的面具，装扮成断首首领的模样舞蹈的方式，来祭祀代表部族与帝进行宗教战争而牺牲的杰出首领刑天，并隐讳地表达出部教精神不灭、族群永存的愿望。因此，正如王贵生先生所言，这里的干戚舞（商羊舞）是一种宗教祭祀手段，是从史前时代的部落战争中产生的一种战争巫术舞蹈。从现在大量发现无头骨架的侯家庄大墓，羌氐后裔纳西族东巴"开丧"法仪，其他氐羌后裔如普米、彝、白、景颇、傈僳等十数个民族中盛行的相似性质的送魂巫舞中，不难看出其希望亡魂得以重归北方常羊（阳）故山的宗教意图。只是随着几千年岁月的流逝，当初的宗教祭祀舞蹈逐渐演变成民俗生活舞蹈。值得注意的是，跳"池哥昼"的人必须是白马男性族人，异族人就是会跳也绝不被允许参加。这体现出白马人自觉的族群意识和强烈的精神防范，也恰恰阐释了其在几千年的时间长河中保存族群纯粹的某种原因。

传说中的奇肱人心灵手巧，能为飞车，捕获猎物，从风远行。按照《淮南子》的解释，"奇肱"是"奇股"，即独脚人。奇肱人只有一条腿，做事并不方便，为什么还能制造出乘风而飞的复杂飞车呢？原因在于他们的聪慧和勤勉——他们白天用两只阳眼工作，到了晚上，便打开中间竖着的阴眼继续工作，才会事半功倍。这个传说，实际上是对氐人三只眼睛神性功能的生活化，又是对族群雕额原因的日常阐释，也似乎暗喻奇肱人以"飞车"为腿的某种含义。奇肱人的飞车很厉害，"汤时西风吹，奇肱人乘车，东至豫州界，后十年而风，复至。使遣归国，去玉门四万里"（《述异记》），他们乘坐"飞车",具有极强的快速移动能力和机械攻击能力,甚至几度入侵中原核心政治区豫州,就像风一样来无影去无踪,无疑带给中原部落极大的挑战。这可能也是帝最终断首刑天的一个原因——"卧榻之旁,岂容他人鼾睡"。由此看来,远古氏族并不逊于中原部族,应该是一个文明程度较高的族群。

今天的白马族没有文字,其语言也比较有趣,既不同于汉语,也不同于藏语,有自己的基本词汇和语法体系,是一个独立的语言。目前的语言学界根据系谱分类法,将其划分在汉藏语系藏缅语族藏语支中。我觉得,这可能有误。人类历史上的上万种语言中,只有106种到达足以用于写作的书写形式,大多数语言从未以书写形式出现过。今天存在的约3000种语言中,也只有78种有书写文字。如果只以文字为标准,那我们要丢失多少文化?有没有一种可能性,即白马语应该是远古氏人使用的语言,而藏语可能是从氏语中分立出来的一种语言,由于使用的人多,便后来者居上,而真正的远古氏语,却逐渐被边缘化。因此,现在的白马族应该是氏族后裔,不宜以"白马藏族"来称呼。

刑天是一位断首英雄。无独有偶,古希腊记载了一种叫"Blemmyes"的生物,五官长在上半身,外形就像没有头颅的人,而北非地区发现的古代壁画和书籍也佐证了此事。爱尔兰传说中的"杜拉汉"(Dullahan, Durahan, Gan Ceann),又称无头骑士,也是一个预言死亡的无头妖精。在20世纪50年代,一个叫Henrietta Mertz(亨莉埃特·默茨)的美国人出版了《几近退色的记录》,认为中国人4000多年前就曾来到美洲,并将美洲地貌记录在《山海经》中。也有人认为,奇肱国指意大利某地,所谓飞车,似乎是木制辘辘车。诸如此类的问题,已经涉及东西方文化交流和华夏文化起源等棘手问题。

可以肯定的是，从《山海经》的有关记载和我国小麦的栽培历史、马车的使用等来看，远在汉代张骞通西域之前，这条路上的交流早已经存在，只是没有明确的行政区域界限而已。在上古时期，中国与西方的交流应该有两条路线：一条是漠北草原，一条是河西走廊。相对而言，河西走廊更为重要，而陇南，恰好处在史前河西走廊东向中原地区，南下四川和江南的核心位置。那么，在陇蜀古道上，中国本土文化的历史本相是怎样的？外来文化如何与本土文化相叠加？又如何共同形塑了中华文明呢？显然是需要深入探讨的问题。

日前，陇南市政府提出建设"陇蜀之城"创意，邀请大家论证研讨。作为陇南人，关注家乡文化建设本是分内之事。不过，由于时间过于久远，史料严重匮乏，我又离乡多年，对陇南文化中的一些问题还没有辨析清楚，后续会不断思考。

2021 年 6 月 9 日

回家过年

聊起过年，儿子说很多年轻人更倾向于出境游，玩手游，看电影，还有人去酒吧，或者在网上"买买买"。尽管我对年轻人个性、新奇和张扬的过年方式有足够的心理准备，但还是吃了一惊。因为对我而言，过年就是回家，就是和家人围在一起吃年夜饭。事实上，我根本不知道，除了回家和家人一起守岁外，过年还能有别的选择。

从小到大，我只有两次没有回武都过年。第一次在20多年前。那时，我们还在兰州工作。那一年，爱人单位刚分到新房，尽管只是两室两厅，但房子在铁路局，属于兰州市中心地带，生活极其便利。更高兴的是，铁一院幼儿园和铁一小，和我们小区只有一路之隔。我时常趴在窗前，看着孩子们背着小书包，蹦蹦跳跳地走进铁一小那扇黑黑的、厚厚的，带着俄罗斯风味的大铁门。平日，我根本不需要看时间，因为一小的铃声就是钟表。安静时，我能听到老师讲课的声音和孩子们朗读课文的声音，甚至能根据语调的起伏和顿挫，辨别是哪一位老师在讲课。

按照兰州的习俗，新房需要暖房，即不能离开火。如果我们回家，把新房子交给谁打理？谁能给我们每天在家里点点火，哪怕烧一壶水呢？我们犹豫不决。再加上儿子刚一岁两个月，而兰州到武都的长途汽车单趟就需要十个小时。恰好，那年的年关，兰州下了一场大雪。父母和公婆很担心我们在路上的安全，强烈要求我们在兰州过年。最后，对新家的热爱战胜了回家的心情，我们第一次在外地过年。具体怎么过的，我早已忘记，只记得第二个月交电话费时，整整比平时多了一倍还不止。

今年，我们第二次滞留在外，没能回家过年。原因是爱人刚换了工作，需要在大年三十、初一、初二值班三天。得到这个消息时，我难过极了，因为早在腊月初八，妈就曾给我打电话，问我哪一天回去。自从爸走后，妈老了很多。妈知道在外的我，一直只报喜不报忧，除非妈亲眼见到我好好的，否则不会放心。当然，妈知道我想爸，担心我的身体垮掉，她更想亲自安慰我。

是的，"每逢佳节倍思亲"，我又想爸了。往年，一进入腊月，爸的电话明显多了，后来基本一天打来一次，话题永远只有一个："你们哪天回来？"在爸的不断催促下，我们一点点做着回家的准备，尽量在小年之前回到家。武都是个小城市，年很长，一般要从腊月二十三过到二月初二。

我家的年，却是从腊八节开始的。因为这一天是爷爷和奶奶的忌日，两位老人尽管相隔近40年，但还是在同月同日走了。腊八节一大早，爸妈就忙起来。妈忙着熬腊八粥，粥里一定要有八样不同的粮食——其实只需六样，因为大枣和糯米永远不可缺少。当浓浓的香气弥漫在房间时，爸的祭桌已经摆好了——香、蜡、黄表纸、各色水果，样样俱全。然后，爸妈会领着我们兄妹，极其庄重地磕头祭拜，爸还会说一大段话，大意是向爷爷奶奶汇报每一年家人的工作和生活，比如哥哥结婚了、我和妹妹考上大学了、姐姐的女儿小殷子出生了、晓鹂去美国了、侄子结婚了……后来，因为我和晓鹂在外工作，这项任务便慢慢成了爸妈和哥哥及姐姐几个人的事务，但我和晓鹂永远会记得打电话回家，问问妈今年的腊八粥都放了哪几样食材？爸的香买的是哪家的牌子？爸妈的声音从电话中传来，慢慢地，暖暖地，一切都静好如初。

腊八过后，爸妈就开始准备过年礼物：给二伯和三伯一定要准备最贵重的礼品，必须要有烟酒糖茶四样礼，还必须品种一样；给小姑和两个舅妈一定要买一身衣物，小姑体态较胖，衣裤一定要大一点；大舅妈爱美，颜色一定要鲜亮一点；二舅妈比较敦实，颜色要素淡一些。给孩子们的衣服，更要挑挑拣拣，估摸着孩子们的个头，反复给商家叮咛："如果小了，我们带着孩子来换。"实际上从未换过，因为爸妈给孩子买的衣服总是太大，往往要放到第二年才能穿。这些琐碎的工作，爸妈经常要花费一周时间才能搞定。于是，年前的家里，便堆满了花花绿绿的各色礼品。

然后，爸妈开始打扫卫生。这项工作，爸妈每年要亲力亲为，两个人搭着小梯子，把窗帘费力巴巴地拆下来，清洗干净，再爬上去一一挂好；把每一扇窗户擦得干干净净，并贴上红红的窗花，整个家便一下子灵动、绚烂起来。爸妈总是乐此不疲，每年都弄得腰酸背痛。我们担心安全问题，多次建议找清洁工做，但爸妈总是不听——按照他们的说法，年是从打扫卫生开始的，每年要有新气象嘛！终于，在一次打扫中，爸的腰扭伤了，两位老人这才不甘心地停下来。后来，就换成了哥哥擦窗户。在爸妈心里，好像只有家人亲自干，才是对年的尊重，也才是对家人的热爱。今年，这项工作终于在小年前由清洁工完成了。一是武都的家政规模很小，如果拖过腊月二十三，就根本找不到清洁工了。二是哥哥也岁数大了，又太胖，医生多次嘱咐不能爬高爬低了。

忙着忙着，小年就到了。这一天，一定要祭灶神。刚开始，爸妈在西关买来灶神灵符，认真地贴在厨房。竖条的、黄纸黑字的灵符，在我眼里简直就是一幅现代派的画作，看得我云三雾四，但爸却能看懂。灶爷灶婆的贡品和祭祖的贡品大致相似，只是陈放祭品的果盘小一些，数量也就略少一点。爸妈总强调说："灶神是家神。灶神安顿好了，才能保佑一家人的平安。"小年讲究吃饺子，饺子刚出锅时，先盛出一碗供在灶台上，然后爸开始化马，即烧半刀黄表纸，再点燃带鸡血的毛边纸并烧成灰（先要杀一只鸡，把鸡血淋在毛边麻纸上），再把灰在饺子上象征性地撒一点，再磕一个头，最后吩咐灶神"上天言好事，下界保平安"——祭灶的仪式就算完成了。后来，爸退休后，开始练书法，我家的灶神灵符，便由爸亲自书写了。

小年过后，爸妈更忙了。我上中学和大学时，也就是上世纪八九十年代，物资较为贫乏，武都城流行自己炸果子。这是一种由面粉、清油、鸡蛋、牛奶、白糖、红糖、小苏打等做成的一种面食，有黑白两种颜色，白色是本色，黑色是加了红糖。那时，外婆身体尚好，每年都要亲自发面做油果子。外婆出生于大户人家，练就一手做饭的好手艺。她经常用两种面做成各种小巧的果子，最常见的是花朵、蝴蝶、小马、小狗、面鱼、门扣等，变化多姿，神态各异，令人爱不释手。当时，我们去亲戚或同学家，尝得最多的就是果子。最后，大家一致认为外婆的果子在形、色、味上都出类拔萃。现在想想，用一条条五六厘米长的面条做出的果子，显然是艺术品。可惜的是，外婆那一代人走后，这门手艺已经慢慢失传了。屈指一算，我家也快有20年没有再炸果子了。

随着大街小巷果子的香味，武都的年味更浓了，女人们更忙了。按照武都城的传统，整个过节期间的食品，都需要在节前准备好。于是，蒸馍馍、包包子、挂腊肉、搓丸子……大家忙得不可开交。每当这时，我都很沮丧，因为整个家里，除了我之外，大家都心灵手巧，而笨手笨脚的我，显然是大家嫌弃的对象，只好做一些剥葱洗菜的零碎活。发现外婆、妈、嫂子和姐姐又在嫌我碍事时，爸总会悄悄拽着我离开："我们俩编春联去。"

贴春联是一件非常重要的事，一定要在除夕那天的中午十二点前完成。我家的春联，以前一直是二伯书写。二伯会画画，字也写得好。如果他老人家回老家的话，半个村的春联都需要他来写。后来，爸开始练字，春联便由爸自己书写。爸喜欢编春联，但我记住的只有侄子出生那一年，爸编的春联："家有三位母亲三儿郎，屋内四世同堂四季春"，横批"幸福人家"。三位母亲分别指外婆、妈和嫂子，三儿郎自然是爸、哥哥和侄子。因此，品论我家的春联，也成了大家春节期间的一个话题。不过，今年我家没有春联了。按照武都城的习俗，家有亲人离世，三年不再贴春联。如果一定要张贴，需要用白纸黑字来写。

终于，除夕到了，年到了。一大早，爸洗漱完毕，第一件事，就是请先人回家过年。仪式和祭灶神大同小异，但更为隆重，贡品更为丰富。今年，哥哥和侄子除夕一大早就去了老家，将爸的牌位接到了武都城卧龙的家中，等过完年，正月初三上坟祭祖时，再送回去。我看了一下天气，老家那天正在下鹅毛大雪，真不知道哥哥他们是怎样翻过米仓山的。往日，除夕中午午觉后，爸妈总会找出那个小本子，一个个写名字，计算今年给谁发红包，每个红包多少钱，除了本家亲戚，还有同事老张家的大儿子今年考上研究生了，得有一个大红包；表舅得孙女了，得有一个大红包；表姑接儿媳妇了，得有一个大红包……眼看着，爸刚从银行取出来的那一沓沓崭新的人民币就慢慢薄了，最后只剩下三五张百元大钞孤零零地躺在书桌上。除夕下午，照例是包饺子。自我结婚后，我从来没在除夕下午和爸妈及兄嫂一起包饺子，我必须去婆婆家包饺子。从卧龙出来，沿滨江路向西走一两个街区，就到婆婆居住的滨河小镇了。公婆有五个儿子，每年过年，屋子里人满为患，每年的年夜饭，至少要准备500个饺子。饭后打牌守岁，最少要摆三桌！那场景，怎一个热闹了得！

一般到除夕晚上十点，我会离开公婆家，到爸妈那里休息。这时，武都城的炮声已经密集响起。其实，政府一直在提倡禁燃烟花爆竹，但武都人不以为意，该放还放。我在江边慢慢踱步，一边欣赏烟花，一边享受着这惬意的美好时刻，忽然又想起20年前放炮的情景。那时，武都城年轻人放炮，不是在自家楼下或院子里，而是集聚在全城最大的新市街口，用炮声封锁四个路口的方式迎接新年。新市街的炮声震耳欲聋，大有排山倒海之势，震得全城人的心脏都在颤抖。在阵阵炮声中，爱人拉着我的手在人群中穿梭、奔跑，笑得前仰后合。隐隐的火光中，对面的南山忽隐忽现，一切都充满了诗意。

年，就这样正式拉开了序幕。

2022年2月3日凌晨

元宵节

今天是元宵节。我给妈打电话，得知姐姐上街赏灯去了。放下电话，我迫不及待地打开姐姐的朋友圈，果然看到武都红彤彤的灯笼，好热闹！好熟悉！

在武都，元宵节是出嫁的姑娘和父母团聚的日子。按照武都城的规矩，正月初五晚上八点前，家家户户都会化马烧香，扯掉祭桌，送走先人。这时，忙碌了近一月的女人终于可以歇一口气了。对她们而言，一年中最美好的日子终于姗姗而来，而她们所能做的，就是静静等待娘家兄弟上门。随着一串串鞭炮声，日夜盼望的兄弟来了！握住兄弟手的那一刻，新媳妇羞涩地笑了，笑着笑着眼圈就红了，眼泪就溢出来了……

我的外公是一个开明绅士，主要做药材生意，在新中国成立前就不再收取地租，很受大家喜爱，也少挨了不少批斗。在这样的家庭长大的妈，无疑是一个很传统的人。每年初七或初八，妈都会打发哥去接家族中五服之内的各位姐妹、姑姑和姑婆。姐姐、妹妹、姑姑和姑婆们散居在各地，在城里居住的，哥一定要带着礼品上门去接；在市外、省外居住的，妈一定要亲自打电话，诚恳邀请她们回武都城过元宵节。小时候，我不理解这件事，总觉得多此一举。在城里居住的姐妹们，每周就是不想见，也会在大街上无意邂逅一两回！而在外地的姑婆，都80多岁了，怎么可能千里迢迢回武都！就是她老人家想来，儿孙也不会答应啊。可是，妈依然我行我素，每年都要履行这一程序。

我们姐仨结婚后，也享受这一待遇。我们曾无数次苦口婆心地劝妈："我们一天在娘家跑三趟，干吗还要来接！"尤其是我，每次回武都过年，都会住在爸妈那里，显然是不请自来。不过，妈根本不理会我们，依然要求哥哥初七去我们姐仨的婆婆家，理由是"接姑娘回娘家过十五"。我们无可奈何。有意思的是，有好几次，我和哥哥（后来换成了侄子），一起去婆婆家接自己回娘家过元宵节！

今年，当妈得知我不能在家过元宵节时，沉默了好一会儿。我怕她难过，便打趣地问她今年接不接我。妈叹了一口气说："当然要接。接姑娘有两个原因：一是给姑娘一个面子，不能让婆家小看了你们。二是给姑娘一个念想，知道自己永远有个归处。"原来如此！

元宵节，武都城很热闹。东南西北各路的社火队都会进城会演，武都各市县单位，也会组织各种迎元宵活动。耍龙灯、耍狮子、踩高跷、划旱船、扭秧歌、打太平鼓、唱秦腔、现代舞、交谊舞、小品、相声，应有尽有。回娘家的姑娘拉着父母的手，开心地逛街，看社火。这一刻，她们已经等了一年了！

最热闹的是莲湖广场。这里人山人海，挤得水泄不通！烧烤、套圈、卖兔子的摊位前，永远人头攒动。尽管一只小兔子高达80元，还不含兔笼子，但依然供不应求，因为这天的孩子简直个个都是款爷。每当这个时候，总有两三个孩子和家人失散，好在武都城小，一般都会及时找到。

元宵节，是爸最开心的日子，因为他的戏班要登台演唱了。爸英俊潇洒，多才多艺，喜欢交谊舞和秦腔。爸曾经和刘宝然阿姨搭档，在全市交谊舞大赛上获过奖。爸唱秦腔，更是一绝。爸是老家秋林坪村秦腔业务剧团的第三代传人和核心。爸年轻时一直男扮女装，饰演旦角，直到将青年一代花旦培养出来，他才开始饰演生角。退休后，爸有了大把的时间，对秦腔更是痴迷不已，几乎天天泡在自乐班。爸常常亲自上场，演唱《三对面》《周仁回府》《苏三起解》……在众多剧目中，我最喜欢爸演的崇公道，多彩，喜气，亲切，就像腊月中老家做的彩色馒头，冒着热气，光是看着，就是一种享受。记得有一次，爸担心人气不旺，还曾假扮农民工，给市长打热线电话，逼得市政府专门派人前来站台。好有趣！爸演唱时，我们一家和亲朋好友必定会前去捧场，我和姐姐必定会提前买好鲜花。演唱完，爸笑呵呵地接过鲜花，高兴地亲了我们一下。那一吻，至今还萦绕在我的脸上。

在武都，元宵节是姑娘们约会的日子。元宵节是春天的第一个节日。这个节日，从古到今，都和女子有千丝万缕的关系。欧阳修《生查子》感叹道："去年元夜时，花市灯如昼。月上柳梢头，人约黄昏后。今年元夜时，月与灯依旧。不见去年人，泪满春衫袖。"多么欢快的日子！就是悲伤，也充满着回味，犹如少年时夹在书里的一片树叶，尽管已经枯黄，依然脉络完整，而摘下树叶时，那满目的树影、斑驳的阳光，以及心仪少年的背影，依然会清晰地浮现在眼前。

元宵节的精彩主要在晚上。白天，男孩、女孩和朋友们相约一起去看社火，大家隔着人流悄悄张望，暗送秋波。有意思的是，当心仪女孩真的被人群挤到面前，男孩却顿时手足无措起来，下意识地把女孩往出推，毫无英雄救美的气概。而女孩意识到是男孩在推她出去后，更像受惊的小鹿一样，一瞬间消失在人流中，再也找不见了。

终于，夜晚姗姗来临，灯市次第亮起来。《京都风俗志》中，曾经有过这样对元宵灯的记载："其灯有大小、高矮、长短、方圆等式，有纱纸、琉璃、羊角、西洋之别，其绘人物，则列国、三国、西游、封神、水浒、志异等图，花卉则兰菊、玫瑰、萱、竹、牡丹，禽兽则鸾凤、龙、虎以至马牛猫犬与鱼虾虫蚁等图，无不颜色鲜美，妙态纯真，品目殊多。"在武都，彩灯虽然没有这么多种类，但灯几乎挂满了整个老城，很有气势。人们在缤纷的灯光幻影里穿梭，总觉得是在仙境中徜徉。

大家来来回回看花灯，从西关走到中医院，又从新市街走到隍庙街，可男孩还是找不到她。男孩沮丧不已，独自一人悄悄来到江边，闷闷地点起一支烟。临江悬挂的彩灯，倒映在水中，随着波浪一闪一动，就好像男孩波动的心情。在光与影的重合中，男孩忽然瞥到女孩的身影，他以为出现了幻觉，再定睛一看，是她！不远处的江边，她斜靠着栏杆，正独自出神。好一个众里寻他千百度，蓦然回首，那人却在灯火阑珊处！此刻，再迟钝的人，也情愫暗涌了。不过，不出三天，他们的故事便会在同学和亲朋间悄悄流传。原因可能是男孩二妈的妹妹无意中看到他们了，也可能是女孩小姨的小姑子和他俩擦肩而过了。于是，老师、家长和亲戚开始轮番审问，一段少年时的懵懂恋情，还没开始，便宣告结束了。

元宵过了，武都城的年就过完了，单位上班了，商家开门了，孩子们回到教室了，而远嫁的姑娘也不得不离开娘家了——新一年的工作和生活重新开始了。

在岁月的轮回中，我和故乡渐行渐远。今年，我从武都返回西安时，妈曾感伤地说："我走了，就没人接你们过十五了。"我一时泪目。

是的，那盏元宵的红灯笼，是妈，是爸，是奶奶，是外婆，是外公，是千万个娘家对姑娘的牵挂，是埋藏在历史深处的一抹深情，始终萦绕在女孩子的梦里，忽明忽暗，照亮了我们的道路，温暖着我们的人生。

是的，我是幸运的，我们姐仨是幸运的，大多数女人也是幸运的，因为我们的红灯笼至今流光溢彩，完美无缺。

可是，丰县的"铁链女"，她的红灯笼在哪里？是谁打碎了她的红灯笼？她还能找到那盏回家的红灯笼吗？

我问月，月却不语。

2022 年 2 月 15 日

初夏·武都

"开到荼蘼花事了",在中国诗词中,荼蘼意味着春天的终结,如《红楼梦》中,就用"韶华胜极"的荼蘼花来暗喻大观园的最后一位女子麝月。其实,荼蘼开罢楝花开,楝花才是花事的终结。

暮春时节,烟雨江南,紫色的楝花簌簌落地,香消玉殒,陡增几多惆怅,几多感伤。《纲目》说楝花:"热痱,焙末掺之。"楝花有疏肝泻火,行气止痛和杀虫的功效,可治肝气郁滞或肝胃不和之症,也可治女子行经腹痛之症。楝花落尽,花信风止,武都轻盈的初夏来了。

风柔了。南风温柔地吹过江边,吹起发丝衣角,钻进肌肤里,痒丝丝的。江的气味变了,声音开始带有异样的韵味。夜幕的色调变了,黄昏的影子被一寸寸拉长,而归鸦的翅膀依稀可见。夜的情绪变了,空气中氤氲着莫名的活泼和轻快。在睡梦中,时序已递变为初夏时节。

一觉醒来,樱桃熟了。武都的樱桃很小,只有一个小指甲盖那么大,颜色橙红橙红的，皮薄，汁多，味甜。樱桃是武都初夏最早成熟的水果，号称"百果第一枝"。樱桃可鲜食，可榨汁，也可作为布丁、冰淇淋、饼干、蛋糕、鸡尾酒、羹汤的点缀。小时候，妈经常会从刚摘下来的樱桃中，挑出半盐水瓶，再倒入二锅头或红川酒，制成樱桃酒，放置在冰箱冷藏。寒冬腊月时，我们冒着严寒放学回家后，妈会取一点樱桃酒，放在手心，轻轻搓热后，再握着我们的小手慢慢揉搓，用以驱寒和防治冻疮。

五一前后，家家户户房前屋后的向日葵开了。那金色的向日葵，仿佛一片花的海洋，像初夏的笑容一样灿烂、明亮、纯净。小时候，对葵花籽有一种沁到骨子里的喜爱。葵花籽还没熟时，就偷偷地摘下来，轻咂甜甜的籽水，就像吸吮儿时甜蜜的日子。冬天，整个武都城都会炒瓜子和花生，满城氤氲在熟瓜子的香气中，伴有淡淡的焦煳味。妈也经常坐在小火炉边用锅铲子一下一下地炒瓜子，满屋生香。一家人围着火炉，一边看电视，一边有一搭没一搭地说着话，仿佛日子还很长很长。上学时，抓一把瓜子，悄悄带给要好的同学——在我们幼小的心中，那就是浓浓的友情。

《夏小正》记载："四月，囿有见杏。"过完五一假，武都的杏子就如期上市了。卖杏子的都是乡下的女子，挑两个大筐，穿一双凉鞋，戴一顶草帽，沿街叫卖，不时吆唤一声："卖——杏——儿——""杏"，武都话读作"痕"，属于前鼻音，阳平。爸妈喜欢熟透的金黄色的杏子，我们却青睐黄中带绿、将熟未熟的青杏儿，甜中带几丝酸涩，最好略略"侵牙"，那才叫爽口。杏有"闻香"之说，即选择个大体圆的香杏，用白瓷盆盛着放在茶几上，满室香甜。杏仁有多种吃法，如五香炒杏仁、盐煮杏仁、杏仁豆腐、杏仁茶等等。不过，我们的吃法最简单直接——捡一块小石头，砸碎杏壳，取出白白的、新鲜的、潮湿的杏仁，放在嘴里慢慢嚼，甜甜的、苦苦的、涩涩的，就像读书写作业的中学岁月。

茉莉开花了。茉莉是印度花卉，大约在秦汉时代移植到中国，深受国人喜爱。茉莉性喜炎热和高温，花朵洁白，香气浓郁，淡雅宜人。茉莉花根能理气、活血、安神镇痛，花能开郁、辟秽、制茶，叶能消肿解毒，还能制成茗汤。不过，姑娘们喜欢茉莉，还是缘于花香，"燕寝香中暑气清，更烦云鬓插琼英""新浴最宜纤手摘，半开偏得美人怜"。小时候，我们姐仨常摘下一朵朵茉莉，插在头上，或制成首饰挂在衣角，在家里晃来晃去，晃得外婆心烦："好艳婆！还不去掉！"一直以来，我都喜欢听邓丽君演唱的《好一朵美丽的茉莉花》。去年夏天，我有幸在西宁听到一位朋友用青海话演唱这首歌，熟悉的旋律中，却洋溢着青海男人"我把你连根拔下"的霸气和豪迈！《好一朵美丽的茉莉花》的前身，是几百年来一直传唱在苏北里下河地区的"鲜花调"。我的姐夫是苏北人，在武都已经生活了近30年。姐夫很喜欢养茉莉。我想，他养的不仅仅是茉莉花，可能也是浓浓的乡愁。

5月中旬，枇杷熟了。每年见到枇杷果，我都有惊艳的感觉，常好奇朴素的枇杷花是如何华丽转身为香甜的枇杷果的。武都气候温暖湿润，枇杷生长良好，以生产黄枇杷而出名。枇杷果味甘酸，可生食，可做蜜饯，也可酿酒。枇杷叶晒干去毛后，可供药用，有化痰止咳，和胃降气之效。武都有一个地方叫琵琶，距城区58公里。小时候，我常把地名"琵琶"写成"枇杷"，尽管爸纠正了很多次，我还是改不了。在我心里，"琵琶"华而不实，哪有"枇杷"来得美，又好吃又好看！每当我写下"枇杷"二字时，就仿佛看到浑圆、橙黄的果子在向我招手微笑。其实，武都的琵琶镇历史悠久，如其下辖的张坝村，据说在北宋时就了这个村落。现在的武都裕河国家级生态养生景区，就是从琵琶镇收费站下高速公路，翻钵罗峪梁，经过五马镇就可抵达。到了琵琶镇，你就可以买到琵琶产地的香甜枇杷了。吃枇杷很有讲究。把刚摘来的枇杷用清水冲洗，除去外皮和内核，分成四五瓣，放置在白瓷砂锅里，加入冰糖，用小火清炖半小时，炖至枇杷软糯即出锅，甘甜可口。如果在冰箱里冻上半日再食用，则冰凉又爽口。

石榴花开了。我上中学时，武都还是一座老城，北门和西门还存在，北峪河水从城西引入，在西门分为三路，叮叮咚咚，一路穿城而过。临渠的人家，家家都用一块一米多宽的石板或木板搭在渠面上供行走。我的一位女同学，就住在北山下的渠水边。她每天出门，都得跨过一米宽的水渠；每晚睡觉，都枕着汩汩的水流入眠。她家有一棵石榴树，枝繁叶茂。石榴花开时，一簇一簇挂满枝头，极其艳丽、灿烂。一场夏雨过后，湿淋淋的地面上，落满了小喇叭似的石榴花，我们常捡起来吹着玩，也常捧起花瓣撒到门外的渠水中。火红的落花洒满水面，随水流上下浮动，旋转，激溅，好像我们绯红的快乐，慢慢飘向无限的远方。女人对石榴花情有独钟。杨贵妃在华清宫时，曾亲手在七圣殿周围，栽植了很多石榴树，有"贵妃花石榴"的美名；武则天更是写了一首《如意娘》："看朱成碧思纷纷，憔悴支离为忆君。不信比来长下泪，开箱验取石榴裙。"从而改变了命运。在武都，"石榴裙下死，做鬼也风流"的观念，依然深入人心。

野草莓熟了。在武都，野草莓俗称"瓢子"，因为野草莓的形状像人的脑袋瓜。经过几日雨水的冲刷，山坡上的草更绿了。在一片片绿色的草丛中，那一颗颗或白或红的瓢子，像星星一样眨着眼睛，洒满整个山坡，又像是一块块晶莹剔透的明珠，镶嵌在大山的怀抱。瓢子比樱桃还小，只有半个小指甲盖那么大，白色为多，红色较少。瓢子是大自然对人类的馈赠，有清热止咳、利咽生津、健脾和胃、滋养补血的功效。瓢子成熟的季节，劳作了一天的乡下女人回家时，就是再累，也要想办法摘十几丛瓢子，用瓢子绾扎起来，悄悄藏在身后。回到家后，又像变戏法一样，突然放到孩子面前。看着孩子那惊讶、惊喜的样子，女人的笑容就像红红的瓢子一样灿烂、美丽。刚摘来的瓢子先用清水浸泡两遍，沥干水分，放在白瓷盆里，撒上白糖，滴几滴白酒，在冰箱里冻上半小时，入口冰凉、香甜，堪称人间佳味。偶尔，妈会挑出一颗颗完美的瓢子，一层冰糖，一层瓢子，放入干净无水的玻璃瓶中，放进蒸锅蒸煮30分钟，制成瓢子罐头，放置在冰箱冷藏。隆冬时节，一家人围炉夜饮，几度微醺后，妈拿出瓢子浆，绝对的亮眼，绝对的美味。

莲花开了。武都古城的规划很有意思，东西南北各有一座城门，城中是州府和生活区，城西是文庙和城隍庙，城东是校场，而莲湖就在城中，与州府毗邻而居。我小学时，读的是莲湖小学；中学时，读的是武都一中，每天上学放学，莲湖公园是必经之处。莲湖公园占地16.8亩，以东、西两塘荷花著称，有"满城春色莲一半"之说。初夏时节，莲花渐次开放，亭亭玉立，清香四溢。下雨天，约一两个好友，坐在回廊上，闲看雨点落到莲叶上，汇成一颗颗灵动的水珠，恰似翡翠玉盘里的一颗颗珍珠。雨中初开的莲花，蒙眬，孤傲，优雅，别有一番韵味，像极了年轻而敏感的我们。不由得想起《西洲曲》"采莲南塘秋，莲花过人头。低头弄莲子，莲子清如水"之句，说的是江南采莲的盛事。眼前的两塘莲花，显然不够年轻人荡舟嬉戏。后来，我离乡渐远，每年回家，还是不由自主地要去一趟莲湖，有时候是结伴而行，更多的时候是一个人。"深巷人涌处，忽见前世人"，人潮涌动的莲湖公园里，那美丽的莲花，对我而言就像前世之人一样亲切、熟悉。

  后来，随着武都古城的改造，莲湖公园没了，代之而起的是几座高楼大厦。站在蓝天广场，仰视这一排排高楼，我五味杂陈。质疑、反对、怀旧、感伤、怅然、支持？好像都是，好像又都不是。

  这里，我无意探讨莲湖的去留问题，我关心的是人们对文化的态度。莲湖公园已有百余年的历史，是武都（阶州）现实的文化记忆。我很迷茫，我们究竟要以怎样的方式继承文化？来时深深浅浅的脚印被生硬抹去后，数十万游子又该去何处找寻自己的根？

  起风了，时令已进入小满，而阶州亦是另一番景象了。

2022 年 5 月 27 日

第二辑

石城恋歌

我爱这土地

一

2017年9月4日下午，在海航MU7868上颠簸四个多小时后，我们终于到达乌鲁木齐。这是我第一次踏上新疆的土地。一下飞机，明晃晃的太阳刺得我张不开眼。我揉了揉眼睛，发现乌鲁木齐艳阳高照，气温高达30℃，晒得人胳膊发烫。不是说"北风卷地白草折"吗？不是说"胡天八月即飞雪"吗？说好的北风在哪儿？飞雪又在何处呢？我望着明艳艳的太阳，多少有些迷惑。

我是中组部第九批援疆团的一员。第九批援疆团共有500余人，其中，高校教师援疆团共有109人，已经陆续抵达乌鲁木齐，并统一入住新疆大学学术活动中心，开始为期三天半的集中培训。入住后，我们陕西援疆团一行四人，即西农的张淼涛、李甲贵和西电的卢毅，在新疆大学的红湖和周边转了一圈，便发现这里和内地有很大的不同：最明显的是时差，明明是晚上九点了，太阳却还明晃晃地挂在天上，毫无落下去的意思；其次是饮食，奶酪和羊肉随处可见，蔬菜却很少；再者便是安全，校门口结实的路障、随时查验的身份证、戴头巾的哈族妇女、留胡子的维吾尔族汉子、街上矗立的岗亭、荷枪实弹的武警、呼啸而过的装甲车……都在提醒我：这里不是内地。在我肤浅的意识里，新疆是一块神秘的土地，充满传奇与故事，故怀着诗和远方的情怀而来，而眼前的一切让我应接不暇。

第二天便转入培训。培训由中组部、教育部、自治区和兵团四家共同举办，主要学习新疆的形势、习近平总书记的系列重要讲话精神和治国理政的新理念等内容。在听到内部讲座的那一刻，在得知新疆民警在去年打掉上万个暴恐团伙时，我们才明白：哪有什么岁月静好，不过是有人替你负重前行——内地的稳定和繁荣，是建立在新疆巨大的牺牲上。当内地人民在悠闲地喝下午茶、在举家围桌幸福聚餐、在饭后惬意地散步时，新疆人民却默默坚守着各自的岗位，奋战在一线。

不过，独在异乡的孤独感，对未知生活的焦虑，对家人的思念，宛如黑夜，每当夜深人静时，就温柔地爬上我的窗口，挥之不去。9月7日夜间，新疆大学学术活动中心一楼的昙花忽然开放，冰清玉洁，香气袭人。援友们围花细品，欢呼雀跃。次日中午，众援友收拾行装，各奔岗位。应同行援友所请，我记下了当时的心情（《初到新疆》）：

秋风乍起兮天渐变，辗转千里兮赴天山。

肉酪满桌兮不能餐，瓜果盈野兮无心咽。

水磨河兮声呜咽，思心悄然兮忆长安。

> 教义满堂兮心烦闷，独步红湖兮月华怜。
> 忽闻阶前兮琼花灿，冷蕊冰洁兮仙子寒。
> 围阶呵护兮惧花蔫，多情援友兮魂欲断。
> 班马萧萧兮汽笛鸣，独辔石城兮情难还。
> 日暮风悲兮边声起，不知愁心兮尚何堪。

当时的我，尽管对援疆维稳有了一定的认识，但还停留在表层，比较肤浅，尚处在学习阶段，难免有一种"为赋新词强说愁"之嫌。

二

9月8日中午，我们石河子大学援疆团一行十余人，到达此次援疆的目的地，位于天山下，玛河边的石河子大学，受到大学组织部的热情接待，尤其让我高兴的是，大学给每一名援疆干部在象牙城配备了干净的公寓，新装修的房间，整洁的家具，一应俱全的生活用品，完全解决了大家的后顾之忧。下午，大学专门召开了欢迎仪式，大学主要领导和各院负责人悉数到场。在这里，第一次见到了文学艺术学院的孙桂香书记，年轻，美丽，有魄力。

文学艺术学院由中文、传播、音乐、美术四个系组成，全院有135人，在石河子大学工、农、医等专业的强力挤压下，文艺学院显得单薄无力。9月14日，石河子大学签发了《关于王晓鹃等同志职务任免的通知》，我被任命为"文学艺术学院党委委员、副院长"。这一刻，我多少有些忐忑。我虽然是陕西师范大学的教授、博导，但并没有在副处级以上领导岗位上历练过，万一做得不好，不但会辜负派出单位陕西师范大学的嘱托，而且还愧对石河子大学的期望。

  我沉下心，决定从零开始：跟学办的老师一起进课堂，跟辅导员一起查宿舍，跟结亲的学生一起吃饭……渐渐地，我逐步融入新工作，切实体会到新疆工作的特殊性和安全稳定的重要性。不知不觉中，我慢慢爱上石河子，逐渐钟情援疆工作。有一天傍晚，当我再一次途经大学中区的博学楼，去会泽餐厅吃饭时，一首小诗——《穿过校园来会泽》，不由得浮上脑海：

迎着八点钟的夕阳，

穿过博学楼的芬芳，

落日的余晖，

洒在年轻姑娘身上。

美丽的哈萨克姑娘，

请不要向我微笑，

你蔷薇般鲜艳的纯粹，

会让我迷失来的方向。

我要去会泽，

那里有会雕刻的院士长，

有独角兽的演讲，

还有满厅的爱心与烛光。

如果迎着风就飞，

我的路在远方。

如果还有梦就追，

至少不会遗憾彷徨。

这首诗写于9月23日，表达了我当时的真实感受。这时的我，体味到来自石河子大学各个部门的善意，领略到新同事浓浓的情谊，感受到结对子同学深深的友谊。更重要的是，我体会到安全稳定工作的绝对性和重要性。我暗下决心，一定要对援疆工作做出应有的贡献。

三

真正让我对援疆维稳工作从思想层面深刻认同，还缘于"十九大"。"聚焦总目标，大干五十天，实现三不出，喜迎十九大"，这是十九大期间，自治区提出的口号。在十九大前后，自治区和兵团要求全疆所有工作人员，包括援疆干部，坚守工作岗位，下沉基层参与维稳。这50天，我们没有公休日，没有节假日，大家众志成城，圆满完成了党和国家交付的维稳任务。这期间，有几件事，我感触极深：

首先，是24小时值班制度。按照自治区和兵团的要求，石河子大学全面开启了领导干部24小时值班制，上自大学领导，下至学院干部，每一个人都需入住办公室、深入学生宿舍，24小时待命，全方位展开安全稳定工作。这是我平生第一次在办公室24小时值班。我本是一个极胆小的人，平时一个人在家，都要紧锁门窗，但值班时，整栋三层高的办公楼，虽然只有我一个人，但我却毫无惧意。9月下旬，石河子刚开始试用暖气，办公室的暖气似有还无，又恰逢寒潮来袭，寒气逼人。我一边烤着小太阳取暖，一边紧盯电话，甚至去卫生间也快步小跑，紧紧握着手机，生怕错过任何细小的舆情，延误时机。今天，当我坐在窗前，写下这些文字时，还对自己当时的出色表现暗暗称奇。我想。这可能就是信念的力量。由此，我对自治区所有工作人员，尤其是在南疆工作的干部，产生了深深的敬意——他们冒着生命危险，数十年如一日战斗在最前沿，他们才是这个社会最可爱的人！才是最需要得到社会尊敬和仰视的人！

其次，是学生的真情回馈。我来此不久，就按照大学的要求，与哈那提、斯琴高娃、阿马力·木拉提三个少数民族同学结成对子。其中，斯琴高娃和阿马力·木拉提很快就毕业了，我接触最多的便是哈那提，一名来自阿勒泰地区的哈萨克族男生，正读大三。刚开始时，我对此项工作有过怀疑，不知道这样做是否真的能达到以文化之目的。我抱着试一试的态度，把他当作自己的孩子一样对待，帮他树立学习目标，一起寻找学习和生活中的不足，制订学习计划，督促提交入党申请书。为了能让他明年顺利考上研究生，我给他还买了考研英语资料，督促他每天做题，我亲自检查。10月17日早上8点多，我刚结束24小时值班，却沮丧地发现东区办公楼突然停水。我没有任何准备，只好忍着口渴，打算中午回公寓再洗漱饮水。11点多，哈那提却气喘吁吁地来到办公室，居然给我送来一大袋酸奶！有各种口味！好暖心的孩子！这是我来到新疆收到的最美的礼物！至此，我才算明白了自治区要求结亲的良苦用心。

再次，是普通人的奉献精神。我身边的每一个人都在自己的岗位上坚守，任劳任怨。孙桂香书记天天泡在办公室坐镇指挥，无暇顾及刚上小学的女儿一格，孩子只能像小鸟一样，在各个朋友家飞来飞去；党政办主任石利娟天天加班，爱人又远在外地上班，便可怜了刚上小学三年级的儿子小凯，就是生病了，也只能一个人在医院默默打点滴；教办的王红星、学办的邢利伟、曹雨婷、刘要凯、郅洁等人，每天加班到凌晨一两点，毫无怨言；还有闫院长、宋书记、张院长……他们的事迹数不胜数。大家虽然都是平凡的人，但是都在平凡的岗位上奉献着自己的力量，也正是他们的无私贡献，才迎来全国的安宁和幸福。

十九大召开后，全国各族人民欢欣鼓舞，不约而同地展开各种学习。作为一个知识分子，一名教育工作者，我虽然手无缚鸡之力，但我却有一颗爱国心。当时，有一位援友因家庭因素，写了一首情绪低落的诗。10月20日，我便写了一首小诗来回应他（《喜迎十九大》）：

> 疆内清秋色斑斓，窗前桂子正团团。
> 书生报国自有路，何须长啸拍栏杆。

自古以来，书生都有报国心。关键在怎么报，该走什么路。反观历史，名垂青史的人，往往是范仲淹、文天祥、王阳明、林则徐、左宗棠式的有气节、重实学的文人。崇尚清谈，可能会误国误民，而晚明的覆亡就是实例。殷鉴在前，故还是习近平总书记说得好："清谈误国，实干兴邦。"希望我们少一分戾气，多一分实干之情。

我想，这个世界上，没有哪一个国家、没有哪一个人愿意自己的祖国被分裂。中华文化上下几千年，其间的五胡乱华、四川大屠杀、嘉定三屠、扬州十日、江阴八十一日、同治回乱，哪一次不是杀人盈野，血流成河。希望这些惨痛的民族教训，不要在这片大地上重演。

在经过多次周折，多次磨炼之后，我逐渐成长起来，认识到维护新疆的安全稳定及长治久安，不是哪一个部门、哪一个人的事，而是事关国家安全的头等大事，是每个热爱祖国的人自觉自愿的行为。

保疆有任，守土有责！

我愿力行之。

2017 年 11 月 19 日

寻梦莫索

杏花时节

带着三分醉意

七分天真

来莫索寻梦

漫漫的黄沙

紧锁的蒙古包

生锈的水龙头

飘飞的骆驼刺

都在告诉我

莫索是母亲的失子

没有梦和希望

有的只是荒凉和悲伤

哦，不

分明有风在沙枣上流淌

有野兔在洞口瞭望

有两只蜥蜴在晒太阳

掀起你的盖头来

正演了上半场

可是，

烽火台上

寻梦坡下

受伤的脚啊

怎样才能迈过你的胸膛

2018 年 4 月 7 日

掀起石城的盖头来

今天是 9 月 4 日。

一个平平常常的日子。

像往日一样，我从象牙城公寓出发，一路步行去大学东校区上班。初秋的阳光，没有了夏日的热烈和执着，柔柔地从榆树和白蜡树缝中调皮地抛洒下来，斑驳迷离；初秋的风，略带着一丝清凉，悄悄抚摸着一群群迎面而来大学生俊朗的面庞，轻轻牵动着多情女孩五彩的衣裳，妙曼美丽；初秋的树叶，杏黄中犹带几丝绿色，缓缓地在空中打转翻转，欲落还休……而我的思绪也如秋叶般飘忽盘旋——今天是我们第九批援疆干部进疆一周年的日子，我是不是应该为这座城市写点什么？

我所在的是一座西部边疆的美丽小城，被誉为"戈壁明珠"。诗人艾青曾赞美道："我到过很多地方，数这个城市最年轻，她是这样漂亮，令人一见倾心，不是瀚海蜃楼，不是蓬莱仙境，她的一草一木，都是血汗凝成。"

有意思的是，这座城市却几乎无法和国内的任何一座知名城市相提并论，随便一个二三线城市的自然环境、历史积淀、人口数量和经济总量都远远超过了她，更不要说西安、北京、上海和广州这些国际名城了——因为她太年轻，只有60余年的建设历史；她太狭小，搭乘出租往东南西北跑一圈，也花不了50元；她太稀薄，市区人口还不到30万；她太单薄，年生产总值超不过400亿……但她依然生命力旺盛，就像沙漠中的沙枣树，克服了干旱、风沙、盐碱和贫瘠，照样活得光彩照人，摇曳多姿——她就是石河子市。

这是一座英雄城。这片土地，几千年来，曾先后被乌孙、柔然、高车、突厥、大唐、喀拉汗朝、察合台汗国、兀儿汗国、准噶尔和大清各个王朝统治过，但却没有留下几丝历史的痕迹，仿佛这些古国根本没有存在过。永恒不变的，只是春天一望无际湛蓝的天空、夏夜满天的繁星、秋季遍地的落叶和冬日凛冽的北风。但是，奇迹还是出现了。20世纪40年代末，随着中央政府"解放新疆"的号令，中国人民解放军第二、第六军等17万余将士，在司令员王震、政治委员徐立清的率领下毅然开拔新疆。和平解放新疆之后，军队积极响应共和国的号召，集体就地转业，组建"中国人民解放军新疆军区生产建设兵团"，在荒凉的戈壁滩安营扎寨。1950—1953年，中国人民解放军新疆军区二十二兵团司令部、政治部机关及其直属队、二十六师、骑兵第七师等，先后进入荒芜的石河子一带垦殖，硬是用双手和铁锹，凭着钢铁般的意志，一砖一瓦地建造起这座城市。这无疑是古今屯垦史上的壮举。从此，我国地理坐标东经85°、北纬44°线上便多了一颗耀眼的明珠。位于北三路的军垦博物馆，是国家5A级旅游景区，被中宣部命名为全国爱国主义教育示范基地。漫步其中，看到兵团一代留下来的老棉袄，破旧的行军壶，锈迹斑斑的坎土曼、镰刀，沾满尘土的架子车，简陋的地窝子，心里久久不能平静。为了开垦大西北，兵团一代付出了青春，甚至生命，怎不令人敬佩！博物馆前，矗立着王震将军的巨幅雕像。环绕四周的，还有"军垦第一楼""军垦第一井""周恩来总理纪念碑""艾青诗歌馆"等景点。北三路的景区，无疑是石城的灵魂所在。这座城市的英雄气，还体现在"水"字上。说起来大家也不相信，石城居然是一座水城。城市位于古尔班通古特沙漠边缘，原本干旱缺水，"城中有河"一直是三代兵团人的梦想。终于，石城人将一条用于农业灌溉的引水渠改造为一条穿城而过的景观河，它像一条静卧的长龙般逶迤城中，清澈的天山雪水从城南缓缓流向城北。夏季开闸放水时，满城的渠水都汩汩流动起来。恍惚间，你会误以为置身绿水环绕的江南小城，生活的秀美和灵动也呼之欲出。

这是一座移民城。 进疆部队之后，1956年，作为第一批支边青年，五万河南人挺进新疆，其中近两万来到了石河子。后来，陆续有各地的支边青年远赴石城。从此，天山北麓便唱起了豫剧《花木兰》；从此，准噶尔盆地南部便有了上海人的雪花膏；从此，玛纳斯河畔便出现了北京人的烤鸭；从此，南山脚下便飘起兰州人的拉面香味……这些有不同出身背景、风俗传统、生活习惯、伦理观念和教育经历的内地移民，筚路蓝缕，同心协力，创造出多元又包容的移民文化，使石河子熠熠生辉。早上9点，如果有闲暇的话，你一定要去24小区的早市逛一逛，生猛海鲜、鸡鸭鱼肉、瓜果蔬菜、服饰鞋帽、字画古董、宝石翡翠，应有尽有。操着地道河南腔卖蔬菜的大妈，用硬邦邦的兰州话吆喝生意的肉铺大叔，用北京官话叫卖衣服的大姐，用吴侬软语销售火龙果的姑娘，虽然衣着稍显暗淡，但个个身上洋溢着生机，让人触摸到生活的热度和厚度。是的，作为兵团二代和三代，和内地的亲朋好友相比，理想，有时候难免失色；情怀，有时候难免暗淡；生活，有时候难免无奈，但正如刀郎唱的"就算生活给了我无尽的苦痛折磨，我还是觉得幸福更多"，这便是石城的不同之处——因为她处处承载着兵团人的精神——顽强、乐观。

这是一座大学城。 石河子大学便坐落在这座安静的小城。这是一所和共和国同龄的大学，诞生在1949年9月中国人民解放军解放新疆的进军途中，1996年4月由农业部部属的石河子农学院、石河子医学院、兵团师范专科学校和兵团经济专科学校合并组建，是国家"211工程"重点建设高校。校园面积达182万平方米，绿化覆盖率41%。在戈壁荒滩，这个绿化率简直就是神一样的存在。每年秋季，来自全国各地的上万名新生带着理想和热情蜂拥而入，给石河子带来生机和希望。大学中区有美丽的图书馆。夏天的傍晚，我们常常三五成群去泮池和书香湖散步。习习的微风、飘荡的白云、绚丽的落霞、晚归的小鸟、错落的栏杆、亭亭的荷叶、嬉戏的金鱼、读书的女孩、安静的情侣，编织成一幅五彩斑斓的水彩画，荡漾着西域高校独有的静谧和祥和，让人流连忘返。每到寒假，石河子便陷入冰天雪地之中，学生也像一只只候鸟，纷纷飞回温暖的家乡。学校周边的餐馆纷纷歇业，车辆和行人都比往日少了很多。此时的石河子，真的无比寂寥，只有春节夜空中偶尔燃起的几束烟花让生活有了些许流动感。于是，我常常想，在某种程度上，是占城市面积近四分之一的石河子大学让石城有了发展的底气——没有了大学，这座城市会怎么样呢？

这是一座美食城。 每天华灯初上，石城的街道便堵塞起来，也热闹起来，三五成群的一波波队伍迅速进入城市的各个餐馆。初来乍到，我常常疑惑不已：为什么这座城市有这么多餐馆？为什么家家餐厅都人满为患？其实，石城到底有多少餐馆，我并没有统计过，但仅23街区象牙城楼下，就有重庆洪福老火锅、御粥轩、好运丸子汤、苏氏牛肉面、肖英卤肉、楼兰烤包子、红楼奶茶、号旺角饺子、运河人家、鸡汤麻辣粉、四宫大盘鸡、张飞米粉等20余家。显然，全国的各大菜系都现身这里。后来，慢慢发现，聚餐并不是大家事先约好，往往是下班时的一个眼神，或是一个小到不能再小的理由，如"你今天好像瘦了点"，都会迅速发酵成当晚饕餮的冠冕由头。只一瞬间，大家便兴高采烈地结对去沙湾，去巴依大院，去5566广场，去马家老院子……如果兴趣来了，更会星夜包车去玛纳斯，吃红柳烧烤，喝小老窖，拼夺命大乌苏。如果进入漫长的冬季，"晚来天欲雪，能饮一杯无"，更成了石城夜宴的正当理由。这时，大家早都忘记了窗外北风凛冽，争相围炉夜饮，酣畅淋漓，大多要到凌晨两三点，才会扶醉而归。当然，新疆的美食在这里也样样俱全，如143团的蟠桃、121团的炮台红甜瓜、6团的苹果、八师的葡萄、小四凉皮、老洞天陈记烤全羊、艾德莱斯绸小羊羔、大嘴手抓、红石榴羊肉串、热合曼馕饼、俭朴寨小公鸡、伊斯兰堡火锅、都尼亚麻辣鸡、石锅坊烤牛排铁板鱿鱼、八楼猪蹄、阿淮烧烤，数不胜数；而肯德基、百富烤霸、赢禾回转寿司、乔治·香颂糕点、哈立德、N多寿司、麦趣尔、蜜思香咖等品牌餐饮也应有尽有。更温馨的是，大学专门在中区会泽楼为援疆干部设置了餐厅，每餐只需3元，物美价廉。餐厅有一个电子秤，但大家都不敢轻易过磅——稍不留神，你的体重可能就失控了。进疆一年来，我的体重居然急速飙升了六公斤！要知道，我30年来体重上浮都没有超过两公斤！管住自己的舌头和体重，已然成了我目前生活的不可承受之重。

　　这是一座时尚城。石城号称"小上海"。顾名思义，生活自然时尚、前卫。万都广场、美好时代广场、友好购物中心、温州国际商城、世纪名品、国泰百货等，都是购物的好去处。这里，既有国际名牌香奈儿、迪奥、阿玛尼、纪梵希、古驰、博柏利，也有名不见经传的国产货，亦有便宜的地摊货，土豪、工薪阶层和穷学生各取所需，互不干扰。偶然，会有女学生在奢侈品柜台前驻足观望，也有土豪在地摊边讨价还价，煞是有趣。石城人还酷爱涂指甲。几乎每一条街区，都有几家美睫美甲店。在这里逗留一下午，做一款心仪已久的指甲图案，文一道浅浅的眼线，贴一种时尚的睫毛，无疑是换一种心情的最好方法，自然是石城姑娘的首选。这里的瑜伽也很流行。慧·瑜、澜淑、妙曼、涓涓、缘缘，都是知名的瑜伽馆。一天的工作之后，放松一下身体、心理、精神和情感，也是不错的选择。这些爱好，处处释放着年轻人的骄傲和矜持，长者也泰然处之——对年轻的城来说，历史悠久和老气横秋，还过于遥远。活在当下，又何妨？

这是一座美丽城。石城东距乌鲁木齐150公里，西距霍尔果斯口岸500公里，地势平坦，平均海拔高度450米，属于典型的温带大陆性气候，冬季长而严寒，夏季短而炎热。夏天热起来，气温会高达40℃，比四大火炉还炙热；冬季冷起来，气温低至-40℃，可谓滴水成冰。这里最不吝啬的就是阳光，年日照时数为2721～2818小时。这里夏季的阳光如爱情般热烈，火辣，执着，正如费翔所唱："我的热情，就像一把火，燃烧了整个沙漠，太阳见了我，也会躲着我，它也会怕我这把爱情的火。"而冬季的漫漫飞雪，也一如忧伤的爱情般哀怨，仿佛日本电影《情书》中，神户女孩渡边博子娓娓讲述的伤情故事；又好似韩国影剧《冬季恋歌》中，斯文儒雅的"裴勇俊"和活泼明亮的"崔智友"在白茫茫的风雪中相遇的生死恋曲。说实话，喜欢腻韩剧，也缘于这个故事。所以，石城无疑是最完美的情人——只有在她怀里，你才会充分体验到爱情的冰与火，才会让你飞腾升仙，终身留恋。我常常想，如果非要找几个石城牵绊我脚步的理由，阳光和冰雪肯定是不二首选。

听,不知是谁,又唱起那首熟悉的西域歌谣,《掀起你的盖头来》:

掀起了你的盖头来

让我来看看你的眉

你的那眉毛是细又长呀

好像那树上的弯月亮

掀起了你的盖头来

让我来看看你的眼

你的那眼睛是明又亮呀

好像那秋波一般样

掀起了你的盖头来

让我来看看你的脸

你的那脸儿红又圆呀

好像那苹果到秋天

石河子,我今天终于掀起了你的盖头——你的眉毛、你的眼睛、你的脸儿,都让我痴迷不已。

石河子,援疆人的新娘,我们爱你。

2018 年 9 月 4 日

小蛮和绵绵

我张开双眼,蓦然发现自己置身花海,漫山遍野的桃花竞相绽放,千姿百态,灿若锦绣。桃花深处,短发的小蛮躺在低矮的蟠桃树上,微闭着双眼,享受着清晨的鸟语花香,阳光透过枝丫洒在她的脸上,毛茸茸的睫毛轻轻颤动着,像两只飞舞的蝴蝶;身材高挑、长发及腰的绵绵笑吟吟站在桃树下,手里掂着一枝桃花,正软语叮咛:"小心,别摔下来。"我莞尔一笑,随即又忐忑道:"我不会是在做梦吧?"小蛮睁开眼,笑嘻嘻地说:"掐一下试试啊!"绵绵伸手夸张地捏了我一下,"啊!好疼",我作势道。嗯,看来真的不是梦,我们是在石河子143团的蟠桃园游玩呢。这里芳草鲜美,落英缤纷,是春季花开时我们最喜欢的一个去处。

我醒了。我从未做过这么清晰的梦,胳膊上甚至有绵绵刚捏过的疼痛感。我知道,是我想她们了。

小蛮和绵绵是我在石河子的两个朋友。

小蛮爱美，为了文一款中意的眼线，曾驱车两小时去外市寻找美容师。小蛮喜欢化淡妆，手又巧，曾在一条黑色九分裤上绣过一朵金灿灿的太阳花，灿烂，鲜艳，一如她的美丽。她的美如太阳般耀眼，瞬间就能感受到。绵绵则美得低调。刚开始和绵绵吃饭，发现她从不补妆，后来才知道她的眼线、眉毛和嘴唇两年前就文过。她跟流行最紧，去年吃了两个月"土"，直到被红星星嫌弃两次，才依依不舍地弃用土色口红。绵绵腿长，又白。如果上台领奖或发言，绵绵一定会穿上短裙，往那儿一站，立刻鹤立鸡群，力压群芳。她的美如清风明月，需要慢慢欣赏。

我们三人经常在一起工作、娱乐或游玩。小蛮非常喜欢自己从事的新闻广电工作，有一次为了及时完成后期制作，曾两夜没合眼，让人心疼。她一直在做兵团三代人的创业口述史研究。我曾跟小蛮去采访过一个归国的兵二代，小蛮的沉静、睿智和妙语令我折服。而绵绵为了论证一个兵团美术项目，更是两个月没回乌鲁木齐的家。小蛮喜欢唱歌，是校园十佳歌手，她家楼下的歌吧，我们经常抽空光顾。更多的时候，是小蛮专场表演，我和绵绵只能侧耳倾听，尤其是我，基本上是忠实的听众。小蛮喜欢打排球，绵绵坚决反对，说会把胳膊弄粗，"那就太难看了"，绵绵浅笑道。绵绵喜欢熏香，办公室永远香味缭绕，且设计感十足，充分显现出她的专业。我们三个都喜欢看电影，尤其是小蛮，贴面膜包场看电影的故事，在同事中广为流传。电影看多了，小蛮自然开始编剧本，各种类型都尝试，说是不能忘记中文出身。

石河子的冬天漫长，寒冷。在雪夜，饮酒自然是首选。二哥在春天就开始泡桑葚酒，到了冬季打开，绵长的香味让人沉醉。我们经常向二哥讨酒喝，二嫂总是慷慨应允，有时还主动邀请大家畅饮。我虽不能饮酒，但看着她们围炉小酌，畅谈生活，也十分开心。不过，我们究竟说了什么？我一概不记得了。反正，自从和我们吃过一次晚餐后，最爱发言的董教授就不再陪我们去了，"你们女人太能说了，"他感叹道。

小蛮喜欢开车，常穿运动鞋，绵绵更钟情高跟鞋。有一次下大雪，绵绵穿着高跟鞋去上课，没想到打不到车，只好一步三滑，一路小跑到教室，狼狈至极。但她女人心不改，再大的雪都坚持穿高跟鞋。有一次吃完晚饭，已是凌晨两点，室外大雪初霁，一片琉璃世界，我们三个意兴盎然，决定走回去。我和小蛮一左一右搀扶着蹬高跟鞋的绵绵，硬是一步三滑地从东三路走到北四路的住处。夜深人静，皓月当空，我们的身影印在雪地上，忽长忽短。何夜无月？何处无人影？但少闲人如我们三人一般。

去年十一长假，我们曾一起去吉木萨尔、木垒和奇台游玩。奇台路途遥远，小蛮和我换着开车，一路惊险不断，笑声不停。我们的目的地是"风火人家"。这是奇台大哥退休后经营的一家小型避暑地，可容30人同时消夏。度假村掩映在白杨树丛中，身姿绰约。在中秋时节，在天山腹地，我们开始了饕餮。烤羊肉串，羊腿，羊蹄，羊杂，羊肠，羊肺子，羊肉面片，应有尽有。奇台二哥、三哥和军人大哥的酒量都相当了得。我自然不堪一击，早早投降。看似豪爽的小蛮竟也不胜酒力，草草败下阵来。关键时刻，一贯温婉如水的绵绵力挽大局，竟然一挑三，让三兄弟心服口服，为我们挣足了面子。当我写这些文字时，仿佛又回到了那一夜，满天星光，满屋笑声，满桌美食，满眼温情，满心感激。客观地说，这是我在新疆吃过的最有情味的晚餐！

回西安后，小蛮和绵绵的消息像风一样不断吹来：先是小蛮成功评上了高级职称，又是小蛮开始在政府机关讲兵一代、兵二代和兵三代的故事，受到广泛欢迎。至于绵绵，先是由系主任改任系书记，成了学院的双带头人，又是远赴红旗渠旅游，又是买了带花园的楼房，正踌躇满志地自己设计装修图纸呢。

小蛮喜欢故事，不时在群里发送心灵鸡汤。绵绵喜欢鲜花，经常给大家免费送花。我们的小分子村，便始终被馨香和温情所萦绕。

石河子的朋友，能猜出她们是谁吗？

2019年8月2日

在那遥远的地方

4月14日下午4点多,我正在线上收听王兆鹏教授的腾讯讲座。王教授多年致力于唐宋文学编年地图的研究,立志要行走千年前诗圣杜甫走过的路。为了说明文学与地理的姻亲关系,他采用庆州马岭河谷的三维地图来解读范仲淹名句,"四面边声连角起,千嶂里,长烟落日孤城闭",我略一愣神。就在这时,刘生良老师打来电话,说第九批援疆干部的使命即将完成,兵团在征稿,要求大家都写一写。一瞬间,我的思绪不由得随着丝丝电波,在一阵阵苍茫辽远的历史号角声中,穿过千山万水,又一次来到天山下,玛河边。

一所没有围墙的大学

2017年9月8日,我和十几名第九批援友一起抵达石河子。在此之前,我从未接触过兵团，对石河子更是一无所知。在这里生活了一年后，我深深地爱上了这座边疆小城。在石河子，年轻时尚的城市气质和荒凉贫瘠的自然环境水乳交融，雄浑豪迈的英雄传奇与平凡琐碎的日常生活交相辉映，令人叹为观止。这里随处可见温暖的阳光、美丽的天山、好吃的食物和友善的兵团人，都让我深深留恋。2018年的9月4日，我曾写过一篇散文《掀起石城的盖头来》，被石河子市文体局"文化石城"公众号推出。结果，我就成了石城"自己人"。这无疑是生活对我最好的回馈。

在我看来，石河子不是一壶经年的老酒，需要三五知己在雨天散坐在书房，闲话历史，细酌慢饮。石河子也不是当红的影星，华丽耀眼，倾国倾城。她的美在青春朝气，她的美在自然真实。她是一个爱恨分明的姑娘，夏日晴空万里，炙热沸腾；冬季风雪弥漫，滴水成冰。她的灵魂在北三路。一旦她发起怒来，可能会宝剑出鞘，正如一代枭雄刘备，见孙尚香身边侍婢百余人，皆亲自执刀侍立，每次进入孙夫人闺房，心内也常觉凛然惊惧。由此看来，没有一定内功的小伙子，是hold不住石城姑娘的。

在石城，如果是春天，要记着去莫索湾细看三芒草在沙漠中欣欣然探出头的样子，还有北湖优雅的黑颈鹤交颈而鸣的图景。如果是夏季，别忘了去南山感受参天古木在风中的摇曳与从容，还有青皮马鹿温顺的眼神。如果是秋日，一定要去看看白雪般纯净的芦苇飘逸洒脱的身姿，再去北四路踩踩满地的落叶，顺便偷偷摘一个行道树上红透的苹果，最好咬一口。如果是冬季，不妨起得早一点，第一个来到大街上，在雪地上踩下一串串足印，再抬头看看树上各种各样的雾凇，不时会有积雪从树梢散落，洒满一身。如果有酒量，晚上约三五好友，包车去玛纳斯吃红柳烧烤，喝小老窖，拼夺命大乌苏，亦是人生一大快事。

在石河子，我经常打出租车，尤其是冬天，冰坚路硬，寒风刺骨，坐出租是最明智的做法。司机一上车就径直问道："去大学哪个门？"我暗自吃惊，他竟然知道我的身份！后来才弄明白，原来在石城打车上班的大都是大学的人，因为大学老师收入高，气质不同于普通兵团人，出租车常年穿行在石城的大街小巷，自然明察秋毫。

石河子大学是一所和共和国同龄的大学。作为兵团唯一的211大学，她存在的理由和价值毋庸多言。大学由中区、南区、北区和东区四部分组成，本是一所没有围墙的大学。近两年，为了保护学生的安全，才不得已竖起低矮的围栏。在我心里，希望这些围栏能够尽快消失，让这所大学恢复本来的面目。

在我看来，大学有三宝：一是办学的真诚和善意。学校现有教职工2650人，中国工程院院士1人，教育部"长江学者奖励计划"特聘教授2人、青年学者1人，国家"973计划"项目首席科学家2人。作为一所地处西部边疆小城的大学，取得这个成绩实属不易——她没法给出和北上广一样让人羡慕的薪资，也没法创造出繁华的十里洋场，只能用足够的善意去招揽贤才，用十二分的勤奋努力工作。每思及此，心下戚戚。

二是有一座恢宏大气的博物馆。博物馆坐落在北区，由新疆历代屯垦史馆、昆虫馆、动物馆、植物馆、校史馆等组成。这里陈列的每一件藏品，都有一个鲜为人知的故事，在无声地诉说着这所大学的前生今世，让人感动。如果说大学有灵魂的话，博物馆无疑就是心脏。她的每一拍跳动，都温暖而坚定。博物馆负一楼，还有一座小小的书画室，是我所在的文学艺术学院段保国教授的工作室。当时，我常去他那里品茶，看他作画。

三是校园风景如画。大学中区有美丽的图书馆。夏天的傍晚，我们常常三五成群去泮池、书香湖和红亭散步。落霞满天，晚风习习，荷叶亭亭、栏杆九曲，让人沉醉。中区北门种植着一排排海棠，大雪纷飞时，红果高挂枝头，斑斓美丽，引人心动。因为海子，我们知道了德令哈。因为大学，石河子充满朝气，名扬全国。显然，是大学提高了石城的品质和知名度。

大学中区有一座叫会泽楼的餐厅，上二楼左拐第一间，就是援疆干部餐厅。这里的"援疆干部"是统称，除了专门的援疆人员，还有博士团成员、对口支援人员、长江学者、短期支教老师、绿洲学者、兼职教授，甚至刚入职尚未正式办理手续的青年教师，都在这里用餐。每餐只需 3 元，物美价廉。中午一般是餐厅最热闹的时候，大家汇聚一堂，高谈阔论：有对工作的交流、有对国是的看法，有对学术的争议，有对人物的品藻，有对彼此的攻伐……夏文斌书记曾写过一篇散文《援疆餐厅的笑声》，发表在《光明日报》，很有代表性。经过多轮较量和比拼后，有两人脱颖而出：上海交大的董正英教授和北京外贸大学的李青武教授。相比较而言，董大教授更博学、更机智、青武教授更激烈、更理性。如果哪天他俩没来就餐，就连小陈新做的羊肉也不那么香了。

两位校长

援疆人员里有两位校级领导，分别是夏文斌书记和李光泗副校长。

夏书记是安徽人，北京大学马克思主义哲学专业博士研究生毕业，毕业后长期在北大工作。2011 年 8 月，他远赴边疆，任职石河子大学，先后担任副校长、副书记和党委书记，前后长达八年。2019 年 8 月，调任北京对外经济贸易大学校长。显然，不管是从履历、时间，还是从级别来看，夏书记都是石大援疆团的"老大"。

忆及夏书记，我就会想起曹操。在我眼里，他们两人有很多相似处，比如都是安徽人，都个头中等，都帅气阳刚，都是政治哲学出身，都喜欢文学，都渴望建功立业，都践行唯才是举。明代陈祚明评价曹操道："孟德天分甚高，因缘所至，成此功业。"这番话也是对夏书记的注解。如果没有援疆路，成就不了夏校长。正是八年的援疆工作，磨炼了夏校长的胸襟、气魄和能力。离开石城之际，他曾说："石河子永远是我生活的美好记忆和精神支撑。"令人动容。

夏书记认为，作为一名援疆干部，最大的价值就在于将对口支援学校的好经验、好资源、好做法，与受援单位有机结合起来，从"输血"到"造血"，最后使得受援学校产生极强的内生动力。他做到了。2020年1月，石河子大学党委入选全国党建工作示范高校。在全国，获此殊荣的高校党委只有十个。

李光泗副校长是博士团成员，比我们晚来半年，却是第一个离开石大的人。光泗校长是江苏泗洪人，80后，年纪轻轻，已是南京财经大学的教授博导、国内知名经济学家。前景可待，未来可期。

光泗是一个典型的江苏人，性格温和，意志坚定。当然，不只他温文尔雅，他的妻子和八岁的小女儿也温婉可人。他就餐总是最后一个到，总是默默地聆听大家讲话，从不轻易插嘴，也从不指责任何一个人。相反，他倒是经常做"卧底"，凭着他副校长的身份，屡屡帮助我们解决工作上的难题。记得有一次，大学要来检查文院研究生的安全稳定工作，是他和董院帮我审了半晚上材料，并提出许多建设性意见，第二天顺利过关，并得到大学的肯定与赞扬。要知道，文院可是大学重点关注的意识形态高发地。

对了，这两位领导还有一个共同的爱好，就是都喜欢打乒乓球，而且都打得极好，尤其是夏书记，在全疆大学校长赛上拿过一等奖。夏书记住在北区，平日除了公事，基本见不到。光泗住在三角地，除了午餐时间，也很少见到他。对了，光泗还很擅长掼蛋。

三个英雄

援疆团有三位医生，分别是徐佳、孙志鹏和黎培员。

徐佳是新疆人，本科毕业后，分配到北京中医药大学第三附属医院工作。2003年"非典"期间，他因表现突出，被评为团中央优秀共青团员，并火线入党。2017年6月，始终心怀故乡的他再次支援边疆，来到石河子。徐佳中等个头，宽脸高鼻，肤色白皙，笑语盈盈，前额留得长长的头发在右边堆积着，随着步伐晃来晃去，很有意思。在担任石大医学院一附院副院长期间，徐佳做了很多实事。因此，大家给他赠了一个雅号，叫"英雄"。2019年年初返回北京后，徐佳被任命为副院长。在此次疫情期间，徐佳再次临危受命，奋战在抗疫一线。

孙志鹏来自北京大学口腔医院，擅长颞下颌关节疾病的诊治。在石河子期间，担任石大医学院一附院副院长，为一附院做了很多贡献，如北大口腔医院与一附院的远程医疗合作协议和国家口腔临床医学研究中心分中心等的建设，都有志鹏的功劳。志鹏有一张方脸，性格忠厚，少言寡语。只要他一来，大家就开始七嘴八舌地咨询："我这颗牙有些松动，不要紧吧？""我牙龈充血，是缺维生素吗？""我这颗牙拔了行不行？"志鹏总是不紧不慢地一一解答，很有耐心。志鹏回去后，一直没有联系，不知道他近况如何？

　　黎培员来自华科大同济医学院附属同济医院，是一名消化科专家，担任石大医学院副院长。培员是湖北人，个头小小的，瘦瘦的，戴着一副眼镜，啥时见他都笑嘻嘻的，但镜片后闪烁的光芒却出卖了他。显然，他这是有意守拙藏慧。不过，要藏起九头鸟的智慧，还是很难的。一不留神，一个头就伸出来了。他一到石河子，就从网上买了一辆二手自行车，慢悠悠骑着上下班。冬天，培员戴着蓝黑色的老汉帽和厚手套，骑着车在雪地上滑来滑去，看得人揪心，他却从未摔过跤。培员不喜欢下厨，直到临走前，大学发给他的厨具都未开封。这次武汉封城两月余，他却没有时间学习烧菜。2月2日中午，培员忽然在朋友圈发了一条消息："理发，出发！唯愿此生仅此一役！唯愿战友平安归来！"原来，同济医学院附属同济医院中法新城院区被政府指定为"武汉市新型冠状病毒感染的肺炎危重病人救治定点医院"，培员又一次上了前线，而且在危重病房。4月10日，他的朋友圈终于再次更新："2.2—4.10。今早大事：体检报告合格，可以回家啦！"屈指算来，他已经在前线奋战了整整68天！

　　以前，总认为英雄是雷锋、焦裕禄、孔繁森，他们就像星星一样高高地挂在天上，给人点燃亮光。现在，才明白英雄就是培员，就是徐佳，就是志鹏！他们就是我们的邻家小兄弟，是我们的同事，是我们的战友。他们和我们一样是普通人，也怕死。但是，关键时刻，他们有担当，有能力，为保护国人义无反顾。让我感动的还有石大医学院一附院党委书记刘锋，千里带队赶赴武汉，胜利归来。美哉，培员！壮哉，医疗队！待疫情散去，希望能再见到小兄弟，不为别的，只为说一句：谢谢你！

四位长江

援疆干部中有三位长江学者特聘教授,分别是张金利、郭旭虹和叶邦策。作为国内顶尖学者,三人的学术成就和荣誉都有几箩筐。三位长江都属于石大化学化工学院,专业都和化学化工有关。作为石大的领军人才,三人都被圈养在三角地的宽大深闱里,平日很少见到,尤其是张教授和郭教授,只在工作需要时返回石河子,来的次数不多,待的时间也不长。不过,虽然只有短短的几面,却也留下一些印象。

张金利是天津大学化工学院教授,是前任石河子大学化学化工学院院长,也是石大绿洲学者。张教授很温和,总是笑嘻嘻的,说话风趣幽默,好像一尊笑脸盛开的弥勒佛。初见时,我差点误以为他在从事艺术工作。张教授很好客。我们刚到石大,他就曾经宴请大家吃火锅。

郭旭虹是湖南浏阳人,高考的佼佼者,清华大学化工系高分子化工专业高才生,曾先后在德国卡尔斯鲁厄大学和美国普林斯顿大学任教。2006年,被华东理工大学招聘为特聘教授,兼任化工学院院长助理。印象中,他中等身材,肤色较白,见人腼腆,不大说话,但爱笑,一笑眼睛就成了月牙形,像一朵不胜风力的水莲花。

叶邦策,来自华东理工大学,现任石河子大学化学化工学院院长,也是石大绿洲学者,亦是石大援疆干部的班长。他经常背着一个蓝色的Tumi牌双肩包,快步穿行在校园中。叶班长个头小、声音小、头发也少,但境界高、胆子大、气魄大。《论语·子罕》云:"太宰问于子贡曰:'夫子圣者与?何其多能也?'子贡曰:'固天纵之将圣,又多能也。'"我有时也和太宰一样纳闷：叶班长这么小的脑袋，怎么会有那么大的智慧？可见，是造物主不公平。叶班长很有领导才能，比如这次，就是他要求我完成这项作业的。

第四个准长江是杨德正。德正是山东人，80后，来自大连理工大学，是援疆团中年龄最小的，成就却是较高的，已是石大理学院的院长和石大"绿洲学者"。在第九批中，他显然是一颗耀眼的明星。德正个子很高，约有一米九。如果不知道他的年龄，容易误认为他年近四十，因为他背微驼，头顶头发少，两鬓已生白发。德正多才多艺，喜欢雕刻，房子里堆满了各种石料，还买了一个雕刻机，准备大干一场，无奈琐事缠身，无暇顾及。德正很有个性。有一次，文院几位老师请他吃饭，他惦记着写课题，无暇慢慢周旋，便赌气似的一口气喝下了一大纸杯白酒，睁着两只圆圆的眼睛率先离席。从那以后，我再也不敢叨扰他了。德正还有一个梗。"明德正行"是石大的校训，大家掐头去尾，改成"德正"。于是乎，每次见到德正，都会调侃地问："德正行不行？""德正行！"为此，他苦恼了很久。我们对德正期望很高。我想，有朝一日，德正一定会成为院士！因为——德正行！

五个邻居

除了医学院一附院的徐佳、志鹏、郭丽丽和三角地的三位"长江"外，我们其余的人都住在象牙城。

石河子的形状整体看像一个古代拱手作揖的士大夫，南北长，东西短。市区却恰好相反，东西长，南北窄，东北角基本属于大学。街区从子午路向两边划分，整齐肃正，颇能感受到军队的气息。象牙城处在东北角的第23街区，我们就住在23街区第68栋楼一单元。这里是石河子的金融区，工行、农村信用社、农行和金融大厦都在附近。市公安局、交警大队也仅隔一条马路。象牙城生活方便，如中国电信、金马市场、大仁和风味庄、锦绣园酒店、天富旅行社、银力大厦等近在咫尺。

象牙城在大学西面，与大学中区只隔一个街区，以前有一个小旋转铁门，可以刷卡直通中区。我们来到石河子时，恰逢新疆严厉治理期，为了保护学生的安全，此门已关闭。如果周末要去餐厅，必须先走到北区正门，再穿过北区地下通道，进入中区餐厅，得绕好大一圈。2018年底，全疆局势逐渐平稳，北区师范学院旁的侧门率先开通，紧接着，象牙城通往中区的小门也开放了，大大缩短了来往路程，节约了不少时间。不过，没走几天，我们就返回了。

援疆团里，有两对夫妇，三位老陕。

第一对夫妇是陶谦和朴银实夫妇。陶谦老师来自江南大学，属于对口支援人员。陶老师个子中等，肤色白皙，额头中间偏右处有一颗大大的黑痣，讲话喜欢眨巴眼睛，带有浓重的江浙调。朴老师是朝鲜族，留着齐耳短发，温和善良，不喜说话。他们夫妇二人的故事可以写成一部书。1994年，陶老师与爱人将年仅5岁的女儿送到扬州奶奶家，义无反顾地与其他四位老师一起奔赴布隆迪执行援非任务。其间经历了疟疾、霍乱等传染病肆虐，以及停水停电等各种困难。更糟糕的是，他们还经历了1996年的当地军事政变，在长达一年多的时间与国内"失联"，音信全无。2001年，陶老师再次受命赴科特迪瓦亚穆苏克罗市国立理工大学执行援非任务。这次除了又一次遭遇政变外，更是六次感染疟疾。最终，陶老师凭着顽强的意志，和国内带去的青蒿素,从死神手中挣脱。2014 年,陶老师又一次挥别物华丰美的无锡,远赴边疆,担任石河子大学食品学院副院长,再次谱写了生命之歌。陶老师的事迹得到《光明日报》《中国教育报》等十余家媒体广泛报道,先后获评"无锡好人""无锡教育年度人物"和"无锡最美人物"等称号。当问及为何援非援疆时,陶老师回答道:"祖国的需要就是我的选择。"语言朴实无华,却铿锵有力、掷地有声。

有时候,陶老师会偶然讲起年轻时在食品厂工作的事情和非洲的经历。他讲得很平静,好像在叙述别人的故事。我想,正是江浙人这种淡定和顽强的品质,让他克服了一次次艰难险阻。在援疆团里,陶老师就是我敬佩的人之一。我住在五楼,陶老师夫妇就在我楼下住。我平日总是轻手轻脚,生怕吵到他们,影响他们休息。今年,陶老师就要退休,也终于能回到鱼米之乡安度晚年了。我真希望他们能将半生的经历书写出来,用以昭示后人。

第二对夫妇是程朝翔和王老师夫妇。程朝翔教授来自北京大学外国语学院,也是第九批援疆干部,但比我们晚来了整整一年。程教授早年曾在中国交通部北海船厂当工人,属于恢复高考后的第一届毕业生,1990 年进入北京大学任教,现任石河子大学外国语学院院长。程教授常年给学生教授莎士比亚和西方戏剧,日积月累,自然禀赋了浪漫主义气质。有一次,我们下班返回时,发现程教授夫妇正在电信公司楼前的草地上晒太阳。军人出身的王老师坐在一张小板凳上,穿着一件白衬衣,手拿羽扇,高大英俊的程老师穿一件蓝衬衫,站在旁边,怎么看都像一幅美丽的油画。他们唯一的女儿在国外上学,两人在石河子倒也自由。

三个老陕是张淼涛、李甲贵和卢毅。张老师来自西北农林科技大学动科院,是我们陕师大的本科毕业生,任石大动物科技学院副院长。从年龄看,张老师是我们援疆团的老大。他喜欢笑,一笑起来,脸上的每一个细纹都荡漾开来,仿佛一朵在慢镜头下开放的菊花,让人温暖、踏实。张老师喜欢打羽毛球,球技很不错,在石河子有一批球友。我俩是门对门的邻居,共用一个电表箱。这一年多来,我没少麻烦他。有时候是断电了,有时候是没水了,有时候是电梯停了,有时候是水壶坏了,有时候是要安装空调了……事无巨细,张老师总在第一时间伸出援手,解决我的燃眉之急。张老师好客,又有擀面的好手艺。于是,当几位老陕想吃面时,或者大家想聚餐时,总会想起张老师。一大早,我们就三五成群去24街区的早市买菜和水果,然后在张老师那里叨扰一天,弄得满地狼藉,但他并不在意,对大家很是包容。

李甲贵来自西北农林科技大学葡萄酒学院,常年担任葡萄酒学院市场研究室主任,现任石大食品学院副院长。甲贵个高,汉中人,与来自关中的淼涛院长性格不太一样,喜欢安静,颇有一些楚人的气质。由于甲贵的一位同学就在石大工作,西农葡萄酒学院也有一批毕业生在石大和石河子产区工作,甲贵的应酬便多了一些。加之他从事葡萄酒的研究和市场开拓工作,需要经常离校调研,便很忙。不过,只要我们聚餐,甲贵总会带来他的"追梦人"。这是一款来自贺兰山的葡萄酒,红酽深邃,甘润平衡。后来,我们曾去石河子张裕巴保男爵酒庄,深入酒窖,观看橡木桶,目睹造酒过程,知道了石河子是非常优秀的葡萄酒产区,拥有张裕巴保男爵、沙地、西域明珠、香多里等众多知名品牌。去年,食品学院曾举办"葡萄酒人生品鉴"会,可惜我无缘参加。

卢毅是80后,来自西电,任石大信息科学与技术学院副院长。卢毅中等个头,有一张国字脸,阔额宽腮,下巴浑厚,好像一个水分过剩的苹果,一红二白，素有"小鲜肉"之称。仔细看，他有些像张艺谋，也神似兵马俑，是典型的关中人，颜值较高。卢毅喜欢打篮球，还曾不慎扭伤脚踝。他的掼蛋技术也不错，与光泗校长有一拼。不过，让我吃惊的是他很会照顾自己，原本以为80后都是衣来伸手饭来张口呢。他会做饭，会煮茶，把房间收拾得井井有条，一个人的日子过得有滋有味。卢毅在石河子负责许多工作，其中的学生工作很是劳神，但他应对自如，成长得非常快。我想，有朝一日，他必会成为一棵参天大树。

在象牙城，我们大都分散在二到十楼，只有德正住在16层，视野开阔，经常能拍到美丽的天山。2019年4月15日清晨，德正推窗远望，又一次被天山惊艳："新的一天开始，远眺天山，此情此景，谁来作诗一首……"我应道："晨曦起兮天山之巅，推窗远眺兮云海灿烂。鸿鹄高飞兮远上青天，建功立业兮唯我心愿。"一是应景，二是说出了我的心里话：如果要欣赏天山美景，确实需"更上一层楼"。

六位教授

援疆团中，还有六位非常有意思的教授。

孔秋生，河南信阳人，来自华中农业大学园艺林学学院，任石大农学院副院长。秋生中等个头，留着寸头，戴一副金边眼镜，说话慢条斯理。他曾在美国康奈尔大学BTI做访问学者，对R语言与统计分析有独到研究。秋生去年在石大博学楼A519上R语言课，座无虚席，受到广泛追捧，一时成了网红教授。秋生的研究方向好像是蔬菜，对西瓜、甜瓜、辣椒等都有涉及。总之，他时不时带来各种研究成果，如圣女果、西瓜等，让我们品尝，而我经常像"猪八戒吃人参果"，吃完也说不出啥名堂来。这次疫情，秋生就在孤岛武汉，但未见他有任何情绪。这让我刮目相看。

王景阳，来自重庆大学建筑城规学院，任石大水利建筑工程学院副院长。景阳是在重庆出生的北方人，身材高大，体态微胖，看起来憨憨的，说话微微带笑，很轻，很柔。每次看到他，我都忍不住想起憨态可掬的大熊猫。景阳为人忠厚，与大家相处和谐，深受大家喜爱。景阳是民主党派，每次我们急着去开党会时，他一脸淡然的表情让人忍俊不禁。景阳喜欢散步，经常和卢毅一起，几乎每晚都要绕半个城。景阳还有一个优秀的女儿，在同济大学读书。前年暑假，他们一家曾到石河子，但我回去迟了，没见到。

刘生良，陕西洛南人，是我们陕师大文学院的教授博导，也是我的继任者。多年来，刘老师一直是我的楷模。他曾获明德教师奖、宝钢教师奖、陕西省教学名师，还是学校教学督导、文学院教学委员会主任。他工作勤勤恳恳，在师生中口碑非常好，为石大文院的发展做出了许多贡献。刘老师看似内敛温和，一旦讲起课来，就姿态潇洒，意气风发，简直判若两人。因此，如果你没听刘老师讲《庄子》，就太遗憾了。美中不足的是，他眼睛高度近视，就是走到跟前，他也不一定能及时认出你。刘老师本不胜酒力，但在大家的熏陶下，竟然在石河子拎着小酒壶喝白酒，让我大吃一惊。

李青武，安徽人，来自北京对外贸易大学法学院，任石大政法学院副院长。青武曾是对口支援人员，和援八人员感情深厚，后转入第九批，在石河子工作了近四年。青武本科学的中文，硕士转到法律。文学追求自由，需要破坏秩序；法律讲究严谨，需要维护秩序。这两种相反的力量居然在青武身上和谐统一。大多数时间，青武是一个清醒的法律人才，经常仗义执言，多次挑战权威。青武也很善于讲课，深受学生喜爱。我们聚会时，由于来得早，口才又好，他颇有几分带头大哥的架势，几乎每次都抢当主持人。不过，由于青武说话太过于激烈，尤其是酒后，往往口不择言，从而招人非议。这和《红楼梦》中口齿伶俐的晴雯很相似。但是，青武毕竟出身中文，这又让他很多情、很感性。比如，他有时晚上会坐在楼下的长凳上，静等大家回来。再比如，在政法学院召开的欢送会上，青武泪洒当场，看着让人感动。青武也很帅气，有"发哥"的美誉。他身穿黄色风衣行走在北四路的情景，已然是石大一景。援疆团里，能和青武在口舌上一比高下的，只有董大院长。

董大院长叫董正英，黑龙江人，上海交大安泰经管学院教授博导，任石大经济与管理学院副院长。董院有工学、经济学和管理学三种学习经历，又在美国斯坦福大学、明尼苏达大学做过客座研究员，经验丰富，博学多才。董院英语也极好，经常用英语做讲座。他曾先后创立和管理制造业企业和管理咨询机构两家，并服务期货投资机构多年，投资并管理早期创业项目40余项。这些经历，既成就了他的事业，也是他每次和别人交锋的资本。这亦是大家赠他"董大院长"雅号的原因。董院是一个很有使命感的学者，不仅是石大"双创"事业的推进者，而且对兵团的"双创"事业立下了汗马功劳。董院也很风趣，善于讲话。一起散步时，他和光泗经常会讲一些经济学知识，分析当前世界和国内经济的动向，以至于到后来，一遇到经济问题，我就自然想起他们。刚开始时，我觉得董院太过于高傲自负。后来，由于只有经管院和文院在东区，两家的工作经常重叠，接触自然多起来。慢慢发现，董院除了聪慧过人，能力超群，还是一个非常善良的人。

还有一个教授是郭丽丽，来自郑州大学一附院，是博士团成员，担任石大医学院一附院副院长。丽丽是医生，主要从事整形美容外科，擅长瘢痕、畸形的修复重建、美容手术。丽丽本可以放在医生群体中一起介绍，但在这个将医护人员作为"白衣战士"的时代,我实在不忍心看她上前线。她是援疆团除我之外的第二个女性。丽丽身材高挑,有一双大眼睛,皮肤白皙干净,梳着一个马尾。丽丽为人大气,对工作认真负责,常主动给身边的人做微整手术,也经常带队赴南疆义诊,一去就是十余日,在一附院口碑非常好。石大原本要请她做副校长,接替光泗校长的空缺,但由于原单位没同意而作罢。还有一点很遗憾:她住在一附院,离我较远,没办法朝夕相处。

2019年元旦过后,光泗、培员、景阳、青武、丽丽和我任期已满,陆续离开石河子,夏书记也于当年10月离开石大。接力者,有柴真书记、李兆敏副校长,有李士杰、左后娟、湛中乐、甘丹、潘陈铭、吴希等诸位院长。遗憾的是,我与他们素未谋面,只从微信群里略知一点零星消息,不敢妄自描述。还有一些短期支教人员,萍水相逢,记忆模糊,不再记叙。除石大外,第九批援疆人员还分布在塔里木大学、兵团机关和自治区各高校及部门,有500余人,但除了微信群外,在现实中接触非常少。在第九批,陕西师范大学先后派出了八位援疆人员,分别是高子伟副校长、屈新运副处长、刘生良教授、王鹏炜教授、朱蕾副教授、郭文斌教授、张阳阳副教授和我,分散在新疆师范大学、昌吉学院、伊犁师范大学和石河子大学。我们八人的故事,我会专节讲述。

在象牙城,留下了我们美好的回忆。在石大,洒下了我们辛勤的汗水。在石城,烙下了我们深深的足印。这里,有我们曾经的事业,更有我们永远的朋友。这是一串长长的名单:如代斌校长、赵军常委、先锋书记、马春晖副校长、叶含春副校长、闫青院长、朝晖书记、刘锋书记、季新江处长、王立新院长等兄长般的领导,如桂香主任、亚平部长、陈玉书记、雪玲书记、刘红书记、鲁华部长、高卉院长、陈玲书记等让我尊敬的杰出女性，如陈飞主任、王力处长、智群常委、修韦主任、卿涛处长、周立处长、张寅院长、建鹏主任、向奎院长等后起之秀，如高新秦、王志炜、余婧华、石利娟、王红星、张凡等好友，如杨盛瑞、郅洁、董新颖、曹雨婷、庞琦、刘元、刘要凯、张俊、李月、张兵、赵朋冲、王立国、李赋、李江杰、孙磊、闻洪斌、杜瑶、宋夕险、赵红、李光翠、王润昌、王清海、吴新锋、郑亮、熊建军、朱秋德、胡新华、王党飞、唐红、鲁素琴、段保国、陈敏、单爱兰、李子、李钦曾、陈功军、肖志强、王黎明等同事，都让我难以忘记。

我回西安已经一年多了。遥望西北，千里云山。时空转移，故人星散。泰戈尔说："天空中没有翅膀的痕迹，而我已飞过。"我想，不久的将来，"援疆干部"可能会作为一个历史名词陈列在博物馆的一角。援疆人的功过，自不必当事人发言，一如乾陵的无字碑，默默千年，任由后人评说！

在此，向大家深深地俯首，道一声：珍重！

2020 年 4 月 19 日

三年前，种下一棵爱情树

今天，远在新疆的李青林院长给我发来两张图片，并附了一句简短的留言："爱情树！"打开一看，发现图片上是一棵两人多高的白桦树，树干修直，低处的枝丫空空荡荡，高处的枝干上却还顶着一片片细小的叶子，疏疏落落，好似一个处在青春期，而又营养不良的少女，就连头发也稀疏蜡黄。再定睛一看，发现这棵小树被一株株高大、葱绿的白袍将军、柳树、松树、石榴树围在中间，显得十分洁白雅致，引人注目。我心里忽然一热，三年前的生活又浮上心头。

三年前，我受组织委派，来到天山下，玛河边的石河子大学。为了践行民族统一政策，我按照要求和三个少数民族同学结成对子。我的结亲对象，便是哈那提、斯琴高娃和阿马力·木拉提。哈那提是一名哈萨克族男生，圆圆的脸，大大的眼睛，温和敦厚，是班长。斯琴高娃是一位蒙古族女孩，瘦瘦高高，爱笑。阿马力·木拉提，是典型的维吾尔族小伙，高鼻梁，深眼窝，大眼睛，很俊美。

在石河子的第二年春天，大约在一个民族团结活动上，我们四人一起，在办公楼北面的民族团结林中，认真地种下了这棵树。不久，斯琴高娃和阿马力·木拉提就毕业了，留在校园里的，只有我和哈那提。哈那提生于1996年，和我儿子同龄。他是一个很贴心的大男孩。记得有一次东区停水，他便买来一大袋花园酸奶，腼腆地给我送来。我打开袋子一看，既有黄色的"被柚！惑了"，有翠绿色的"青柠"，有棕色的"巧克力碎了"，有淡绿色的"密了！个瓜！"，还有紫色的"百果香了！"，在那一瞬间，我的心都被浓郁的酸奶融化了。哈那提也很有趣。有一次，院里举行师生趣味竞赛活动，哈那提邀请我参加。游戏规则是将两人的腿绑在一起，先跳到终点者赢。我平日缺乏锻炼，跳了几步就气喘吁吁，根本跟不上年轻的哈那提的节奏，他急得大喊："老师，快一点，跳起来，跳起来！"他越喊，我越急，差一点摔倒在地，好不容易跳到终点，发现我俩是倒数第二！看着我们狼狈的样子，一边观战的师生们早已笑成了一团！那场景，真叫一个尴尬！哈那提也很勤奋。他一度想考研究生，我还帮他购买了相关资料，但由于他母亲生病，遗憾放弃。我回来的第二年，哈那提毕业了，听说去了乌鲁木齐工作。

这棵树就在我的窗外。当时，树苗很细很小，我一度担心她熬不过那个酷热的夏天。为此，我还曾经去浇过水。到了秋天，我惊喜地发现这棵小树苗不但活了，而且长出了几片新叶子！冬天，石河子滴水成冰，我曾几次想进到树林中看看这棵小树，但积雪没过膝盖，寸步难行，我实在走不进去。那场大雪后，我便返回西安工作，在石河子的日子逐渐模糊，就像日渐发黄的照片，慢慢消失在记忆中。

今天，再见到这棵白桦树，感慨万千！白桦树在新疆很常见，也是俄罗斯的国树。新疆有号称西北最大的桦树林——哈纳斯哈巴河白桦林国家森林公园，哈巴河在其中蜿蜒穿流长达28公里，河两岸1.5公里散落着成片的白桦树，很是壮观。白色光滑的树皮上均匀布满了黑色的树结，像一双双乌黑的眼睛，神秘悠远。白桦木材致密，可制木器，树皮可提取栲胶、桦皮油，树叶可做染料，种子或煤油。在西伯利亚地区，至今还存在一个规模庞大的"桦树皮文化圈"。

哈那提的家在阿勒泰，父母都是公务员，他是家中的独子。阿勒泰离石河子较远，大约600公里。2018年寒假，大学要求访惠聚，我也打算去阿勒泰看看哈那提的父母。他很高兴，提前通知家里，等着我去。遗憾的是，由于在阿勒泰冬天太过于寒冷，在校的学生又很少，我最后竟未成行！实在有些辜负哈那提。

三年前，种下这棵白桦树时，我们不约而同地选择了"爱情树！"因为白桦的花语是"生与死的考验"。是啊，如果经历不起生与死的考验，又何谈爱情？如今，大家天各一方，也不知道哈那提、斯琴高娃和阿马力·木拉提是否找到自己的意中人？

希望有一天，哈那提带着他的新娘，出现在我面前，就像当年他站在我们口一样，阳光、温暖、深情！而我，也可能会像三年前一样，和你们一起静静地听朴树的《白桦林》：

静静的村庄飘着白的雪

阴霾的天空下鸽子飞翔

白桦树刻着那两个名字

他们发誓相爱用尽这一生

　　……

　　天空依然阴霾依然有鸽子在飞翔

　　谁来证明那些没有墓碑的爱情和生命

　　雪依然在下那村庄依然安详

　　年轻的人们消逝在白桦林

　　……

2021 年 9 月 23 日

　　后记：我的父亲曾是一名军人，也喜欢听《白桦林》。

　　如今，父亲离去已经七周。物是人非！

第三辑

长安栖居

蔷薇红了

5月,是高校教师一年中最忙碌的日子:本科毕业论文答辩、硕博士开题、硕博士答辩、博士复试,基本都集中在5月。导师吃饭时在看论文,课间在看论文,如厕在看论文,等红灯时在看论文,甚至晚上睡觉时也抱着论文。有好事者便在网上调侃道:"5月的导师,不是在答辩现场,就是在去答辩的路上……"更苦的是,在校本科生、硕士生、博士生的课程还要正常讲授。

5月的导师,便很羡慕脚踩风火轮,手握乾坤圈的李家三公子哪吒——要是自己有三头六臂,一个头看平均字数达到20余万字的几本博士毕业论文,一个头看十几个硕士的毕业论文,一个头看二三十人的本科毕业论文,三头并进,互不干扰,那该多好!

于是,在5月的校园里,便出现一批面色昏暗、声音喑哑、衣着邋遢、举止粗糙、身形消瘦的人群——过劳的工作和严重的睡眠不足,使导师们早没有了春日的温良恭俭让,写在眼角的,除了疲倦,还是疲倦。这一状态,一直要持续到学生顺利通过答辩的那一天。

站在另一面的学生，更是如履薄冰——如果论文不是足够好，万一没有通过答辩，不但意味着毕业规划会黯然失色，而且意味着四年的本科或三年的硕博士岁月完全蹉跎——未来在哪里？谁也不知道，谁也伤不起啊！

5月，校园便涌动着莫名的不安和骚动。五月，校园便也弥漫着浓厚的离别和忧伤。

5月，校园却没心没肺，一如既往地美丽着：桃花、牡丹、梅花、樱花、杏花、李花已谢，失去水分的花瓣慢慢变轻变小变干，轻轻一揉，就碎成一手花末。干枯的花瓣铺满六艺楼旁的台阶和不高山下的石凳，踩上去绵绵软软，细细密密，好似贴在墙上泛黄的青春岁月，令人无限惆怅。

另一边，火红的杜鹃、金黄的郁金香、洁白的绣线菊、橙红的石榴、淡紫的苦楝、玫红的锦带花、粉红的月季、深紫的野豌豆、蓝色的海桐正次第开放，青春靓丽，色彩斑斓，香气袭人。

5月，蔷薇突然蹿红了，仿佛一夜间，蔷薇便红透校园，红遍长安，红漫网络。

5月，亲朋好友不断传来蔷薇的各种图片、视频，网上更是流传着一句名言："看不到师大的蔷薇花，就不能算过夏。"一瞬间，师大成了春末市民赏花的首选地，浩浩荡荡的人群不断涌进校园，只为一睹蔷薇的风姿。

远在石河子的我却一脸茫然：网红？校园有蔷薇吗？直到有一天，学生发来一张站在蔷薇花墙下笑吟吟的照片，我才确定，原来蔷薇真真实实在我身边。可是，我居然一无所知！

5月中旬，我匆匆赶回学校，参加硕士开题，结束后，以下雨回家不便为由，谢绝了其他活动，一个人在黄昏的校园徜徉。雨天的校园，没有了往日的喧闹和沸腾，像大一刚入校的女孩一样安静甜美。昆明湖水涨了，湖中的水藻油油的，柔美曼丽；不高山草长了，山上的小树葱葱郁郁，俊秀挺拔。

近处的图书馆、文渊楼、文汇楼、格物楼、致知楼，掩映在绿树丛中，身姿绰约；远处的秦岭弥漫在雨雾中，朦朦胧胧。一切都是那么平和、美丽。从新勇转身，便是回家的路。刚转过墙角，却突然呆住：

我，居然邂逅了蔷薇，在最不经意时。眼前的蔷薇，叶子依然碧绿青翠，花朵依然从新勇学生活动中心的矮墙上漫溢出来，层层叠叠，花色依然斑斓，有粉色、白色、红色、玫红色，花香依然浓郁，让人心旷神怡，但铺满一地的花瓣和随水飘零的落英，显然在无声地诉说："无缘的你啊，为什么来得这么迟。你错过的，不仅是我盛开时的浓烈和美丽，也是我凋零的心。"一瞬间，竟然泪眼婆娑。是啊，我辜负的，岂止是网红蔷薇，还有葱绿的岁月和已经逝去的青春。

忽然忆起《红楼梦》中的贾蔷与龄官。贾蔷是贾府的另一个二少爷，龄官是大观园梨香院中的十二戏子之一，唱旦角，是贾府戏班的佼佼者。龄官暗恋贾蔷，相思无计，便躲到梨香院蔷薇花下偷偷地哭泣，而这一幕，恰巧被来梨香院游玩的宝玉看到了。

烈日当头，只见龄官躲在蔷薇花下，用簪子在地上画着一个又一个"蔷"字，浑然忘我，宝玉也看得痴了，连雨落在衣衫上也浑然不觉。龄官就这样远远地、卑微地喜欢着贾蔷，在无人的角落，默默地写着心爱之人的名字。这一幕，让多少人心酸又心疼！

终于，我明白了，蔷薇勇敢地蹿红，是师生平复心境，舒缓焦虑情绪的呼唤；终于，我明白了，蔷薇意外地蹿红，是市民伤春惜春，深情挽留春景的呢喃；

　　终于，我明白了，蔷薇自信地蹿红，是学生辞别校园，昂首迎接生活的礼赞；

　　终于，我明白了，蔷薇深情地蹿红，是情侣依依不舍，携手走向幸福的期盼；

　　终于，我明白了，蔷薇忧伤地蹿红，是女孩伤情惜情，孑然走出校门的伤感。

　　……

　　蔷薇花墙下毕业生的眼泪和文艺，不仅仅为爱情而流，更为默默的单相思而落。一旦踏出校门，便天各一方，从此，再不能在课间汹涌的人流中偷觑她，再不能在图书馆悄悄去借她看过的那本书，再不能假装无意地路过他嬉戏的篮球场，再不能偷偷托闺蜜在班级群中给他传答案……大学生涯结束了，她（他）的一生，从此和自己再无交集，所有的爱恋和相思都该结束了。

　　如果非要在五月找一处地方来祭奠青春和爱情，除了蔷薇外，还有哪株花能承载这么多的深情和伤感。在蔷薇花下，放下所有的牵挂，像龄官一样——就让爱情在一笔一画中开始，也在一瓣一叶中结束吧。她的眼泪只向蔷薇花流。她的心思，只有蔷薇花懂。

　　一年一度花事了，开到蔷薇花谢了。

　　蔷薇谢了，夏天就到了。蔷薇花下哭泣的姑娘，多年后你会在街头无意邂逅那首熟悉的歌谣。你听，老狼还在深情地怀念《同桌的你》：

明天你是否会想起昨天你写的日记

明天你是否还惦记曾经最爱哭的你

老师们都已想不起猜不出问题的你

我也是偶然翻相片才想起同桌的你

谁娶了多愁善感的你

谁看了你的日记

谁把你的长发盘起

谁给你做的嫁衣

我相信，你会驻足，更会一笑而过。生活，原本如此。

2018 年 5 月 24 日

梧桐苑

我家住在梧桐苑。搬来这里五六年了，我却没有仔细地逛过这个院子。我嫌她小。南门对面的寒窑比她大多了，也有意思多了。每天爬爬五典坡，瞅瞅三姐宝钏，对晨练的人更有吸引力。当然，如果有闲暇，可以再走十几分钟去南湖遛弯。我记过时，从家出发，绕湖一周，再回到家，一般花40分钟。跑步只需20分钟。对不善运动的我来说，每天清晨兜一趟南湖，春天嗅嗅花香，夏日瞧瞧游鱼，秋季踩踩落叶，冬天晒晒阳光，足矣。

庚子年的春天，我一直窝在家里，不要说逛南湖，下楼也一度成了奢望。我家楼下有一湾浅浅的水池，五六棵垂柳，三四棵紫叶李。我从阳台上远远望着柳树一日日变绿，柳丝一寸寸伸长，李花一点点变红，又一天天暗淡，心下戚戚。"原来姹紫嫣红开遍，似这般都付与断井颓垣，良辰美景奈何天，赏心乐事谁家院。朝飞暮卷，云霞翠轩，雨丝风片，烟波画船，锦屏人忒看的这韶光贱。"是的，该去院子里转转了。再不出门，脚会生锈，心会发霉，更会辜负春色。

梧桐苑设计得有点意思。小区有三个门，只有从南门进，才能领会设计师的心思。南门一进门就用黑色大理石砌着一个圆形的花坛，里面种着两棵遒劲的迎客松，绿油油的，一年四季向大家传递着善意。迎客松右边，就是小区的游泳池和羽毛球场。顺着大道一直向北走，两旁种植着高大的七叶枫、大叶女贞、栾树和国槐，中间一层是广玉兰、桂花、金枝槐和红枫，最低一层是八角金盘、冬青和红叶石楠。这些树木高高低低，将一栋栋灰白色的小楼掩映在身后。

小区中间是一个小小的儿童活动场，用二十几棵大叶女贞和冬青围成一个圆形，里面用蓝红色的塑胶铺成，有滑滑梯、木马、跷跷板等设施。这里，是小区最热闹的地方，此刻却悄无一人。这里，也是前院和后院的接合处，阔大的东门亦在斜对面。

紧邻游乐场北面，亦有一个圆形的休闲处，东西栽种着俏丽的樱花，花树下放着五六张石凳；南北种植着修长的银杏，刚刚长出扇形的叶子。中间是一个小小的水池，我们刚搬进来时还喷过水。小区的活动大都在这里举办。重瓣紫樱开得正好。花团锦簇，密密匝匝，好像要把生命的力量释放殆尽。晨风吹过，一簇簇樱花微微晃动，欲语还休。

再往北走，楼层逐渐升高。大道左旁，有弯弯曲曲的一线水池，树木以女贞、栾树、柳树、国槐和枇杷为多，也间有碧桃、雪松和蜡梅。两旁有健身处和孩子们玩的迷宫，大都用女贞树和广玉兰隔离起来。水池中有大小不一的鹅卵石，还有一些金鱼和一群群小蝌蚪，夏天时蛙声不断。秋季时，一人多高的芦苇和紫色的兰花交相辉映。孩子们经常在浅水边玩闹，我也偶然来这里荡秋千。

梧桐苑西邻金地小区。两家只有一墙之隔，界墙的铁栅栏也只有两米高。我喜欢沿着这条通道散步，没有喧闹的孩童，也少有叮叮当当满地跑的宠物狗。不过，今天吸引我驻足的是紫荆。二三十棵紫荆有序地排列着，颀长，俊俏，有的已高过三层楼。此刻，紫色的花朵如蝴蝶般栖于枝头，叶子却还小还少，花叶扶疏，有一种说不出的雅致和高冷。其中，有一株紫荆很特别，个头比其他紫荆低很多，花色却更紫更艳，枝条上没有一片树叶，一眼望去满枝都是鲜花，让人蓦然一喜。在这片紫荆家族中，她显然是无心的误入者，但她努力认真开放的样子真的惹人怜惜。

忽然忆起紫荆往事。东汉时期，京兆尹田真、田庆和田广三兄弟分家，所有财产都分配完毕，只剩下一棵经年的紫荆树，也打算断为三截。翌日，当三人如约前来砍树时，发现紫荆已枯萎，花落满地。田真不禁长叹："人不如木！"从此断了分家的念头，而紫荆亦重获新生，花繁叶茂。因此，紫荆便和棠棣一样，成了亲情的符号，如唐代诗人韦应物一日忽见紫荆，心下触动，"杂英多已积，含芳独暮春。还如故园树，忽忆故园人"，浓浓的乡思如花朵般摇曳在枝头，忽明忽暗。以紫荆作为梧桐苑和金地的界花，多少可见设计师的某种心思。

不过，我在院中没见到一株梧桐树。

可为什么叫梧桐苑呢？百思不解。

2020 年 3 月 23 日

时间都去哪儿了

今天是教师节。

从早上开始，我就在重复做一件事：作为学生，给自己的老师送出祝福；作为老师，接受来自学生的祝福。在教师和学生角色的频繁转换中，蓦然发现：自己已经从教 27 年！当年那个青涩、忐忑的年轻女教师，早已变成饱经风霜的中年女性！可是，时间都去哪儿了？

我的"教师梦"

我是一个笨嘴的人，从小就不善于口头表达，因为没有机会。

小时候，大我四岁的哥哥作为家里唯一的儿子，自然万众瞩目；大我近两岁的姐姐漂亮乖巧，也讨人喜欢；小我两岁的妹妹可爱活泼，亦受大家欢迎。而我，既不是男丁，也没有姐姐的颜值，又缺乏妹妹的灵动，自然不大受父母关注。

更糟糕的是，我小学一二年级时，学习成绩很差，尤其是数学，答案超过100，我就怎么也算不对了。当时，我哭过、闹过、装过病，也使过小性子，但母亲只是匆匆一瞥，询问一两句，就轻描淡写地将我重新交给奶奶，径自走了——对母亲而言，她的小学生永远比我们重要。比如，杨小黑没来上学，母亲会深更半夜走一小时跑到人家家里询问情况；再比如，刘三妮生病了，母亲会自己掏腰包买礼品去医院看望问候，而我们，尤其是我，在她眼里，却像空气一样，仿佛不存在。

后来上大学，读三毛的书，偶然看到一段话："每一家的老二跟其他孩子有些不一样，老二就像夹心饼干，父母看见的总是上下那两块，夹在中间的其实可口，但是不容易受注意，所以常常会蹦出来捣蛋，以求关爱。"那是一个春天，校园里的七里香正浓正艳，我一个人坐在七里香下哭了很久很久……

小学三年级后，我转学到两水，成绩开始突飞猛进，一直蹿到全年级前十名，直到考上大学。现在想来，可能是我当时发现了一个大多数家长的秘密：那就是用"成绩"求父母关爱，比用"捣蛋"的方式更奏效。事实也如此。一笑。

高中毕业时，我不顾父母苦口婆心的劝阻，毅然填报了山东大学新闻专业和四川大学图书馆专业，偏偏不填报父母推荐的师范专业。我不愿意当老师。

我的母亲是一名小学教师，桃李满天下，在20世纪80年代被评为陇南市第一批全国特级教师，享受国家特殊津贴。母亲是一位极其优秀的教师。最典型的一个例子是，母亲曾花了一年时间，将一个全区最差的、没有人愿意带的，70多人的班级，带成了全区的优秀班级。她一个人几乎承包了这个班的所有课程，兢兢业业，一点一点推着孩子们成长。这对当时上三年级的我而言，简直是一段刻骨铭心的伤心日子！我和妹妹不会做饭，经常饿着肚子，等母亲下班回家。半夜我从梦中醒来，常常发现母亲还在批改作业，昏黄的灯光下，她的身影显得那么孤独、落寞。我受够了这样的生活！凌乱，无序，无味！我绝不能像母亲一样，将自己捆绑在学生身上，为学生伤心，忧愁，过早耗白了头发，累弯了腰，损害了健康。

谁料！陕西师范大学中文系的录取通知书却在1989年的夏天，像一只轻盈的蝴蝶般，笑吟吟地向我飞来。我不解，委屈，伤心，不甘心，又无可奈何，更不愿复读，只好悻悻来到西安。开学后，父亲才轻描淡写地说："我和你妈给你改的志愿。女孩子，当老师好！爸在西安当过兵。西安真是一个好地方。"天哪！大家没看错，这是我的亲爹亲娘啊！但木已成舟，我只好认命。

从此，我开始了教师生涯。

我的"交通生"

大学毕业后，我来到省会兰州，就职于甘肃省交通厅下属的一所中专学校。学校在黄河之滨，与西北师范大学只有一街之隔。这是一个小学校，当时只有两栋教学楼，教师好像不足百人，专业以土木工程、汽车运输、财务会计为主，专门为甘肃省交通系统培养人才。学中文的我，对工程专业一窍不通，只能讲授公共课。当时，我家住在城关区铁路局，我每天乘坐校车，摇摇晃晃地经过风光旖旎的黄河风景线去上班，工作轻松，心情愉悦。

第一次上讲台，好像是给路桥（18）班的同学讲课。具体讲什么，早已忘记，但当时忐忑、紧张的心情和同学们新奇、探寻的眼神记忆犹新。还好！同学们对我十分友好。可能觉得我刚毕业，并没有为难我。我记得这个班好像只有三个女生，还记得一个叫魏耀光的男生，高高大大的，很阳光。当时，十六七岁的他们在谈恋爱，我便打趣地说是幼稚行为，是"小狗式恋爱"，恋情出不了校园。一位姓张的女同学不服气，为了证明自己高尚的爱情，竟然真的和同班一位男同学结婚了！好像那位男生也姓张。可能我和有些同学接触较多，引起这个班其他同学的不满，我还曾收到一封用红笔写的匿名信，控诉那几位同学。但在我看来，都是些鸡毛蒜皮的小事，未加理会。

后来，我带过不同专业的不同学生，和同学们相处融洽，尤其和财会6班的同学较熟悉，因为这个班的班主任和我是陕师大同届毕业生。再后来，我还做过一年多汽车（15）班的班主任工作。当时，学生已经进入三年级的下学期了，不愿跑操，不愿好好上晚自习，也不愿按时就寝。为此，曾发生过不少矛盾。我曾严厉批评过他们，尤其是宋小宝和姜红，我曾说过多次。现在想来，大可不必如此严厉！当时还是太过于年轻，太过于执着。记得班长李玉春毕业后去了嘉峪关总段，其他同学也各自回到了生源地。20多年过去了，我和大家再无交集，今天却很是惦念他们。

大约2000年时，国家开始合并大中专学校。我所在的这所学校，按计划要合并到兰州交通大学。兰州交大提出的条件，是35岁以下的青年教师必须拿到硕士文凭。那一年，我刚好30岁。担心合并时下岗，我被迫开始读硕士。我将儿子转学到西北师大附小，租住在西北师大，花了一年时间学习英语，花了六年时间艰难地读完了硕博士。谁知造化弄人！我们并没有合到兰州交大去，爱人所在单位却整体从兰州搬迁到西安。我和儿子别无选择，只能阔别金城，忐忑不安地来到久别的西安。

我在兰州生活了十余年，很热爱这座城市。兰州深居内陆，南北群山环抱，像极了家乡武都城。不同的是，兰州气候干燥，日温差较大。兰州的冬季漫长寒冷，也与武都不同，吃羊羔肉自然是最佳选择。兰州的牛肉面，也让我念念不忘。

这座城市有我青春时的模样，有我读学位时的迷茫，有我许多的好同窗，也有绵长的记忆和惆怅。一别十余年，我的朋友、老师、学生、你们是否无恙？

我的"亲学生"

西安是一座令人倍感温暖的城市。

这里有我的母校。当时，走投无路的我，再次被母校收留做师资博士后，开始了真正的学术生涯。当年的许多良师，早已是学界翘楚；当年的同学，也已成为中流砥柱。可我，还是一只默默无闻的学界丑小鸭。幸运的是，母校和老师们没有抛弃我，反而无私地帮助我成长。其实，我从未奢望能进入母校工作。能在闲暇时回校，看看新勇活动中心的蔷薇花，不高山的草色，昆明湖的游鸭，此生足矣！没想到机缘凑巧，我居然成了母校的一名教师！对此，我一直心怀感激！2013年，我成为硕士生导师。2017年，我成为博士生导师。"谁言寸草心，报得三春晖"，我唯有加倍地努力工作，才能报答母校的哺育之情！

这里有我的学生。陕师大的中文专业，女生居多，大家聪慧温和，进取向上，亦师亦友，相处和谐。我曾经做过2016级卓越实验班的项目主任。经过四年的学习，同学们取得优异的成绩：如全班30人中，有23人通过大学英语六级考试，全部通过教师资格考试，全班累计获得院级各项奖励120项，校级各项奖励76项、国家级各项奖励20余项！刘文俊更是代表全国公费师范生代表参加在北京举行的表彰大会，受到习近平总书记的接见！遗憾的是，受疫情影响，今年没能给优秀的他们一个体面的毕业仪式！7月份，受学委于沛泽所托，我曾经给他们写过毕业赠言，特摘抄两段如下：

第一，请记得文学。孔子曾说："岁寒，然后知松柏之后凋也。"模糊地说，文学给人的是一种情怀。有了这种情怀，颜回"一箪食，一瓢饮，在陋巷，人不堪其忧，回也不改其乐"；有了这种情怀，张载倡导的"为天地立心，为生民立命，为往圣继绝学，为万世开太平"的关学精神才会充塞天地。因此，请大家不要忘了文学。不要忘了自己是中文专业出身，身上有中文专业的禀赋和使命。希望大家一定要葆有纯粹的精神生活，希望我们今后的每一个决定，都要听从内心的声音。希望我们在从事的教育工作中，要有山一样的信仰，海一样的胸怀，火一样的激情，铁一样的意志。

第二，请记得红烛。红烛，是对教师崇高品质的赞美。西部红烛，是对陕西师范大学教育事业的歌颂。扎根西部、教书育人、坚守担当、奉献祖国的"西部红烛精神"，诠释着陕西师大人的家国情怀。因此，请大家不要忘了红烛。这是陕师大中文专业的另一个使命。在日后漫长的教育生涯中，你肯定会面临升学的压力，你肯定会遇到叛逆的学生，你肯定会受到家长的埋怨，你也可能会被社会误解……当你面对这些工作的挫折时，请点燃红烛，她会给你力量；当你彷徨犹豫时，请点燃红烛，她会给你指引；当你孤独无助时，请点燃红烛，她会给你安慰。"德不孤，必有邻"，品格高度终究会决定人生的高度。

目前，这30名同学已经像蒲公英一样飞向天空，去新的土壤上蓬勃生长。我相信，不久的将来，他们定会成为国家的栋梁！

当然，我的"亲学生"还有研究生们。大家性格各异，但都温和、善良、正直、阳光。平日，我对他们要求比较严，他们有些怕我。孔子在《论语·宪问》中曾说："古之学者为己，今之学者为人。"研究生同学们，既然选择了学术这条道路，就要耐得住寂寞，禁得起诱惑，坐得了冷板凳，正如李零所说："你是为自己读书，为满足自己的求知欲读书——不是为了混学历，不是为了评职称，不是为了博学界喝彩，不是为了讨大众欢心，更不是为了跟同行较劲，炫博耀奇，显摆自己学问大。"

拉拉杂杂，说了不少。

今天，我虽然收到不少祝福，但我知道，那只是美丽的曼陀罗，看得多了，嗅得猛了，就会中毒。

不过，我多少有些好奇：在学生心里，我又是怎样一个人呢？

2020年9月10日

路遥，积学堂和师大路

今天是文学院 2020 级新生开学典礼。

典礼在雁塔校区积学堂举行。看着台下 296 名来自全国各地同学们稚嫩、青春的脸庞和灿烂的笑容，我的心蓦然一动：30 年前，我和他们一样，也怀揣着陕西师范大学中文系的录取通知书，一头撞入大学之门。

积学堂

1989 年 9 月，父亲送我来西安上学。

那时的交通极其不便，从武都城来西安，有三条路：一是坐汽车到陕西略阳，再从略阳换乘去西安的火车；二是坐长途汽车，经陕西凤县，翻秦岭，过宝鸡，最后抵西安；三是坐长途汽车到天水，然后换乘火车或者汽车到西安。当时，被褥和生活用品都是学生自己准备。母亲专门给我买了一个深紫色的大箱子来装衣服，盛不下的东西，父亲就全部卷在被子里，外面用一个浅粉的粗毛毯裹住捆扎好。考虑来回换车极不方便，父亲决定走北线，即坐长途汽车取道天水。我们整整坐了一天半汽车，才摇摇晃晃地来到古城西安。

当时，长途汽车都在西安火车站聚集。一下车，拥挤、喧闹的人群和酷热包围着我，令人眩晕。西安各大高校接站的红色广告很醒目，我们很快就找到陕师大接待站。具体的接站人员、乘坐的车辆、经过的路线，我早已忘记，只记得午后城墙上暖暖的阳光和一个叫肇鹏的山东新生，因为她的姓太独特！肇鹏学数学，圆圆的脸，短短的头发，灿烂的笑容。30年过去了，不知道她现在何处？过得好吗？

来到中文系，才知道我是全系最后一名来报到的学生。两位88级的学兄帮我把行李扛到9号楼三楼933宿舍，累得气喘吁吁，直呼"太沉了"。我一路低着头，红着脸，窘迫至极，以至于都忘了给他们说一声"谢谢"。

小小的宿舍已经住满了人，留给我的，只有靠门的上铺。我们宿舍有八个人，来自西北五省区：阿滕是蓝田人，西安师范的保送生；美娟来自户县（今鄠邑区）；涂sir是来自汉中的北京人；秋红是来自敦煌的黑龙江人；潇潇是来自玛纳斯的四川人；银霞是青海民和人，回族，预科生，已经在民族部读了一年语言班，是我们宿舍唯一的少数民族学生；咏梅是新疆人。我们八人，确切地说是七人，因为梅姑娘不太适应大学生活，刚入学就生病了，便休学一年。我们七人在一起生活了四年，留下太多难忘的回忆。

我们七人"出则同舆，坐则同席"，每次外出都像一个执行任务的小分队。我们曾在七里香下谈心，曾在畅志院里散步，曾在操场上挥汗，曾在图书馆内苦读。忘不了梅姑娘生病时，大家的焦急和无助！忘不了用脸盆在宿舍煮土豆时，大家的快乐和笑容！忘不了在第一场雪中手拉手在操场上奔跑时，大家的心跳和脉动！更忘不了熄灯后促膝长谈时，彼此的眼泪和真诚。

我们班好像有 46 人，女生 24 人，男生比女生少两人。当时学校招生人数少，全校一年好像才招近 800 人，各个学院也有固定的教学楼，如教学一楼就属于中文系和政教系。教学一楼三楼左拐最西头朝北的 310 教室，就是我们班的领地。我们与二班门对门，我们在北，他们在南。教室外，有两棵高大的玉兰树，春天花开时，就像一只只小白鸽在枝头跳跃，让人浮想联翩。

晚饭后，我们喜欢去灯光球场。这里，经常会免费播放露天电影。大家花五毛钱饭票，在食堂买一包瓜子，坐在水泥台子上，热火朝天地看电影，侃大山。除了国产片，如《开国大典》《黑炮事件》《顽主》《大红灯笼高高挂》等外，许多著名的国际影片，如《乱世佳人》《叶塞尼亚》《魂断蓝桥》《蝴蝶梦》《卡萨布兰卡》《爱德华大夫》《罗马假日》等，大都是在这里看的。费雯丽、罗伯特·泰勒、劳伦斯·奥利弗、琼方登、英格丽·褒曼、亨弗莱·鲍嘉、格利高里·派克、加里·格兰特、奥黛丽·赫本等人，也大多是在这里认识的。

灯光球场的北面，有一溜平房，就是校医院。独自一人在外，平时给家里只能报喜不报忧。头疼脑热时，就得去校医院。记得当时的西安有些地方没有暖气。冬天的夜晚，一个人在冰冷的医院输液，着实是一种折磨。有意思的是，不管什么病，校医都爱用一种叫 SMZ 的广谱抗菌药物，即复方磺胺甲恶唑片。这几乎成了校医院的一个梗，还曾被 90 级学弟学妹们搬上舞台！当时的校医院和灯光球场，现在早成了家属区的三号和四号高层楼。

我们总是很馋嘴。晚饭明明吃了一盒米饭，但瓦胡同漂亮的小媳妇在楼道挎着一个小竹篮，低声吆喝"煎饼——卖煎饼"时，就是在大冬天，我们还是忍不住爬起来，穿着睡衣买一包，回来躲到被窝里啃，活像一只贪吃的小耗子。宿舍有几位美女，追求者甚多。我们便想出一个点子：谁请我们吃五元的大餐——炒面，我们就替谁美言几句。现在想想，当时真吃过不少男孩的炒面呢！

当时，积学堂还叫联合教室，和我们宿舍只有一路之隔，我们在东，联合教室在西，中间是美丽的牡丹园。积学堂能容纳800人，是学校最大的礼堂。每天晚上7点钟，积学堂会准时播放《新闻联播》。学校的各类学术报告、文艺晚会和大型活动，都在这里举行。偶然也会播放影片。见到路遥先生，就是在积学堂。

路　遥

20世纪80年代，是一个开放包容、鲜艳明媚、青春激扬的年代，也是一个弥漫着激情与浪漫的年代，更是一个文艺的年代。

中文系的先生们，如傅振乾、文丕显、杨恩成、畅广元、马歌东、尤西林、何依工、兰宾汉、程世和、张新科、李继凯、田刚、叶舒宪、任应坤、屈雅君、陈瑞林、刘静等，都曾给我们讲过课。那时上课，没有花里胡哨的PPT，也没有太多的条条框框，国家还没有追求学术GDP，校园也不流行考各种证书，老师们的精力都在学生身上，讲课全凭实力和人格魅力，学生的注意力也在读书上，听课全凭兴趣和爱好。老师讲课愉快，学生学习轻松，师生相处和谐。

当时，我们最感兴趣的课，居然是文艺理论！现在想起来也是诧异，怎么会喜欢纯思辨的这门课呢？那些深奥的理论知识，什么科林伍德、苏珊·朗格、萨特、克罗齐的书，究竟是怎样啃下去的？又是怎样弄懂的？我想，这可能既与畅广元、尤西林和屈雅君三位老师的人格魅力有关，又与这门课恰好契合我们当时强烈渴望了解外部世界的心理期盼有关。如今，这三位老师都已经年过六十。可一想起文艺理论课，就会想起初春细雨中，窗外那些小小的、湿湿的、绿绿的小草，一如我们的心思，蔓延如丝，直到天际。

当然，喜欢文艺理论的深层原因，还是缘于文学。20世纪80年代，国家思想解放，百废待兴，出现了"朦胧诗"和"现代派"文学潮流。诗人和作家开始将注意力放在文学存在的"文化"意义，以此对抗文学作为社会政治观念的载体，并发掘、重构民族文化精神。如顾城、北岛、舒婷的诗歌，刘索拉《你别无选择》、徐星《无主题变奏》，以及残雪、陈村、韩少功的一些小说，都成了我们的新宠。"荒诞""魔幻""反文化""反崇高""意识流""黑色幽默"，成了大家讨论的主题，"探索""创新""浮躁"，也成了绕不过去的话题。当时，我们还开设了一门《电影欣赏》课，是孙清潮老师在上。每次上课，小小的教室都人山人海，挤得水泄不通，墙上新贴的墙报也被抹得乱七八糟，那可是我们班小才女习文娟和大才子聂敏里的杰作！

闲暇时，我们最喜欢听（2）班音乐才子阿卜杜何利演奏吉他，无论是崔健《一无所有》、毛阿敏《渴望》、成方圆《童年》、罗大佑《光阴的故事》、姜育恒《驿动的心》，还是汉城奥运会主题曲《手拉手》和卡伦·卡朋特《昨日重现》，何利都信手拈来。因此，几乎学校的每一次演出，都有他的身影。

毕业后，我再未见过他，不知道他是否还弹奏吉他？

记得一个夏天的夜晚，晚自习后，我一个人慢悠悠地往宿舍晃。忽然，听到前面两个男生在合唱《耶利亚女郎》，我被歌声吸引，一路尾随他们，直到歌声停息，唱歌人的背影消失在夜色中。后来，每当有人唱起《耶利亚女郎》，我就会想起那个月色舒朗、暗香浮动的夜晚和那深情又略带忧郁的歌声……毫不夸张地说，80年代的空气中都弥漫着文艺的味道！

当时，物理系的学生会组装黑白电视机，着实让我们羡慕。夏天时，她们在一楼宿舍里看，我们在宿舍外蹭《便衣警察》《神雕侠侣》和《渴望》，全然不顾天气炎热，蚊虫叮咬。涂sir喜欢足球，体育选项也是足球。陪她看足球，尤其是看荷兰三剑客，即中锋马尔科·范巴斯滕、中场路德·古利特和后腰弗兰克·里杰卡尔德的球赛，也成了我的任务。我俩常常可怜巴巴地到处蹭电视，没少挨白眼。我们有时甚至看到天亮，直接去教室上课，趴在桌上呼呼大睡……

就在这个时候，路遥先生来了。究竟是哪位老师请来的，我早已忘记。可能是刘路老师，也可能是别的老师。总之，路遥来了！

当时的路遥，已经因《平凡的世界》和《人生》而享誉全国。报告就安排在积学堂。我们坐在前两排，得以近距离观察作家。他中等个头，宽宽的额头，穿一件普通的白衬衫，外面套着一件蓝色的夹克，戴一副黑色宽边眼镜，看起来就像一位稳重、温和的邻家大叔。他给我们讲《人生》，讲高加林，带着浓重的陕北口音。讲到"哥哥你不成才，卖了良心才回来"时，路遥眼里含着泪花，他说写到这里时，他实在抑制不住内心的感情，将笔都扔到了院子里！就在那一瞬间，我才真正领略了什么叫文学！谁料，一年后的1992年11月17日，年仅42岁的路遥因肝硬化、消化道出血医治无效，走完了他平凡而又悲壮的人生旅程！巨星陨落，痛哉！惜哉！

因为《平凡的世界》和《人生》，我们崇拜路遥；因为这次讲座，我们喜欢上了路遥。毕业论文选题时，我也毫不犹豫地选择了《平凡的世界》，指导教师是田刚教授。当时，田老师刚结婚，住在教单楼，还是一位愣头青年。"天行健，君子以自强不息"，在孙少平身上，在孙少安身上，在路遥身上，我们都看到这种奋斗不息的精神！正是这种顽强的意志，激励着一代又一代青年走向了自己的人生征程。这两天，看到李建军老师评路遥的一篇文章《文学是对人和生活的态度性反应》。我想，他是懂路遥的！

逝者如斯！去年秋天，我去延安大学开会，曾去文汇山拜谒他的墓地。墓地用石块砌成，朴素而坚固。雕塑中的路遥，平静而坚毅，目光扫过山下的延大，掠过不远处的延河，一直望向陕北的苍茫天地。我想，有且只有那里，才能安放他孤独的灵魂。我采了一把不知名的野花，轻轻放在他的墓前，静默良久。他不会知道，在最无助的日子里，《平凡的世界》是怎样给了一个女孩行走的勇气！

师大路

师大路东起陕西师范大学雁塔校区老西门，西接长安南路，长500余米。

这是一条有70年历史的大学路，两旁栽满从南京移来的法国梧桐。夏天，整条路树荫环绕，阳光从树缝中一丝丝漏进来，投射在青年学子一张张青春明亮的脸庞上，如诗如画。

下雨天，可以去雕刻时光咖啡馆，点一杯熟悉的美式咖啡，找一个靠窗的座位，听一天雨，发一天呆。过生日时，可以去装饰文艺的花腰部落，西班牙海鲜饭、蛋包饭、澳洲牛排、意大利肉酱面，都是不错的选择，再混搭一些中餐，开一个小party，无比惬意。至于米屋，简直就是专为情侣定制的餐厅，座位不大不小，两个人坐刚刚好。点一份米屋的"部队锅"，煮上牛肉卷年糕千叶豆腐金针菇，吃到一半，再下一份他喜欢的辛拉面，满满的都是爱情的味道。

当然，这都是现在师大路的网红打卡地了。

30年前，师大路供师大和外院两家使用，除了书店、眼镜店和各种小吃摊外，师大路最有名的建筑，就要算邮局和工商银行了。在信息不发达的年代，每天给家人或好友寄信，每月收取家里的汇款，成了我们的必修课，尤其是囊中羞涩时，一天要跑三趟师大路！每天上完课或吃完饭，我们总要有事没事地拐到师大路逛逛，买几颗苹果，一只火柿子，一本《读者》，一瓶洗发水，求学的日子像一首浅浅的歌，轻快，温柔。

那时，大家都在认真地爱一个人。异地恋人之间，只能通过邮局联络。大家认真地写信，认真地等信，认真地回信，日复一日，年复一年。邮局，就是他们爱情的见证。本地恋人之间，迎来送往，都要仔仔细细、反反复复地走这条路——"我的爱情就在这条路上"。

除了师大学生外，师大路还是外院、政法、邮电等城南大学生的青春集散地，留下了太多的故事和回忆，如黑撒乐队所唱《流川枫与苍井空》：

三年前他和她相遇在 师大路的报摊

为了买同一本《灌篮》 两个人对上了眼

从此白天发短信 晚上在网上聊天

半年后在八里村 他们住在了一块

>她送他一本淘来的旧书 作者叫村上春树
>
>他送她一瓶廉价的香水 她知道这香水没毒
>
>他们是两个没毕业的学生 日子过得很苦
>
>但青春期有了爱情 就是完美的幸福

大约1992年，学校开通了新西门，当时还曾在全校以投票的方式选择设计方案。新西门庄重典雅，大气恢宏，但就像一位严厉的父亲，我们怎么也亲近不起来，大家还是更愿意去温柔的师大路厮混，就像一个赖在母亲怀里的孩子，贪婪地享受着母亲的爱恋，迟迟不愿撒手。

谁料！有着70年历史，承载着数十万人青春和回忆的师大路，竟然成了政府眼中的违章建筑！被勒令在3日内无条件搬离！否则，"将组织相关职能部门依法强制拆除！"8月29日的这纸拆文，来得实在太突然、太严厉，一棒打蒙了数十万人！

一时间，质疑、反对、怀旧、感伤、怅然、迷茫、支持，各种论调纷纷扬扬，各种回忆文章也像雨后春笋般涌现出来，将师大路成功推上了热搜！

其实，我并不想探讨师大路的去留问题，我关心的是人们对文化的态度。在众多描写师大路的文章中，我最喜欢《青结，师大路！再见，一街老树！》。作者写道："文化就像街边的老树，一棵树种下去，要见到参天枝干和一街的阴凉，必是时间的结果。种树的人一般享受不到树的真正阴凉。只有在底下乘凉的人，才能体会到这一街阴凉来之不易。与之相反，砍掉一棵树很容易，分分钟的事，立等可取。"

我不知道，那些美丽的梧桐树，到底还能坚持多久？我更不知道，我们究竟要以怎样的方式继承文化？来时深深浅浅的脚印被生硬抹去后，数十万游子又该去何处找寻自己的根?

秋风萧瑟,寒意渐浓。午夜徘徊,恍然如梦。看,那七个姑娘正围在一起,收听卡伦·卡朋特演唱金曲《昨日重现》(《*Yesterday Once More*》):

When I was young I'd listen to the radio

Waiting for my favorite songs

When they played I'd sing along,

It make me smile

Those were such happy times and not so long ago

How I wondered where they'd gone.

But they're back again just like a long lost friend

All the songs I love so well

When they get to the part

where he's breaking her heart

It can really make me cry just like before.

It's yesterday once more

2020 年 9 月 23 日

一株水草

今年的春天，极像失恋的小女生，心事细腻，愁肠百转，整日沉湎在深深浅浅的哀伤中，就是勉强笑一下，脸上也挂着泪痕。在淅淅沥沥的春雨中，我还没有来得及看一眼图书馆前的樱花和不高山的草芽，新勇墙角的蔷薇已含苞待放，这意味着夏天马上要到了。因此，当摄影协会在谷雨前要去采风时，我欣然报名，根本没问去哪里。对我而言，去哪里不要紧，只要能触摸到大自然的脉搏就好。

4月17日一大早，我就到雁塔西停车场等候了。我们此行的目的地是蒲城县阿坡村。大巴沿着西蒲高速一路向东行进，胖胖的司机很健谈，车技也好。抬眼望去，田野里一片绚烂，绿油油的小麦已经起身往上蹿，金黄的油菜花也开得正好。在大片的绿色海洋中，忽然出现的小片油菜花，就像在军营中猛然冒出的一队队英姿飒爽的女兵，让人惊喜不已。

抵达阿坡村后，我才知道这里出产酱油，名叫"阿坡酱心"，是蒲城县非物质文化遗产项目。车间很小，规模也不大，但由于采用传统的制作工艺，却也闻名蒲城。毕业于哈工大的年轻厂长叫刘永吉，胖胖的，黑黑的，很敦厚，很热情，一路带我们参观生产流程，耐心温和地解释城里人的十万个为什么：黄豆多少钱一斤？黄豆蒸多长时间？酵母怎么来的？怎么制曲？为什么要搅拌？为什么要装架？为什么要凉透？大缸能装发酵过的多少斤黄豆？为什么要发酵一年？为什么要给缸戴上草帽子？怎么过滤？一瓶 300 毫升的阿坡特级酱油为什么定价 59 元？阿坡酱心和化学酱油的区别在哪儿？平生第一次，我目睹了酱油的制作过程，感慨于一颗黄豆的伟大能量与华丽转变。蒲城是美丽的梨花之乡，每年酿酱的最佳时期，恰逢梨花开放，在满园飘香的梨花园中酿造酱油，对酱油的功效可能微乎其微，但对制作者心情的影响显而易见。不过，我们已错过花期，梨树上只剩下几片褪色的花瓣，不由得想起杜秋娘"花开堪折直须折，莫待无花空折枝"的感慨，心中无限怅惘。

品尝了简朴美味的农家饭菜之后，大家前往秦长城遗址和洛河湿地。秦长城遗址，又称秦东长城，修筑于战国秦简公（前 429—前 400）时期，全长约 50 公里，是战国时期最早的长城，距今已经 2000 余年。洛河，也叫北洛河，发源于陕北白于山南麓的草梁山，流经陕西省西北部和东南部的志丹、甘泉、富县、洛川、黄陵、宜君、澄城、白水、蒲城、大荔，至三河口入渭河，流域面积 26905 平方公里。眼前的洛河，清清澈澈，安安静静，好像浑然不知自己是历史的见证，更忘却了曾经的鼓角铮鸣。其实，从平王东迁开始，洛河两岸就从未平静。

公元前 770 年，平王东迁洛阳，秦国国君襄公深思熟虑后，奋起勤王，被周平王封为诸侯，赏赐岐山以西被犬戎占领的土地建国。从此，秦国开始了长达549年的统一华夏历程。先是，从秦襄公开始，秦国八代国君一直和犬戎交战，直到170年后，秦穆公才将西岐地区拿下。然后，秦人的目光自然投向东面，与邻国晋国及其后的魏国长期争夺河西地区。前645年秦晋韩原大战，秦穆公大败晋惠公，秦人"子孙饮马于河"，吞并晋国河西之地。前627年，秦晋崤谷之战中，秦被郑国商人弦高所误，全军覆没。从崤谷之战算起，从秦穆公、秦康公、秦共公到秦桓公三年，28年间，秦晋在洛河沿岸作战13次，秦国四胜八负一平，还是不肯罢休，体现出秦人"岂曰无衣？与子同袍。王于兴师，修我戈矛"的慷慨激昂之气和一统中国的决心。遗憾的是，当时秦国还是弱小，在前578年的秦晋麻隧之战中，秦国又一次惨败，被迫从黄河岸边逐渐向咸阳一带收缩。后来，秦晋两国进进退退，始终在洛河两岸纠缠不清。三家分晋后，魏国成了秦的邻居和新敌。秦简公便在这个时期继承秦国大位。

简公继位后，第二年（前413）便东出伐魏，但由于准备不足，败于郑（今陕西华州区西南）。简公七年（前408），魏伐秦，尽占河西地，分别筑洛阴、合阳两县城，秦不得已退守洛河，为加强防御，简公组织军民在东境修筑长城，这便是秦东长城。秦东长城南起今陕西华阴市东南小张村附近，由此趋向东北越过渭河，沿洛河右岸北上，经大荔、蒲城、白水等县，北止于白水县黄龙山南麓。阿坡村中残存的残壁断垣，便是秦东长城遗址。

秦东长城高不足两米，全是夯土筑成，断断续续，破烂不堪，一眼望去与自然形成的小土坡毫无二致，爬上去也毫不费力。这些夯土筑成的长城，历经2000多年的风吹雨打、腐蚀风化，已经快与黄土高原融为一体，全然不见了当初雄伟壮观的气派。用手一摸，是一层厚厚的灰土，轻轻一吹，四散的灰土中，仿佛又飘动起刀光剑影。

此行的第三站，是孙镇的重泉古城，据说是省级35个重点示范镇之一，也是杨虎城将军的故乡，是马嵬驿投资的一个民俗村。这里的建筑古色古香，亭台楼阁很是精美，但游人稀少，生意冷清，被秋阳戏称为："一年只开张两天，一天五一，一天十一。"显然，这个投资是失败的。不过，漫步在古城灰色的亭台楼阁间，穿行在寂静的城墙上，自有一种异样的神秘感，仿佛一转身、一回头，就会与历史碰面，就会看到书法才子米万钟悠悠前来——果然，在迎宾楼上，就赫然出现唐明皇和杨贵妃庄严肃立的雕像。抬头仰望，发现贵妃和侍女的眼角都有泪痕，明明知道那是风吹雨打的痕迹，我还是忍不住踮起脚，轻轻替她们拭去泪渍。千年之前的她们啊，是否知道自己成了后人的木偶玩具？城头的彩旗在风中猎猎作响，欲言又止。

　　我是一个极不合格的会员，除了我院的华哥、秋阳、才女国欣和博物馆的张弛老师外，我对摄影学会的其他朋友基本不认识。此次采风，认识了通达的陈飞老师和亲切的陈力老师。两位老教师很是温和，一路普及摄影知识和野菜知识，受益良多。还有一位美女，和我隔一个过道坐，途中也屡屡碰面，但始终不知道其名。对美，保持一种距离和尊敬，我想更好。偷偷贴一幅美女的照片，她看到，会不会责备我呢？

　　采风回来已近两周，但忙于琐事，一直没有动笔。前两天看到外院张娜老师的杰作《春锁阿坡村》，不由得心下戚戚，也聊以为记：

一株水草

我是洛水边的一株水草

油油地在水中招摇

千年前的一个黄昏

他曾偷偷溜出战场

　　　用清澈的眼神

　　　久久向我凝望

　　有一天　战火烧到阿坡上

　　　狼烟滚滚中

　　　他战死在我身旁

　　　我知道　他临死前

　　　还将目光投向洛水

　　　同时留下的

　　　还有他的爱和忧伤

　　我的爱人 他埋葬在洛水旁

　　　我答应他　守在这里

　　　告诉后人我们的悲伤

　　　告诉她们　他的所想

　　　只不过是一间茅草房

　　　还有头顶满空的星光

　　　　　　　　　　2021 年 4 月 28 日

小叶子来了

4月初，当我们开始组织学术月活动时，就有人告诉我："小叶子要来了！"这时候，我的脑海里忽然闪出一幅神异的图画来：偌大的教室挤得水泄不通，却又出奇地安静，讲台上有一位青年学者正侃侃而谈，教室外，玉兰花开，暗香浮动，月光如水，一切都沉浸在一种奇妙的境界里。

这位青年学者便是小叶子。当然，这只是同学们给他取的外号，他的大名叫叶舒宪。

我是在20世纪80年代末进入大学的。那是一个开放包容、鲜艳明媚、青春激扬的年代，也是一个弥漫着激情与浪漫的年代，更是一个文艺的年代。那时，老师没有学术压力，校园也不流行考证，老师的精力几乎都在学生身上，讲课全凭实力和人格魅力，学生的注意力也在读书上，听课全凭兴趣和爱好。我们就像一株株野草，贪婪地吸吮阳光雨露，在时代的滋养中恣意生长。如果说我现在还保留了一点点阅读和思考的能力，应该说得益于那个时代和那些先生们。

中文系的课程，一般是从古代讲到现代，由国内谈到国外，到大四时，古代文学、现当代文学、西方文学依次侃完了，全系的先生也基本见过了，我们也不再像大一的小学妹们那般好奇和骚动。此外，毕业临近，找工作成了第一要务，对毕业后生活的强烈向往也冲淡了向学之心，故听说大四最后一学期要开设"《东方文学》"时，说实话我们并没有多少兴趣。

第一眼看到叶先生，我们并不感到意外：个子不高，相貌平平，温温和和，和系里其他青年老师一样。不过，一节课下来，我们便发现他的奇特之处：他讲课从不看讲稿，也从不翻书，亦很少板书。有时候，想不起细节时，他会从上衣口袋中轻轻抽出一张卡片，瞄一眼，缓缓放回口袋，再侃侃而谈。偶然，他眼角扫到卡片上的内容时，会兀自发笑，但我们却一头雾水，至今也不知道他的卡片上究竟写着什么好笑的文字？他讲课激情澎湃，就像一条奔流不息的江河一样。讲到激动处，他往往声如洪钟，手舞足蹈，全然没有了温文尔雅的样子。有那么几次，他的眼睛望向窗外很远的地方，眼神飘忽，好像远方有什么东西在吸引着他，我们知道，他这是又沉浸在自己的精神世界中去了。他的课，有激情，有深度，有思考，有欢笑，大家趋之若鹜。由于个头小，又是当时全校最年轻的副教授和"享受政府特殊津贴专家"，也比我们大不了多少，大家便亲切地唤他："小叶子。"

毕业班的课堂，不时有人翘课，系里也往往睁一只眼闭一只眼，但只要有小叶子的课，大家次次如数到课！遗憾的是，小叶子的课时很少，好像一周只上一次。每周的这一天，便成了我们的学术盛宴。那种奇妙的精神享受，我拙劣的笔触实在描绘不出，但我对东方文学的无比青睐，无疑早在那时就埋下了细小的种子。在毕业前的各种忙乱中，小叶子结课了，我们也挥别了美丽的校园。

数十年后，才听说我们毕业的当年，叶先生也离开了陕师大。再后来，我曾在网上看到过他的各种消息，也听说过他真真假假的传闻，知道他现在是上海交通大学致远讲席教授，中国民间文艺家协会副主席，中国神话学会会长，中国文学人类学研究会名誉会长，出版专著55部，译著7部，发表论文300余篇，曾荣获霍英东青年教师研究奖、首届全国高校人文社会科学研究优秀成果奖、第2届全国高校人文社会科学研究优秀成果奖，被学界誉为"上神"。2018年，由于他成就突出，还曾被陕西师范大学评为第五届"杰出校友"。当年的"小叶子"，早就成了国家的参天大树。遗憾的是，大学毕业后，我一直没有机会再进他的课堂，也没有机缘和他近距离接触。

欣喜的是，小叶子真的要来了！

5月10日，叶先生的讲座就在文汇楼A区409会议室举办，题目是《发掘优秀文化资源 提升理论自信——三星堆圣物与华夏文明基因》。乍看起来，先生还是那样亲切、温润。不同的是，他的头发已经花白，眼角有了深深的皱纹，上衣口袋里的小卡片换成了蓝色口罩，说话语气也比年轻时多了几分凝重。不过，讲到高兴处，他还是挥动双手，语气慷慨，几乎从椅子上站起来。

短短的一个多小时，叶先生通过翔实的考古发现，阐述了华夏文明核心价值源自史前核心信仰的论断。他重点论述了三星堆考古发现的五类圣物——玉、金、铜、象牙、丝（帛）背后所具有的文化大传统，并就全国范围内的相关博物馆及考古遗址做了详细介绍。他还通过对五类圣物的文化源流解析，说明玉帛信仰作为本土文化基因万年传承的历史本相，同时又与外来文化相叠加，共同形塑了中华文明的观点。先生果然视野宏阔，立论不凡，极大地启发了在场师生的思维。当然，叶先生的"万年中国说""玉帛之路""冶金神话""文化文本""四重证据法"，也早已成为学界的美谈。

隔着一张桌子，我仿佛又回到当年的那间旧教室，看到窗外那棵高大的玉兰树、那皎洁的月光，嗅到那淡淡的书香与花香——30年前的风，带着时代的气息迎面而来，吹得我睁不开眼睛……

等我回过神来，发现讲座已经结束，同学们正拉着先生签名。目睹接送先生的小车已然消失在浓浓的夜色中，有几位同学还站在原地，久久不愿离去。循着夜色，我开车在校园慢慢溜了一圈，又站在玉兰树下。夜色中的玉兰，雅致，沉静。一阵风吹过，枝叶窸窣作响，仿佛低头呢喃，却欲言又止。

在北方，在西安，最惹眼的报春花，似乎非玉兰莫属！叶先生，便是这美丽的玉兰花！在学术的高地上凌寒而开，自成风景！

2021年5月11日

风雨周公庙

我在西安生活了近十年,去过很多历史人文景点,如临潼的秦始皇陵、兴平的汉武帝陵、马嵬驿的杨贵妃墓,甚至樊川的杨虎城将军纪念馆,我都去过多次,但我却从未踏足周公庙。

因为距离远吗?今年夏天,因为朋友的一句话,我们一时兴起,就开车去了200余公里外的羌村观景。前些年,因为想看布达拉宫,更是和爱人驱车去了拉萨。周公庙在陕西岐山,距离我家,不过130公里而已。

因为工作忙吗?平日里,我会去七真瑜伽馆健身,会去尼维斯做理疗,会去铜锣湾买衣服,也会在雨天和朋友在和韵茶社品茶。我们浅浅地聊着,闲听着春雨打在窗外的梧桐树上,一点一滴,心思也如雨丝,在雨中深深浅浅地蔓延开来。有时一坐,就是整整一个下午。

显然,周公庙对于我,一直有一种奇异的阻隔。

按理,来到陕西,第一个该拜谒的人,应该是周公。我们家有一本《周公解梦》,黄色的封面,黑色的字体,显得很是神秘。从小到大,家人无论做了什么形形色色的梦,爸总是第一时间拿出那本书,一页一页寻找答案。看到好的兆头,爸常会哈哈大笑说:"我就是这么想的!"看到不好的解释,爸更会哈哈大笑说:"咱是共产党员,不信这一套!"后来,我看那本书已经破损不堪,便自作主张重新买了一本。在我看来,新买的《周公解梦》,至少从学术的角度来看,远胜那本破旧的小书。当时,爸笑呵呵地接下新书,还说了声:"谢谢!"第二年回家,我却发现新周公连封皮都未打开!显然,爸当时开心的样子,只是给我一个面子而已。

前两天,确切地说是12月10日,我拜谒了周公庙。那天早上,气温突降,寒冷刺骨,而一个强烈的念头,却在我心头一点一点升起——去周公庙。感谢师弟红岩,没有多问一句,就满口应承。要知道在这样一个风雨交加的冬日,不直接去宝鸡开会,而拐去周公庙,不仅仅是多行100多公里那么简单。

刚出发时,雨并不大。车子在莽莽苍苍的关中平原上慢慢行驶,田野里一片肃杀,但一片片冬小麦已然在寒风中冒出头,就像不畏严寒,大冬天穿着丝袜的日本女孩,惹人怜惜。下了高速,在县道上磨蹭慢行了40分钟后,我们终于到了周公庙。此时,雨已经越下越大,庙门内外全是一片片水洼。打落的树叶在水面上翻卷,红墙灰瓦的周公庙透出湿漉漉的寒气。

检票的工作人员没想到在这样的天气下,还会有人前来。她们穿着厚厚的工作服,不断搓着手,跺着脚,催促着我们,根本不愿多待一秒。我们刚一进门,回头想借一把伞时,发现她们已经缩回办公室。无奈之下,我们只能冒着雨,高一脚低一脚地向周公庙走去。是的,但凡圣地、圣人,想要靠近,神明自会设置屏障,而要靠近中国古代最杰出的圣人周公,又岂能没有仪式？风雨交加，自然是最好的仪式，也是神明对我们最高的礼遇。

果然，游人寂寥。确切地说，偌大的庙宇中，只有我们一行四人。

周公庙有很多建筑。周公庙在国内有三处，曲阜、洛阳和岐山。相较而言，岐山周公庙是中国同类古建筑中存世规模最大、形制最完整的周公庙。据记载，周公逝世后，周人即在此地建祠祭祀。到了西周末年，这里的建筑群遭到了毁坏，秦汉以后曾重修。唐武德元年（618），唐高祖李渊为纪念周公旦，下诏在此地创建周公祠，后经过宋、元、明、清历代修葺、扩建，才形成了以周三公（周公、召公、太公）殿为主体，姜嫄、后稷殿为辅，亭、台、楼阁点缀辉映的古建筑群。在诸殿中，周公殿居前，姜姬祠居中，后稷祠居后，当地人把这种布局总结为"姜姬背子抱孙"。

前殿屋顶上的脊饰引人注目。脊饰既有飞龙、飞凤、大象、人俑，又有各种异兽和神话动物等。在风雨中，这些做工精细的砖雕脊饰被冲洗得干干净净，看起来栩栩如生。这些脊饰，大都为明清时期所制，题材多以神话故事为主，蕴含关中特有的历史和文化。令人惊奇的是，周公庙内每一座古建筑的脊饰，都有着不同的主题，比如周公献殿顶上的"龙生九子"，就颇为著名。

走进姜嫄祠，见到享有盛名的"凤打麒麟钻龙花"脊饰。祠两侧是一只只凤凰造型的脊饰。此刻，凤凰正展开翅膀，看起来极富动感，好像想抖落身上的雨珠，一飞冲天。向内看去，就见繁复的纹饰连绵不绝，布满整个屋脊。这些纹饰中，每隔数十厘米就有麒麟或龙身造型的脊饰，看起来就像是瑞兽在祥云中上下翻飞、在海浪中左右穿行一样，在麒麟与龙之间，还有几个造型各异的人俑，美不胜收。

去年夏天，我回家探望爸。我俩坐在老家的门厅前聊天，爸抬手指着西屋屋脊上的青色脊饰，问我是哪一种神兽。我一时辨认不出，便搪塞道："我回去查资料，下次告诉您。"谁料，永远没有下次了！展翅的凤凰啊，你要飞向哪里？能否告诉爸，我的消息，你的故事？

周公庙有很多楹联。乐楼上的"肃雍和鸣"，出自《诗经·周颂·有瞽》，体现了周代宫廷宗庙乐舞的真实场景。乐楼南檐门额上悬"飘风自南"四个黑底鎏金楷书字横匾，出自《诗经·卷阿》，为清代学士王麟所书。柱子上的楹联为："制大礼作大乐并勘大乱大德大名垂宇宙，训多士诰多方兼膺多福多才多艺贯古今。"此联为清代光绪年间岐山举人冯拱宸所撰，上联对周公制礼作乐的功绩进行了概括，下联对周公辅佐成王治国安邦发布的两篇文献做了肯定。八卦亭是后人在光绪三十二年（1906），为纪念周公父子所创建，在亭南正中门檐上书有"周公八卦亭"五字。周公献殿修建于明朝中期，清光绪五年（1879）曾经重修，明朝人德惟馨撰写楹联："父兄王道圣功善继善述，姜召帝师皇属一德一心。"道出了周公继承父亲文王和兄长武王的事业，联合姜尚和召公等皇族亲属同心同德地帮助年幼的成王终成帝业的故事。周公殿有"自古勋劳推元圣，从来梦见有几人"楹联。这副楹联既是对被称为"元圣"的周公功绩的肯定，也表达了后人对周公礼乐仁政的向往。元圣殿为纪念"元圣"周公而建，大门上的楹联为："吐哺握发赢得天下归心，制礼作乐肇启华夏文明。"此联借用了曹操《短歌行》"周公吐哺，天下归心"句，再次对周公的功绩进行了高度概括。

召公殿创建于宋，明清曾修葺，其殿南檐下西侧有"甘棠重荫"石碑一座，为民国二十五年岐山县县长田惟均所书，楹联为"棠风普披婆楞树，膏泽清涟润德泉"，概括了召公的历史功绩和社会影响。太公殿创建于宋，现存建筑为清光绪十七年修葺，门前楹联为"此老天下称大老，唯公终古配周公",在东西柱子上悬有一副楹联"群仙此皆登正果,返贞列圣明朝书;闲居渭水垂竿待,只等风云际会缘",是对姜子牙的一生做了概括。

姜嫄献殿门两侧楹联"庙貌枚枚拟閟宫,神灵赫赫绵瓜瓞",自然是对"厥初生民,时惟姜嫄"的歌颂,姜嫄生后稷,周部族代代繁衍,正像绵绵瓜瓞一样兴旺。有意思的是,楹联的书法像极了瓜瓞,歪七扭八,很难辨认。姜源祠建有后稷殿,殿前横额为"农业始祖",两边的楹联为"教稼穑诚宜称后,明农功即可名官"。

周公庙楹联字体多样,有楷书,有草书,有行书,也有隶书,书法风格各异,有的庄重大方,有的翩若惊鸿,有的婉若游龙、美轮美奂。

周公庙有很多树。周公庙前,有两棵唐代种植的高大古柏,至今已经1300余年,四五人合拢不住。抬眼望去,树叶基本掉光,只剩下光秃秃的树干,遒劲有力,直插云霄,仿佛一位征战多年的老将军,尽管已临暮年,依然巍然挺立,壮心不已。

院内青砖铺地,古木参天。从大门直通庙院有一条大道,两侧有菩提、柏树、楸树、梓树、墨竹、核桃,还有一株几人合抱不来的悬铃木。庙宇内院就更特别了,有石榴,有柑橘,有杜梨,有乔松,还有梧桐。北院里更是桑树和槐树的天下,有一株半边已经空了的桑树,悠悠然横卧在地,用躺平的姿态,诠释着"独木成林"的意蕴,颇有意趣。

后面凤凰山上也是奇木遍地,只可惜树叶已经掉光,我们只能根据树牌,依稀辨认它们的身份。有一株480年的龙爪槐,树身布满青苔,尽管有六根木棍支撑,但还是在向地面无限倾斜,仿佛土地才是他的爱人。

周公庙背靠凤凰山。凤凰山地处大周原腹地,东至漆水,南为渭水,西达千河,北靠岐山,中心地带为卷阿。卷阿三面环山,唯南边与平地相连,形似簸箕状如倒凹字。《诗经·卷阿》中描述此地"有卷者阿，飘风自南"，今日细细端详，果真如此。遗憾的是，风雨晦暝，能见度太差，看不到周原的广袤和秀丽。

周公庙里有润德泉。 周公是西周初期杰出的政治家、军事家、思想家、教育家，被尊为"元圣"和儒学先驱，一生的功绩被《尚书·大传》概括为："一年救乱，二年克殷，三年践奄，四年建侯卫，五年营成周，六年制礼乐，七年致政成王。"周公摄政七年，提出了各方面的带根本性典章制度，完善了宗法制度、分封制、嫡长子继承法和井田制。周公把家族和国家融合在一起，把政治和伦理融合在一起，对中国社会产生了极大的影响。

周公庙的一眼灵泉，被唐玄宗下诏赐名"润德泉"。泉周围为八角井泉石栏杆，泉底有通道，一股清澈的泉水，向南流去，据说泉水永不干涸。

子曰："甚矣，吾衰也！久矣，吾不复梦见周公。"站在周公殿下，我不断自问：你来了吗？你是哪一代的中国书生？你梦到周公了吗？很少有其他参观处所能使我像在这里一样心情宁静平和，因为我回到了民族的源头、心灵的家乡。

在我看来，周公庙的历史就是一部波澜壮阔的民族长篇史诗。什么时候，我们才能写好这部上下五千年的史诗，把周公的思想、民族的灵魂史袒示给现代世界呢？周公殿下的乌鸦垂着双羽，冷峻地看着我们，默默无语。

昨晚，我梦见周公了。我很想问问爸这个梦的彩头，但爸手里没有答案了，爸的那本泛黄的《周公解梦》，今年夏天被晓鹂作为永久的纪念，带到美国去了。爸，周公在美国，会不会水土不服呢？

2021 年 12 月 13 日

刻骨铭心，我的 2021！

现在是下午 7 点，再过五个小时，就是 2022 年。

我站在窗前，随着 W 酒店的霓虹灯在夜幕下忽明忽暗，我的心情也像在坐过山车，在一年的岁月轨道上风驰电掣，忽高忽低。年初和家人在白龙江边看柳牙张开眼的情形好像才刚过去不久，转眼就已经到了年末。今年的四季，显然过得太匆忙、太敷衍。

去年的最后一天，我曾写过一篇文章，叫《种桃种李种春风》。那时，面对 2021 年，我有很多美好的期盼。比如，带研究生去鄠邑区，实地考察一下清代理学大师王心敬的家乡，瞅瞅鄠邑区的麦苗在风中摇曳的样子。比如，和家人一起去一趟西班牙的大加纳利群岛泰尔德（Telde）小镇 Lope de Vega 街 3 号，那里曾是三毛和荷西的家。比如，陪爸去老家住几天，看看乘驾山的庄稼，瞅瞅杏树梁的花椒，再聊聊他的著作《随感录》。再比如，好好陪妈聊聊天，找找那条压在箱底的花围巾，据说那时爸妈结婚时的礼品。那时，我心情愉悦，甚至用了三毛的一首歌《一亩心田》，期盼着2021年的到来。谁知道，2021年却给我开了天大的玩笑，给了我难以承受的打击。

　　回头再看，迹象其实从正月初五就开始了。由于爱人要在正月初七值班，我们一家便计划初六一早返回西安。初五下午，不知道是谁的提议，我们兄妹几人一起去了武都城西的桑家湾。这座小山村依山临水而建，劳作需下到白龙江边，住宿却在高高的南山山腰。好在现在村民都有摩托车，上山下山倒也省事不少。当然，在春节期间，我们显然不是来此地探春寻花，尽管武都的迎春花早都眨着一朵朵毛眼眼，在屋檐下、墙角处悄然开放。我们是来拜访张老爷的。是的，这座村有一座建于明代的古庙，主人就是张老爷。在高大苍翠古树的映衬下，红墙灰瓦的古庙透着孤冷的傲气，让人望而生畏。春节期间，古庙悄无一人，安静得能听见自己的心跳。抬头望去，张老爷端坐在大殿上，神态慈悲，面容祥和。思虑再三，哥哥伸手抽了一支签，谁知上面赫然写着四个大字："马失前蹄。"我心里猛地一沉，因为哥哥问的是爸的病情。爸前年得了脑梗后，身体越来越差，尽管目前爸每天还在江边晒晒太阳，和李伯伯他们聊聊天，但姐夫却严肃地告诫我们，爸的身体并不乐观。姐夫是一名外科大夫，他的话是可信的。那一瞬间，嫂子、姐姐和我都不死心，又缠着哥哥抽了第二次签，拿到了"孝心动天"一签，我们才松了一口气，想着只要我们孝顺老人，精心照料，爸会慢慢好起来的。

　　一晃就到了清明。我抽空回家看望爸，发现爸和春节时一样，睡眠和饮食基本正常，精神也很好，很是欣慰。由于假日太短，我清明只在家待了一天。我陪爸去江边散步，听爸说家长里短。爸说老家老屋的瓦片更换工程已经完成了，他和妈准备6月份去老家避暑，并邀我暑假去老家，我满口应承。第二天一早出发时，爸拄着拐杖，将我们送到楼下。车子开出了好久，爸还高举着枯瘦的右手，笑着向我们挥手，爬满皱纹的脸上写满了依恋。那一刻，我突然为自己当年执意远走他乡的决定，感到懊悔不已。现在，我就是想给爸妈倒一杯水、做一顿饭，都显得那么遥远、那么奢侈。这一刻，我忽然深刻理解了古训"父母在，不远游"的含义，但为时已晚。

五一刚过，爸妈就去了老家。这比往年足足提前了一个月，要知道老家的海拔有1600米，和海拔1000米的武都城气候截然不同。我询问原因，妈说老家空气好，安静，有利于爸静养。6月份，我忙得不可开交，但坚持和往常一样，每周给爸妈打一次电话。在电话中，在微信中，我发现爸的生活一如既往，便不再担心。7月份，晓鸥经过千辛万苦，从华盛顿出发，取道洛杉矶和韩国，在上海隔离半月后，终于回到老家，开始居家隔离，每天和父母隔两米聊天。7月28日，我匆匆完成手头的工作后，在第一时间回到老家。我们兄妹四人承欢膝下，爸很开心。尽管爸瘦了一些，但精神好，饮食和睡眠也还好。再说，姐夫刚来看过，说爸一切正常。这让我们都放松了警惕。我们每天和爸一起晒太阳、聊天、做美食。大多数时候，是我们在说，爸在听。爸常常溺爱地看着我们，好像我们还是孩子，我们好像又回到爸妈年轻的过去。

谁料，五天后，爸突然撒手人寰！我痛彻心扉，感觉人生一半的意义都被带走了。五个月来，我一直沉浸在丧父之痛中难以自拔，就像一头老牛，在深夜一点一点反刍着心疼，等待着时间的治愈。

可是，亲爱的朋友，如果你以为这就是我2021年最大的痛，你就太善良了。

12月23日下午，结束一天的工作后，我从长安校区东门出来，像往常一样，随着长长的车流在南三环慢慢游走。夕阳西下，黄昏时的长安城热闹而繁华，平凡而美好。

不是没有消息。前两天，听说长安大学的一位老阿姨确诊，但大家不以为意。今年来，重庆小夫妻、上海老夫妻，都曾像风一样过境西安，带来些许的不安，但大家只是围观了一下上海退休教师的辟谣书，发了几句牢骚后，就各自散去，该干啥干啥。大唐不夜城喷泉前依旧人山人海，人群随着音乐的起伏纵情呼喊，震天动地。大雁塔广场小贩兜售小商品的叫卖声依旧高亢热情，在冬日的夜晚，长安城的一切都显得格外温暖而热闹。

紧接着，有封城的消息传出。第一时间反应是假的。这年头，商家为了追求流量，制造了多少标题党，大多不都是假的吗？再说，12月20日晚上雁塔区封区的消息不也是假的吗？第二天区政府还登报道歉了呢。

紧接着，就有红头文件下发。一瞬间，大家忽然想起来武汉，常住人口达到1295万的城市忽然慌了。人群立刻拥向超市，直接抢垮超市。但更多的人依然不以为意，还以各种手段讽刺抢购的人。夜深了，桌上的饭菜凉了又热，热了又凉，爱人还是没回来。我忐忑不安。快10点时，爱人终于回来了，带回来大量的蔬菜和日用品，堆满半个厨房。我看了一下表，发现他买菜花了整整4小时35分钟。我和大家一样，还笑他过于谨慎，但很快被事实打脸。

一开始，我们晚上熬夜追剧，早上睡到日上三竿，享受着年末难得的惬意日子。谁料，一切都向未知的方向迅速发展。

紧接着，我们小区六号楼被封控。

紧接着，整个小区被封控。

紧接着，核酸变成一天一次。

紧接着，政府开始送菜上门。

小区外，城市里，乡村中，更是每天都有刷新的数据。

深陷疫情中的人们，为了躲避病毒，更是独辟蹊径。前两天，更是传出了江湖三大狠人：横渡渭河回周至的浪里白条，零下七八摄氏度骑共享单车回淳化的单骑男，八天八夜机场横穿秦岭回安康的急行男。刚开始，大家还在调侃，但随着天天更新的数据，全城人的心情慢慢沉重起来。

据陕西省卫健委12月31日通报，12月30日零时，陕西新增报告本土确诊病例165例（西安市161例、咸阳市2例、延安市2例）。自12月9日以来，陕西全省累计报告本土确诊病例1301例，其中西安市1277例。感染者中，有不到一岁的孩子，有80岁的老人，有风华正茂的学生，有年富力强的中年人。拐点在哪里，谁也不知道。

不过，这里是长安。千年的历史，早就铸造了这座城市的灵魂。贾平凹说："看见那大雁塔吗？那就是一枚印石；看见那曲江池吧，那就是一盒印泥。记住，历史当然翻开了新的一页，现代的西安当然不仅仅是个保留着过去的城，它有着其他城市所具有的最现代的东西。但是，它区别于别的城市，是无言的上天把中国文化的大印放置在西安，西安永远是中国文化魂魄所在地了。"

在疫情中，西安人表现出顽强的韧性，大家逆风而行，迎难而上，请战书像雪片一样飞向疫情指挥部。我的医生朋友又一次请战去了一线，我的同事穿着厚厚的防护服送考上门，我瘦弱的弟媳申请成了志愿者，我胆小的邻居主动下沉小区。在这座城市里，每天都上演着感人的故事……

有一个人颇让我意外，那就是我的老乡黎明。黎明个头不高，性格温和，平日总是笑眯眯的，好像从来不会生气。12月26日，我收到石河子大学赵军常委发来的微信，才知道黎明和石河子大学在西安外国语大学参加英语培训的八名医护人员一起，已经请愿去一线支援西安抗疫。黎明是石河子大学美术专业的一名教师，从 8 月开始，他就在西安外国语大学接受英语培训。我原本以为学艺术的黎明，更关心内心的丰富，而这场疫情原本和他无关，他完全可以置身事外，但他却去了一线。

我的同事晓斌，坚守在雁塔校区，每天带着学生集体做核酸，每天晚上统计学生们的第二天要买的药品、生活用品、防疫用品，统计一日三餐，第二天把饭食等一一送到每个学生宿舍门外的凳子上。学生订餐备注有不吃辣椒的、不吃葱的、蘑菇过敏的……这项工作琐碎而复杂。同时，他还要疏导学生心理，要回复学生和家长的各种因疫情防控带来的问题，还要解决雁塔校区离退休老师和家属的各种问题。从封校开始，晓斌就没有睡过一个好觉。我的学院，我的学校，我的城市，这样的普通人太多太多……而住在校外的我，却只能默默关注，无能为力。

12 月 25 日，西安飘了一天小雪。做核酸时，我只排了 20 分钟的队，就感觉全身冰凉，而那些在风雪中维护秩序的保安、志愿者、采样的医务工作者，分明已经干了一整天。他们中，哪一个不是母亲心爱的儿子女儿，哪一个又不是孩子亲爱的爸爸妈妈……

是的，和上海相比，西安在这次疫情中，确实有不尽如人意的地方，但我们一直在努力，一直在努力。我相信，待疫情散去，西安还是那个美丽的长安。

村上春树说："你要记得那些黑暗中默默抱紧你的人，逗你笑的人，陪你彻夜聊天的人，坐车来看望你的人，带着你四处游荡的人，说想念你的人，是这些人组成你生命中一点一滴的温暖，是这些温暖使你远离阴霾，是这些温暖使你成为善良的人。"

在此，我想给每一个关心我，关心我们，关心这座城市的人，道一声："谢谢！"

刻骨铭心的2021年即将过去，新年的钟声马上敲响，愿2022平安吉祥，国泰民安！

2021年12月31日

第四辑

岁月如流

摸到一条鱼

大约1984年，我读中学时，有一首歌一夜间红遍大江南北，那就是沈小芩的《请到天涯海角来》，歌词至今耳熟能详："请到天涯海角来，这里四季春常在，海南岛上春风暖，好花叫你喜心怀……"优美的旋律，活泼的情感，对在狭小城市长大的我充满了诱惑。这种感觉像极了吃棉花糖，软软的，甜甜的，却又有一口吃不到嘴里的尴尬和不真实感。

其实，我的家乡武都城，地处亚热带，常年种植水稻，出产橘子、枇杷、无花果、橄榄等亚热带水果，是名副其实的陇上江南，但歌词中提到的橘柑、杧果、芭蕉、菠萝等热带水果，在那个物资匮乏的年代，我们只在画报和电视上见过。伴随着歌声，具有浓郁热带风情的衣帽应运而生，而最受青睐的，无疑是裙子。海蓝色的裙底上印着黑色的椰子树，笔直，挺拔，不禁让人浮想联翩。上大学的姐姐赶时髦买了一条，暑假带回家中，我一见倾心，念念不忘。在我的软磨硬泡下，姐姐只好狠狠心送给了我。至今，我还留有一张穿着椰子裙的照片：在我们南桥路的家中，少年的我端坐在沙发上，扎着麻花辫，满含喜悦，仿佛穿上心仪的裙子，生活也会像椰子汁一样美好甜蜜。一个小小的心愿，便在心里扎了根——如果有朝一日能去天涯海角，便是人间之境，生而无憾了。

后来，读到《古诗十九首》中"相去万余里，各在天之涯"和马致远《天净沙·秋思》"夕阳西下，断肠人在天涯"时，完全被那种深入骨髓的伤感湮没，顿感天涯肯定在世界的另一角，中间隔着一生的距离。而体味王勃"海内存知己，天涯若比邻"、白居易"同是天涯沦落人"及张九龄"海上生明月，天涯共此时"，又觉得天涯和诗人只隔着一层纸，好像拿手一捅纸就会破，天涯也就到了。金庸《天龙八部》中的逍遥子、无崖子、李秋水，又让天涯顿增神秘性。去年热播的电视剧《三生三世，十里桃花》中的夜华、白浅、折颜，更让天涯无端染上桃色仙味。看来，想象中的天涯应该是失意人的伤心地，是世外高人的隐居地，抑或上神上仙的修行地，普通人是不敢，也不能轻易涉足。在这种矛盾的心态中，我兜兜转转，便屡屡和天涯失之交臂。

今年冬天，我蜷缩在西域石城，经历了-30℃的严寒，体味到北风的肆意凛冽，看腻了日日飘雪的校园后，便像一只可怜的寒号鸟，急切盼望春风；更像一个失恋青年，格外怀念江南的情人——对天涯的向往不觉写在眼角。年前，当爱人再次提议来三亚时，我一反往日的犹豫，急急赶赴海南。我知道，这一约已经晚了30年。再不来，人已老，景亦萧。

托爱人的福，三亚有人接待我们一行。负责开车的是小黄，当地人，黝黑、瘦小、热情，说一口蹩脚的海南普通话，但语调优美，听着很温和。照顾我们的是朋友李先生，西宁人，话很少，心思和他脸上的褶皱一样，都藏得很深，但事事亲力亲为，很周到。到天涯景区门口时，正是中午。有午睡习惯的爱人早在车上打起了盹。他已经来过好几次。委托给朋友后，爱人和小黄找地方聊天去了。朋友更是天涯的常客，最少也来过20次。他把我们带到广场，介绍完景点后，也不肯前行了。协众而来，本是我的一点私心——减轻独自面对天涯的胆怯。可老天不遂人愿！万般无奈之下，我只好带着孩子们前去。

顺着朋友刚才指的方向，我抬眼望去，蓝天确实湛蓝，海水确实碧绿，沙滩也如白雪，椰子树亦高大迷人，但总觉得少了什么？犹记得大一的一个午后，读《庄子·逍遥游》："北冥有鱼，其名为鲲，鲲之大，不知其几千里也；化而为鸟，其名为鹏。鹏之背，不知其几千里也。怒而飞，其翼若垂天之云，抟扶摇而上者九万里。"无法想象这么大一只鸟，要从北海飞往南海天涯，那得多么气势磅礴！天涯能供大鹏栖息，更是大到无边无际。可是，为什么眼前只有这么浅浅的一湾海水和一方沙滩？更让人心塞的是，沙滩上高高低低全是人，黑压压一片。再环顾四周，十几辆繁忙的电瓶车仍不知疲倦地运送旅客，真是车水马龙！

在我的潜意识里，天涯应该是美丽的、寂寥的、落寞的、安静的、辽远的，甚至是飘雨的。抬头看看天空，却没有几丝风。"近乡情更怯，不敢问来人"，我赴约的脚步逐渐陷于凝滞。"妈妈，萱萱都跑到前面去了，你咋这么慢！"儿子投来不满的眼神。我只好急急跑向前。仿佛一晃间，黑色的礁石便矗立眼前。"海判于天""南天一柱""天涯"和"海角"石，被人群遮得严严实实，看不真切。也不愿看真切。据说天涯和海角是一对恋人，来自两个敌对的家族，最后化为礁石，守护着爱情。儿子来来回回找景，可惜人山人海，喧闹沸腾，又哪有一寸安静的沙滩。

我坐在沙滩上，静观小萱萱玩沙子。她拿着友人送的玩沙工具，玩得很认真，浑然忘我。而我的心头早有一万只小鸟飞过：原来快乐可以如此简单！我又何必纠结内心！此时此刻，我在天涯，足矣。沉下心来，再举目四望，发现眼前的天涯也别有风致：远处海天相接，烟波浩渺，马岭山青翠如黛，美如水墨；近处海水澄碧，帆影点点，椰林婆娑，奇石婀娜，堪称仙境。闭上眼睛，放飞的心灵像庄子的大鹏一样在天空翱翔，俯视天涯，果然无边无际……

　　我一边随意驰骋，一边漫无目的地抚弄着沙子，居然摸出一条玩具小鱼，黄灿灿的，很是漂亮。小姑娘很高兴——她的工具中有很多塑料模具，唯独没有鱼。在海边，没有鱼，就如人没有眼睛一样，自然少了灵气。旁边的一位奶奶笑着说："刚才，一个小男孩的妈妈在沙子里到处找小鱼，都没有找到。好巧，你一伸手就抓到了。"我笑了笑，算是回应。她又说："鱼是小男孩埋下的，就不告诉他妈妈埋在哪里。"我一激灵。多么可爱的孩子。他埋下的，应该是他的小秘密吧？他的小鱼此刻已经到小萱萱手中。如果人生有缘，他们会在什么地方邂逅？西安？北京？抑或天涯？还是终身不会谋面？我抬眼望去，一个海浪正冲向沙滩，好像要告诉我答案，又什么也没有说，默默退去。

　　该回去了。刚出景区，天色突变，竟然淅淅沥沥飘起雨来。原来，老天是怜惜我的，明了我的心思后，便以这种方式告慰我。我知道，我亦不会再来天涯。三毛说："不能回头，一回头会变成盐柱。"一旦背对天涯，每迈出的一步便都是新的天涯。"记得绿罗裙，处处怜芳草"，我的天涯，就在眼前，就在脚下。

2018年2月10日

有一首歌

据汉代刘向《说苑·善说》记载：2600多年前的春秋时代，楚王的同母弟弟鄂君子皙在河中游玩，为他打桨的是位越人姑娘。当船渡到一半时，这位越女用越语唱了一支歌，歌声悠扬缠绵，仿佛天籁般只通人心，子皙很是感动，但就是听不懂歌词，便叫人翻译成楚语，如下：

今夕何夕兮，搴洲中流。
今日何日兮，得与王子同舟。
蒙羞被好兮，不訾诟耻。
心几烦而不绝兮，得知王子。
山有木兮木有枝，心悦君兮君不知。

这是我国历史上第一首译诗，叫《越人歌》。据说鄂君在听懂越女的心意后，就微笑着将她带回宫了。子皙曾任楚国的首席大臣令尹，爵位为楚国的最高爵位执圭。第一次读这首诗时，我还很年轻，骄傲轻狂，是这种王子和灰姑娘故事的超级脑残粉。在我的想象中，子晳腰佩宝剑，身穿华服，挺拔帅气，温和儒雅——他有着那么高贵的身份，那么俊朗的面庞，那么超群的才华，却肯俯下身子，对一个打桨的平民微笑，又有几个姑娘能抵抗他太阳般的笑容！同样，能让高傲的子晳心动的越女，也绝非等闲之辈，她应该美若天仙，歌喉婉转，又冰雪聪慧——能在极短的时间内作一首歌，并用悠扬的旋律唱出来的，古往今来，又有几人？曹植固然能七步作诗，但那是一种锥心的疼痛和哀伤，越女的歌却充溢着爱慕和相思，虽有伤感，却终归平和。对故事的结局，我是满意的。

　　再后来，读到席慕蓉的一首诗，《在黑暗的河流上——读〈越人歌〉之后》：

灯火灿烂 是怎样美丽的夜晚

你微笑前来 缓缓指引我 渡向彼岸

（今夕何夕兮 搴舟中流

今日何日兮 得与王子同舟）

那满涨的潮汐

是我胸怀中 满涨起来的爱意

怎样美丽而又慌乱的夜晚啊

请原谅我不得不用歌声

向俯视着我的星空 轻轻呼唤

星群聚集的天空 总不如

坐在船首的你

光华夺目

我几乎要错认

也可以拥有靠近的幸福

从卑微的角落

远远仰望

水波荡漾 无人能解 我的悲伤

（蒙羞被好兮 不訾羞耻

心几烦而不绝兮 得知王子）

所有的生命在陷身之前

不是不知道 应该闪避 应该逃离

可是在这样美丽的夜晚里啊

藏着一种渴望 却绝不容许只求

只求能得到你目光流转处

一瞬间的爱怜 从心到肌肤

我是飞蛾

奔向炙热的火焰

燃烧之后

必成灰烬

但是如果不肯燃烧 往后

我又能剩下些什么呢 除了一颗

逐渐粗糙 逐渐碎裂

逐渐在尘埃中失去了光泽的心

我于是扑向烈火

扑向命运在暗处 布下的诱惑

用我清越的歌 用我真挚的诗

用一个自小温顺羞怯的女子

一生中所能

为你准备的极致

在传说里 他们喜欢加上美满的结局

只有我才知道 隔着雾湿的芦苇

我是怎样目送着你渐渐远去

（山有木兮木有枝

心悦君兮君不知）

当灯火逐盏熄灭

歌声停歇

在黑暗的河流上

被你所遗落了的

终于 只能成为

星空下 被多少人静静传诵着的

你的昔日 我的昨夜

  席慕蓉的诗让我蓦然心惊，如醍醐灌顶！原来，我看到的只是故事的开始，猜不到的却是故事的结局！在那个等级森严的贵族社会，鄂君就是再喜欢她，但囿于身份，他怎么可能越礼娶她为妻。身份卑贱的越女，爱情只能卑微如草，结局早已注定。一生孤傲如张爱玲，见了胡兰成，也谦卑地写道："见了他，她变得很低很低，低到尘埃里，但她心里是高兴的，从尘埃里开出花来。"在时间无涯的旷野上,在千万年之中,于千万人之中遇见喜欢的人,竟是如此卑微!原来,卑微才是爱情的真正感觉。张爱玲说:"因为懂得,所以慈悲!"——因为喜欢,所以卑微。看来,300篇诗歌所咏叹的,只是此象。聪慧的越女,在看到鄂君的第一眼,早已明白了结局。只有愚钝如我,才会相信灰姑娘的传奇。多情又聪慧的越女,带给我太多的好奇。

今天,当我踏上海南,来到百越故地三亚,内心自然充满期待:我会看到怎样的越女?千年前的那首歌,是否早已成为绝唱?

2月8日,我们一行来到蜈支洲岛游玩。蜈支洲岛堪称"运动之岛",环岛快艇游、空中拖伞、摩托艇、香蕉船、潜水、沙滩排球、足球等运动项目应有尽有……最吸引人的无疑是潜水——海水的能见度达到了27米,海底满是五彩斑斓的珊瑚礁和五颜六色的珊瑚礁鱼。

负责发放潜水服的是一位年轻的海南姑娘,眼睛细长,单眼皮,当我领到衣服转身的瞬间,她轻轻对我说:"给您换一件。这件太湿。"没有过多的解释。她肯定是看我身体单薄,怕我着凉。我心底轻轻一动:越女果然温润。

2月9日,我们来到槟榔谷。放眼四周,到处都是亭亭玉立的槟榔,而槟榔的主人正是黎人。黎族是古代族群"骆越人"的后裔。骆越人是百越众支系下的其中一支,大致在公元前1300年至公元前206年之间活动于今越南北部至广西南部一带,至今已有3300多年的历史。黎人喜欢"雕题""离耳",即在脸上刻图案,在耳朵上佩戴大的耳环。勤劳的黎族妇女创造的织锦,至今享誉海内外。

我们本是随意而行,并没有跟团,故一名年轻姑娘自荐要当免费导游时,我的第一反应是听错了——这里可是游人如织的槟榔谷，花高价都请不到导游——真的有人愿意当导游？还免费？还是黎人？更何况还是美女？看着我们狐疑的眼神，腼腆的黎族姑娘笑了，轻轻说了一句："请相信我。"被她善意的微笑打动，我们欣然前往。她带我们一一浏览了景观，仔细讲解人文历史，声音圆润，吐字清晰，让人如沐春风。到山顶时，我被一件件精美的银器吸引，流连忘返，再转身时，黎族姑娘已不知所踪——问爱人，说景点游览完了，姑娘已经告辞。我怅然若失。这位姑娘身形清瘦，长相清纯，有一对细长的眼睛，不由得让人想起虞姬、赵飞燕、卓文君——她们都有一对似曾相识的眼睛，令人着迷。为了感谢这短暂的相聚，更为了纪念这位多情的黎族姑娘，我买了一对漂亮的银镯，分别送给小萱萱和朋友的女儿。

接下来的《槟榔·古韵》表演更让人耳目一新。这是海南以黎苗文化为主题的大型原生态实景演出，是"国家文化出口重点项目"，也是海南的名片之一。《钻木取火》《织黎锦》《打柴舞》《鼓舞》等节目，再现千年史诗般的民族画卷，令人沉醉不已，尤其让人念念不忘的，是男女演员——年轻，帅气，多情，活泼……穿过历史的云烟，我仿佛又看到那位打桨的越女，同样唱着清越的歌——放飞的青春，恣意生长，刚烈决绝。不知不觉中，我已泪水盈眶。

失去胡兰成，张爱玲说："我自将萎谢了……"而胡兰成阅尽人间春秋后，最后沉痛地感慨道："原是今生今世已惘然，山河岁月空惆怅，而我，终将是要等着你的。"但是，半生情缘早冷寂，人间再无张爱玲！

在希腊神话传说中，曾有一个凄美的故事：克丽泰是一位水泽仙女。一天，她在树林里遇见了正在狩猎的太阳神阿波罗，深深为这位俊美的男神着迷。可是，阿波罗连正眼也不瞧她一下就走了。克丽泰热切地盼望有一天能够再次偶遇阿波罗，但她却再也没有遇见过他。

于是，她只能每天注视着天空，看着阿波罗驾着金碧辉煌的日车划过，直到他下山。日复一日，年复一年。后来，众神怜悯她，把她变成一大朵金黄色的向日葵，脸永远向着太阳。既然不能成为他的新娘，那就将歌声送给他，从此永不谋面；既然不能再见到他，那就做一朵漂亮的向日葵，又何妨！

《越人歌》，就在蜈支洲岛上，就在槟榔树下，也在我们心里，千年不衰，历久弥新！

2018年3月6日

人间三月桃花开

这两天的朋友圈，到处花团锦簇，春意盎然——大家都忙着晒春花与春色：北京的连翘、玉兰，昆明的茶花、樱花，南京的梅花、茉莉，朵朵鲜艳欲滴，枝枝惹人怜惜。隔着屏幕，都能嗅到浓郁的花香。不过，大自然纵有百媚千娇，让我魂牵梦萦的，依然是西安的桃花。

西安的桃花，一般在阳春三月开放。礼泉史德镇的桃花，品种最繁，气氛最浓，开得自信、快乐。王莽乡小峪的桃花，与连绵的秦岭和蓝天白云相伴，开得美丽、惬意。浐灞桃花潭公园的桃花，花溪相随，春屿芳菲，开得奇特、优雅。未央区万亩桃花园的桃花，枝干扶疏，花朵丰腴，开得艳丽、浓厚。阎良区荆山塬的桃花，花色鲜艳，树形独特，开得精致、含蓄。而我心仪的，却是长安区樊川桃溪堡的桃花。

樊川，是西安城南少陵原与神禾原之间的一片平川。汉高祖刘邦曾将这条川道封为武将樊哙的食邑，樊川由此得名。隋唐期间，樊川僧侣云集，有"樊川八大寺"之誉。这里的大唐护国兴教寺中，沉睡着大唐高僧玄奘；华严寺双塔中，沉睡着华严初祖杜顺和尚和华严宗四祖清凉国师。少陵原司马村，沉睡着自谓"樊川翁"的唐代诗人杜牧；凤栖原上，沉睡着唐代大书法家颜真卿，可谓人杰地灵。

樊川在汉唐时代，一直是长安达官贵人营构别墅之处，如唐代著名的韦、杜两族世代贵族就聚集在这里。唐代韦安石、韦中伯、刘希古、郑虔、韩愈、牛僧孺、岑参、郎士元、权德与、元稹等社会名流，都曾在樊川建立别墅。诗圣杜甫也曾在樊川居住十年。这里，曾经是唐代贵族最奢华的聚居区，至今流传着"韦曲花无赖，家家恼杀人"的美丽诗句。而樊川最有韵味的花儿，无疑是桃溪堡的桃花。

桃溪堡是一座古村，位于樊川中部，潏水北岸。唐时，桃溪堡周围桃园连片，景色秀美。诗人崔护，在清明日独游长安城南，被桃溪堡春风中一树树优雅的桃花牵住脚步。更意外的是，门扉中走出一位妙龄女子，生得艳若桃花。

第二年清明，崔护再次造访，却发现柴门紧闭，不见了巧笑倩兮、美目盼兮的桃花女。诗人怅然若失，便在柴门上题诗道："去年今日此门中，人面桃花相映红。人面不知何处去，桃花依旧笑春风。"由此引发了一段温柔缠绵的爱情故事。因此，走进樊川，就走进了汉唐历史；走进桃溪堡，就走进了剧场，一不小心，可能就会成为故事的主人公。

少年时，看到这么动人的传说，就一厢情愿地认为崔护笔下的"人面"——那位美丽的唐朝女子应该就是三月（桃月）桃花花神。除了她，谁又能胜任桃花的鲜艳与明媚？后来，读《红楼梦》，读到第二十七回"滴翠亭杨妃戏彩蝶，埋香冢飞燕泣残红"中黛玉葬花的情景，不由得感慨万千：

四月二十六日，是祭饯花神的日子，大观园中的姑娘们早早忙碌起来，或用花瓣柳枝编成轿马，或用绫锦纱罗叠成千旄旌幢，又都用彩线系了，满园里绣带飘摇，花枝招展，更兼这些人打扮得桃羞杏让，燕妒莺惭，好不热闹！但众人之中，唯独不见黛玉的身影。原来，黛玉因前夜晴雯不开门一事，错疑在宝玉身上。次日又遇饯花之期，正在一腔无明火无从发泄，又勾起伤春愁思，因把些残花落瓣去掩埋，由不得感花伤己，便随口吟唱出悲伤的《葬花词》，不想宝玉在山坡上听见，不觉恸倒山坡上。

林黛玉生得花容月貌，又禀赋极高，可谓才貌双全，无奈父母双亡，寄人篱下。桃花姿态优美，花朵丰腴，色彩艳丽，盛开时明媚如画，犹如黛玉的美丽；凋谢时落英缤纷，犹如黛玉的消亡。大观园一众女子中，只有黛玉堪配艳丽、凄美又感伤的桃花，也只有黛玉明了生命的陨落亦如桃花般凄美："花谢花飞飞满天，红消香断有谁怜？游丝软系飘春榭，落絮轻沾扑绣帘。闺中女儿惜春暮，愁绪满怀无着处。""尔今死去侬收葬，未卜侬身何日丧？侬今葬花人笑痴，他年葬侬知是谁？试看春残花渐落，便是红颜老死时。一朝春尽红颜老，花落人亡两不知！"

黛玉知道，春尽之时，就是花落之日；花落之日，也是人亡之时。在《红楼梦》第七十回"林黛玉重建桃花社，史湘云偶填柳絮词"中，黛玉的这种悲伤情绪更加浓厚，《桃花行》全诗更是氤氲着一种彻骨的悲凉："若将人泪比桃花，泪自长流花自媚。泪眼观花泪易干，泪干春尽花憔悴。憔悴花遮憔悴人，花飞人倦易黄昏。一声杜宇春归尽，寂寞帘栊空月痕！"

黛玉将灿烂鲜艳的桃花与寂寞孤单的女子反复对比、烘托，以花喻己，花人共悲，不由得令人黯然神伤。"一片花飞剪去春"——在世俗喧闹的人间世，美好的事物总是短暂的，正如桃花般随风飘落；美好的人生也是有限的，一如黛玉般香消玉殒，怎不令人伤痛！至此，才明白桃花亦是薄命女子的代称。命薄如斯的，还有尤三姐。在遭到柳湘莲退婚后，刚烈的尤三姐愤然自刎："一面泪如雨下，左手将剑并鞘给湘莲，右手回肘，只往颈上一横，可怜'揉碎桃花红满地，玉山倾倒再难扶'"——三姐自刎，血流满地，正如揉碎了千瓣万瓣的桃花一样凄美，伤痛，悲凉……

那么，让林黛玉做三月（桃月）的桃花花神，是不是实至名归呢？非也——真正的桃花花神是息夫人。

息夫人，姓妫（guī），有倾国倾城之貌，本是陈国公主，后嫁给息国国君。据说她出生时天有异兆，突降桃花雨。当时，息夫人的姊姊已嫁给蔡国国君蔡哀侯为妻。

息国在蔡国之南。出嫁时，息夫人必须借道蔡国，蔡哀侯却对小姨子息夫人无礼。息侯得知后，怒发冲冠，发誓报仇，并以国家做赌注。息侯暗地派人邀请楚文王佯攻息国，又假意向蔡国求援。作为同盟国，蔡哀侯果然派军前来救息，楚国便乘机击败蔡军。

蔡哀侯得知真相后，心怀怨恨，便怂恿楚文王霸占息夫人。楚文王以巡游之名在息国见到息夫人后，一瞬间被其美色折服。为了得到息夫人，楚文王第二日便设计以武力俘虏息侯，灭亡息国。为了侮辱息侯，楚文王让息侯担任守卫城门的士兵。要知道，守城门本是对墨（黥）刑罪人的惩罚。

为保全息侯的性命，息夫人万般无奈之下嫁给楚文王。息夫人进入楚宫三年，为楚文王生下两个儿子，楚堵敖和楚成王，但从未主动说过一句话。楚文王将息夫人郁郁寡欢的原因归咎蔡哀侯，一怒之下灭掉蔡国。

后来，楚文王出城打猎，息夫人借机偷跑出宫私会息侯。两人见面，执手泪眼，恍若隔世。分别时，趁息侯不备，息夫人奋力撞向城墙，当着丈夫的面香消玉殒。息侯大恸，随之撞死在城下。楚文王打猎回来，听说此事，黯然神伤，便以诸侯之礼将息侯与息夫人合葬在汉阳城外的桃花山上。后人在山麓建祠，四时奉祀，称为"桃花夫人庙"，又称桃花庙，至今仍为汉阳府（今湖北省武汉市黄陂区）的名胜之一。

历代文人墨客都曾凭吊咏叹息夫人，如王维、杜牧、刘长卿、宋之问等。杜牧题诗道："细腰宫里露桃新，脉脉无言度几春；至竟息亡缘底事，可怜金谷坠楼人；息亡身入楚王家，回看春风一面花；感旧不言常掩泪，只应翻恨有荣华。"委婉地道出了千古艰难唯一死的真实况味。王维《息夫人》写道："莫以今时宠，能忘旧日恩。看花满眼泪，不共楚王言。"相比之下，我更喜欢王维的诗，因为这里面还有一个故事：

据唐代孟棨《本事诗》记载：唐玄宗的哥哥宁王家里有宠妓数十人，个个身怀绝艺，国色天香。宁王家在长安，府左边有一家卖饼的小铺子，卖饼者的妻子纤白明皙，宁王一见念念不忘，得了相思病，便斥资胁迫其丈夫，强行霸占了其妻。宁王对饼妻的恩宠和疼惜远远超过其他人，自信已经焐热了她冰冷的心。

一年后，宁王问饼妻："你还想卖饼人吗？"饼妻默然不语。心有不甘的宁王派人找来卖饼，其妻注视，双泪垂颊，若不胜情。当时，宁王府中有座客十余人，都是朝野知名的文士，大家唏嘘感叹，无不凄异。宁王命文士赋诗，王维诗最先写成（按：即《息夫人》）。有感于此情此景，宁王最终将饼妻归还卖饼，使有情人终成眷属。

王维巧妙而恰切地以息夫人的史事设喻，来描写卖饼人的妻子不忘旧爱，反衬出息夫人和息君恩重如山、情深似海，表达了淫威和富贵并不能征服弱小者心灵的感慨。桃花虽美，息夫人却泪眼相对，对在她身边的楚王一言不发。一个娇弱美丽的女子，要保全丈夫的性命，只能含诟忍辱地面对残酷的现实，而三年不言不语的事实，难道不是对眼前的一切做出了最坚忍果敢的挑战与抗争吗？

这就是桃花花神的故事。桃花看似鲜艳、明媚，实则凄美、感伤，又兼具忠贞和刚烈。这些复杂的意味，在息夫人身上编织成一种独特的意象，经过历史的冲击与积淀，散发着幽幽的异香，让人心疼了2000千年。

俱往矣！

今年3月，长安的桃花如约开放——桃之夭夭，灼灼其华。在众多描写长安桃花的诗歌中，元稹眼里的桃花无疑最美："桃花浅深处，似匀深浅妆。春风助肠断，吹落白衣裳。"花落白衣的意境比息夫人凄美的意境来得轻盈，来得有味。虽然远在西域，看不见、摸不着、嗅不到长安优雅如美人般的桃花，但青灯之下，自有美丽的文字陪伴，也是人生一大享受。

桃花，惊艳了时光，温柔了岁月，怅惘了多少敏感人的情怀。"年年岁岁花相似，岁岁年年人不同。"不知石城的桃花是何风姿？人间四月天，我站在石城的桃树下，静等桃花开放。

2018年4月

不要问我从哪里来

马德里，在我梦里曾不止一次地出现，熟悉得恍如前世的家园，西班牙古典唱片、绘画大师毕加索、热烈富丽的歌剧、野性狂热的斗牛、童话仙境般的奶油色房子、阳光下大片的紫色葡萄园……都让我迷恋。这也曾是那个风一样女子的最爱。1991年1月4日，这位女子用一根尼龙丝袜结束了生命。那时候，时光缓慢，信息迟钝，待读大二的我们得知这个消息时，已经是春末，二楼教室窗外那棵高大的白玉兰洁白的花朵正一瓣瓣在雨中飘飞。今天，当我在酷热的仲夏写这些文字时，那种细密的清冷和伤感又侵上心头。我和马德里有个约会，但并未料到是在30年后才赴约。

签语饼

2月20日12:25，我们一行三人从上海浦东机场登上了前往马德里的航班。我们乘坐的是MU709，属于东方航空公司。从去年1月开始，国内陆续有十几家公司公布了"空中开机"，即允许在飞机上使用手机WiFi。东航无疑是弄潮儿，旗下几乎所有飞往美洲和欧洲的远程国际航线都开通了空中WiFi。这在一定程度上减缓了长时间飞行的枯燥和烦闷，比如上网翻翻西班牙的历史，瞅瞅巧克力蘸油条、火腿、海鲜饭等美食，看看塞戈维亚大教堂和托莱多古城的传说，或者学说几句西班牙语，都是不错的选择。不过，空中信号时好时坏，昏花的眼睛也受不了长时间盯在斑驳的屏幕上，只好作罢。百无聊赖中，美丽矜持的西班牙空姐送来了Fortune Cookie（签语饼）。

签语饼是一种在欧美流行近百年的文化食品，大多是小甜点，外形状似元宝，口味香脆，内藏各种字条，食用时轻轻将其拦腰掰开，便会发现印有中英文的签语，大多是吉祥类的祝福。这一下给大家营造出一份新鲜、轻松的气氛。不待空姐离去，周围的乘客便迫不及待地打开欣赏。细看手里产自江苏无锡的"金陵塔"运气甜点，包装精巧，模样可人，我摩挲再三，却迟迟不敢开封。同行的张老师抽到的是"要利用好一切关系"，樊姑娘抽到的是"卤水豆腐好"。"你的呢？"他俩期盼地问道，我慢慢打开手中被汗水浸湿的字条，心里蓦然一惊，签条上分明写着："蓝色是忧郁的，泡沫是注定要破灭的。"冥冥中，难道上帝知道我此行的秘密？我的心一下飘荡起来，而那个传奇女子的一生又开始在我眼前不停地翻飞旋转。

在混混沌沌中，飞机像神勇的夸父一样，一路向西追着太阳跑，似乎飞向天尽头。颠簸整整14个小时后，暮霭终于缓缓降临。西班牙时间19:45（国内凌晨2:45），我们到达了马德里巴拉哈斯机场（Barajas International Airport）。黄昏时分的巴拉哈斯机场，全然没有国内一线机场的阔大、喧闹和拥挤，安静得如同国内三、四线城市的小机场，除了零零星星的降临航班外，基本上看不到行色匆匆的旅客。在空旷的停机坪上，一排排飞机整齐地停泊着，已然进入梦乡。要知道，巴拉哈斯机场可是西班牙首都马德里的主要国际机场，也是西班牙国内航空运输的枢纽，更是伊比利亚半岛和南欧最大的机场。尽管我有心理准备，但还是对机场的安静和从容略感吃惊。走出机舱，地中海2月的风缓缓拂过脸颊，温和湿润。这一刻，我忽然想知道：是的，那个叫三毛的女子，1967年奔赴西班牙马德里大学留学时，是否也诧异这里初见的安静。

一只鸟窝

我们的目的地是西班牙智者阿方索十世大学（UAX）。此行是受好朋友马德里大学罗慧玲女士邀请，来参加"同一个亚洲——欧洲与亚洲文化互动"学者论坛。参会学者不足20人：西班牙学者马若兰（Mariola Moncada）、韩国姜允玉、中国香港李俊、万伟谦和潘铭基，中国台湾余风，中国大陆张祝平、管永前、梁燕等六人和旅居西班牙的华人邵肖明夫妻等三人。此外，还有在马德里大学留学的陈继哲（Pacino）、鲍璨璨和婧璇等人前来助会。

智者阿方索十世大学是西班牙第一个经国家议会批准的私人大学，创建于1993年，位于马德里东北部，离市区大约30公里，学校与商界密切联系，侧重学生实践能力的培训。湛蓝的天空下，一栋栋红色的二层建筑掩映在绿树丛中，学生三三两两随意躺在绿草地上嬉戏，仿佛一幅幅色彩强烈的中世纪油画。校园极其整洁、干净，甚至连洗手间也设计得像咖啡馆般雅致。

参加完论坛活动后,去旁听了一节马若兰教授的《中国文化》课程。马若兰教授曾到中国进修,是复旦大学的博士生,汉语说得极其流利。这节课,马教授介绍了我国的"一带一路"倡议和毛泽东、习近平等著名政治人物。她发音婉转,讲课温和。小教室没有课桌,学生随意坐在椅子上,不时做着笔记;上课期间,不断有学生在出出进进,全然没有国内大学的纪律和拘谨。有意思的是,我发现女孩确实都戴着各式耳环。临行前,曾有朋友嘱咐我务必备好耳环——西班牙人认为不戴耳环上街,就如同裸奔。这个国家爱美的情怀于此可见一斑。忽然想起西班牙王妃,那位著名的法国名模莱蒂齐亚硕大无比的精美耳环,不由得莞尔一笑。

去校门口拍照,却意外发现十余米高的大理石校碑上,竟然是小鸟的家,两只鸟儿正悠闲地在爱窝里沐浴着阳光。这半生,见过太多的大学校门,或典雅端庄,或气势宏伟,或简约朴素,或富丽堂皇,但都没有留下太深的印象。这所大学的校门简单得可怜,学校名气也不大,好像在西班牙排名20名以后。不过,有了这只鸟窝,这里顿时让人感到温润如玉——对一只鸟窝尚能疼惜有加,没有理由不爱护学生。这让我陡生敬意。

我在校门口静立许久,生怕一迈足就惊动小鸟。灿烂的阳光下,两只小鸟正在软语商量,嘤嘤的互鸣声优美得如同一支西班牙古典乐曲,直击内心,竟让我凭空生出几丝人不如鸟的感伤:小鸟尚能现世安稳,我们却浮生半世,心为形役。忽然忆起元好问那首著名的《摸鱼儿》:"问世间,情是何物,直教生死相许?天南地北双飞客,老翅几回寒暑。"这世上最痴情的鸟儿,莫过于大雁,白头偕老,至死不渝。在文人墨客的笔下,雁便被封为禽中之冠,视为仁义礼智信"五常俱全"的灵物,而古代婚嫁五礼中，更要贽雁为礼。然而，三毛却是失群的只雁。她远走马德里，是为情所伤，"欢乐趣，离别苦，就中更有痴儿女"——离开初恋舒凡，她是痛苦的。

橄榄树

在香港朋友的建议下，我们提前一个月预订了皇家马德里别墅酒店（Hotel Villa Real Madrid）。这个酒店面积不大，怎么看也不像"别墅"，但整洁干净，黑人门童站得笔直，拖拉行李的白人中年男子脸上始终挂着谦卑的笑容，多少有些"皇家"的影子。我们一行均轻装简阵，但服务生还是坚持把我们简单的行李送到三楼。在欧洲没有免费的午餐，就这轻轻一送，我们每人得付五欧元小费。

这个酒店地理位置非常好，就在市中心，西班牙的议会、银行等政府机构都在这里，习主席在西班牙访问时居住的水晶宫也在斜对面，普拉多博物馆（El Museo de Prado）、阿尔卡拉门((Puerta de Alcal)等标志性建筑也在附近。从这里去马德里著名的景点太阳门广场（Sol）、马约尔广场（Plaza Mayor）、圣米格尔市场（Mercado San Miguel）、主教堂（Cadetral de Santa María）、皇宫（Palacio del Oriente）、西班牙广场（Plaza de Espanae）和格兰大道（Granvia）等地，步行也就一刻多钟。

西班牙是世界上保护古城和古建筑最为完好的国家，被联合国教科文组织列入世界文化遗产名录的第二位，是世界三大旅游国之一。西班牙的古建筑极其精美别致，格兰大道两侧有很多巴洛克风格的建筑和雕刻，把这条大街装扮得美轮美奂，隐约可见当年西班牙作为"日不落帝国"的繁盛景象。走着走着，仿佛就行走在16世纪的大街上，令人浮想联翩。走到太阳门广场，才发现广场并没有门，围绕广场的，是四通八达的街区。广场人山人海，本想在东北角马德里市徽"熊抱树"雕像下照相留念，但很快被汹涌的人群淹没。广场中央矗立着西班牙国王横刀跃马的雕像，广场周围最雄伟的建筑是南侧的旧邮政大楼，大楼门前地面上有个不大的"零公里"地标，半圆环内是伊比利亚半岛地图，马德里正好处于中心位置，西班牙以此为起点计算国内公路的里程。同时，太阳门广场也是马德里市门牌号的起点。这里，还是西班牙青年男女传统的约会地点，在新年钟声敲响的时候，西班牙人喜欢在这个广场吞下12颗葡萄，以期来年吉祥如意。

毗邻的西班牙皇宫享有盛誉。这座由花岗岩和大理石打造而成的巴洛克建筑风格，每侧长约500米，颇为壮观，内部的装饰更是极其精美奢侈，似乎矜持地诉说着昔日帝国的辉煌。不过，据说目前国王已经不在这里居住。与皇宫相辅相成的建筑是西班牙主教堂，比皇宫更高大、更精美、更庄重。

不远处的西班牙广场，是为纪念西班牙文豪塞万提斯而建造。塞万提斯的一生辛苦坎坷，他在马德里的坟茔至今仍未找到。抬头仰视广场中央的塞万提斯雕像，表情平静，似乎正俯视着脚下的堂·吉诃德、桑乔以及村姑阿尔东沙和想象中美丽的杜尔西内娅。后来，在托莱多（Toledo），我徘徊在堂·吉诃德当年壮行的出发地，竟有些百感交集。这个瘦削的、面带愁容的小贵族，要去当游侠，锄强扶弱，为人民打抱不平，简直就是杞人忧天。可是，世俗的人啊，谁又有资格嘲笑有理想的人，哪怕他的想法卑微如草。

第三天，当我们穿过西班牙南部广袤的安达卢西亚大区，去古城塞戈维亚(Segovia)的路上，我被一片片林田吸引。窗外移动着的绿色风景线，连绵不断，波澜壮阔，熟悉又陌生：繁密的树叶，暗绿的色泽，银白的叶背，微风吹来，整片树林银光闪闪——没错，正是橄榄树！熟悉的旋律瞬间飘上心头：

不要问我从哪里来

我的故乡在远方

为什么流浪

流浪远方

这首歌的词作者正是三毛。遥远飘忽的记忆，慢慢爬上心头。到马德里大学文哲学院留学那一年，三毛24岁。西班牙人的感情，就如今天伊比利亚半岛的阳光，主动，热烈，充沛，耀眼，三毛很快被这种炽烈感化，从最初对舒凡的念念不忘，慢慢进入新的生活。第二年的圣诞节，三毛无意中结识西班牙高中生荷西·马利安·葛罗。为了三毛，荷西竟然逃课来看她，以至于有一天认真地说："ECHO，你等我结婚好吗？六年！四年大学，二年服兵役！好不好。"三毛自然笑着拒绝了。荷西也不生气，只是挥挥他的法国帽，倒退着跟三毛说："ECHO，再见。"

一年后，三毛结束马德里的学业，去了德国，并交了外交官男友。两年后，三毛与外交官男友分手，回到台湾。再后来，在台湾认识的德国未婚夫不幸猝死在三毛怀中。自杀获救后，三毛重返西班牙。再后来，三毛与荷西重逢。此时的荷西，已是一个英俊的大胡子青年。七个月后，也就是1973年夏天，三毛与荷西在西属撒哈拉当地法院公证结婚。

荷西的大部分工作是做一名潜水工程师，三毛每天都会在下午两点半开三个小时的车冒着沙漠里走沙与龙卷风的危险去接五点半下班的荷西回家。后来，荷西去了另一个岛上，每周才可以回家一次，三毛就决定将车与行李托运过去陪荷西。1975 年，摩洛哥进军撒哈拉，三毛夫妇只好于次年移居大加那利岛。

1979 年 3 月，三毛随荷西到拉芭玛岛生活。夏天，父母远道飞来欧洲探望三毛夫妇。送别父母时，三毛陪同双亲飞离拉芭玛岛，而荷西也送他们到了机场。当时只道是寻常。谁知，竟成了永诀！9 月 30 日，荷西潜水时出了意外，丧生大海，年仅 30 岁。那些日子，三毛忙着替荷西订墓碑，又每天都买大把的鲜花去墓地看她的爱人，陪他说话，直至天黑仍不肯离开……

眼前这一排一排的橄榄树，应该是三毛再熟悉不过的风景。

三毛曾说："我的朋友李泰祥先生要我写一些歌词，他催着我写，我一个晚上写了九首，其中一首就是'橄榄树'。因为我很爱橄榄树，橄榄树美。我的丈夫荷西的故里在西班牙南部，最有名的就是产橄榄。"

荷西的家乡就在毗邻塞维利亚的小城哈恩。早在 2000 多年前，古罗马人已在此种植橄榄。哈恩有 6000 万亩的橄榄园，出产了全世界 10% 的橄榄油。在这里，一般家庭都有五六种橄榄油，食沙拉会用带花草香的，吃面包会用带果味的，煎炒煮炸又会用味道平和的，在餐厅里你还可以吃到加入橄榄油的香草冰激凌。哈恩除了是橄榄之乡外，还有两个文艺复兴时期的小城乌韦达和巴埃萨（Úbeda and Baeza），被列入世界文化遗产名录。

荷西走了，这绿色海洋般的橄榄树也黯然失色。

三毛说："橄榄树不是代表和平，那是一个人一生的追寻，每个人都要有自己的梦。"橄榄树就是三毛追逐的梦想。"我做任何事都是用生命

去做。"是的,她就是一个用生命去创作的作家,也是一个用生命去追寻爱情的女子:

> 为了梦中的橄榄树
>
> 不要问我从哪里来
>
> 我的故乡在远方

在马德里,三毛找到了她的橄榄树和一生的挚爱。失去荷西后,三毛说:"埋下去的,是你,也是我。走了的,是我们。"后来,她虽然仍在努力地生存,但已经是一个寂寥孤独的稻草人。

我的家乡武都,亦是小有名气的油橄榄基地。虽然武都的橄榄规模和产量远远逊于荷西的家乡哈恩,但却有几许"青连橄榄千家雨,黄触桃榔万井烟"的青涩与空灵。

我的橄榄树又在哪里?抬头向车窗外望去,一阵风吹来,银白的橄榄叶闪闪发亮,欲言又止。

弗拉门戈

在国内时,就和慧玲约定一起去欣赏弗拉门戈(Flamenco)。弗拉门戈是世界非物质遗产,是吉普赛人创作的集歌(cante)、舞(baile)和吉他音乐(toque)三合一体的艺术形式。大致在1449年,一批吉普赛人来到西班牙,定居在安达鲁西亚,同时也带来了美妙而粗犷的乐舞,而我对吉普赛人的所有想象,都缘于那位年轻、热情、美丽的野玫瑰,吉普赛女郎叶塞尼亚:

叶塞尼亚：当兵的，你不等我了？你不守信用。

奥斯瓦尔多：我已经等了三天了。

叶塞尼亚：呵呵呵，我没跟你说我要来。那现在，你去哪儿？

奥斯瓦尔多：我想到你们那去，去找你。非要让你……

叶塞尼亚：怎么？哦，瞧你呀，你要是这么板着脸去，连怀抱的孩子也要吓跑了，哈哈哈。

奥斯瓦尔多：你就是喜欢捉弄人对不对？我可是不喜欢人家取笑我，现在我要教训教训你。

叶塞尼亚：不，不，放开我，放开！……我教训教训你，倒霉蛋。你以为对吉普赛人想怎么着就怎么着，那你就错了。我，我不想再看见你了。听见吗！……怎么他流血了？你这是活该，怪谁呢？怎么你死了？不，你这家伙别这样，求求你把眼睛睁开，你知道，你要是死了我就得去坐牢的。

……

经典的场景，精彩的对白，天籁般的声音，30年来一直萦绕在心头。《叶塞尼亚》（*Yesenia*）是一部西班牙语影片，1971年在墨西哥出品，主演叶塞尼亚和奥斯瓦尔多分别由杰奎琳·安德瑞和乔治·拉瓦特饰演，配音由李梓和乔榛担任。钢琴独奏主题曲，如泣如诉，哀婉凄美，荡气回肠。20世纪80年代，本片曾在大陆公映。那时，外国电影不多，有的只是苏联、朝鲜和阿尔巴尼亚等国的英雄片子。《叶塞尼亚》轰动一时，以至于一票难求，对于从未看过西方剧的年少的我们，产生的强烈冲击力和震撼难于言表。

至今，还记得那个夏日的夜晚，观影后，涂 Sir、美娟和我三人在操场上一遍遍走圈，眼眸晶亮如星的情景。那时，夜正好，花正香，月正圆，人正美。似乎只一瞬间，我们已然走入人生的秋季。正如那首歌中唱道：

> 记得当时年纪小，
>
> 你爱谈天我爱笑。
>
> 有一回并肩坐在桃树下，
>
> 风在林梢鸟在叫，
>
> 我们不知怎样睡着了，
>
> 梦里花落知多少。

今天，弗拉门戈既秉持了吉普赛人当年的自由和随性，又融合了欧洲人的高贵华丽以及美洲人的奔放热情，享誉全球。"弗拉门戈"也被用来形容一种人生态度，大概是慵懒、随意、自然的波希米亚风格，抑或是狂热、豪放和不受拘束的艺术人生。

马德里历史悠久的著名弗拉门戈小馆大多位于市中心，例如 Casa Patas、Café de Chinitas、Corral de la Morería、Torres Bermejas、Corral de la Pacheca 和 Cardamomo tablao 等，都脍炙人口。22 日 20：00，我们一行如约来到 Casa Patas。这是一家典型的西班牙小酒馆，门面很小，古色古香，外厅是普通餐馆，内厅是一个小剧院，每天都会有一场弗拉门戈舞蹈表演，需要提前预订。我们到达时，小剧院已人员过半，排队的人仍络绎不绝。好在暖心的慧玲已经给我们提前预订好了。表演持续一个小时，价格是每人 40 欧元。要点吃食或加酒水需另加钱，当时现付。

入座后,我回头仔细打量这家"刀形"剧院:确实很小,只能容纳八、九十人,灯光昏暗,桌椅简单;实木搭建的舞台更小,大概只有20平方米,高约一米,两面靠墙,正面坐着三位西装革履的男歌手,侧面坐着一位身穿黑衬衣的吉他手,头发浓密,长相英俊,表情淡漠。台下,干瘦精明的女士说着蹩脚的英语,穿梭在桌椅间,总能准确及时地捕捉到每一位顾客的需求。人群逐渐坐定,年轻男子们随意喝着啤酒,但都很安静,尤其是一对白发苍苍的老夫妻,手拉着手,安静地依偎在一起,我不由得多看了几眼,这很是无礼,但他们只是温和地冲我一笑。观众中还有一位年轻的白人女孩,默默地坐在角落,深埋着头,看不清面孔。

我们一边喝着啤酒,品尝着特色小吃,一边准备欣赏乐舞。不一会儿,一位身材高挑的美丽女郎和一位英俊的帅哥依次出场,缓缓舞动身姿。随着吉他的曲调升起,悠远浑厚的男高音渐次响起,身着鲜红舞衣,头戴红花的女舞者超长的裙裾飞扬起来,身着西装的男舞者的脚跟踢踏起来。吉他的节奏越来越急促,歌者的歌声越来越高亢,舞者的转速越来越频繁。我抓紧酒杯,生怕一松手,舞者的身体就会失去重心,摔倒在地。观众的情绪被调动起来,一时间,强烈的吉他声,高昂的歌声,繁密的踢踏声,叫好的呼喊声,酒杯的碰撞声,人群的喧哗声,一声高过一声,一浪高过一浪,好似要掀翻屋顶。我捂紧胸口,担心自己的心脏会跳出来。就在所有人的心脏都受不了的时候,乐曲戛然而止。如是者三。

尽管我是有备而来,但还是被这种激情洋溢、感性又令人激动的纯正艺术表演惊艳到。我们国内的表演是士大夫艺术,大多遵循"温柔敦厚"的《诗》教宗旨,奉行"发乎情,止乎礼"的原则,追求"羚羊挂角,无迹可求"的境界,却忽略了普通人的情感也需要宣泄。我们忽略的个人情感,恰恰是吉普赛人最宝贵的东西。他们怀抱吉他，四处流浪，高兴时唱歌跳舞，悲伤时跳舞唱歌，用身心，用情感，用歌舞，用最自然、简单的方式，表达着对生活的热爱和诉求。当年，苏轼看到王维的书画后，戚戚于心："味摩诘之诗，诗中有画；观摩诘之画，画中有诗。"（《东坡题跋·书摩诘〈蓝田烟雨图〉》）千载而下，我心依旧。是的，赏弗拉门戈舞，舞中有乐；听弗拉门戈歌，歌中有舞，而舞和歌的灵魂则是吉他。更奇特的是，歌舞者很能控制自己的情绪，他们努力压抑情感的方式让人感动又感伤。在漫长的历史中，吉普赛人多灾多难，一生都在行走，这种极度压抑情绪、又动作轻快、欢乐四溢的歌舞就是他们对异族压迫和艰苦生活最好的诠释。真是一个奇特的与众不同的民族。

无意间，我瞥见那位年轻女子的脸上居然挂着泪痕，精致的妆容凌乱不堪。我蓦然一惊！是的，这种极度热闹、喧哗的场合，最适宜宣泄积压已久的情绪。能笑出来，最好；能哭一场，也不错。失去荷西后，三毛常来酒吧。她，也是在这里大声呼喊，大滴流泪，思念一如今夜的歌声，悠久绵长，直击人心。

欢乐中国年

今年的马德里与往年不同。我们去的时候，恰逢西班牙举办庆祝中国春节系列活动。这场活动从 1 月 29 日开始，整整持续了一个月。在马德里的电视上或街头，到处都能看到中国春节的宣传海报。

慧玲告诉我们，马德里已连续四年举办一系列内容丰富、形式多样、覆盖广泛的欢庆新春文化活动，如新春音乐会、春节游行、春节庙会、中华美食节、走进中心过大年等，吸引了无数当地民众、国内外游客和广大侨胞参与其中。此外，巴塞罗那、埃尔切、萨拉戈萨地、瓦伦西亚等地都有中国春节庆祝活动。

今年的春节活动也很有意思：1月23日，中华美食节在西班牙国际旅游交易会IFEMA国际展览中心拉开帷幕；2月1日，中央歌剧院合唱团在马德里中国文化中心演唱；2月9—10日，是马略卡岛春节庙会；2月23—24日 是庆新春、逛庙会。此外，马德里中国文化中心（Madrid Cultural Centre）还举办了系列活动，如"猪事大吉——十二生肖文创展"、"春节电影周"（放映《北京爱情故事》《熊心归来》《冰河追凶》和《夏威夷之恋》四部影片）、"'走进中心过大年'中心开放日"、"'悦读中国'俱乐部读书会"（《牡丹亭》）等，大力宣传中国文化。更重要的是，2月24日18：00，大型歌舞剧"文化中国·四海同春"在马约尔广场（Plaza Mayor）举办。这还是第一次。这个广场是菲里普三世在1619年主持修建的，有着独特风格的四方形广场，是马德里的重要集会广场。节目单也很有意思：

一、舞蹈《亥猪乐道》　　表演：中国东方歌舞团

二、意大利民歌《啊，我的太阳》　　演唱：刘铁骊

三、唢呐独奏《打枣》　　演奏：胡海宽

四、京剧《贵妃醉酒》　　表演：胡文阁

五、舞蹈《风华百代》　　表演：中国东方歌舞团

六、二胡独奏《赛马》《美丽的神话》　　演奏：杨积强

七、女声独唱《红旗飘飘》　　演唱：郭蓉

八、舞蹈《长穗花鼓》　　表演：中国东方歌舞团

九、男声独唱《天路》　　演唱：王宏伟

十、《四海同春》　　演唱：王宏伟、郭蓉、刘铁骊

显然，节目平庸又平淡。虽然组织者在竭力体现民族文化，如京剧、唢呐、二胡都上了，但一是没有著名演员参加；二是表演太过于单调、喧闹；三是表演浮在表面，华而不实，并没有体现出中国真正博大的文化内涵。

我们不死心，又在马约尔广场逗留半晌，却更失望：广场被隔成小小的展台，一个个不同省份、大小不一的企业在忙着推销产品，价格昂贵，现场四散着各种垃圾，凌乱不堪，工作人员也缺乏足够的耐心。唯一吸人眼球的，是一位鹤发童颜的老先生挥毫泼墨的场面。相比之下，马德里中国文化中心学太极拳的几位白人男子笨拙的身形则更可爱，小朋友的书法课也显得温和、有趣。

在西班牙留学，来自山东的陈继哲同学（Pacino）告诉我们，上海一个市的人口就抵得上西班牙全国人口的一半。中国地大物博，人口众多，文化深厚，人民勤劳勇敢，性格内敛、温和，与狭小、热情、开放，喜好夜晚悠闲生活的西班牙相比，确实大相径庭。文化之间的交流与融合很是奇妙，如西班牙就是天主教、伊斯兰教、犹太教多种宗教融合的国度。离开马德里时，是华人出租车司机曹元接送。这是一个福建小伙，来西班牙八年了，已经在马德里买了房子。他说，随着中国国力的持续上升，华人在马德里的境遇越来越好。马德里在欧洲就像国内的海南，阳光明媚，空气新鲜，50万欧元可以置办一套很像样的住房，但华人谋生并不容易。

我问他，马德里人知道三毛吗？他说知道，三毛在大加纳利群岛泰尔德（Telde）小镇 Lope de Vega 街3号的故居，现在已是人文景观之一。

我不由得一怔。三毛曾说："我决定来西班牙，事实上这是一个浪漫的选择而不是一个理智的选择。比较我过去所到过、住过的几个国家，我心里对西班牙总有一份特别的挚爱，近乎乡愁的感情将我拉了回来。"

如果三毛健在，今年应该 76 岁高龄，不知道她和马德里还会有怎样的故事，亦不知道她会对中西文化交流做出怎样的贡献，更不知道儒家文化深度撞腰西班牙后会绽放出怎样的火花。

说时依旧

在马德里的日子，紧张又紧凑，快乐又新鲜。

西班牙的美食享誉全球。油条（Churros）有着上百年历史，是西班牙的经典食物，也是西班牙人早餐的必选食物之一。在西班牙，油条一般配以香浓温热的巧克力蘸着吃，据说是最经典的休闲品牌。很有意思。在塞戈维亚古城 Meson de CandidoC 餐馆，我们品尝了当地特色烤乳猪，人均费用 30 欧元。据说这里的烤乳猪最正宗。这家餐馆自 1786 年开业运营至今，享有盛名。和中国的脆皮猪不同，西班牙烤乳猪皮软而韧、汁多而滑、入口即化、甘香无比。西班牙的酒吧和咖啡馆遍地开花，甚至有的地方整个街区都是小吃一条街。临行前一晚，慧玲还曾请我们在楼下喝咖啡，品尝一种叫"mahou"的啤酒。今天回忆起来，仍觉得余味无穷。火腿（ham）、腊肠（chorizo）、血肠（morcilla）、油炸小鱼（pezcaitos fritos）、蒜油虾（gambas al ajillo）、炸丸子（croquetas）等，都是西班牙特色食品。马德里的餐厅里，到处摆放着琳琅满目的各式火腿，令人咂舌。香港的李俊（Michelle）买了 13 包火腿，满载而归。她说马德里的火腿既便宜，品质又好，在香港不容易买到。不过，连吃三天西餐后，再美味的火腿对我们而言都味同嚼蜡。因此，在太阳门广场看到"广场饭店"四个汉字时，我们如获至宝。这是一家扬州人开的饭馆。淮扬美食在马德里知名度较大，宣传力度也较大，如1月25日至2月1日，来自无锡君来酒店集团的行政总厨唐伟程等一行五人，就曾入驻马德里美利亚公爵酒店，打造中国江南味道，宣传纯正的淮扬美食。还有一种叫塔帕斯（tapas）的西班牙小吃，据说是将西班牙的全部味道都浓缩在了一道菜里。遗憾的是，我们没有尝到。22日晚上，慧玲还曾带我们去La Sanabresa餐厅吃海鲜饭。她说这是一家很地道的西班牙餐馆，价廉物美，品种很多的套餐只需12欧元。但是，排队的食客太多，只好作罢。西班牙还是欧洲的菜篮子，其橙汁、番茄汁、苹果汁都享有盛誉，尤其是橙汁，现榨现卖，酸爽可口，如NFC橙汁，仅2017年就出口了271000吨非冷冻浓缩橙汁，数字惊人。

西班牙的艺术令人神往。在太阳门广场四周的大街上，随处可见各种艺术形式，香港的Michelle女士在皇宫门口遇见一个流浪画家，便给自己画了一张画像，放在群里供我们欣赏。马德里的博物馆数不胜数，如普拉多国家博物馆、索菲亚王后艺术中心、提森-博内米萨博物馆、斗牛博物馆和圣费尔南多皇家艺术学院等等，都享有盛誉。由于时间原因，我们选择去了普拉多国家博物馆。博物馆历史之悠久、场馆之大、展品之多、展品之美，完全超出了我的想象。畅游在艺术的殿堂里，真不知今夕何夕兮！出生于塞维利亚的西班牙画家委拉斯凯兹（Velazquez，1599—1660）的《宫娥》（Las Meninas）是该馆的镇馆之宝。这是画家晚期的作品，描绘了宫廷里的日常生活，是一幅极富当时风俗特色的西班牙宫廷生活画。据说这幅作品俨然已成马德里的代名词。此外，古老精致的小城塞戈维亚，古罗马人2000年前修建的宏伟的高架渠，塔霍河环绕大半个城市的宗教古城托莱多，城内修建了266年的大教堂（也是西班牙首席红衣大主教住地），教堂正站左侧高90米的钟楼和17515公斤重的大钟（铸于1735年），都让我留恋。

西班牙的足球令人着迷。香港的潘铭基教授喊我去万达球场看足球比赛，我无暇分身，遗憾错过。这座容纳7万人的球场是西甲马竞新球场，中国万达集团在2015年2月出资4500万欧元购买了20%的股份，成了马竞队的二股东。当一向儒雅的潘教授热血沸腾地说"气氛一流"几个字时，似乎还沉浸在全场数万球迷营造出的震撼气氛和身旁震耳欲聋的欢呼海啸声中，让我这个伪球迷情何以堪！

偶有闲暇时，我喜欢站在银行大楼前，静静看着行人来来往往，自由的步伐，真诚自信的笑容让我沉醉；我喜欢坐在临街的咖啡店，慢慢品尝略带苦味的咖啡，尽情欣赏西班牙美丽的姑娘，她们被阳光眷恋的棕色皮肤让我着迷；我喜欢漫步在格兰大道，一边打量琳琅满目的小商品，一边用蹩脚的英语和帅气的店主交谈，他们的谦逊和热情让我欣喜。

在马德里，现代的首都风范和古老的历史气息交相辉映，新与旧、秩序与遗迹的水乳交融，令人叹为观止。这里随处可见温暖的阳光、美丽的古城、好吃的食物和友善的人民，都让我印象深刻。如果可能，我愿意做一只鸽子，在罗马人、西哥特人、摩尔人和犹太人创造的托莱多上空展翅翱翔……

说时依旧，却已经远隔千山万水。我知道，我还会再去。此次无缘的潘普洛纳（Pamplona）传说中的奔牛节（San Fermín），卡斯蒂利亚——拉曼查（Castilla-La Mancha）的"堂吉诃德之路"，塞维利亚西班牙广场罗马式回廊等，还在等待我。尤其是大加纳利群岛泰尔德(Telde)小镇Lope de Vega街3号，那里曾是三毛和荷西的家。

1990年，三毛曾写过此生最后一支歌《说时依旧》。她选择了很久，最终将歌给了林慧萍演唱：

> 重逢无意中，相对心如麻。
> 对面问安好，不提回头路。
> 提起当年事，泪眼笑荒唐。
> 我是真的真的真的，爱过你。
> 说时依旧泪如倾，星星白发犹少年。
> 这句话请你放在心底，不要告诉任何人你往哪里去。
> 不要不要跟我来，家中孩儿等着你，等爸爸回家把饭开。

一个再平常不过的午后，三毛在台北街角偶然遇见舒凡。此时，荷西去世已近十年，而她离开舒凡更逾20年。刹那间，青春时的恩怨和半生丝丝缕缕的伤痛，竟如针刺般绵密地扎进内心，汹涌的感情如海啸般冲刷着三毛原本脆弱的灵魂。说时依旧，泪倾如雨，近在咫尺，却相隔天涯，一切都回不去了。

胡兰成在《今生今世》里说，他坐在房间里面，张爱玲在房门外悄悄窥看他，写下："他一个人坐在沙发上，房里有金粉金沙深埋的宁静，外面风雨琳琅，满山遍野都是今天。"无边无际的宁静和爱恋，如今终成遗憾。

她终究还是爱他的。

说时依旧，斯人已逝。凭栏东望，唯有心伤。

"蓝色是忧郁的，泡沫是注定要破灭的"，此次追梦之旅，注定无果。

2019年6月13日午夜

三八节有感

今天是3月8日。每年都有这一天。往年的三八节，都在学校工会的组织下热热闹闹，也稀里糊涂地过去了。今年，所有的祝福和问候都隔着屏幕传来，熟悉又陌生，仿佛小时候坐在树枝上荡秋千，尽管新奇，更有一种非真实的眩晕感。

打开手机，腾讯第一条推送的，就是《今天,致敬每个战"疫"前线的她》，一个个在此次疫情中挺身而出的杰出女性划过眼帘，73岁的李兰娟院士、女少将陈薇、殉职的29岁医生夏思思、环卫工人突击队队员朱连芳、女卡车司机谢琳……数不胜数。我不由得感慨万千。

100多年前，不满劳工待遇的纽约女工为争取和平、自由和平等的权利而发出呐喊，三八国际妇女节由此设立。当然，妇女被特别重视的一日，并不是因为重要，而是因为弱小，就像儿童节，抑或教师节，都是弱势群体，而三八节也只是大家心知肚明的"皇帝的新装"。

祖母在世时常说一句话："年好过，日难过。"是的，三八节好过。这一天，全世界受压迫的妇女对着镜头诉诉苦，各国主流媒体刊发几篇义正词严的男女平等的文章，妇联选择几个濒临崩溃的妇女送送慰问品，或者男性给女性发几个红包，闹哄哄就过了。当然，表现好一点的男性，会象征性地带妻儿外出吃一顿饭，让她免受一天的烟熏火燎；再者买个小礼物，但绝对不会超过情人节给情人价格的十分之一，广大妇女便乐呵呵陶醉在真实的谎言中。殊不知，真正难过的是剩余的364天。在接下来的日子里，到底有多少委屈，多少眼泪，多少不甘，只有妇女自己知道，而前不久刚刚宣判的"2012年印度黑公交轮奸案"，就是皇帝脱下新装后，妇女真实的生活现状，而选择性生育、虐杀女婴、性奴、家暴、失业、饥饿则每天都在世界各地不断上演。

当然，不可否认，我国妇女的地位得到了极大提升。不由得想起我的祖母。祖母是清光绪二十二年（1896）生人，卒于1980年腊八节，享年84岁。祖母是小脚女人。小时候，不谙世事的我们常常学她的样子摇摇晃晃走路。祖母并不生气，只是叹气道："唉！缠脚的苦你们哪吃过，眼泪都流干了。现在多好！不让女娃裹脚了。"祖母有三个朴素的愿望：一是能坐上桌吃饭，二是能上台唱戏，三是能在家谱上有自己的名字。因为按照当时当地的习俗，这三件事都是男人的专利。尽管她老人家的儿子都是国家干部，但春节请客吃饭时，怎么软磨硬泡，她都坚持在厨房摆一个小桌子，也不愿上桌，说她习惯了。至于唱戏，就更不可能了，且不说她老人家年纪大了无法登台，就算年龄允许，也没人教她学过这些才艺。她的第三个愿望最终也没能实现，因为我家的家谱上，至今祖母仍被称为"王赵氏"。但祖母的愿望，到我母亲那一代就成了生活的常态。

我的母亲1942年出身于一个乡绅之家，从小受到良好的教育，终身从事教育事业，桃李满天下。母亲多才多艺，会弹扬琴，会做衣服，会做鞋，会绣花，会织毛衣，会跳舞，还会唱秦腔，最擅长饰演秦腔中的老旦，她饰演《火焰驹》中的李母一角，我觉得比西安易俗社的李爱琴演得还有味。结婚后，母亲还学会了做所有家务活。除了做饭外，还会做豆腐乳，会剁辣椒酱，会腌咸菜，会腌糖蒜，会装西红柿酱。这也是那个年代大多数家庭主妇的基本技能。小时候，她曾告诫我们姊妹："哪怕是一分钱，也要自己去挣。"母亲经常感叹他们这一代人太累，既要干好工作，还要搞好家务，经常顾此失彼。现在，我们姊妹也都步入中年，都有自己的家庭和事业，妹妹晓鹂更是远在美国工作和生活。

祖母、母亲和我们姊妹，三代人100余年，真实反映了我国妇女解放的历程。是的，在民国时期民主与科学思想的启蒙下，在新中国对妇女地位的大力改善下，在20世纪70年代以来独生子女政策的持续影响下，我国妇女的权利、地位和价值都已得到了较大的提高和保障，虽然在很多方面也不尽如人意。

今天，我重新读了两篇文章，一篇是鲁迅先生写于1925年的《伤逝》，另一篇是丁玲先生写于1942年的《三八节有感》。鲁迅笔下的子君，还在《我的前半生》中徘徊，丁玲当年的疑问，仍在现实中不断上演。"唐晶那么优秀，为什么还被贺涵抛弃？"当《我的前半生》热播时，曾有朋友问我。是啊，职场上的唐晶，绝不比贺涵逊色，她有颜值、有能力，又勤奋过人，终于过上了普通人羡慕的精英人士的生活，但最后却败给能力平平的罗子君。从表面看，是唐晶太过于优秀，咄咄逼人，让精英贺涵感到某种压力和紧张，而在男人面前经常"示弱"的罗子君，却让贺涵找到某种自信和存在感。

从深层看，正是男权社会对女性的恐慌和防范，因为一旦女性在经济和情感上都真正完全独立，男性就很难再控制她们了。不过，当前有一批女性愿意放弃工作，重新走回家庭，社会上也逐渐出现"娜拉又回家了"的现象，无疑耐人寻味。我想，还是要警惕"三从四德""七出之条"的历史教训死灰复燃。

在《三八节有感》中，丁玲对自己提出四点要求：不要让自己生病、使自己愉快、用脑子、下吃苦的决心。尽管过去了70余年，依然值得深思。因为只有这样，才不会感到生命的空白、疲软和枯萎。我想，当妇女的爱情、工作、事业、婚姻，完全可以自己做主的时候，当妇女真正拥有经济和情感独立的时候，当三八节作为象征性节日取消的时候，男女平等就不会停留在口号上，可能也就指日可待了。

尊重女性，并不在三八节如何过，而是给每一个女性提供平等接受教育和就业的机会。当她们失业时，能否有一个可以保证她们正常生活的制度；当她们孤苦无依时，能否有一个可以让她们躲避风雨的社会机构；当她们中的一部分人不愿意婚嫁生子时，能否有一个宽大包容的文化气度。其实，这个制度早在2000年前古人已经勾画出了，见《礼记·大同》篇：

> 大道之行也，天下为公。选贤与能，讲信修睦。故人不独亲其亲，不独子其子，使老有所终，壮有所用，幼有所长，矜、寡、孤、独、废疾者，皆有所养，男有分，女有归。货恶其弃于地也，不必藏于己；力恶其不出于身也，不必为己。是故谋闭而不兴，盗窃乱贼而不作，故外户而不闭。是谓大同。

今天是三八节。

聊以为记。

2020年3月8日

在我生日前三天，爸走了

爸紧紧闭着他的眼。无论我们姊妹和妈怎么唤他，他都不应了。

就在前两日，他还在夜空中给我们指引牛郎织女星的位置，历数和母亲60年生活中的趣事，谈论复杂的中美关系，布置家谱撰写事宜。

就在前一日，他还吃了我做的鱼丸，喝了姐姐炖的鸡汤，吃了晓鹂做的面片，还不断夸赞我们姊妹的厨艺有了长进。

此刻，爸却永远地闭上了他的眼。我呆坐在床前，看着他的脸色一点一点变黄，逐渐变成黄色的绸缎。

明明是三伏天气，艳阳高照，酷暑难耐，我的心却一点一点变冷，漫天雪花从我心头飘起，铺天盖地，冰冷彻骨。

勤凤嫂子哭着劝我："四爸已经82岁高龄，没有卧一天床，是他的福气呢！"

87岁的姑姑抹着泪说："我唯一的心愿就是能像你爸一样一觉睡过去，

再也不醒来！"

妈抱着我的头哽咽地教训我："止住眼泪！支硬！从小数你最坚强！"

请来的阴阳李先生用眼神严厉地警告我："不许哭！"

是的，我不能哭！也不敢哭！在老家，老人仙逝时，除了特定的时刻外，在老人咽气、入殓、下葬、掩埋时，是绝不允许哭泣的，传说这样会让逝去的亲人有所牵挂，无法顺利登上天堂。为了让爸尽快上天堂，我不知道生生憋回去了多少眼泪。我感觉此生都不会流泪了。

以前读《红楼梦》，看到绛珠仙草说："他是甘露之惠，我并无此水可还，他既下世为人，我也去下世为人，但把我一生所有的眼泪还他，也偿还得过他了。"觉得林黛玉用一生的眼泪去偿还贾宝玉的甘露灌溉之情实在太过感伤。现在才知道：有一种最彻骨最无奈的悲伤，却是不流泪。

亲吻着爸的脸颊，脸颊上有西凤酒淡淡的香味。这酒，是我暑假才带回去了，他还没来得及尝一口。从我记事起，我就经常亲爸。妈是一位教师，太过于严厉。尽管我已经过了知天命之年，在她老人家面前，我还时不时会胆怯。爸就不一样，他性格开朗，待人亲切，每次见到我，第一时间会抱着我亲吻。现在，不论我再亲吻爸多少次，爸是再也不会知道，更不会哈哈大笑说："我的二小姐回来了！"

他静静地躺在床上。在黄绸缎的衬托下，他的五官更显英俊，棱角更加分明，左眼角的两根白色的长寿眉更加醒目。从小开家长会，都是爸参加。我们兄妹四人读书时，爸爸一晚上要参加四场家长会。爸很开心，从不嫌辛苦，因为我们兄妹成绩尚可。我们更开心，因为英俊的爸给我们挣足了面子。我常常故意挽着爸在校园中慢慢踱步，享受着同学们羡慕的眼光。有一个英俊帅气的爸，是我最大的骄傲！

前来吊唁的堂哥问爸临终的遗言？我摇了摇头。爸在睡梦中走了，没有给我们留下一句话。我知道，爸的遗言就挂在家中。老家大门上，悬挂着爸亲手书写的四个大字"天道酬勤"。堂屋上，悬挂着鱼龙乡政府赠给爸"惠及桑梓"的红底金字匾。大家都知道，这是爸一生的写照，也是爸的家训。

灵堂外，鹏飞请来的秦腔戏班子唱得正带劲："刘彦昌哭得两泪汪，怀抱着娇儿小沉香。官宅内不是你亲生母，你母是华岳三娘娘。"爸多才多艺，喜欢交谊舞和秦腔，是秋林坪村秦腔业务剧团的第三代传人和核心。因为扮相俊俏，又苦于没有旦角，爸年轻时一直男扮女装，饰演旦角，直到将花艳、瑞霞等人培养出来，他才开始饰演生角。闭上眼睛，我仿佛又看到他和琴琴姐二人在唱《火焰驹·游花》："满园花儿齐开放，绿树阴浓细草长。你看那虹似胭脂白如雪霜相辉映，处处争妍簇簇堆锦，暗生香。"两人眉眼含笑，顾盼生辉，恍如昨日。尽管五音不全，也从未登台演唱过，我和姐姐、晓鹂和碧红四人还是一起演唱了《三滴血》和《火焰驹》中的两段秦腔，宝童哥、宝德哥和王红哥等人也各自倾情演唱了一段。长歌当哭，心痛欲裂。

家族墓地上，爸的贴身衣物正在燃烧。那件白色带竖道条纹的内衣，是我头天晚上给他才换下来的，还残留着爸的体味。那顶黑色的呢子帽，是哥哥大前年过年给他买的。那件蓝色羊毛衫，是姐姐在他过生日时送的。那件白色T恤，是当年他在美国时晓鹂给挑的。那条红蓝相间的围巾，是孙媳妇的见面礼物……一件件衣物，一桩桩往事，一个个故事，如电影镜头般在火焰中闪耀、熄灭、沉寂。

家中，有爸的一样样东西。哥哥喜欢创作，收藏了爸留下的十几幅字和两部散文集。姐姐准备写字，收藏了爸的三枚字画印章。晓鹂拿走了老家的两幅窗框、爸的两枚印章、爸妈的一张大尺寸合照和一包院中的红香籽，并专门购置了一个巨大的皮箱，以保证能够将东西顺利带到美国的家中。我拿了爸的两枚印章和一只杯子。杯子是玻璃的，原本爸在泡茶喝。2019年，爸得脑梗后，左手不甚方便。记得去年清明我回家时，爸还开心地说："我会用左手喝水了！"眼神充满了骄傲！如今，杯子静在，主人已去。

我们收拾着爸的遗物，似乎收拾起他的一生。爸七岁时，爷就过世了，奶带着四儿两女艰难度日，受尽白眼。少年时，爸学习出类拔萃，但没人供养上学。要强的爸远走西安参军，复员后被分配在武都银行系统工作了40余年。那截绿色的钥匙链，是爸从部队带回来的，保留至今。银行的各种业务，储蓄、信贷、会计、工会、人事、劳资，他都干过，并逐渐成长为领导干部。书房里还整齐地挂着各类奖章和照片。就在今年7月1日，他还被甘肃省工商银行评为优秀党员，收到了中共中央颁发的"光荣在党五十年"奖章。

如今，爸走了。爸这一走，这个世界好像被带走了一半。三天后的农历六月二十八，就是我的生日。爸答应要陪我过的。自从我工作后，爸还没陪我过过生日。谁知，农历六月二十五日（阳历8月3日）早上10点50分，他却走了。爸食言了。他一辈子都未食言。记得20多年前，爸刚退休时，和村中工作的干部们商量好修葺戏楼，但因种种原因，资金一度短缺。家人一致劝他放弃，爸却正色道："我王在富说话掷地有声，绝不反悔！"后来，爸求爷爷告奶奶，又自己借钱，终于为家乡修建起了全新的戏楼。前几年，戏楼后的更衣室年久失修，村里找他时，他又一口应承。见囧而出手者，是我在市财政局当领导的何斌同学，专门为村里拨付了十万元的非遗专款用于维修。爸没食言。六月二十八晚上,我梦见爸紧紧抱着我。我知道爸舍不得我,来为我过生日。睁开眼,我却抓了一个空。

现在我已知道,死是这样近……

直到现在,我还不习惯一转身已经寻不见爸的身影。听到妈说起爸,我会心惊,仿佛爸还在白龙江边散步,拄着我买给他的SINANO牌蓝色拐杖,提着小凳子。仿佛爸一推门就会进来,坐在沙发上细数他今天的经历,还会神秘地说:"猜我今天见到了谁?"每当这时,我们就知道,爸八成又见到了老家的人。

在西安的家中,不由自主地,我会拿起电话,拨通爸的号码。鬼使神差地,我给爸的手机交了电话费。昨天走在大街上,看到一个身形胖瘦和爸一样的老人,我忍不住尾随在后,直到目送老人进入自家小区,而老人回头的瞬间,我的心碎了。那不是爸,但我的爸又在哪里?秋雨淅淅沥沥,如泣如诉。

爸走了三周了,明天该烧三期纸了,而我前天已回到西安,晓鹂今天也到了华盛顿的家。一想起哥哥和姐姐明天要孤单地去老家烧纸,一想起爸会在老家张望我和晓鹂的幻影,我的心就开始疼。

人到中年,深深地知道人的一生最大的伤痛,就是不断地失去亲人的过程,而且是永远地失去。幸运的是,我还有妈。我曾在爸坟头发誓不再哭泣,为了妈,为了我的爱人和孩子。

今天,我调整好心情,去单位开会。回家时,偶然路过丈八路,想起爸曾在这里当过兵,心一下又收紧了。平日最烦堵车的丈八路,今天却开着车慢慢在大雨中挪步,全然不顾后面喇叭阵阵。一位年轻的小帅哥加速超过我,摇下车窗准备吼我,看到我开着窗,淋着雨,泪流满面,神不守舍的样子，很是诧异。我关上窗，在路边停下车，哭得歇斯底里。原来，思念如影随形，从未远去。

今天是中元节。相传今天亡灵会回来。一周前，爸曾托梦给姐姐，说灯太暗。二七烧纸时，我们给爸和家族墓地上的所有亲人重新点了灯和蜡，照亮了回家的路。爸，在老家，在武都城卧龙的家中，都供奉着爸的神位，请爸今天回家接受香火供养。

今天，千里之外的我，点燃一盏心灯，请爸，请逝去的亲人们回家！

在这里，向爸和亲人们深深地叩首！

2021 年 8 月 22 日

你我生而平凡

今天，我无比悲伤。

5月5日，由于工作上的事情，我给《文汇报》陕西记者站韩宏站长发了微信，询问他是否可以帮忙。直到今天早上，他都没有回复。我想，是不是我写得不够清楚？不够认真？便又发了一份翔实的材料。临下班了，我还是没能收到他的只言片语。我暗自嘀咕，这可不像他的风格啊。大家都知道军人出身的韩宏，简直就是工作狂，只要与工作有关，不管是大事小事，他永远会在第一时间回复。

晚饭后，我稍有闲暇，便打开韩宏的微信朋友圈，想看看他最近在忙什么，是不是不在西安。第一眼，扫到他的微信停留在2021年6月，第一反应是这家伙咋变懒了？朋友圈都不更新了，要知道他以前每天少则发一篇，多则三四篇，甚至五六篇，普通读者根本看不过来。打开6月25日的朋友圈，一条消息像飓风一样迎面扑来，瞬间把我卷入旋涡，久久无法呼吸：

"韩宏同志遗体告别仪式定于2021年6月26上午10时在西安市殡仪馆万年厅举行（地址：长安区长鸣路）。"天哪！我不敢相信！不能相信！不愿相信！我哆嗦着双手，又打开6月24日的信息，寥寥数语，却字字诛心："各位亲朋好友，吾夫韩宏于2021年6月24日下午2时10分因突发心梗医治无效去世。谨择于本月26日（星期六）早上吉时出殡。叩请各位亲朋好友前往吊唁。（妻郭寅龙泣告，系群发，如有打扰请谅解。）"我眼前不由得一黑……

我抹着眼泪，打开聊天区，查看我俩之间的留言，发现2021年4月25日，我曾给他留言："五一节后一起喝咖啡。"他回复道："好！"端午节，我们曾互致问候。6月22日，我还曾给他发送我们成功举办"霍松林先生教书育人及学术研究漫谈"的消息。谁知道，两天后他竟然撒手人寰！而我，居然是近一年后才得知这个噩耗！何其迟钝！何其无义！

由于疫情汹汹，去年线下的学术活动几乎没有开展，我和韩宏之间便没有了联系。逢年过节，我也会简单问候，他一直没有回复，我以为他忙，也从未介意。更重要的是，从去年6月底，我父亲病危后，我就一直无心关注外界的消息，也无意翻看大家的朋友圈。垂暮的父亲像磁铁一样，牢牢地吸走了我所有的心思。去年8月3日，我挚爱的父亲也永远离开了我。这一年来，我一直蛰伏在家，舔舐着伤口，久久无法从丧父之痛中走出来。今年清明回家祭奠后，我像父亲墓旁小小的萱草花一样，逐渐打开心扉，慢慢回到滚滚红尘。可谁知道，今天我又迎来一击！猝不及防。人生如此，夫复何言！

我站起身来，走到窗前，呆呆看着W酒店的霓虹灯一闪一闪，与韩宏的过往不觉涌上心头。大约在2020年夏天，在一个学术会议上，我认识了韩宏。后来，由于工作需要，我和他逐渐熟悉起来，并互加了微信。在我的记忆中，他腰板端正，结实如牛，颇有军人的风骨。他待人真诚、热情。2020年11月28日，我们在韩城召开"《史记》与韩城学术研讨会暨陕西省司马迁研究会2020年学术年会"时，他曾和陆航站长一起前来采访。我在会议上忙忙乎乎，也没有悉心照顾他们。返程时，他和陆站长将高大的越野车停靠在路边，邀请我们一起回西安。由于我们学校是集体行动，我便没能坐他的车。现在想来，很是遗憾！韩宏工作勤奋，效率极高。2021年4月24日，我们召开"创造社与现代中国文化——纪念创造社立100周年学术研讨会"时，他曾来采访，当晚7点，他就在《文汇报》刊出了消息，是所有新闻中最早的通讯。

韩宏喜欢考古，拿他同学"静水从此深流"的话来说，"陕西这个文物考古大省，文物考古的宣传报道，说韩宏居功至伟毫不夸张"。韩宏发表的作品数不胜数，略列几条标题：《秦陵博物院发布10项文化遗产保护利用开放课题》《毛乌素沙漠内发现罕有的保存原貌的明代长城城堡》《距今5500年至4000年，以黑色玉料为主的玉礼器流行中原！"玄玉时代"：五千年中国的新求证！》《迄今所知玉礼器登场中原文明的第一线曙光！"仰韶玉韵——尹家村遗址出土文物展"在咸阳揭幕》《"秦俑之父"袁仲一久久期盼的时刻终于到来！新开放的秦陵铜车马博物馆究竟有啥"忒色"？》《如何确保"秦始皇銮驾"搬迁运输中"万无一失"？文保专家煞费苦心！》《西安南郊曲江发现千余座墓葬！一座汉代墓中彩绘陶器颈部发现朱书的纪年，粮食口袋里提取出麻籽、黍和粟！》《我国迄今发现的规模最大的十六国时期高等级墓葬！西安少陵原十六国大墓成功入选"2020年度全国十大考古新发现"》《国测一大队：把忠诚写在地球之巅》《为丝绸之路考古献上"中国方案",让月氏研究发出"中国声音"——记"三秦楷模"——西北大学中亚考古队》《中断25年的九成宫遗址考古重启后再获重大发现！"4号殿极有可能就是唐高宗李治和武则天驻跸并使用的寝殿——咸亨殿！"》《他是材料学界泰斗、蜚声国际的材料科学家,八十岁的周廉院士依然在跋涉……》《一件埋葬墓葬2000多年的青铜"摇钱树"竟被成功修复！》《陈忠实笔下的白鹿原惊现西汉早期墓葬群！已发掘出27座古墓葬,一座"甲"字形大墓中出土2200余枚玉衣片》……这是一个多么有家国情怀、多么朝气蓬勃、多么优秀的人啊！老天何其不公！

据他的妻子说,韩宏采访回来,顾不得吃饭,就钻进书房里,一写一晚上,经常是半夜啃点干粮,"就像赶着要把一辈子的稿子写完似的！"正是这样的执拗、这样的热情、这样的日子,严重损害着他的健康,耗费着他的心血。他累了,突然走了,留下挚爱他的妻子和女儿孤苦度日,又何其无情！他的妻子,我从未谋面,但从她借韩宏的微信发的两条朋友圈,不难看出她的坚强和睿智。

翻看韩宏的朋友圈,看到陆航站长的悼言,心又痛起来:"人生无常,心怀悲伤！我们沉痛悼念和缅怀一位热爱新闻事业的兄长；一位对家庭倾注了全部爱和心血的男子汉；一个率真、执着、可信赖的朋友。我同他在一起,常常听到的话语是:'这个采访报道的稿件可以写得更精彩''我还要到地铁口接送妻子和女儿'。韩兄对工作兢兢业业,对家人关爱备至,对朋友真情实意,他的离去,使我们感到突然、悲伤、遗憾和无助。人能弘道,非道弘人。我们缅怀逝者,是为了更加珍惜生命,珍惜亲情和友情,活好生命中的每一天。让我们从悲痛中振作起来,以更加积极的生活状态,向上、向善,告慰逝者的在天之灵。"

我明白，我的消息韩宏永远不会回复了。我承诺请他喝咖啡，也永远无法兑现了。这件事，让我现在十分自责、懊悔、难过。去年以来，我日日沉浸在自己的感受中，像祥林嫂一样逢人就唠叨，全然没有留意身边的沧海桑田，世事变迁。传说中，刘晨和阮肇误入天台山采药，被两位仙女挽留，半年后归来，人间却已经过了七世。这种现实和梦幻的巨大反差，让人绝望！

　　"静水从此深流"说："韩宏的女儿，则不用那么辛苦，网络这么发达，父亲微信的朋友圈留着，随时翻阅；百度这么发达，输入父亲的名字，就都是铺天盖地的父亲的文章。"那么，他的女儿点点，会看到我给韩宏的留言吗？我唏嘘不已。

　　是的，没有神的光环，你我生而平凡。在心碎中认清遗憾，生命漫长也短暂。跳动心脏长出藤蔓，愿为险而战……

　　你我生而平凡。

　　只要平凡。

2022年5月9日午夜

人生若只如初见

前几天，在研究生答辩会上，见到了教研室的老师。中场休息时，大家交流近期的生活，问我在做什么，我说在追一部剧《且试天下》。老师们觉得很意外，怎么可能？5月的高校，忙得不可开交，哪有时间奢侈地坐下来欣赏一部长达40集的连续剧？而且是庸俗的古装武侠言情剧？退一万步讲，就算有零星的时间，也应该看看严肃的历史片，如《风起陇西》等，这才与我们的年龄、身份和专业相符啊。

"你能容忍古装垃圾剧的常识错误吗？"大家七嘴八舌地问。是啊，在很多古装戏中，一些最基本的文化常识屡屡出错，又怎么看得下去？这两年，我看过多部类似的古装剧，如《三生三世 十里桃花》《琅琊榜》《清平乐》《陈情令》等，或多或少都存在一些服装、器具、语言、生活常识方面的问题，但我还是看得津津有味。对我而言，这类剧目有玄怪，有故事，有俊男，有靓妹，剧情轻松活泼，又不用思考现实人生，最适合舒缓压力，调剂生活，干吗不看呢？带着这种心态，我打开最近腾讯热播，号称收视率第一的《且试天下》，果然有些意外。

《且试天下》根据倾泠月同名小说改编，讲述大东帝国日渐式微，六州人才济济，最负盛名的四大公子，即玉和（玉无缘）、兰隐（丰兰息）、皇傲（皇朝）、息雅（黑丰息）四人逐鹿天下之事，而主线则是黑丰息和白风夕的爱情故事。初看时，只觉得情节拖沓，漏洞百出，有些演员的演技也不尽如人意。再看，感觉背景开阔，场面大气，武打可圈可点，领衔主演杨洋和赵露思的表演也尽心尽力，而张丰毅、李若彤、赖艺、宣璐、刘芮麟、张天阳的演出也值得一提。再细看，发现主题曲深情缠绵，细节处理也细腻用心，便有些喜欢。看到一半，恍然发现江湖上大名鼎鼎的黑丰息和白风夕的马甲掉了，原来一个是雍州世子丰兰息，另一个则是青州公主风惜云，而兰隐和息雅原来是同一人！

丰兰息玄衣墨月，俊雅绝伦，多才多艺，志向远大，虽然贵为雍州二殿下，但母后大东朝倚歌公主早逝，出身低微的继母后百里氏，一心想扶持自己的小儿子丰莒继任世子，对丰兰息百般迫害。为了保全自己，丰兰息开始装病，以黑丰息的名义浪迹天涯十年，一手秘密组建出天下最大的情报机构隐泉水榭，训练出一支墨羽骑，而本人也练就了绝世武功。如果白风夕没有出现，毫无疑问，丰兰息的人生会像他想的一样，问鼎天下，称帝改元，在孤独中度过一生。但是，白风夕来了。

风惜云清眸素颜，白衣雪月，风华绝代，少享才名，琴棋书画样样绝佳，遗憾的是母后早逝，父王风写涛忙于政事，她便化名白风夕，12岁进入天下第一门派天霜门，仗剑行走江湖，率性洒脱，狂放如风，一手创立了风云骑，并练就一身绝世武功。如果黑丰息没有出现，毫无疑问，风惜云的人生会像既定的一样，择其明主，护佑百姓，在寂寞中离开人世。但是，黑丰息来了。

黑丰息初出江湖，遇到的第一个人就是白风夕。两人结伴游于江湖，在机缘巧合下，练就了太阴老人的"兰因璧月"，成了江湖中顶尖的两大绝世高手。"有白风夕的地方就有黑丰息"，他们成了江湖的一大风景、一个传奇。

两人都有很多爱慕者。雍州尚书、凤氏一族掌门人凤栖梧对丰兰息爱慕不已，幽州公主华纯然对丰兰息一见倾心，其他各类女子更数不胜数。天下四公子（实为三公子）、冀州大将燕瀛洲，都对白风夕情有独钟，冀州世子皇朝更是三次向白风夕求婚，并许其皇后之位，其他各类男子更不计其数。

第一公子玉无缘风姿卓绝，才华盖世，临死前感慨道，"我算对了天下人，唯独算不准你们俩"，颇有"既生瑜，何生亮"之叹！冀州世子皇朝，灿若朝阳，高傲伟岸，被拒绝后颇不甘心，追问原因。白风夕说："你爱或者不爱，为了皇位，可以娶很多人，而我却只想嫁一个只爱我的人。"

丰兰息和白风夕经历了很多考验。丰兰息算尽天下，无情至极，唯有白风夕是他的失算，也是他的软肋。从相遇伊始，这个放荡不羁的女子便让他无法移开目光！"弱水三千，我只取一瓢饮"，为了白风夕，丰兰息低到了尘埃里。每一次白风夕遇险，他总会及时出现，化险为夷。当白风夕在天霜门被愚蠢的白琅华一剑穿胸，危在旦夕时，他动用"兰因璧月"花救活了她；当白风夕在落英山受到玉无缘算计，命悬一线时，丰兰息选择将自己的修为度给白风夕，用自己30年的阳寿，以命换命，换回了白风夕的生命，而自己一夜白头，容颜不再，仅剩了10年生命。白风夕心怀天下，不愿苍生受苦，她过尽千帆，寻寻觅觅，经过千回百转的心路历程，终于认定丰兰息就是自己依托终身之人。两个有情人最终看破人生，且视天下如尘，将诏书和天下转手托付给皇朝后，选择退隐江湖，笑看万里江山。

剧情最后，黑风白夕归隐前，在安顿好青、雍两州的下属后，白风夕说："风云骑、墨羽骑听着，闻你们的息王雅俊无双，今日得见果真是名不虚传，是以我白风夕劫之为夫，特告天下。胆敢与我抢夺者，必三尺青锋静候！"好霸气！好潇洒！

这些情节，虽然庸俗老套，但在经历了来惠利、朱小贞、武穴良嫂事件的现在女子看来，还是有些吸引力。戏如人生，传奇或许也会成真——万一等待一生的他（她）出现了呢？

"人生若只如初见，何事秋风悲画扇。"初见时，黑丰息是白风夕眼里的"黑狐狸"，而白风夕则是黑丰息心中的"白莲花"。经过千锤百炼，阅尽人生后，黑风白夕二人终是褪去了雍王和青王的桎梏，只剩下初见时的清澈和惊艳。

传奇而已，我们的初心，又在哪里呢？

2022 年 6 月 2 日

第五辑 评论和致辞

昔我往矣，杨柳依依；今我来思，雨雪霏霏

——读父亲的诗文集《随感录》有感

父亲是1940年生人，今年已经73岁。退休后，父亲一直有一个朴素的心愿，即将自己多年积累的诗文整理成册。今夏，这一工作有了实质性的进展，因为父亲终于在陇南市申请到一个书号。付梓前，父亲要求我们兄妹为诗文集写点东西。"随便写，但一定要真实。"父亲在电话中淡淡说道。但是，我却分明感受到父亲的严肃与期待。接到兄长发来的电子稿已经月余，我却只字未写，因为总在忙，忙孩子，忙家务，忙工作，忙论文，就是腾不出时间。父亲也从未过问书评之事。

前几天，我例行致电询问父母的生活。电话是母亲接的，说他们正在整修老家的瓦房，"前些天一连下了十几天，屋顶到处渗水了，"母亲解释道，"过几天我们就回城，出版社打电话催你爸的书呢。"母亲又补充道。

我惊出一身汗，因为我的"作业"还没完成。近日来，我挑灯夜读，将父亲的诗文又一一翻看了一遍。按理，已成为教授的我，读诗文已是工作习惯，但是，面对父亲的作品，我却如此难以起笔。不管怎样，作业还是要按时交的。我整理了一下纷乱的思绪，零星地写下我的感想。

哀哀父母，生我劬劳

父亲的诗文集共收录24篇散文、87首诗歌和6篇书评，总字数近15万，大部分写于退休后，可视作回忆录。从整体看，诗歌的篇数多于散文，但散文的成就高于诗歌。诗歌是按时间顺序编排，散文按单元编排。不管是从字数看，还是从成绩看，父亲都不是一个专业作家，而仅仅是一个业余作者。此前，父亲曾经将诗歌整理成册，此次是在以前的基础上增收而成。诗文中反复叙写的首先是对父辈们的爱意与敬意。

父亲回忆了故乡秋林坪的来历："秋林坪是王姓人家开拓的，现在全村百分之九十五是王家人。据传，这王姓人家是明朝洪武年间（1368—1398），从唐尧、虞舜故里山西洪洞县大槐树下西迁甘肃秦州（天水）的第一批王姓人家。以后逐渐向西南迁徙，有一户王家兄弟四人，老大、老二在康县黄龙山定居；老三、老四继续西迁在武都县孔堤乡秋林坪落脚，开荒种地，繁衍后代，距今才六百年历史。六百年前这里还是莽莽森林，所以我的祖先将这里叫秋林坪，村上原来有座寺庙叫青林寺，与秋林坪相接的一个小村叫林里。"（《村》）而这些，是我之前根本不愿或不屑了解的。年轻的我们，向往更多的是外面精彩的世界。

在故乡秋林坪村，我们家在塄上。在清朝乾隆年间，塄上人家出过一个秀才名叫王学敏（就是我二伯王在忠家），"秀才帽子上的铜顶子一直保留着。村上每年办灯，正月十五日灯官老爷都要到这家去戴顶子"（《戏》）。这也是明清时期本村培养的最有出息的读书人。换言之，我们家族在本村被视为文化人。我的曾祖父叫王建元，"是村上的私塾老师，也是村上调解是非的人，威望较高"（《戏》）。我没有见过他的画像，但应该是一位严肃的智者。祖父叫王定邦，排行老二，我不知道他的生卒年，因为在父亲七岁时，即1947年祖父就过早地离开人世。祖父应该是一位美男子，因为大人们都说大伯和父亲极像祖父，而他二人本身一表人才，大伯更英武，父亲更俊朗。祖父曾演过"黄河阵"中的申公豹一角（《戏》）。我平素对申公豹并无多少好感，但因为祖父，却觉着这个传说中的人物很亲切。每次看《黄河阵》，我都会留意申公豹的一招一式，憧憬祖父当年在台上的情景。

我在孩童时见过的长辈，只有四爷王锡邦和祖母王赵氏。在记忆中，四爷相貌堂堂，身板笔直，高大威猛，但心肠"毒辣"，好似"凶神恶煞"，所有的孩子都怕他，唯独老九（王寿喜）例外，四爷总是亲切地称他为"寿疙瘩"，令我们好生羡慕。唯一见四爷笑，是在戏台上。四爷是个全面手，能演秦腔中的武旦、须生、红生、武生、净。第一次也是最后一次看他演戏，大约在1979年正月，当时四爷已70余岁，饰演的是《劈山救母》中的"霹雳大仙"，以后再未登台。

祖母是清光绪二十二年（1896）生人，卒于1980年腊八节，享年84岁。祖母和当时的大多数女性一样，被称为"王赵氏"，至今家谱上仍这样记载。祖母是一位非常勤劳、善良、坚强、乐观的农村妇女。父亲记了几件小事：

有一年夏天，我跟母亲去田间割麦，走到山沟里时，山洪将路冲断了。

过了两天，我们又去割麦时路不但通了，就是骡子驮一驮子麦也能过了，路是有人挖崖填沟砌成的。我问母亲："这路是谁修的？"母亲说："是善人修的。"我听人说过，那些化缘的和尚就是善人。就问母亲："是那些和尚修的吗？"母亲说："不是。""那你咋说是善人修的？"我急切地问着母亲。母亲说："善人就是那些修桥补路的人。"母亲问我："你听过'修桥补路眼见的功德'的话没有？"我答道："没听过。啥叫眼见的功德？"母亲说："就是对众人有益处的好事。"我对母亲的话似懂非懂，但我记住了"修桥补路眼见的功德"的话（《路》）。

上坡后得赶紧抠烂柴，不然冻得受不了。早晨的寒风吹在脸上，像柳条抽打一样疼痛。当我冻得实在受不住时，就把锄头往怀里一抱，佝着腰哈着手，捂着冻僵了的耳朵，搓着冻硬了的面容，跺着已冻麻木了的双脚。我的手背上一层乌黑的垢痂，裂成一道道口子，露出丝丝嫩肉，渗出一粒粒鲜血；脸颊上挂着凉冰冰的泪珠，鼻子上吊着鼻涕，心里想着啥时候才不抠烂柴在热炕上稳稳当当地睡觉啊。每到这时，母亲总会鼓励我："不要站，越站越冷。也不要看，低下头，只晓得干。眼是怕怕，手是夜叉。抠够了咱们早点回家。"（《挖草坡》）

当我真的要修建新房时，她老人家高兴极了。她给我帮了很大的忙，一家人和修房干活的人的每日三餐，从早到晚二十几个

人的饭，都要她做，可不管咋累她老人家从未呻唤过。(《家》)

祖母是小脚女人，也没文化，但她却有最朴素的人生观，从小就教导孩子要做对众人有益处的好事。我想，父亲后来积极参与村中集资办学和在举债的情况下修建村戏楼等事，无不与此有关。当孩子遇到困难时，她说"眼是怕怕，手是夜叉"——多么朴实无华的语言，却分明是真理。父亲盖房是在1978年4月，当时祖母已经82岁高龄，但她却每天做20余人的饭，毫无怨言。每每读到这里，我都忍不住落泪……

我们兄妹四人也是祖母带大的。在我的记忆中，祖母瘦小，精神，总穿着黑色大襟衣服，拖着一双小脚，手始终蜷曲着，但总是笑呵呵的。她每天天不亮就起床干活，半夜了还在厨房忙碌。我们一家是城镇户口，小时候，父亲给我们兄妹几个买了小背篓、小锄头，本意是让我们陪祖母溜达，没想到年幼的我们却被祖母当成了小劳力……现在，父母每次说起此事，都唏嘘不已，并忍不住自责，觉得是自己监护不力，认为我们的身体素质差和祖母有很大的关系。我自己倒很释然。因为在老家，五六岁的孩子已经是小劳力了，况且我们的劳动量是同龄孩子中最轻的了。正是祖母教会了我们劳动是快乐的，也让我在面对任何困难时都不畏惧。

一个50岁就丧偶的女人，在独自拉扯孩子的那些年，祖母又遭受了怎样的艰难和痛苦……但她却总能坚强面对。我想，她一定有非常坚强的信念，这个信念就是相信孩子们一定能成才。父亲发自内心感慨道："母亲是一位勤俭朴素、忠厚老实、尊老爱幼、吃苦耐劳、坚韧乐观的老人。我深深怀念我的母亲！"但是，我觉得世界上最美丽的词汇也不足以描写祖母的品质。"谁言寸草心，报得三春晖"，对于春天阳光般厚博的母爱，又让小小的萱草花如何报答。祖母和大多数中国妇女一样，处在社会的最底层，整日劳作，生活得卑微、艰辛，但她始终是快乐的，她的快乐来自劳动，真可谓生命不停，劳作不息。祖母也是骄傲的，她的骄傲来自四个儿子，他们都是善良、坚强的公职人员。祖母临终时，仍不忘祝愿她的孙子们，祈祷孩子们都是"国家干部"。一语成谶，如今的我们，即九男孙和七女孙，确实大都是国家干部，并在不同的岗位上默默耕耘。俗话云：儿孙的福气都是祖辈修来的。我们家族中没有大烟鬼、没有赌徒、没有太妹，大家都是善良的读书人，家族内部和睦团结，兴旺发达，而这一切都缘于我们有一个好祖母。《吕氏春秋·精通篇》曰："父母之于子也，子之于父母也，一体而两分，同气而异息，虽异处而相通，隐志相及，痛疾相救，忧思相感，生则相欢，死则相哀；此之谓骨肉之亲。"因为祖母，我们的根是健康的。这根是精神之根、思想之源，也是民族之魂。当年，鲁迅先生在《中国人失去自信力了吗？》一文中说道："我们从古以来，就有埋头苦干的人，有拼命硬干的人，有为民请命的人，有舍身求法的人……虽是等于为帝王将相作家谱的所谓'正史'，也往往掩不住他们的光耀，这就是中国的脊梁。"祖母就是默默苦干的人，她和千千万万个农村普通妇女一样，支撑着民族的发展，传承着国人朴素的价值观和世界观。她们没有文化，更谈不上豪言壮语，但她们却身体力行，用自己的行为践行着国人几千年的生活习惯和道德原则。

　　当我写下这些文字时，我仿佛又看到头发花白的祖母佝偻着身子，迈着小脚蹒跚在村口。我的眼泪再次流下。安息吧，我亲爱的祖母！您的孙女怀念您！

王事靡盬，不遑启处

父亲的诗歌中有许多是抒写工作的。父亲18岁参加中国人民解放军，曾在西安"空军通信学校"服现役五年，深受无产阶级革命思想的熏陶，一生充满豪迈的乐观主义精神，对党和国家更是忠心耿耿、披肝沥胆。这从他的《十句歌》中就能看出：

十句歌

对组织要老实，言行思想告党知；

对敌人不留情，坚决斗争不惜命；

对工作要热爱，扎扎实实干下来；

对同志要热忱，齐心协力为革命；

对学习要钻劲，不耻下问加恒心；

对先进要学习，不能嫉妒不服气；

对后进要帮助，不能鄙视加讽刺；

对自己严要求，不能松懈任自由；

对错误要分析，虚心改进赶上去；

对成绩要看小，不自满来不骄傲。

一九六五年五月十八日于武都两水

这首诗写于1965年5月。父亲1964年1月从部队复员返回家乡，2

月份便被武都县政府分配到中国农业银行武都县支行两水营业所工作。当时血气方刚，正是最美好的年华。《十句歌》分别从人生必须面对的组织、敌人、工作、同志、学习、先进、后进、自己、错误与成绩十个方面展开铺叙，可视为父亲工作的宣言，也是他一生践行的基本思想。每每看到这首诗，我都不禁哑然失笑。当我把《十句歌》给朋友看时，他们都觉得不可思议，一再问真的吗？是啊，如果拿现在的世界观来衡量，父亲无疑是"另类"，他的言行是那么地"高尚"，简直像编造的谎言，却又像灯下看发丝一般清晰。这里面毫无疑问有时代的印记。但是，父亲无私的一生，就像冰山上的雪莲一样纯洁，像洁白的哈达一样神圣。这种洁身自好的高贵品质，既为他赢得声誉，也为他带来麻烦。

1984年10月，父亲被调到刚组建的中国工商银行武都地区中心支行工作。当时的工行只有21间房，唯一的交通工具——北京吉普，还要和人行共同使用。父亲回忆道：

> 万事开头难，当时我感觉困难极了。领导班子不完整，基层情况不了解，办公住宿房屋紧张，交通工具极缺，各科室人员都很紧张，开办费用很少，中国工商银行甘肃省分行人员更不认识。总之一句话：难、难、难。难也得开展工作，顶着困难干吧。（《我和工行一路走来》）

父亲这一干又是近20年。有好多事如果不看回忆录，我们根本不知道。如1984年12月，父亲从武都到147公里外的文县出差：

要翻越一座海拔近3000米的高楼山，九盘十八弯，又是简易公路，险象环生。当我们的车行驶到高半山时，山上下冻雨，路上结的冰像玻璃一样厚、一样滑，电话线上结的冰像棒槌一样粗，车辆根本走不了啦。让车辆返回后，我们四人准备徒步前往文县支行。李行长年龄大，一个人走，我和刘宝然拉着孩子走。路特别难走，几乎是一步一摔跤，我们三个人连一根小木棍都没有，几乎是爬行前进，走了两个小时，才走了五六公里路，走到高楼山国营农场了。这里离山凹还有四五公里路程，离文县还有五十公里路程。已经五点多钟了，今天是赶不到文县支行了，我们只好住在这里。高楼山农场的同志们，对我们很热情，在客房里给我们生了火炉子，还给我们泡茶、做饭。那一晚，我们并没有觉得冷，却感到了革命大家庭的温暖。

文中提到的两个人我都认识，是工行的老人手，遗憾的是，刘宝然阿姨在2000年的工行机构大调整中过早内退。今天的年轻人很难想象当年老革命的工作热情。我想，这种工作的勇气正缘于对国家和人民极度的热爱。"那一晚，我们并没有觉得冷，却感到了革命大家庭的温暖"，父亲在危难时刻还不忘歌颂党，真是一个不折不扣的好党员。这种语言在现在无论是谁说出，我们都觉得虚伪透顶，但父亲的歌颂却来自内心深处，是那个纯洁年代一个党员的真实感受。真是激情燃烧的岁月。

再如，1987年夏，中国工商银行甘肃省分行姜文明行长来陇南参加甘肃省委召开的现场会，会后来陇南地区中心支行检查工作。我们看父亲是怎样招待这位大领导的：

当时就住在四楼客房里，临走时说，你们的客房太简陋了，能否搞几间像样的客房。更可笑的是吃饭问题，就在大食堂和职工一起吃，四菜一汤，只有庞凤智行长一人陪着，没烟，也没酒，当时没有招待费。姜文明行长走后，几十元钱的饭钱没法报销。我又是死脑筋，不敢弄虚作假，也想不出什么好办法；只好将各科室的旧报纸收集起来卖了钱才填补了姜文明行长几十元钱的饭钱。

姜行长自然是甘肃省工行的一把手了，多少人想接近都苦于没有机会，而作为办公室主任的父亲却用了最革命最朴实的方式招待他，始终未觉不妥。我们再看看现在官场的奢靡现状、公款吃喝的浪费之风和虚假发票报销恶习，就更痛心了。可怜父亲，当时还要用卖废报纸的钱填补这些合理的接待费！20余年后，父亲再回忆这件事，自己都觉得好笑："现在想来这些事算个啥吗？我深感自己办事太古板、太守旧、太认真、太死脑筋了。"（《我和工行一路走来》）其实，太死脑筋的何止是父亲？庞凤智行长当时也单纯不一。这正是新中国20世纪80年代初期大多数工作者的基本素养。遗憾的是，我们现在无论怎么努力走群众路线，都永远无法再回到那一段良善的岁月了。昨天，我的一位在中央工作的同学发来微信，秀她们此次走群众路线的感悟。她们组团去了湖南，参观了湖南起义纪念馆，晚餐后欣赏了郴州美丽的夜景。我仔细一看，发现她更关注漂亮的讲解员和郴州的晚餐，拍了不少图片，其中有一张是当地名吃"肉山"。我感慨万千，调侃她："共产党员走群众路线吃肉山，无路可走的群众只好重吃野菜。"

古人云:"百足之虫,死而不僵。"国家目前虽然矛盾重重,但还不至于亡国。长此以往,中国的未来必然令人担忧。我不是忧天的杞人,但我相信"水能载舟,亦能覆舟"的古训。

又如1985年,为了中心支行行长在城内开会行动方便,也为了各科室出外办事方便,工行陇南地区中心支行办公室就买了几辆飞鸽牌自行车配给行长和有关科室。到1986年底,竟丢了三辆自行车,其中就有庞凤智行长的一辆。怎么办哩?当时工行订有制度,不论谁丢失、损坏公共财产都要照价赔偿。在年终开行务会议讨论这件事时,有个别科长提出庞行长丢车是因公事丢的,就不赔了,别人的按规章制度赔偿。父亲却觉得这样处理不妥,大家是会有意见的,他便大胆地谈了自己的看法:

庞凤智行长丢车是为了公事,那别人丢车就是为了私事吗?以后再丢车都说是为了公事,那还怎么管理?我认为不管是行长丢车还是别人丢车,都要照价赔偿。

大家迫于父亲的认死理,也不好吭声。于是乎,庞凤智行长就按父亲的发言做了决定,从丢车人的工资中按价扣回。连庞行长都不放过,由此可想,父亲当年由于坚持原则"得罪"的人自然不少。庞行长我早在中学时就见过,岷县人,中等个子,眉宇间自有一股英武之气,27岁任陇南中心支行行长,可谓少年得志。人非草木,孰能无情?庞行长虽不是小肚鸡肠之人,但在有些人的反对下,1987年夏,父亲却被调任保卫科科长。这就是父亲"铁面无私"带来的直接后果,也是他人格中的另一面。别人都认为父亲是降级了,但他却干得有声有色,并取得不小的成就:"我在陇

219

南工商银行保卫科的工作，得到了省分行保卫处和总行检查保卫工作的同志的表扬，曾被省分行评为先进保卫科，我个人也多次被省分行和中心支行评为先进工作者。"更可贵的是，父亲觉得保卫工作甘之如饴，"在保卫科工作的几年里是我感到很顺心的几年"。无心插柳柳成荫，现在想，父亲的性格和做事原则，倒是很适合保卫这种纪律性极强又没有人事骚扰的工作。

1994年10月，在庞行长的努力下，父亲被选为工会主席，算是位列七品，但已经54岁了。父亲原本风流倜傥，多才多艺，故干工会工作更是如鱼得水，并为单位取得许多荣誉："岗位练兵比武先进单位"、"青年文明号"（团省委、省人民银行）、全省"最佳储蓄所"等。值得一提的是，1996年夏工行全省文艺调演，陇南工行自编、自演的两个节目《深情》获优秀创作奖、优秀演员奖，《您是》获优秀节目奖，陇南工行工会获得优秀组织奖，综合奖项名列全省第一。这令父亲无比自豪。当时，我已经在兰州工作，对此事也记忆犹新。2000年夏，父亲从工会主席任上退休。

陆游《病起书怀》曾云："位卑未敢忘忧国，事定犹须待阖棺。"本诗于淳熙三年(1176)四月被免官后病了20多天后作于成都，表明自己虽然地位低微，但是从没忘掉忧国忧民的责任。父亲的革命工作我自然不敢妄评，但庞行长和父亲共事近20年，是最有资格评价之人。退休时，庞行长曾赠给父亲三首诗，其二云：

功在贤臣第一位，开行元老不需推；

白发护航风帆远，黑发难忘屈尊情；

除簪解得光荣退，功高心在一丘坪；

> 试看今日满门中，功德圆满还有谁？

平心而论，庞行长的评价是中肯的。还有一件事，一直让父亲无法理解，就是自父亲当工会主席后，中支每次选拔副县级干部时的考察他基本都参加了，而这本是人事科管的事。退休后的一个偶然机会中，父亲曾问过庞行长。庞回答说：

> 这事也并非非要人事科干不可。这种方法省分行领导也常采用。你在中心支行和各县支行职工中的印象较好，大家都认为你正直、公平。

这就是父亲工作一生得到的评价：正直、公平。有此四字，父亲的一生也算足矣。还有许多人，一直是父亲的好同事兼朋友：

> 子才少运不佳，中年多难，年过四十五岁事业方有寸进。从大的方面讲，得益于改革开放，从小的环境说，得益于遇上几个年轻知己的赏识和提拔：庞凤智、"小诸葛"和"曹孟德"。庞是行长，有识人之明、用人之量、干事之才，一路提拔子才官至副七品，得以施展自身才能。"小诸葛"系王志勇，"曹孟德"便是本人。……加之姚西胜，人称"四人帮"，互相帮了一些好忙或倒忙。（朱泉雨《子才六十：始建一座村庄》）

朱泉雨、王志勇、姚西胜等人，尤其是朱泉雨，在父亲修戏楼捉襟见肘之时施以援手，又对父亲在精神上予以鼓励，真情可见。他们对父亲的帮助，我们一直铭记在心。在此，向大家深深地俯首道一声：谢谢！

常棣之华，鄂不韡韡

父亲的诗文中频繁吟咏的，还有兄弟情。父亲有兄弟四人姐妹两人，他排行最小。巧的是，六人中有三人属龙，大姑、二伯和父亲，三人相差24岁。更有趣的是，大姑的独生子符科哥哥生于甲戌年（1934），比父亲还大6岁呢。兄弟四人中，大伯王在明过早去世，当时父亲还未成亲；二伯小时候就过继给没有儿子的三爷（有两个女儿），三伯后来也过继给没有儿子的四爷（有一个女儿）。祖父去世后，大伯王在明就担起了家庭的重任。大伯和二伯都比父亲大好多，唯一和父亲年纪相仿的，就是三伯，两人一起长大，兄弟感情极为深厚。父亲记了几件关于三伯小时候的事：

有次我三哥去放牛，邻居叫把他家的牛也带着赶上坡。三哥赶的是大犍牛，邻居家的是三四岁的小犍牛。路窄大牛走在前，小牛跟在后，三哥背着拾粪的背斗，走在小牛后边。刚走出村，突然大牛回头想抵小牛，小牛猛一转身把我三哥一屁股打下坎去。小牛也从坎上掉了下来。我三哥虽先掉下去但摔得较远，牛掉下来未砸着。下面是黄土地，牛摔死了，我三哥好的。晚上我和三哥及母亲睡在一个炕上。我问三哥："你崖上掉下去时啥感觉？"三哥风趣地说："啥感觉？我们掉下去后阎王爷就打发小鬼来叫我们。我说我去，牛说它去，我犟不过它，小鬼就把牛带走了。"

三哥的话把我和母亲都惹笑了。(《路》)

  辛好他掉在沟里小石子上，若掉在大石头上肯定就没命了。他的衣服裤子擦烂了，脸上、胸怀、肚腹、腿脚到处流着血，昏昏迷迷不省人事。……我三哥这一跤把腿子挝了，把腰撞了，把腮巴子垫了一个窟窿；喝汤喝水就从腮巴子窟窿里流出来了。好在没伤内脏和大脑，未包扎、未吃药、未打针、未缝合，睡了一个多月草铺就好了。(《割草》)

三伯比父亲大三岁，属牛，性格执拗，身材高大，身体强壮，做事鲁莽。三伯从小疼爱父亲，一直亲切地喊父亲的小名"诚"或"四弟"。两人一起放牛，一起割草，一起拾粪。为了割一筐草，三伯居然冒险爬上大人都不去的平台，下来时不慎掉落沟底，险些丧命。我从小就知道三伯左面的腮帮子有一个小窝，和别人不一样，却不知是这样造成的。当年在没有得到任何医治的情况下，三伯"睡了一个多月草铺"居然痊愈了。我想，这肯定得益于三伯强壮的身体素质，但在这漫长的一个月中，少年三伯肯定承受了难以想象的痛苦……当然，童年的生活也有乐趣：

  我大哥王在明演文净、须生，我二哥王在忠演小生、武小生、丑，我堂兄王在荣演须生、多为配角，我父亲王定邦只演过《黄河阵》中的申公豹，王在俊演须生，浩生禄演武净、须生，王兴邦、王文德、王在喜饰旦角中的配角。因为我们家的大人都是演戏的，我和三哥王在德从小在戏中跑龙套，扮兵卒，饰娃娃，整天跟着大人在戏台上玩。(《戏》)

兄弟俩当年最大的快乐就是跟着大人在戏台上玩耍。三伯后来还饰演过很多角色，但我印象最深的却是《铡美案》中的包拯，高大，威武，但唱腔一般。据说三伯有一次唱戏时，属于他的戏分结束了，但该上场的花旦却怯场，死活抱着台柱子不上场。情急之下，三伯只有一个人在台上旋编旋演："社德……咿呀……你把那……啊啊啊……后头人叫……哎呦，为什么……咿呀……到现在……呵呵……还不上场……"他摇头晃脑，有板有眼地唱着，台下观众浑然不觉。我的三妈是河坝人，没上过学，从河谷地带嫁到高山上，自然不太愿意，本身又沾染了一些河坝人的俗气与自私，更不喜干农活，但好吃好穿。这和三伯朴素、实干的性格大相径庭。因此，两人一辈子都不太合拍，经常争吵不休。再后来，三伯一气之下远走他乡，并在甘南州迭部公路段安脚。

20世纪70年代，祖母眼见二伯和三伯都盖起了新房，但父亲一家12口人仍居住在已有百年历史的石板房里，拥挤不堪，祖母忧心忡忡。为了改善生活条件，也为了给祖母宽心，父母决定盖新房。当然，让父亲下决心的动力来自三伯和二伯：

> 我特别感激我的三哥王在德。说实话，没有他的鼎力相助，我是绝对建不起房子的。三哥是迭部县公路段段长，迭部县是甘肃省白龙江林管局最大的林区，买木料自然容易。（《家》）

先是，父亲在二伯的帮助下买了十根圆木柱子、两根大榻头。1977年7月，三伯按照内部价格给父亲拉来了一大卡车圆木，只收了300多元钱，没有收运费，是他们单位来武都办事的车顺便带来的。1978年4月间，新房开始动工，但庄基地面积不足，还是二伯把他家一块紧靠庄基地的小菜园子无偿给了父亲。新房主体结构完成后，次年三伯又给父亲拉来了一卡车单位弃用的旧方木做完结用，价格非常便宜，只收了100多元钱。在兄长的帮助下，父亲的新房终于盖起来了。退休后，父亲又将房子进行修缮，除原来的正房和西厢房外，西山墙又修了一间耳房，东山墙修了一间简易柴棚，院内西南角靠大门处打了一眼集流水窖，院子地面亦用混凝土硬化。父亲在房前栽种竹子，园中培育鲜花，四周栽种蔬菜，每年夏天花团锦簇，美不胜收。父母在此颐养天年，优哉游哉。

三伯退休后，正好赶上国家开发西部的大环境，他发挥了认真、吃苦的精神，被返聘做公路施工监理，后来又自己承包一些小工程，收入颇丰，并在武都最繁华的地段重置了三室两厅的新房，又在秋林坪修建了两层近20间的新房，还在兰州买了新房。但是，所有的新房三伯都没赶上住，就溘然长逝。三伯是在去年元宵节前后去世的，当时我们刚过完春节返回西安。那两天，老家下了70年不遇的大雪。父亲说，雪是来送三伯的。清明节，我们返回秋林坪祭奠三伯，他的新坟上已经长出株株绿草。细雨丝丝，阴风阵阵，好似在呜咽，又好似在诉说三伯艰难的一生，不由得让人泪如雨下……安息吧，三伯！我们都在怀念您。痛失兄长，父亲悲痛欲绝。在三伯的丧事上，父亲又操劳过度，这让他元气大伤。清明节的最后一天，父亲猝然病倒。这一病就是三个月。古人云："树犹如此，人何以堪！"父亲的兄弟之情令我们大为感动。但是，逝者已矣，只有更好地活着，才是对亲人最好的报答。

二伯是一名教师，仁慈，乐观，温和，年轻时喜欢体育，身体素质较好，加之三爷家境好，二伯从小便没有受到多少苦，是兄弟四人中干农活最少的一位。二伯痴迷秦腔，年轻时就是台柱子。1978年暑假期间，武都地区"五一秦腔剧团"排演了传统戏《劈山救母》，并连演13场。二伯、父亲和母亲也连看了13场，并终于将道白、唱词、唱板、动作、化妆、服饰记清楚。1979年正月，"四人帮"被粉碎后秋林坪村第一年演戏，山寨版《劈山救母》正式上演：二伯饰演刘彦昌，父亲饰演三圣母，母亲饰演王桂英，好不热闹！看着平时严肃的父辈们突然粉墨登场，父亲还饰演花旦，并在戏台上和二伯"眉来眼去"，觉得很有意思……后来，二伯又饰演过很多角色，但我印象最深的还是《苏三起解》中的解差崇公道、机智、幽默、善良，把崇公道演活了。父亲也演过崇公道，但和二伯相比还是少了些喜气。我更喜欢父亲演的花旦。二妈是甘泉乡富裕人家的女儿，也是二伯的学生，性格温善，任劳任怨，但也唠叨。二妈育有三子三女，共有九个孙子或外孙，每一个孩子她都努力带大，可谓劳苦功高。近些年，孙子们逐渐长大，二妈也信佛教了。每次去看她，我们都要先看看她供奉的佛龛，这样她才会高兴。二伯退休后重操旧业，画起了国画，主要画虫鱼鸟兽，画的牡丹尤其活灵活现。二伯不仅上老年大学，而且赴北京参加老年人绘画表彰大会，光得的奖章就有一箩筐。如果二伯年轻时没有家庭负担，一心工画，他肯定是一名出色的画家。今年二伯已经85岁高龄，但身体依然硬朗，精神矍铄。大家问他老人家长寿秘诀，二伯总是神秘地一笑："多睡觉！"众人不知所云，都觉得二伯在开玩笑。其实，二伯真正的秘诀应该是心胸开阔、乐观坚韧。好人天佑，真心祝愿他长命百岁！

父亲不仅对亲兄弟一往情深，对堂兄弟和表兄弟也深情厚谊。大伯去世较早，父亲便毅然承担起资助大妈和堂兄生活的任务。1975年左右，父亲的堂兄王在荣（我大爷的儿子）在修梯田时，不慎将右脚楔骨砸骨折了，父亲接到武都地区医院治疗两个多月，日夜陪伴侍候，花了600多元才医治痊愈了。要知道，当时父母亲的月工资加起来才80元。1975年左右，大妈和堂伯父王在荣先后去世，丧事都是父亲一手操办的，而堂伯父王在荣的养子和大妈的儿子后来的婚礼，也都是父亲一手办理的。当年的父亲，一直是举债过日，欠单位的借款，是哥哥王晓辉上班多年后才还清的。

我四爷的独生女嫁到了离我们村不远的黑头坪，姑父党维智是村中的大能人。尽管现在姑姑和姑父都住在武都城里，但村中只要有大小事，村民还是习惯让姑父拿主意。姑父的威信很高。当年父亲盖房时，姑父也尽力帮助：

> 三哥还给我说："这回拉木料回来，多亏了妹夫党维智，他是修公路的包工头，随车回武都办伙食。车走到迭部县九龙峡时坏了，要返回迭部县城修理，他把整车木料都卸在道路旁，一个人守护了一天一夜。九龙峡两边都是刀劈斧削似的山峰直刺云霄，半崖上凿出一条狭窄的公路，路下是百丈深渊，湍急的白龙江水在谷底咆哮而过，四周原始森林里野兽出没，前不着村、后不着店，自古是歹徒打劫的地方。不要说一个人在这里守一夜，就是白天一个人在这里也害怕。可妹夫一个人硬是守护了一天一夜，第二天他又一根一根地把木料装上车拉回武都。"（《家》）

父亲一直记着姑父的这番情谊。多年后，姑父的女儿瑞琴毕业，父亲曾经试图帮助找工作，但都未成功。父母为此很内疚，觉得亏欠姑父，也没能报答姑父当年的帮助之恩。好在姑父并未在意。

父亲文中提到的同村兄弟，还有三叔王在清、四叔王在鹏，邻居王在宝伯伯、王维廷叔叔等，他们都是父亲的好兄弟，在困难时向父亲施以援手。他们对父亲的帮助和情谊，我们一直牢记于心。《颜氏家训·兄弟》篇云："兄弟者，分形连气之人也。"《诗经·棠棣》亦云："棠棣之华，鄂不韡韡，凡今之人，莫如兄弟。死丧之威，兄弟孔怀。原隰裒矣，兄弟求矣。脊令在原，兄弟急难。每有良朋，况也永叹。兄弟阋于墙，外御其务。……"但是，世事无常，三伯王在德、四叔王在鹏和王在宝伯伯都已先后离开人世。"傧尔笾豆，饮酒之饫。兄弟既具，和乐且孺"（《诗经·棠棣》），但愿健在的叔伯们福如东海，寿比南山。

执子之手，与子偕老

章子怡主演的《我的父亲母亲》享誉全国，影片中男女主人公真挚的爱情让人动容。但在我心里，我父母亲的爱情更让人感动。

母亲是鱼龙乡上尹家乡绅之女，从小受到良好的教育。我不知道外祖父的姓名，也不知道他的生年，只知道他大约卒于1960年，当时母亲刚满18岁。外祖父娶有两房夫人，我的外婆是二房。大外婆育有二子一女，因两位舅舅都不喜读书，在社会大变革后便都沉淀在社会底层。外婆生有五个女儿，没有男丁。外祖父和当时大多数乡绅一样，也吸大烟。这让他的身体过早衰竭。外祖父临终前，非常担心没有儿子的外婆，千叮咛万嘱咐母亲要给外婆养老送终。当时，四个姨妈都已嫁人。母亲含泪答应。因此，母亲的择偶条件有三：人要上进，兄弟要多，人要帅。父亲刚好满足这三个条件。嫁过来后，母亲才知道父亲虽然有三个哥哥，但一个已经过世，另两个也过继给了没有儿子的本家叔伯。除夕之夜，母亲偷偷躲到大门外委屈地哭泣，还是祖母来劝她，她才收住眼泪。当然，父亲自然答应和母亲一起赡养外婆。

四个姨妈中，大姨、二姨和四姨都嫁给门当户对的地主，故命运多舛，大姨妈很早就去世。二姨妈生三表哥时大出血离世，故小表哥是外婆一手带大的。四姨妈所嫁非人，亦过早去世，留下三个儿子。三姨妈至今健在，个头高大，个性刚硬，但第一次婚姻给她的伤害很深，第二任姨夫是礼县县长，很随和，但也过早离世。外婆是1984年到我家来的。外婆白白净净，细眉大眼，说话轻声细语，很有富贵气，年轻时很漂亮，也是大户人家的女儿，只因父母过早离世，便由其叔叔做主嫁给外公，做了二房。外婆说大姨、二姨和四姨都随了她，很漂亮，我后来见过二姨的照片，果然是大美人。三姨和母亲像外公，个子高，肤色黑，单眼皮。外婆说母亲是姊妹五个中相貌最差的。小时候姐姐们总是奚落她："单眼皮，丑死人。"母亲哭哭啼啼找外公论理，外公总是哄她："你生的是丹凤眼，她们都没有。你的福气就在单眼皮。"谁知却不幸言中！在社会乾坤大转换中，母亲一家自然成了黑五类，外婆替夫受过，不知被批斗了多少次，几个姨妈在革命年代也都如雨中浮萍，各自飘摇不定。外公预感到时代还有大变动，便教导母亲一定要念师范，且终生不加入任何党派。这样自可免祸。母亲遵从外公的意见，考取了武都师范，并以优异的成绩毕业，终生从事教育事业，最终桃李满天下，成了陇南市第一次获得小学特级教师的两名优秀教师之一。张爱玲曾说："个人即使等得及，时代是仓促的，已经在破坏中，还有更大的破坏要来。有一天我们的文明，不论是升华还是浮华，都要成为过去。如果我最常用的字是'荒凉'，那是因为思想背景里有这惘惘的威胁。"作为地主的女儿们，母亲姊妹五人的人生轨迹坎坷多难。她们被时代绑架上高速运转的列车，呼啸而过，只能看见自己印在车窗上模糊的影子，却无能为力。在时代面前，个人又是何等渺小。她们苍凉的故事真的可以写一本书，书名就叫《地主家的女儿们》。

相比姨妈们的不幸，母亲是幸运的，因为她嫁给了父亲。父亲出身中农，是最可爱的军人，又是红五类。一红一黑，对比鲜明，故他们的婚姻还遭到组织的审查，差点棒打鸳鸯。母亲家境优越，从小没有受到半点委屈，而父亲家徒四壁，几乎借债度日，但他们感情深厚，相濡以沫。父亲的诗文集中关于母亲的篇幅不多，但却字字珠玑：

> 这小路名叫猫儿咀，在这里爬上去，就到了村前的大坪上。小路特别陡，路面冻住，上面覆盖着从土坎上溜下来的一层虚土。走到半中腰，我妻子喊道："我站不住了，两只脚都一齐往下滑。"我一看也急了，在这里滚下去不死则伤，我急忙喊："不要慌，会站住的，站住不要动，等我来接你。"她确实站住了，我将自己担的水挑上大坪，然后又从她肩上接过她担着的水，她并没有埋怨我。（《水》）

这事发生在 1965 年春节。刚过门的母亲随父亲回乡过年，父亲带着母亲一起去村里最远的乱石窨泉里担水，仗着年轻，又想早点回家，父亲决定走小路。母亲自然不知小路路况，便和父亲一起冒险。好在有惊无险，父亲和母亲终于连滚带爬地到达村前大坪。谁知，更雷人的事还在后头：母亲突然发现村上人像看社火一样看着他俩，场面极其壮观。这让母亲感到不安。父亲安慰道:"因为你是我们村上第一个女干部媳妇,当干部的女人还能把水从猫儿咀担上来,他们感到惊奇。另一个原因是担水还两口子一起担,这是村里从来没有过的事。不要管他们,咱们走自己的路。"(《水》)这件事轰动全村,不仅成了村民茶余饭后的话题,也让母亲第一次漂亮亮相。后来,为了照顾祖母,母亲放弃了在武都城工作的机会,转而到秋林坪小学当了一名教师。这一干就是十余年。村中所有的年轻人她都教过,母亲并不打骂人,但村里没有一个后生不怕她。说实话,我们兄妹从小最怕的也是母亲。堂兄弟母亲都教过,也都怕母亲。祖母去世后,母亲调到城里的莲湖小学,一直是学校的优秀教师,更是武都县和陇南市的优秀教师,并经常组织公开教学。当时,家长慕名而来,母亲的班往往是六七十人。班额过大,学生过多,教学过于认真,工作过于负责,这虽然为母亲赢得荣誉,但也严重透支了她的健康。《论语·述而》云:"子温而厉,威而不猛,恭而安。"意思是孔子温和而又严厉,威严而不凶猛,庄重而又安详。母亲正如此。她是一名伟大的教育工作者。

母亲还多才多艺。母亲会弹扬琴,会做衣服,会做鞋,会绣花,会织毛衣,会跳舞,还会唱秦腔。当时,村里所有的花样都是母亲传的,甚至还有英文"Spring"(春天)的花样。母亲织的毛衣颜色鲜艳,经常有流行卡通人物,如米老鼠、唐老鸭等。这些衣服,小朋友经常在村里办灯时做戏衣穿。记得上小学时,我家的经济情况仍没有好转。母亲为了让我们穿上新衣服,除夕之夜忙乎了整晚,为我们手工缝制了过年的衣服。母亲最擅长饰演秦腔中的老旦和花旦,她饰演《火焰驹》中的李母一角,我觉得比西安易俗社的肖若兰(李爱琴)演得好。闭上眼,我仍能看到母亲拄着拐杖,在《打路》一节中的精彩表演(带板):"黄桂英他父女暗设毒计,赖人命害我儿实在凄惨。走得我眼昏花喘不过气，满目中金都是荆天棘地。"母亲真实、自然的表演让我记忆犹新。

母亲还学会了做所有家务活。除了做饭外，还会做豆腐乳，会做剁辣酱，会腌咸菜，会做糖蒜，会装西红柿酱。这也是那个年代大多数家庭主妇的基本技能。父亲经常心疼母亲为家庭的付出：

> 我因工作忙不能常回家，修房的事情全靠妻子。她既要教学（一天假都没请），又要料理家务，还要请帮忙做活的人，自己还要挑水浸土，她曾一天从三里远的地方挑过八担水。岳父母家境在旧社会是比较富裕的，我妻子在家中又是最小的，父母自幼疼爱，长大读书，毕业任教，从来没有吃过这么大的苦头，她却一句怨言也没有，硬是挺了过来。（《家》）

1976年3月23日，在武都工作的父亲念及家中年迈的老母和年幼的四个子女都要靠母亲一人照顾，不由得辗转反侧，彻夜难眠，遂赋诗一首《致春娥妻》：

> 何事令吾心不安？雄鸡三唱未入眠。
> 思念贤妻与儿女，更念老母近残年。
> 不想发财不想官，只想健康与平安。
> 求得布衣饭三餐，阖家欢乐到晚年。

父亲表达了希望与母亲携手共度一生的决心。半月后，即4月3日清晨，母亲在秋林坪小学回诗一首《答夫君》：

> 别后犹如三秋寒，思潮翻滚难入眠。
> 祝福婆婆寿如松，只盼老人乐晚年。
> 高官金钱心难买，清平生活我自爱。
> 养儿育女平常事，和睦平安是吾愿。

母亲的回信，语气更坚决，态度更明朗。从字里行间，我们自能知晓父母是一对举案齐眉的佳偶伉俪。记得有一次，我大概七岁吧，有一天去楼上捡鸡蛋，鸡蛋没捡着，却无意发现父母的两地书，有十几封，每一封信都写得厚厚的。更有意思的是，写得好的语句下，还用红笔画出圆圈，像老师批改的作文一样。更绝的是，不仅有父亲的眉批，还有母亲的再注。遗憾的是，当时我有好多字根本不认识。这些珍贵的书信，后来再未见到，也不知父母是否还保留着？

我们是自信的，因为我们是在快乐的家庭中长大的孩子。至今，我仍记得大约1981年夏天，一家人聚在厨房跟父亲学戏的场面，但我只记得一句半："玉蟾……一步……过……东墙，夜阑……"（《屠夫状元》党凤英唱段）。当时，屋外星光满天，屋内母亲在蒸馒头，蒸汽笼罩厨房，灶里的火光映在我们兄妹身上，忽明忽暗，惝恍迷离。一切都是那么美好，日子像葱绿的青草，仿佛刚刚开始，但转眼落木萧萧，我们已到中年，而父母更迈入晚年。

虽然家里一直清贫，但是我们有一对好父母。父母对我们的影响太大太深。父亲经常教导我们做一个爱国者。这从他的诗文中就能看出：《庆祝柬越齐解放》《坚持党的三项基本原则》《赠战友》《忧长江防洪》《想长江防洪》《募捐赈灾》《声讨美帝》等，仅从题目就知道内容：如《声讨美帝》：

飞弹无端炸使馆，楼毁人亡天地悲。
十二亿人蒙奇辱，同仇敌忾讨美帝。
落后确实就挨打，"发展才是硬道理"。
华夏儿女要争气，不能永远受人欺。

这首诗写于1999年5月12日。5月8日凌晨，以美国为首的北约发射五枚导弹，炸毁我国驻南斯拉夫联盟大使馆，致使邵云环、许杏虎、朱颖三位记者罹难，20多人受伤。消息传来，天人共愤，全国声讨，父亲自然不例外，更是义愤填膺。次年8月22日，妹夫付磊赴美国攻读博士，父亲更是百般嘱咐："就是有人，把刀架在脖颈上，也要记着，中国——是自己的祖国。"后来，大约是2006年春天，父母去美国探亲，待了八个月后，硬是在春节前赶回武都，还带来不到一岁的小外甥女小狗蛋。父亲回来说，美帝就是美帝，根本没有中国好。我想，父亲无视美国的高度发达，原因还是在于他对祖国充满热爱。

父母一生都过着朴素的生活。年轻时，父亲家庭负担沉重：

从1967年至1975年，我家里灾祸不断，先后三位老人去世，五人因病住院。仅大闺女晓燕在1972年夏因亚急性重型肝炎住医院治疗半年，就花费了近2000元钱，这可是我月工资的50多倍啊！

好在把她的命救下了，村子里的人都叫她"钱买燕"。当时我们不仅负债累累，更糟糕的是当年腊月家里快断炊了，还有半年时间才能天熟，这半年日子咋过哩？我痴呆呆地想着：怎么办？怎么办啊！我想到把家里能够行走的人领上去讨饭，可国家的工作怎么办？我感到面前毫无出路了，我为全家人的生存哭了，但没有绝望，还在苦苦地挣扎。

后来，还是父亲的单位给我家先后补助了 300 元钱，乡政府给了我家回销粮小麦 280 斤，本村生产队借了 500 斤苞谷，给家中农业人口半年供应返销粮 300 斤。就这样东拼西凑混到快要天熟时又断粮了，还是公社秘书又给父亲借了 60 斤粮票才接上天熟的。经过困难生活洗礼的父亲，自然视朴素为美德。去年，收拾衣物时，我发现好多衣服都已过时，尽管有些只穿过一两次，便打包回家，让母亲送给村里人。没多久，父亲打来电话，语重心长地告诫我要"勤俭节约"，我嘴上答应着，但心里却不以为然。直到看到父亲的诗文集，我才觉惭愧，觉得自己辜负了父亲多年的教导。

父亲还告诫我们要直面生活的艰难，如《登五凤山诗三首》之三：

人生如爬山，瞅准目标攀。
步子要踏稳，细心把路看。
疲乏莫气馁，振作精神前。
登上最高峰，才知天地宽。

这是父亲 1996 年 6 月 13 日所作，属于有感而作。父亲觉得人生就像爬山一样，要有目标，要脚踏实地，要细致应对，还要坚忍不拔。我想，这可能也是父亲一生总结出的经验之谈。

其他对家人的赠诗，如《赠晓鹂诗二首》（一九九三年五月十八日于武都）、《赠晓燕》（一九九三年五月十八日劝大女晓燕从深圳返武任教而作）、《赠符科甥诗两首》（二〇〇〇年七月二十四日于武都）等，都情真意切，有感而发，尤其是赠符科表哥之诗，更是语重心长。符科哥哥是大姑的独生子，生于甲戌年，小名就叫甲戌，从小聪明伶俐，学业优秀，但刚步入仕途，全国就解放了。哥哥时运实在不济，新中国成立时全家被打成黑五类，一生受尽磨难。鲁迅在《呐喊·自序》一文中说："有谁从小康人家而坠入困顿的吗？我以为在这路途中，大概可以看见世人的真面目。"符科哥哥应该体味良深。哥哥和鲁迅一样是硬骨头，一生从不低头，但也坦然面对生活的磨难。这获得父亲的高度评价："智者识大理，坦然度人生。"父亲更希望哥哥的子女能够继承他的精神："子女当若父，齐家事竟成。"此外，符科哥哥一表人才，长得颇似父亲，但比父亲还要高大，还要魁梧，可谓英气逼人。据说大姑生得聪慧、漂亮、能干、贤惠，但48岁就过早离开人世。而如今，符科哥哥也离我们而去……

由于父母的耳濡目染，我们自小喜欢秦腔。闲暇时，我会去西安的城墙根听戏，源自西周的4000年前的悲喜交织曲不断从天际传来，在"散板——慢板——中板——急板——结束"的悠长旋律中，秦腔的天籁、地籁和人籁在广漠旷远的八百里秦川轰鸣，各种情绪铺天盖地而来，而记忆也如历史的风，从时代的深处缓缓吹来……恍兮惚兮，我一时竟不知今夕何夕？身在何处？秦腔于我，也是一生至交了。时至今日，我们兄妹四人都小有成绩。这和父母的教育肯定密不可分。《诗经·击鼓》云："死生契阔,与子成说。执子之手,与子偕老。于嗟阔兮,不我活兮。于嗟洵兮,不我信兮。"这正是父母爱情的真实写照。

狐死首丘,故乡难忘

父亲念念不忘的还有故乡秋林坪。父亲充满深情地叙述了故乡的两个传说,即"麻子岗岗"和"旋黄旋割",这让诗文陡增几分诗意。大约在我刚毕业那年回家过年时,父亲神秘地让我猜谜:"一边青苗茁壮长,一边赤光耀眼红。满坡乔木挤不进,山谷翠然无限青。神仙摄来一撮土,五谷丰登好太平。窈窕淑女婀娜走,多情君子并肩行。"我愣是没猜出来。父亲很失望,因为谜底是"秋林坪好"。父亲曾写过一首诗《思故乡》:

> 秋林塄上石板房,蒿草淹人苔上墙。
> 因有当年读书声,才无今日守家郎。
> 近邻侄辈家家富,青堂瓦舍亮堂堂。
> 我愿退休住老家,养育之恩永不忘。

这首诗写于1992年4月13日,当时我们已经离开家乡十余年,昔日整洁的屋院已然空寂,院子里长满蒿草,墙壁上苔痕斑斑,和邻家宽敞明亮的新屋相比,老屋显得寒酸、破旧,但父亲却很欣慰,"因有当年读书声,才无今日守家郎",并萌生了退休后在老家颐养天年的愿望。当时我们以为只是说说而已,没想到退休后父亲真的回老家居住了。

父亲对家乡的这种深情仿佛与生俱来,有两件事可以佐证:一是集资办学，二是集资修戏楼。先说集资办学：在1988年正月初二，时任陇南行署副专员的四叔王在鹏（分管全区文教、卫生、财贸工作），请在武都城里居住的秋林坪人在他家聚会吃饭，共贺新春佳节，并提议大家集资办学，改变秋林坪小学的教学环境。四叔的提议得到了大家的热烈响应，并成立了以四叔王在鹏任组长，二伯王在忠任副组长，王文彩爷爷、王在珍叔叔和父亲为成员的工干集资办学筹备小组。父亲负责秘书工作，撰写了三封集资办学动员信，同时还去六个村子向农民宣传动员集资办学的事。各村农民集资的事主要由当地乡政府负责。后来，六个村的所有工干共集资1.1万千多元，各村农民集资约2万元币，四叔王在鹏从甘肃省财政厅争取拨款15万元，地财政处拨款5万元，县教委给拨款7万元，共计筹资30万多元人民币，重建了秋林坪小学。兴办学校，造福后代，惠及桑梓，功在千秋。这一壮举，赢得乡人的一致赞誉。

2000年时，秋林坪小学教学大楼顶部漏雨，三楼教室又无法上课。父亲再次捐款1000元、三伯无偿对教学大楼顶部进行了防漏处理。鱼龙乡党委、乡政府给父亲和三伯家中赠挂了"惠及桑梓"的匾。父亲还有一个心愿，给秋林坪小学办个图书室、建一个鼓乐队。因为自己当年求学无门，他希望家乡的孩子像城里的孩子一样，课余时间可以到图书室看书，阅读古今中外的名人名著，增长知识，了解世界。父亲将自己的想法向地工行领导汇报了一下，庞凤智行长慷慨答应，给秋林坪小学赠送了价值3000多元的青、少年读物及价值4000元的鼓乐器材，既报答秋林坪小学对父亲的启蒙教育，也了却了他多年的心愿。秋林坪小学自创办以来，已培养了几千名学生，分布在全国各地的党政军工农商学等行业。

2004年，注定是让父亲终生难忘的一年。父亲退休后回到老家，发现村里的戏楼由于年久失修，破烂不堪，村人很希望有一座新戏楼供村民娱乐。父亲自小酷爱秦腔，又被村人戏称为"戏模子"，觉得人活着应当给后人做点好事，便热忱地担当起修戏台的责任。经过预算后，这座戏楼的成本大约是10万元。父亲积极筹款。2004年2月初，父亲招呼村里几位有余钱有地位的干部吃饭，席间商议由父亲捐1万元，王礼哥哥捐2万元，王刚哥哥捐8000元，三伯捐5000元，××哥哥捐1万元，××哥哥捐2万元，还说不足部分他保底。饭间共捐款73000元。这与预算款还差2万多元。父亲就琢磨让村上每家出三个义务工，以弥补这2万元的差额。

谁知3月份正式开工时，却风云突变，原本慷慨解囊的××哥哥和××哥哥先后失约，××哥哥只寄来1000元，××哥哥分文未给，而这二人本是当时家境较富裕者。更糟糕的是，除了资金上的缺口外，有些村民在不怀好意之人的教唆下，百般刁难，工程一度陷于僵局。当时，全家人都劝父亲放弃，何必为了不相干的人气坏身子？他们根本不值得父亲付出。但父亲不同意。他说："君子一言，驷马难追，已经答应好的事怎好反悔？我就是借钱，也要把事情办好。"古人云："打虎亲兄弟，上阵父子兵。"后来，还是在二伯、三伯、四叔、王礼和王刚二位哥哥的帮助下，戏楼终于竣工。现在看来，他们捐的钱好像数目不大，但对当时月收入只有2000元的父兄来说，都是一笔很大的开支。更可贵的是，他们捐的是比钱更重要的赤子之心！只是我的父母，当年还要举债度日，不由得让人心酸。如果换了今日，我们断不肯让父母遭此劫难。也正因这件事，父亲一直对××哥哥有成见。但我认为他是心有余而力不足，有些事可能自己也无法做主。虽然当年××哥哥在武都一中孑然一身上高中时，父亲曾经屡屡帮助他，但这并不是他必须捐款的理由。

这些事发生时，四叔王在鹏还在世。戏楼盖好后，父亲还亲自来兰州选购戏衣，并和四叔交流意见。当我写下这些文字时，我仿佛又看到二人埋头在四叔家的茶几上勾勾画画的场面，那是他们在构思能否新修一条公路，路面都从阳坡走，以避开阴坡的积雪和湿滑。后来，大约在2010年，三伯终于申请到公路维修经费，并由我堂哥王田喜负责重新为家乡修了一条新路，但四叔当时已经作古。四叔还未退休时，就反复给我们和父亲说准备回去翻修老家的旧屋，将来和父亲一起住在秋林坪。可是，天不遂人愿，四叔这点朴素的愿望竟然落空，还没等他回家，就客死他乡！四叔病逝后，骨灰从北京千里迢迢送到秋林坪，安葬在家族的墓地上，长眠在他热爱的故乡。可怜我的四妈，从此以泪度日，眼睛都快哭瞎了……

　　当然，回老家生活，尤其是度夏的，还有许多人。二伯每年夏季都回秋林坪。山里空气清新，食物新鲜，没有噪音，听的是天籁之音，喝的是清凉泉水，赏的是四季美景，聊的是桑麻菜蔬，品的是新茗佳肴，好一派惬意的田园生活。古人云："叶落归根。"这也是父亲的选择。不过，促使他常年待在故乡的，还是他对生育养育故乡的热爱。古人曾说，"求忠臣必于孝子之门""一屋不扫何以扫天下"，故一个大忠臣必定是个大孝子，一个热爱故乡的人肯定是一个爱国者。我虽然不是成功人士，但我首先是一个爱国者。我把艾青的一首诗抄录于下，愿与父亲共勉：

我爱这土地

艾青

假如我是一只鸟，

我也应该用嘶哑的喉咙歌唱：

这被暴风雨所打击着的土地，

这永远汹涌着我们的悲愤的河流,

　　这无止息地吹刮着的激怒的风,

　　和那来自林间的无比温柔的黎明……

　　　　——然后我死了,

　　连羽毛也腐烂在土地里面。

　　为什么我的眼里常含泪水?

　　因为我对这土地爱得深沉……

2013 年 9 月 8 日于古城长安

道德文章传几世，到君合上三台位
——再评《随感录》及其《续集》

这本小书是《随感录》的续集。

《随感录》是父亲的诗文合集，出版于2013年9月，共收录25篇散文、95首诗歌和10篇书评，总字数近20万字。出版后，父亲将此书陆续赠送给亲朋好友、同事乡邻。每送人一本，他都极其认真地在扉页上仔细签名、钤印，恰似唐代诗人朱庆馀《近试上张水部》所言："洞房昨夜停红烛，待晓堂前拜舅姑。妆罢低声问夫婿，画眉深浅入时无？"作为一名应试的举子，朱庆馀在面临关系自己政治前途的一场科举考试时，向水部郎中张籍行卷，以希求其称扬和介绍于主持考试的礼部侍郎。这是一种举子特有的不安和期待。

父亲有理由不安——因为国家所承认的他的正式学历只是小学，而读者群却大多是专科以上出身,其中又不乏中文专业的科班出身者。大家是随手翻翻?束之高阁?嗤之以鼻,还是认真阅读?击节赏叹?父亲一直很期待。现在,答案终于揭晓了,也正如张籍《酬朱庆馀》所言:"越女新妆出镜心,自知明艳更沉吟。齐纨未足时人贵,一曲菱歌敌万金。"张籍把朱庆馀比作越州镜湖艳丽动人的采菱女,她的一串珠喉,才真抵得上一万金。朱、张两人相重,酬答俱妙。

《续集》的内容也由父亲本人的创作和他人的评论组成,与朱庆馀和张籍二人的赠答有异曲同工之处。具体而言,书中首先收录的是父亲在2014年至2016年之间陆续创作的散文,即《短暂的见面,深刻的印象》《"九洲山庄"疗休记》《救人要紧》《化险为夷》《攒神》《过生日》《对父亲的点滴记忆》等。其中,有些事情本身发生在《随感录》出版之后,如《"九洲山庄"疗休记》和《过生日》;有些是《随感录》未曾涉及的内容,如《化险为夷》《攒神》《对父亲的点滴记忆》《救人要紧》等,是对过去生活的追忆和对《随感录》的补充。至于诗歌,大多属赠别、应酬类,如《赠老友刘录》《赠别五斤君》《读樊忠英先生〈憨荷斋诗词曲选〉随感》《谢山顶洞人生日贺词》等。

二是他人的评论文章,均是对《随感录》的评论和赏析。这也是这本小书让人感到欣喜和厚重之处。如马正宇《春意盎然——拜读王主席〈铁树开花〉》《乡土情深——读王主席〈随感录〉》、郭军《读王主席〈故乡情深〉有感》、魏积玉《"随感录"观后感》、社会《予人玫瑰 手留余香》、樊忠英《文蕴诗情远 诗涵画意长——读王在富〈随感录〉之随感》、王礼《故土流淌的情感——读在富叔〈随感录〉悟到的》、刘瑞侠《〈随感录〉绽放的五彩人生》、张国元《读〈随感录〉赠王在富先生》、刘新文《拜读〈随感录〉的随感》、李廷秀《祝福》、王国基《读赠书有感》及王剑锋《水调歌头·赋青山》等。论者既有同辈人，如魏积玉、王社会、张国元；亦有晚辈，如王礼、王剑锋；又有同龄人，如樊忠英、王国基；还有同事，如马正宇、郭军、刘瑞侠、刘新文等。他们年龄和职业差别巨大，如陕西鄠邑区农民魏积玉老先生已八十有余，而华北石油大学的王剑锋只是一个刚上大一的毛头小伙。难能可贵的是，大家对《随感录》的看法却不谋而合。下面，我结合《随感录》及其《续集》和众人的评论，再谈谈我的感受。

雁过留声，人过留名

春秋时期，晋国执政者范宣子问鲁国大夫叔孙豹说："古人有言曰'死而不朽'，何谓也？"叔孙豹说："豹闻之，太上有立德，其次有立功，其次有立言，虽久不废，此之谓不朽。"（《左传·襄公二十四年》）"三不朽"中，"立德"有赖于见仁见智的外界评价，"立功"需要跻身垄断性和风险性极强的官场，往往非一个普通人的能力所及；于是，文人每以"立言"为第一要务，这诚如曹丕《典论·论文》所讲："盖文章经国之大业，不朽之盛事。年寿有时而尽，荣乐止乎其身，二者必至之常期，未若文章之无穷。是以古之作者，寄身于翰墨，见意于篇籍，不假良史之辞，不托飞驰之势，而声自传于后。"这些议论，深为后人赞同，并不断激励着后来文人把真知灼见形诸语言文字，著书立说，传于后世。

父亲也选择"立言"，与历代文人并无二致。这并不是说父亲的身份就是文人——在退休之前，他其实是陇南市金融系统的一名领导干部，与文人最看低的铜钱"阿睹"打了一辈子交道——而是说父亲骨子里有传统文人的气节和追求。父亲有朋友赠字曰"子才",有文房四宝,平日里沉迷秦腔,酷爱书法,喜欢书籍,爱好字画,钟情太极,并乐此不疲。这些追求与现代人快节奏的生活有天壤之别。这一生活可从《随感录》中的《戏》《铜镇尺收藏记》等文章中窥得一二。

父亲的"立言"既有民族深层的传统,也有现实的培养。父亲幼年丧父,全凭祖母一人拉扯大。祖母是安化乡路家湾教书先生之女,虽然不识字,但是从小耳濡目染,对《三字经》《百家姓》《千字文》等蒙学读物倒背如流。这些传统文化对祖母影响巨大。父亲曾发自内心感慨道:"母亲是一位勤俭朴素、忠厚老实、尊老爱幼、吃苦耐劳、坚韧乐观的老人。我深深怀念我的母亲!"(《随感录·家》)我也曾在评论中说过,"因为祖母,我们的根是健康的。这根是精神之根,思想之源,也是民族之魂"。父亲便是祖母一手栽培出来的健康的苗子。父亲生得英俊潇洒,从小聪明伶俐,喜好读书,成绩名列前茅。遗憾的是,当父亲小学要毕业时,祖父却过早离世,后来掌家的大伯当时已经35岁,刚中年得子,出于私心,大伯断然拒绝了父亲继续求学的请求,尽管父亲曾两次以优异的成绩考上了安化完全中学,也无济于事。在祖母的宽慰下,父亲并未自暴自弃,而是发愤图强,并于1959—1964年在西安"空军通讯学校"服兵役时,在姑父傅润义的指导下(当时姑父在陕西师范大学中文系读本科),系统阅读了大学中文专业的书籍,并最终自学成才。为了表达对姑父的感激之情,多年后,父亲便做主将妹妹晓鹂嫁给了姑父的幼子付磊,一时传为美谈。父亲幼年求学无门,一生深受其害,深知辍学者的遗恨和求学者的艰辛。正缘于此,父亲一生重视教育,尊重教师,对真正的求学者往往慷慨解囊。几十年来,我们在武都城的家几乎成了故乡秋林坪村驻武都的办事处,村民们事无巨细,都喜欢找父母亲商量，真可谓车水马龙，热闹非凡。只要得知村里谁家的孩子考上大学，父亲往往亲自上门祝贺；不论哪一个乡邻来向父亲借钱说要供孩子上学，他自己就是再艰难，也会满口应允，从未犹豫。记得有一次，结婚不久的哥哥遇到困难，想向父亲借钱解燃眉之急，居然碰了一鼻子灰——因为父亲仅有的存款要借给村里的一户人家供孩子上大学。父亲对故乡的小学也情有独钟，曾于1988年积极参与秋林坪村集资办学一事。2000年时，秋林坪小学教学大楼顶部漏雨，父亲再次捐赠资金，并由三伯无偿对教学大楼顶部进行了防漏处理。父亲对教育的热爱和投资，受到鱼龙乡党委、政府的肯定和尊重，乡政府给父亲赠送了"惠及桑梓"的匾额，红底金字，辉煌雅致，一直悬挂在秋林坪老家的堂屋之上。

父亲将这一切都用文字记录下来。我个人认为，著书立说既可以如《史记》般大气磅礴，又可以像《离骚》一样惊天地泣鬼神，也可以和《随感录》一样朴实无华，以小见大。通过父亲的描述，一个西部地区贫穷落后的普通农村的前生后世、发生发展的历史跃然纸上。古人云："梧桐一叶而天下知秋。"父亲虽然写的是一个村庄近现代的变迁史，折射出来的却是我国20世纪和21世纪以来的民族发展历史。如，20世纪40年代的战争，50年代的土改、农业合作化建设、公共食堂、"大跃进"，60年代初期全国性的大饥荒，60年代的备战备荒，1965年至1978年的"文化大革命"，1968年的"农业学大寨"，1977年的全国"小黑麦"试种推广，1982年的农村包产到户，1986年的百万大裁军，2000年的西部大开发政策，2001年的国家"121水窖集流工程"，2008年的退耕还林等重大历史事件，秋林坪村都亲身经历，《随感录》及《续集》中也多有涉及。如《林》：

1966年春节前，《评新编历史剧〈海瑞罢官〉》的文章在全国各报连篇累牍地转载。毛主席的"最高指示"也在各报头每天刊登。"文化大革命"的序幕在强大的舆论声中拉开。

……

栽植的沙棘苗长势良好。可是好景不长，没到冬天就被人们挖光了。有人编了个顺口溜："春天栽，秋天拔，冬天煮了罐罐茶。"主要原因是管理不善。开始时村干部还管得严，谁知"文化大革命"以雷霆万钧之势席卷全国，迅猛异常。到秋季就波及秋林坪村了。"革命无罪，造反有理"的大幅标语写在墙上，喊在口上，落实在行动上。在打倒走资派时，连村干部都被打倒了。基层组织瘫痪了，村上的事情无人管了。所以当年造下的薪炭林被人们抢着挖光了。林未造成，反将荒坡挖得千疮百孔。村上有组织的第二次植树造林，就这样夭折了。

……

1958年"大跃进"中，创高产放卫星的消息经常有。干部说起假话来，一个比一个胆子大。《人民日报》曾报道过小麦亩产8000多斤，中稻亩产6万多斤的消息。连毛主席都为粮食太多发愁。在总路线、"大跃进"、人民公社三面红旗的指导下，掀起了大炼钢铁、吃公共食堂的高潮，刮起了共产风。家户做饭的铁锅被砸烂炼了钢铁，村上的千年古树被砍着烧了饭，集体储备的粮食也吃完了。至1961年初夏，公共食堂实在办不下去才逼迫解散了。

公共食堂解散后，人们更加恐慌，家家都面临着无柴无锅无粮的绝境，人人都有随时死亡的可能。为了生存，人们疯狂地扑向这片全村在吃公共食堂时都没舍得砍伐烧饭而正在茁壮成长着的青年林。一两天时间被砍挖殆尽。人们用洗脸的搪瓷脸盆煮野菜充饥，村上已饿死了几个人。在这紧急关头，党中央下水救人，调粮济民，人们才有了活命。我们村上前两次有组织的植树造林的失败，不能不说和当时全国的政治大气候不无关系。

……

1983年由于荒山承包到户，北峪河治理管理局组织全村大面积连片植树造林，谁栽谁有，集体和个人共同管理。人们刚从大集体的束缚中解脱出来，生产力得到极大地发展，植树造林积极性特别高。自1983年至1986年，仅秋林坪一个村就栽植油松4320亩、大杉松343亩、漆树300亩、洋槐2400亩，是全村前12年植树的五倍。北峪河治理管理局取得了全米仓山系植树造林6万余亩的骄人成绩，被评为全国植树造林先进单位。王体才被陇南行署评为种植薪炭林的先进工作者。

……

父亲对秋林坪村"林"的叙述，以时间为顺序，娓娓道来。村里对"林"前后有五次大规模的栽培，前两次都以失败告终，显然和当时全国的政治大气候，如"大跃进"、人民公社、"文化大革命"等大有关系。后三次的栽培终见成效，也得益于"三中全会"党的拨乱反正和后来的一系列惠民政策。新中国成立后几十年西部农村的林业发展史，便在父亲近于浅显、浅淡、浅近的叙述中徐徐聚焦。现在，站在山头望去，"满目青山，莽莽苍苍。千沟万壑，青翠葱茏。林荫遮天，百鸟和鸣。水土流失基本得到抑制，生态环境逐步得到改善，'再造秀美山川'的愿望逐步得到实现"（《随感录·林》）。再如《地》：

说起"农业学大寨"，我是最清楚的。全村人为兴修水平梯田，节衣缩食，挨饿受冻，甚至付出了血的代价。从1968年开始，连续修建了十年梯田，每年秋收后开始修地至来年春耕时结束，凡是能够上地做活的人，不论男女老少都要去修梯田，过年过节也不休息，毛主席"愚公移山，改造中国"的话，被制成大幅标语牌插在修梯田的工地上，成为那个时期的特点，也是最鼓舞人心的口号。

记得1968年"农业学大寨"在全国掀起了高潮，秋林坪村支书王在宝去大寨参观回来后，就开始修梯田。为了完成任务，把村前已能机耕的大坪地，拉成了一条条像腰带一样的条田，刚修了三条这样的地，适逢我回家探亲。我问老支书："为啥要把大坪地修成连拖拉机都无法掉头的条田？"他说："为了完成任务。"我说："农业学大寨不是为了完成任务，应该从实际出发，尽量把地做大，适宜机耕。"

当时村集体就有一台"东方红28型"拖拉机，人们已认识到了机耕的重要性。老支书接受了我的建议，在村支委会上定了一个修梯田的原则：不图数量，讲求质量；改造坡地，修成大田；连片治理，适宜机耕；梯田修到哪里，机耕路就通到那里。地大路通，就要劈山填沟，高筑地边，深挖坡根，才能把地做平做大。每块田都要筑边挖崖五六米，每人日均要搬运四方多土，移动的土方量相当大。群众中有人产生了抵触情绪，编了个顺口溜："两亩做成一亩了,做到崖根没土了。"事后听说要开社员大会受批判,又改口说成:"一亩做成亩半了,做到崖根土欢了。"这充分说明了当时人们的劳动量极大。数九寒天,地冻尺余,人们先在冻土层下面掏土再从冻土层上面用钢钎铁锤凿土放崖,虽然强调注意安全,但稍不留神,冻土垮下来就往往致人重伤。后来村上自造炸药,购置雷管,炸石开山,标准梯田越修越多,人们的希望越来越高,修地期间先后砸死一人砸残一人砸伤四人。

……

由于我村兴修水平梯田和植树造林取得了优异成绩,先后被县、地、省政府评为"农业学大寨"的模范村和先进生产大队,省、地、县三级政府主要领导多次前来视察指导工作。中国农科院粮作所所长鲍文奎教授将新培育的"小黑麦"品种,放在秋林坪村水平梯田里试种成功,取得亩产500斤的好收成;为向全国高寒山区推广播种小黑麦,1977年6月全国"小黑麦"试种推广现场会在武都县召开,农林部领导,省农林局局长,地、县领导及与会人员乘坐十多辆小轿车、六辆大轿车浩浩荡荡开进秋林坪村参观、座谈。北京农业科教电影制片厂专程来秋林坪村拍摄了科教片《八倍体小黑麦》。全村人比过年耍社火还要热闹……

秋林坪村在全国也小有名气了。

秋林坪在"农业学大寨"时期,我还小,只留有点滴记忆,但王礼哥哥的叙述很清楚:"那时的秋林坪大队,在支书王在保叔的带领下,班子有号召力,社员有凝聚力,尽管群众生活贫穷,但庄风正,人心齐。作为当时武都县委副书记许绪铭的点，是全县农业学大寨的典型。各项工作在全县名列前茅，科学种田也不例外。毫不夸张地说，那时的秋林坪是新中国成立60多年来最辉煌的时期。"（王礼《续集·故土流淌的情感——读在富叔〈随感录〉悟到的》）从父亲对秋林坪"农业学大寨"的回忆中，我们不难感受到20世纪六七十年代这一运动在全国如火如荼展开的情形。至于父亲提到的《八倍体小黑麦》的拍摄和放映，我也有记忆。王礼哥哥作为典型人物，还曾在1977年6月召开的全国小黑麦试种推广现场会上发言。

"文化大革命"中的"农业学大寨"，究竟孰是孰非？很多人，包括所谓的精英都曾对此激烈批评。实事求是地说，那时确实存在一些极"左"言行，但对依赖土地而生存的最下层老百姓而言，"农业学大寨"无疑是善举。这一点，马正宇先生的评价最精彩："多年来，人们对政府'文化大革命'时期的做法有反反复复的认识和评说，但对'农业学大寨'，修水平梯田却没听到什么异议。修水平梯田，也就是我们说的抬地，尤其对于我们山区来说，这是保口粮的基础工程，利在当代，功在千秋，事实证明，农业学大寨为子孙造福。王主席的文章，虽为随感，却道出了一段轰轰烈烈的史实，从土地上生存者、受益者的口中证明了这一举措的正确。拿现在的话说，符合科学发展观。这篇文章为后人了解秋林坪的发展，了解农业学大寨的历史，提供了事实例证。"（《续集·乡土情深——读王主席〈随感录〉》）

晓鹂曾在《随感录·父亲纪事》中说道："说是记史，但父亲的文章并没有史书的沉重，更多的是酸甜苦辣的生活气息。记史，是因为他所经历的一切，在时间的沉淀之后，自然而然地成为历史，就像一棵树，每过一年，便多了一圈年轮。这不难，难的是那份烟火气。把个人的亲身经历、喜怒哀乐、信仰和坚持，对历史本身的反省和审视，融入历史，才能有那份浓郁的人情味，才能弥漫着泼辣火热的生活气息。这，才是真正的历史。"

我也常想，历史不应该只是《二十五史》，高高地站在庙堂之上，不食烟火，令人瞻仰；历史应该并不遥远，也不神秘，它就徘徊在我们身边，萦绕在普通老百姓的衣食住行中。如秋林坪在1943年和1950年间的秦腔启蒙老师刘老汉，原本是国民党三三八师秦腔戏班的司鼓。1969年的大饥荒中，村里就饿死了几个人。1963年备战时，国家在村后梁上设有雷达站，派有一连军队驻守，后在1986年的百万大裁军中撤防。《随感录》及《续集》中涉及的《村》《林》《地》《水》《校》《戏》《路》《家》及《攒神》等，本就是一部农业文明的历史，亲切自然，明白如话。至于《端午节》《二月二》《腊八节》《挖草坡》《拾粪》《割草》等，则是一块散发着浓郁乡土味的民俗活化石。这些本是父亲大书特书之处，也是最有价值的地方。因为它具有珍贵的史料价值。以此为基础，宏观上可以研究西部地区民族和国家的历史进程；微观上可以考察道路、交通、水利、教育、林业、农业、民俗等分支科学。同时，如果以此为原型创作一部小说，即以秋林坪村普通人的生活为主线，刻画出一系列鲜明的中国人形象，深刻反映出中国人民的性格，应该和陈忠实《白鹿原》的书写一样，颇具价值。当然，这些话题，朱泉雨兄早在《子才六十：始建一座村庄》中已经提及：

> 年届六十五岁的王子才即将用言语完成一个村庄的构建，于他而言，或许只是一个意外，一件无心育柳柳成荫的事件。于我，却是一件必不可少的事业：奇迹是可以创造的，生命是能够焕发异彩的。有了这本书，可以见证：社会主义新农村的建设史，陇

南山村的风俗史,王子才尹春娥们的个人史。

它还将见证,友谊在人类历史进程中必不可缺的重大意义——信任和鼓励一个仅有高级小学文化程度、年届60岁的退休老人用言语构建一座村庄,这样的事情,我们居然做了,而且认认真真地做了……对于没有梦想的人,对于不肯实心做事、亲力亲为的人,应该有启示意义。(《随感录·林》)

此外,《随感录》及其《续集》也是中国金融系统微缩了的发展史。"《我和工商银行一路走来》分六节,共一万六千多字,以时间为经,事件为纬,以工商银行的组建、发展、蜕变为中心,记录了武都农业银行、人民银行、工商银行的建立、整合、分编的历史,小到一部车,大到工商银行在国内上市,事无巨细,但凡做过、见过、听过的,都清清楚楚地保留在他的文字里。"(王晓鹂《随感录·父亲纪事》)其他诗文,如《赠战友》《赠凤智同志》《致凤智同志》《贺西胜生日》《盐关血案随想》《敬赠姜行长》《与内退诸君共勉》《读凤智同志〈为撤并县支行和内退人员而歌〉》《有感为撤并支行和内退人员而歌》《赠志勇》《短暂的见面,深刻的印象》《"九洲山庄"疗休记》《救人要紧》等,既是父亲在银行兢兢业业地工作了40余年的大事记,又微缩了陇南工商银行的一部分发展史。退休时,庞凤智行长给了他非常高的评价,说他"功在贤臣第一位/开行元老不需推",感慨"昔日不觉谁是你/退后方知你是谁",烦恼"来日画策何人回"。此言甚是。

当然,父亲在写作时,可能并未思考太多。事实上,父亲是他自己所处时代社会生活的最好记录者,能把生活在那个时代的事实和变化描绘出来，供当代人分享，同时传播给后代。孔子曾有"君子疾没世而名不称焉"（《论语·卫灵公》）的遗憾，屈原也有"老冉冉其将至兮，恐修名之不立"（《离骚》）的感慨。父亲的书写是对传统习惯的一种尊崇，也是"人过留名，雁过留声"的内心追求。

史家绝唱 无韵《离骚》

《史记》是我国纪传体史学的奠基之作，鲁迅《汉文学史纲要》称其为"史家之绝唱，无韵之《离骚》"。父亲的《随感录》及《续集》表面上看是诗文合集，其中最有价值的部分是对《村》《林》《地》《水》《校》《戏》《路》《攒神》及《端午节》《二月二》《腊八节》《挖草坡》等乡村历史的记叙，类似于《史记》的《八书》（记各种典章制度，如《礼》《乐》《律》《历》《天官》《封禅》《河渠》《平准》等），可视为历史作品。其他的百余首诗歌和若干篇评论便是文学作品。父亲又善于借景抒情，抒发的又偏重哲理和革命浪漫主义情怀。因此，《随感录》及《续集》在一定程度上便可以解读为文、史、哲的某种结合。

读者是通过作品与作者对话的人，对于作品的评价意义非凡。读者身份不一，爱好迥异，如读《红楼梦》"单是命意，就因读者的眼光而有种种：经学家看见《易》，道学家看见淫，才子看见缠绵，革命家看见排满，流言家看见宫闱秘事……"（鲁迅）。因此，对《随感录》及《续集》的解读在一定程度上出现差异，很是正常。如妹妹晓鹂认为"我们不能也不应该从文学的角度去衡量、评价《随感录》"，显然是过分看重《随感录》的史料价值；樊忠英先生的评价则更多地钟情《随感录》的整体价值。概括而言，可分为三点：

一、结构整齐

《随感录》及《续集》的结构编排一致，都分三大板块，即散文、诗歌及评论。具体而言，散文篇在前，后面依次是诗歌篇与评论篇。每一板块基本上按时间先后编排。这种编排与传统意义上的诗文合集略有不同。因为自南朝昭明太子的《文选》开始，历代文人别集的编纂中，一般会先置诗歌，后放散文。父亲将次序颠倒，可能在于他认为自己散文的成就高于诗歌，对散文便情有独钟。这也是大家公认的事实。这种编排既可让读者顺着时间线索，迅速了解父亲作品的基本内容，也可以让读者对父亲一生中重要事件和他重点关注的大事一目了然，尤其是诗歌篇，这种特征更明显：

《随感录》收录95首诗歌，《续集》增收10首。第一首便是写于1965年5月的《十句歌》，分别从人生必须面对的组织、敌人、工作、同志、学习、先进、后进、自己、错误与成绩十个方面展开铺叙，可视为父亲工作的宣言。遗憾的是，此后十年中，父亲的诗歌创作都没有保存下来。

20世纪70年代以来，父亲借出差的机会，终于有机会领略祖国的大好河山，东临碣石，西到新疆，南越云贵，北至哈尔滨，无限风光尽收眼底。如1975年2月11日（农历正月初一），下午2时20分，父亲平生第一次从成都乘坐三叉戟飞机，于下午3时20分到昆明。是年父亲35岁："春节户户乐融融，三叉戟我上碧空。蟒蟒长江如彩带，巍巍峨眉似鸟笼。俯观云海闪金波，仰观苍穹日正红。心潮起伏尚未静，银燕已降昆明城。"（《第一次坐飞机》）第一次坐飞机的喜悦之情溢于言表。这一次，他还游历了昆明的著名景点圆通山公园观、筇竹寺及石林。1975年3月，父亲在暴雨中来到桂林。"桂林山水甲天下",父亲经过一番游览后,总结出《桂林山水四大特点》:"山峰秀丽平地起,江水清澈可观鱼。石头美妙天下少,岩洞奇异世间稀。"简言之,就是山秀、水清、石美、洞奇。桂林的美景让父亲流连忘返,临别还赋《别桂林》一首,"欲行千回首,走后还想看。匆匆离别时,绵绵情无限",对桂林依依惜别,形象地写出了一个生长在黄土高坡的人乍见江南美景时的兴奋、喜欢和依恋之情。桂林一地,父亲就赋诗五首,可谓念念不忘,并表达出"我愿处处成江南"的感慨。1975年4月,父亲先后来到苏州、嘉兴、杭州,并在杭州停留数日,先后游览西湖、龙井村、玉皇顶、后湖等景点。1975年4月29日在宁波至上海客轮上,父亲第一次看到大海,"举目四望皆是水,一轮红日两只燕。"(《首观大海》)这两句很是逼真。后来,我看到大海时,往往会忆起父亲的这两句诗。1985年10月,父亲乘江汉轮船过长江三峡,对美人峰印象深刻,赋诗三首:《船到姊归观美人峰随感》《船到秭归观景随感》《观美人峰随感》。又赋《船过三峡江汉平原随感》:"三峡凶险行船难,千嶂叠垒少良田。可叹江汉平原地,河水漫溢任糟践。'安得倚天抽宝剑',削平高山移江汉。夹住长江东流去,行船种田皆泰然。"革命乐观主义精神跃然纸上。

1984年11月,父亲由武都县支行调工行武都地区中心支行工作,12月8日晚,人行武都县支行全体职工开欢送晚会,即席而作《赠战友》。从此,父亲一直在市工行工作,直到2000年10月光荣退休。没料到的是,就在父亲退休时,工行总行突然决定:正科级以下职员,男职工,工龄28年,年龄53岁;女职工,工龄23年,年龄48岁,处级干部,男年龄55岁;女年龄50岁者,于2000年11月底,一律内退。陇南分行此次内退165人,并撤销康县、礼县、两当县三个支行。工行一时哀鸿遍野,上自庞凤智行长,下至普通员工，都沉浸在一片悲伤的情绪中。庞行长作《为撤并县支行和内退人员而歌》，序云："难忘2000，无助2000；改革潮流，浩荡东风；康、礼、两三行再撤，近半壁疆土躬让；二百人功半早退，众将士阵前解甲；挡不住滚滚红尘，怎禁得兴衰流云；情缘未了，尘缘难了；喜哉忧哉？进兮退兮？难堪难言，难书难辨；为你惆怅，为你魂牵！"悲伤之情难以言表。就连一向豪迈的朱泉雨兄也感慨多多："我欲问苍天／苍天不语唯有雨蒙蒙／我欲问明月／云遮雾罩不知明月几时生／我欲举酒痛饮／又恐大醉酩酊狂吼悲鸣惊碎离人梦／我欲携君漫游／却不知路在何方人欲何往何处是归程／我欲挥笔千言／无奈心如乱麻思如破絮词也飘零绪也飘零。"大家都很羡慕父亲，能够正常工作到60岁退休，赠外号曰"福将"。为此，父亲专门作《与内退诸君共勉》，劝勉大家放宽心胸，面对现实："退休公事解，生活尚继续。莫废好光阴，再创新业绩。"

其他诗歌，如1998年，中国大地气候异常，入汛以来，长江防洪近60个昼夜，已经过六次洪峰，超历史记载最高水位约两米。200军民誓死守堤，情况十分危急。武都地处长江上游，仍降暴雨，夜听雨声，父亲十分焦急，久久难眠，起身命笔，先后作《忧长江防洪》《想长江防洪》《募捐赈灾》三首诗，表达出对洪水肆虐的极度担心和对人民生命财产的深刻担忧——"我祈苍天睁双眼，莫施淫威害百姓"。1999年5月8日凌晨，以美国为首的北约集团，发射五枚导弹，炸毁我国驻南斯拉夫联盟大使馆，邵云环、许杏虎、朱颖三位记者罹难，20多人受伤，消息传来，天人共愤，全国声讨，全球谴责，父亲愤而作《声讨美帝》："飞弹无端炸使馆，楼毁人亡天地悲。十二亿人蒙奇辱，同仇敌忾讨美帝。落后确实就挨打，'发展才是硬道理'。华夏儿女要争气，不能永远受人欺。"他认为使馆被炸的原因是国家落后,希望有朝一日国泰民安,不再遭受他人的欺凌,忧国忧民之情跃然纸上。

"草蛇灰线,伏脉千里",从这些诗歌中,不难看出父亲一生中经历的重要事件和他重点关注的家国大事,真可谓"家事国事天下事,事事关心"。这也是诗歌篇结构的妙处所在。

至于散文篇,是按照单元编排的,《随感录》中依次为《村》《地》《水》《校》《林》《路》《戏》《家》,然后是《端午节》《二月二》《腊八节》《挖草坡》,再是几篇日常生活琐记。《续集》中则有《攒神》和《对父亲的点滴记忆》等。这一次序,实际上很有逻辑,既是父亲创作的先后顺序,也表达出父亲对故乡秋林坪的深层认知。这一点,还是王礼哥哥说得透彻:"秋林坪的《村》是秋林坪人世代居住、繁衍生息的家园;秋林坪的《地》《水》《路》《林》是秋林坪人赖以生存的生产生活基础;秋林坪的《校》和《戏》是秋林坪人文化血脉的传承和延续。"父亲写作时,自然遵循先重要后次要、先集体后个人的原则。这一点,下面还要论及,兹不赘。评论文章,父亲的原则是一律按时间顺序编排。这样,既与整体编排一致,也反映出父亲对评论者的充分尊重。

一般而言,20余万字的诗文集,结构很重要。结构得好,作品就是有机的整体,结构和叙述就会水乳交融;否则,就是无机物,仅字数较多还谈不上优秀诗文集,就像不能把所有分行的文字都叫诗歌一样。从这点看,《随感录》及其《续集》无疑是成功的。

二、语言质朴

《随感录》及其《续集》中的散文,克服了多数历史著作在语言上的刻板。父亲用他独特的平易文字,让我们直接触摸到过去时代的脉搏。《随感录》

及其《续集》的记录纵横70年，跨越土改、"大跃进"、"文化大革命"、包产到户、西部大开发等，将故乡秋林坪的社会景象与变迁，乡民生活情景和心理状态，非常细致地呈现出来，部分地写出了真实的中国近现代史，几乎成了20世纪和21世纪大家对秋林坪的整体记忆。这些以真实历史为背景的纪实文字，虽然并不惊心动魄，但也绝非简单的市井故事、民间奇闻可以比拟。

用质朴的语言，揭示了最底层人民的疾苦，哀矜民生之多艰，是父爱作品的一大特点。如大家非常熟悉的《村》：

> 记得在我青少年时，人们常常为做饭取暖烧柴发愁，夏割嫩草、冬刮草皮、春挖草根，年复一年，恶性循环；山越来越光，地越来越贫，水越来越浑，人越来越穷，有句民谣说："有女不嫁秋林坪，缺柴、缺水、地方穷。"生态环境的严重破坏，使人们的生存受到了严重威胁，辛苦一年还不够吃穿，更抵御不了自然灾害的袭击。据《武都县志》记载：民国十八年（1929），因连续四年的大旱，庄稼颗粒未收，社会上有人吃人者，有易子而食者。秋林坪一部分人逼迫外迁：一股迁到甘肃省临洮县，一股迁到渭源县，一股迁到康县大堡乡，据说他们在那里已繁衍成二三十户人家的村庄了。饥寒交迫的生活，迫使秋林坪人不得不思考生存下去的出路，残酷的现实教育了人们，吃够苦头的人们终于开始齐心协力植树造林、绿化荒山，30多年的时间过去了，大自然回报给人们万亩森林。县乡道路跑客车，农用车辆运输忙，家家有余粮，户户盖新房，人人受教育，个个奔小康，不愁烧柴，不怕

没水，丰衣足食，安居乐业。山终于青了，水终于绿了，地终于平了，土终于肥了，粮终于足了，路终于通了，人终于富了，民终于乐了。

父亲用平易质朴的文字，对秋林坪今夕的日子进行了对比描述。秋林坪在离武都城100多里地的米仓山下，"典型的高山、干旱、寒冷、贫苦之地"，土地贫瘠，民生焦苦。昔日的秋林坪，缺乏最基本的生活燃料，乡亲们只能就地取材，夏天采割嫩绿的青草，冬季砍刮贫瘠的草皮，春天挖取可怜的草根。父亲从季节入手，连用三个动词"割""刮""挖"，形象地描绘出20世纪四五十年代秋林坪恶意采挖燃料的情形。这些场景很是熟悉。如当年祖母总是在田间地头转悠着拾柴火，不放过一片树叶、一根麦秆。奶奶去世时，积攒的麦秆树头、枯枝烂叶整整堆满了两间房！紧接着，父亲又连用"越A越B"句型，组成跳跃式的递进排比句，"形成了一种句句逼近式的均齐旋律，有力地抒发了对旧貌厌恶又无可奈何的情绪。接着用民谣'有女不嫁秋林坪，缺柴、缺水、地方穷'和逃荒外迁的事实烘托佐证，秋林坪贫穷落后，荒凉凄楚的旧貌便真真切切展现在读者面前，并且为尽情歌颂新面貌奠定了基础。"（樊忠英《续集·文蕴诗情远 诗涵画意长——读王在富〈随感录〉之随感》）

经过30多年的努力，大自然回报给人们万亩森林。秋林坪人终于安居乐业。樊忠英先生评道："以上描述，从表现手法上讲，完全是口语化的直白，没有什么'繁文丽辞'的雕琢，作者用四组结构完全相同而又各具特色的短语，在对仗与排比的多重糅合之中，生动地表现了秋林坪的美好现实和旧貌换新颜的不易以及对更加美好未来的憧憬。从语势上看，作者用四个五言叠字短语，两两相对，组成四重排比；再用两个四言对仗短语以双重排比的形式插于中段，而后连用八个'终于'为共有状语的五言短语形成多重对仗与多种排比相糅合的特点，酣畅淋漓，一气呵成，颇具音乐韵味。在铿锵抑扬的均齐节奏中，长短调节，活泼多变，收到非常理想的抒情效果。"（樊忠英《续集·文蕴诗情远 诗涵画意长——读王在富〈随感录〉之随感》）。

再如《水》一文：父亲开篇就点出"水是生命之源"，但秋林坪村"缺水的问题近百年来一直困扰着生活在这里的人们"。然后父亲笔锋一转，介绍了村庄周围有限的水源，又饱含辛酸地讲述了旧社会缠脚妇女挑水的往事：她们的姿势是："走路摇摇摆摆，挑一担水有50来斤，压在肩上像鸭子一样走路，一步只能迈出几寸。在两里多远的山泉里挑一回水，往往要用一个多小时，四五口人家一天最少也需要一担水。"这些回忆饱含父亲对奶奶她们这些小脚妇女的深切同情，读之让人落泪。秋林坪长期缺水的恶果便是："人们总是没黑没明地守水、挑水、争水、抢水。"紧接着，父亲逐一讲述了一对妯娌半夜挑水时"遇鬼"的故事、新媳妇挑到水晚了挨丈夫毒打后离家出走的故事，给客人做饭抢水引起两家打架的故事，无知的母亲挑水久久未归后一岁孩子翻下炕摔傻的故事和父亲年轻时贸然引母亲到乱石窖挑水等往事，进一步深化了主题：缺水！缺水！还是缺水！然后，父亲又阐述了村民多年来不断探水、挖水、引水的历史，但都以失败告终。其中，重点讲述的是1986年武都县水电局将南山坡上的一股泉水引到村庄里的往事。这本是惠民工程，村民当时也是兴高采烈，以为秋林坪告别了百余年缺水的梦魇。遗憾的是，由于天旱、贪婪等自然和社会原因，不仅自来水没了，还和邻村差点成了"敌人"。好在科技在进步，后来武都县水电局又在村里推广了"121水窖集流工程"，算是暂时解决了吃水问题。

父亲很是高兴，并赋诗一首来记叙此事。但是，父亲担心水窖集流既要看"老天爷"的脸色，还要撑放塑料大棚，雨水的质量又逊色于泉水，费时又费力。父亲从心里"我向往清清的山泉水从地下喷涌而出、从山坡上哗啦啦流下，流进村民们渴望的心田，但这还仅仅是一个美丽的梦……"。父亲的这一梦想终于在今年实现了！2016年，武都县水电局又将离村20里远的泉水接到村中，并免费给每家每户接上了自来水管。秋林坪终于喝上了清冽的泉水！彻底告别了缺水的"忧困"！可喜可贺。《水》一文，集中体现出父亲散文"形散神不散"的特点。

这些作品反映现实，深入浅出，通俗易懂。这里父亲用白描的手法，不加渲染地把村民"缺柴""缺水"的疾苦刻画得栩栩如生，让人感同身受。

父亲质朴的风格，不仅表现在对村庄村民的叙述中，也用以表达自己的痛苦。如1978年9月9日，父亲作《偶感》："养儿育女倍艰辛，负债累累为后人。但愿儿女皆成才，手扶拐杖车前迎。"当时，即从1967年至1975年，家里就灾祸不断，先后三位老人去世，五人因病住院。大姐晓燕在1972年夏因患重型肝炎住医院治疗半年，就花费了近2000元钱，是父亲月工资的50多倍！当时，父亲月工资仅40元，母亲月工资只有30余元。因此，1978年的父亲焦头烂额，负债累累。当年，哥哥13岁，姐姐11岁，小妹7岁，我9岁，正是最需要抚养和花钱的时候。好在父亲不畏艰苦，暗下决心："但愿儿女皆成才，手扶拐杖车前迎。"这一句，曾有人建议改为"手扶拐杖'门'前迎"，被父亲否决了，他认为相比较而言，"车"好像才是成功的象征。现在，工薪阶层每家每户都有一部车，我们姊妹也不例外，也算了却了父亲当年的夙愿。

另外，父亲的身体曾有几次意外，第一次是在1984年，父亲做了胃切除手术，仅留下四分之一的胃，从此戒烟戒酒。第二次是在2000年1月，父亲患缺铁性贫血病，专程到兰州兰医一院就诊："椎肩顽疾神经痛，心速房颤血更贫。胃炎溃疡多出血，兰医一院才确诊。"尽管病痛难耐，但父亲仍然乐观，并自我安慰道："天给吾名自有寿，心理健康乐无穷。"(《病中吟》)2000年，父亲退休后每年夏天都和母亲去秋林坪避暑。2004年，父亲见村中的戏楼年久失修，便艰辛奔波，四方求助，筹资7万余元重建秋林舞台。由于原本承诺出资的人无端撤资，重建受困，父亲心潮难平，心脏病几次发作。好在二伯、三伯、王刚哥、王礼哥和村干部及百分之九十以上村民的坚决支持下，舞台最后终于建成。为了纪念此事，父亲作了两首《建舞台》，认定"给村做好事，再难也要干"。

这些作品真实反映出父亲当年的困难、困惑和困境，文字直白，情感真挚，好像在拉家常，亲切，自然，很容易引起共鸣。

父亲的语言也是非常生动和乡土化的。大家说的都是本地话，语言符合人物的身份，仿佛就在我们身边一样。父亲用纪实的手法，刻画出一系列人物形象，涵盖了各个阶层、各色人等，有正直有阴险，有善良有懦弱，有情深意重男，也有寡义情绝人。人物身上不仅体现了复杂的人性，也体现出农耕社会中国人的精神。

如中国工商银行甘肃省分行张海琳行长对父亲的回信中写道："《随感录》折射了您平日朴实的人生，折射了您如阳光、雨露、空气般纯净的心灵，折射了您四十余年为金融事业的奉献。看到《我和工行一路走来》，曾经的一切又真切地回到眼前……真是往事如歌如烟！如今您老有所成，真是为您高兴。"这段话应该是对父亲作品、工作和人品的中肯评价。文如其人，父亲后来曾和张行长短暂见面，发现对方果然是一个年轻、朴素、睿智、热情、勤奋的好领导。

再如《救人要紧》中曾记述了父亲在1978年冬季贸然做主签字挽救职工贺富贵之事。当时，贺富贵罹患"胃穿孔"，危在旦夕，作为县支行人秘股长的父亲急忙赶到医院，但不管怎么询问，贺的儿子和老婆就是"不吭声"，也不在手术单上签字。情急之下，父亲代其签字，救人一命。后来，才知道儿子是前妻所生，后续的老婆是蛮不讲理之人，"都怕手术不成功给自己落伤碍"。"不吭声""落伤碍"两个武都俚语，活生生刻画出两个亲情沦丧、寡义情绝的悲凉人物形象！《救人要紧》中，还提到1984年父亲又一次签字挽救了哈兰芳姐姐的事实。哈姐姐在工行两水办事处工作时，我正上小学。哈姐姐是一个文静、执着的回族女子，当年不顾家人的强烈反对，毅然决然嫁给了一个叫崔振忠的汉族工人，故结婚时娘家一个人都未到场。不幸的是，哈姐姐刚生完孩子，就罹患重病，命悬一线，医生焦急万分，丈夫却不敢在手术单上签字——"我走近一看，他双手抱着头，靠着走道墙蹲着，头搭在两个膝盖上。我怎么叫他、问他，他既不吭声也不抬头，拉也拉不动。说实话我当时非常生气。"寥寥几句话，一个心急如焚、胆小怕事、手足无措的"丈夫"便活灵活现地站在我们面前。相对于他们的懦弱，父亲是敢于担当的好人！伟哉，父亲！

又如《随感录·家》中，父亲写到1978年姐姐晓燕患病之事时，落泪了："好在把她的命救下了，村子里的人都叫她'钱买燕'。当时我们不仅负债累累，更糟糕的是当年腊月家里快断炊了，还有半年时间才能天熟，这半年日子咋过哩？我痴呆呆地想着：怎么办？怎么办啊？我想到把家里能够行走的人领上去讨饭，可国家的工作怎么办？我感到面前毫无出路了，我为全家人的生存哭了，但没有绝望，还在苦苦地挣扎。"这是我生平第一次从文字中看到父亲哭泣。在我的心目中，父亲一直是一位高大、坚强、勇敢、乐观的英雄！俗话说："一文钱难倒男子汉。"生活的重压，使父亲喘不过气来，而"钱买燕""断炊""天熟""咋过哩""痴呆呆"等词，是俚语，是乡音，听起来很是亲切，又饱含热泪。

其他如《攒神》中的"四月八插幡杆，冰雹瘟疫都不见"的俚语，阴阳先生"各插界牌、各显神通、狂风不刮、炸雷不响、冰雹不见、祛瘟消灾、百病不生、保佑回手（村民）安宁"的咒语，村民许的愿如"高头凤凰"（鸡）、"攒裯设教"等专用词语，攒神时照官的答语"烧着哩老人家，如点（烧）茅草"，祀公子的神曲"祀公子害怕黑幡倒，阴阳害怕丧犯了，铁匠害怕打侧刀，木匠害怕钻天崩，庄稼人害怕霸地子草，媳妇子害怕小姑子搅……"等唱词，是地地道道的鱼龙方言，洋溢着浓厚的乡土味，极其珍贵。攒神的风俗除了丰厚的民俗价值外，还有深远的历史神话价值。这些资料对研究武都地区的泛自然神崇拜现象和各路神灵的神话，如八海龙王（南霁云）、黑池龙王（雷万春）、赤砂祥渊（徐远）和虫蝗爷的传说，无疑大有裨益。如秋林坪祭祀的雷万春，应该是唐代忠勇侯雷万春将军（701—757），土家族，湖南张家界慈利人，祖籍鄱阳，又称雷王爷、雷大巡、雷霆驱魔大将军，兵部侍郎，荣禄都督大夫，跟随张巡经历了雍丘之战、睢阳血战。忠勇侯雷万春将军造像要求是：仗剑端坐，浓眉大眼，红脸带黑，长须绿袍，有儒雅之气，面部略有六个黑点，意为当日所中六矢遗痕。在民间18位湫神中排第九位，称涂朱爷湫神。在佛教为十八罗汉中排第九位称开心罗汉，有"开心见佛、各显神通、相互比莫、佛力无穷"之效。宋代诗人欧阳修、范成大都曾写诗歌歌颂过他，而南宋著名诗人文天祥所撰《雷万春公传》更有名："……天宝间，南北道绝，闻子奇重兵长驱入寇，时中外饲尽，割肉而食，敲骨而炊，甚至愕腹数日不粒……如此，至德三年冬十月，城陷，复决死巷战，及势不能支，涉容就报麾下，相陟入地者百余，亦公忠义及人者深耳。至吟俨像，血食万年不替，予感耆旧之言，有激于衷，为公传。"

父亲的根在秋林坪，这块土地上的一草一木都已经深深渗入他的灵魂。正是由于父亲热爱家乡的优良品质，他的关心村民疾苦的精神，他的重他人轻自己的思想，使他的作品趋向于质朴，从而获得艺术上的成功。正是由此质朴，通俗易懂，反映了民众的心声，所以父亲更受到了大家的赞颂。他的作品定会成为秋林坪和武都地区的史诗和丰碑！

三、情感真挚

父亲风流倜傥，爱好广泛，多才多艺，血型是O型，而他本人又是一个对家庭、工作都极度富有责任心的人，故《随感录》及其《续集》虽然有深重的忧患意识，但也始终洋溢着乐观主义、英雄主义的激情。如《村》《林》《地》《水》《校》《戏》《路》《攒神》《救人要紧》《"九洲山庄"疗休记》《十句歌》《沁园春·石林》《游筇竹寺》《我愿处处成江南》《南湖游记》《首观大海》《庆祝柬越齐解放》《上海"五一"之夜》《坚持党的三项基本原则》《随感》《忧长江防洪》《想长江防洪》《募捐赈灾》《声讨美帝》《赠小婿付磊》《端午节》《二月二》《腊八节》《挖草坡》等诗文，体现出一个"家事、国事、天下事、事事关心"的忧国忧民的仁人志士的高尚情操。

如1983年4月3日，父亲曾在兰州榆中给母亲写过此生唯一的一首现代诗《赠妻子》："勤，我亲爱的妻子，二十年来的生活证明，粗茶淡饭您从不嫌弃，土布衣服您也满意。您是贤妻、良母、好妯娌，您是家中的顶梁柱。您对工作认真负责，学校条件再差您也无怨无悔。教学任务再重您都能努力完成。您想着学生，想着学校，想着教育，很少想着自己。您是党的教育事业的忠诚战士。有您这样的妻子，我感到荣幸。愿我们相依为命，白头偕老。"母亲是一名教师。经过20年的相濡以沫，父亲从心底对母亲在家庭和工作两方面做出的卓越贡献感到敬佩，赞扬母亲是一个"贤妻、良母、好妯娌""家中的顶梁柱"和"党的教育事业的忠诚战士"，并表达出希望夫妻白头偕老的强烈愿望。母亲的《答夫君》也很有意思："生活的实践证明，纯真的爱情是生活的源泉和动力。没有它，就没有孩子，也没有家庭，更没有幸福。愿我们相亲相爱，互相学习，互相鼓励，在建设'四化'的洪流中并肩前进！"这一赠一答，颇具情趣，完美阐释了那个激情燃烧的岁月纯洁的爱情观和人生观。

又如"1965年6月8日作者所写的《农村夏夜》一首：'月明星亮微风吹，喇叭筒里传佳曲。老人檐下聊收成，儿童院内做游戏，支委研究夏收事，民兵护田脚步急。丰收莫忘党领导，先国后队再自己。'这分明是一幅早年充满农村乡土气息的'农民画'。月夜、老人、儿童、支委、民兵各有其事、各有所干，但面对丰收后的喜悦，作者仍然心系祖国，'先国后队再自己'，把国家和集体的利益放在第一位，把个人利益放在第二位。这也正是那个年代的人们所共有的精神世界。"（过河卒《仁者的酬唱——王在富先生〈杂集〉读后》）。

再如《"九洲山庄"疗休记》，父亲这次疗休，是在甘肃省分行的"九洲山庄"。父亲叙述了1987年工行初次承包时，"九洲山庄"还是一片"沟壑纵横，山体破碎，山腰一块平地里布满大大小小的旋窟窿，山头无一棵树，遍山无一片草"的蛮荒之地，而今已然成了"青山绿地、层层梯田、花木葱茏、果树成荫、亭台楼阁、如诗如画的美丽山庄。"站在"九洲山庄",极目远望,黄河蜿蜒而来,父亲不由得心潮澎湃:"黄河,黄河!……黄河水什么时候才能变清呢?我青年时就听说过:'黄河清,圣人出。'当时我认为毛主席就是大圣人。就像《东方红》里唱的:'他是人民的大救星'。我想他会使黄河变清。但是毛主席已逝世几十年了,我从一个风华正茂的青年,已变成耄耋老人,黄河还是黄的。谁是圣人,圣人在哪里?现在我想:圣人应该是黄河流域有理想、有智慧、有力量、有毅力、有作为,有让黄河变清远大梦想的黄河流域的广大人民。"初读时,我误以为这一段是父亲为了增进文章的可读性,为了升华主题而"特意"在抒情。孰料,父亲却说这是他年轻时就有的真实想法。仅从这一点来看,父亲就是一个"先天下之忧而忧,后天下之乐而乐"的仁者。他永远把国家、民族的利益摆在首位,愿意为祖国的前途、命运担忧分愁,愿意为天底下的人民幸福出力!

诸如此类的评论很多,如,郭军《读王主席〈故乡情深〉有感》、王礼《故土流淌的情感——读在富叔〈随感录〉悟到的》、刘瑞侠《〈随感录〉绽放的五彩人生》、张国元《读〈随感录〉赠王在富先生》等,不再一一列举。整体而言,还是樊忠英先生《文蕴诗情远 诗涵画意长——读王在富〈随感录〉之随感》的评价最为全面:"《随感录》真实而形象地记叙了'村''地''水''校''林''路''戏'等等颇具史料价值的典型环境,通过许多曲折复杂的生活细节,生动地展现了秋林坪'敢教日月换新天'的光辉业绩,从而抒发了作者焕发于上述典型环境之中的王在富式的典型情绪,真实而自然地为我们塑造了一位高尚、纯粹、廉洁、无私、爱国、爱乡、爱民、爱亲友的真正共产党人的艺术典型。"

俗话说,"金无足赤,人无完人"。虽然《随感录》及其《续集》是经得起时间考验,可以一读再读的好书,但作为一部完整的中国西部农村的民间历史和中国金融系统微缩发展史，仍有不足之处：如对秋林坪村70年来粮、房、电、车、衣、婚、法、畜等基本生产生活资源和民俗的叙述仍显不足，对目前村里的留守儿童、宗法制度、祭祖养老等问题的关注较少，对现在金融系统面临的诸多问题也缺乏相应的思考。如《攒神》中对祀公子所唱的神曲、马脚的唱词就没有认真地收集。此外，作为完整的文史作品，父亲记述的人物还是以男性为主，对女性人物较少关注。我指出问题，并不是希望父亲再次捉笔，伏案劳作，而是希望秋林坪村的有心之人或其他读者能体味父亲的苦心，完成他未竟的事业。父亲已经77岁高龄，断然不能再增加任何工作。这权当是我们做儿女的一点私心和孝心吧。

父亲是幸运的。因工作和生活需要，他一生走过了全国27个省市，足迹遍布祖国的大江南北，亦曾赴中国香港、中国澳门、泰国、新加坡、马来西亚参观旅游，还曾于2000年赴美国，参观了美国东部的波士顿、纽约、费城、华盛顿等重要城市。不过，有两个地方让父亲一生魂牵梦萦，却至今未能涉足：一个是祖国的宝岛台湾，第二个是世界屋脊青藏高原。年轻时是政治原因，现在是年龄因素。这恐怕要成为他终生的遗憾了。

我接到父亲的"作业"时，还是盛夏；真正开始写时，已是中秋。西安的秋色很是迷人，既有"秋风生渭水，落叶满长安"的空灵之美，亦有"南山与秋色，气势两相高"的豪迈之意。站在窗前，凭栏远望，万里之外，是我的故乡。毛主席在《纪念白求恩》中说："我们大家要学习他毫无自私自利之心的精神。从这点出发，就可以变为大有利于人民的人。一个人能力有大小，但只要有这点精神，就是一个高尚的人，一个纯粹的人，一个有道德的人，一个脱离了低级趣味的人，一个有益于人民的人。"我认为父亲就是一个这样的人。我现将诗人臧克家纪念鲁迅的一首诗抄录如下，以表达我对父亲的敬仰之情：

有的人
——纪念鲁迅有感

有的人活着，

他已经死了；

有的人死了，

他还活着。

有的人

骑在人民头上："呵，我多伟大！"

有的人

俯下身子给人民当牛马。

有的人

把名字刻入石头想不朽；

有的人

情愿作野草，等着地下的火烧。

有的人

他活着别人就不能活；

有的人

他活着为了多数人更好地活。

骑在人民头上的,

人民把他摔垮;

给人民做牛马的,

人民永远记住他!

把名字刻入石头的,

名字比尸首烂得更早;

只要春风吹到的地方,

到处是青青的野草。

他活着别人就不能活的人,

他的下场可以看到;

他活着为了多数人更好地活着的人,

群众把他抬举得很高,很高。

此为序。唯愿父亲母亲福如东海,寿比南山。

2016 年 6 月

请记得文学 请记得红烛

——在陕西师范大学文学院 2019 届毕业生
毕业典礼暨毕业晚会上的发言

各位老师、同学们：

大家晚上好！

非常荣幸，我今天能代表学院的教师们在此发言。在这个重要时刻，我以 2015 级卓越班项目主任的身份，向各位毕业生表示衷心的祝贺！

时间过得可真快。四年前，你们初来时的场景仿佛就发生在昨天。四年来，看着你们一天天变得更加成熟、更加美好，我们感到无比欣慰。"崔侯初筵色，已畏空尊愁"，我曾反复吟诵过杜甫的这句诗，也和大家一样很害怕离别之日的到来。而今天站在这里，我才知道，这其实是一场激动人心的壮行。青春不会落幕，人生刚刚开始。面对未来，我对大家有两点叮咛：

第一，请记得文学。30年来，不断有人在问我同一个问题："学习中文专业，究竟会得到什么？"30年前，当我在高考志愿书上填写陕西师范大学中文专业时，我也曾经这样叩问过自己。后来，我的学生、亲人、朋友，抑或素不相识的人，得知我教授中文时，都会有不同程度的疑惑。是的，文学不是驾照，不是计算机等级证，也不是雅思证书，不会有立竿见影的效果。从这个角度说，文学好像没有用。但是，文学又是有至用之学，她的作用大到无法用语言来描述。孔子曾说："岁寒，然后知松柏之后凋也。"模糊地说，文学给人的是一种情怀。有了这种情怀，颜回"一箪食，一瓢饮，在陋巷，人不堪其忧，回也不改其乐"；有了这种情怀，在元廷询问临刑前的文天祥有什么愿望时，文天祥浩然答道："天祥深受宋朝的恩德，身为宰相，哪能侍奉二姓，愿赐我一死就满足了。"有了这种情怀，张载倡导的"为天地立心，为生民立命，为往圣继绝学，为万世开太平"的关学精神才会充塞天地。

因此，请大家记得文学。不要忘了自己是中文专业出身，身上有中文专业的禀赋和使命。希望大家一定要葆有纯粹的精神生活，希望我们今后的每一个决定，都要听从内心的声音。希望无论我们从事什么工作，每个人都要有山一样的信仰、海一样的胸怀、火一样的激情、铁一样的意志。

第二，请记得红烛。红烛，是对教师崇高品质的赞美。西部红烛，是对陕西师范大学教育事业的歌颂。扎根西部、教书育人，坚守担当、奉献祖国的"西部红烛精神"，诠释着陕西师大人的家国情怀。一组数据也许可以说明我们的贡献：建校70多年来，陕师大培养各类人才30余万名，其中约有10万名学生默默奉献在西部基础教育第一线，占三分之一。在西北五省区，上自省市重点学校，下至偏远基层乡村，无不活跃着陕西师大毕业生的身影。当然，我自己也是西部红烛精神的一名践行者。2017年9月，我听从组织安排，远赴新疆石河子大学支教一年半，将陕师大的西部红烛精神播洒在天山下，玛河边，而边疆教育惨淡经营的现状，则更坚定了我坚守西部红烛精神的信念。"青春是用来奋斗的"，把奋斗写在祖国最需要的西部大地上，教育赖之以成；把奋斗写在祖国最需要的西部大地上，事业赖之以成；把奋斗写在祖国最需要的西部大地上，人才赖之以成；把奋斗写在祖国最需要的西部大地上，国家赖之以兴。

因此，请大家记得红烛。这是陕师大中文专业的另一个使命。日后，当你面对工作的挫折时，请点燃红烛，她会给你力量；当你彷徨犹豫时，请点燃红烛，她会给你指引；当你孤独无助时，请点燃红烛，她会给你安慰。"德不孤，必有邻"，品格高度终究会决定人生的高度。

你们很快要像蒲公英一样飞向天空，去新的土壤上蓬勃生长，而陕西师大文学院将是你们永远的精神家园。当你们感到辛苦，就想想图书馆前的樱花、昆明池畔的孤鸭，它们此后年年都在等你们回来看看；我们这些老师，会和这些校园里的植物一样，永远守望着、祝福着你们。祝你们前程似锦、精彩无限！

谢谢大家！

2019年6月24日

坚守阅读 努力创新
——在第29届全国图书交易博览会
《读者》杂志宣传会上的发言

尊敬的各位来宾：

大家早上好！

7月的西安，书香氤氲，满城芬芳；7月的西安，以书为媒，相约相识。非常荣幸，我今天能在此发言。在这个重要时刻，我以一名普通读者的身份，向第29届书博会表示热烈的祝贺！向《读者》杂志表示衷心的祝贺！

1981年4月，《读者》创刊时，我还不满11岁；那时，十一届三中全会召开不久，"实事求是"和"改革开放"的思想逐渐深入人心，《读者》应时而起，率先介绍西方的优秀文化、先进的思想和科学知识，很快引起了广大读者的关注。但谁也不曾料到，当年两个理科生在兰州创办的这本刊物，到2019年5月累计发行量会突破20亿册；更不会料到，《读者》

杂志的品牌价值接近150亿元，总市值30亿元。这在国内外期刊中，无疑是神一样的存在。我想，这应该和《读者》的坚守与和创新有关。

第一，坚守阅读。

《读者》影响了"一代人的成长"，堪称"中国人的心灵读本"。无论是50后、60后、70后，还是80后、90后和00后，都是在《读者》的陪伴下长大。换言之，38年来，《读者》的视域就是国人的视野；《读者》的坚守，就是国人的情怀。那么，《读者》坚守的是什么？我认为就是阅读。

培根曾说："读史使人明智，读诗使人灵秀，数学使人周密，科学使人深刻，伦理学使人庄重，逻辑修辞之学使人善辩：凡有所学，皆成性格。"从个人来讲，阅读可以使自己变得明智、灵秀、周密、深刻、庄重、善辩，从而使自己的一生不犯错误或少犯错误，永远立于不败之地。从国家来讲，阅读可以使国人变得文明、聪慧、自尊，从而找到民族的根，寻到民族的魂，培养民族的精气神。"抚乔木而念桑梓，睹文献而思旧邦。"阅读既是一个人和一个国家精气神的象征，又是一种文明的耐受力、创造力和更新力的来源。

因此，我非常赞同本丛书策划人李树军先生的观点："文化是民族的血脉和人民共有的精神家园。文化靠什么传承？靠书。写书的人传，读书的人承。"因此，请《读者》坚守阅读，坚持人文关怀。

第二，创新意识。

坚守阅读不容易，而创新就更不容易，这看似矛盾的存在，《读者》却做到了。38年来，《读者》坚持"三贴近"原则（贴近实际、贴近生活、贴近群众），紧扣时代脉搏，在价值坚守中能够与时俱进。让我印象深刻的有两点：

一是栏目创新。多年来，《读者》的栏目几度变化，总栏目数达200个。

如1985年，新增栏目21个；1986年，新增栏目19个；1989—1998年，新增栏目44个；1999—2004年，新增栏目18个。其中，很多栏目昙花一现，而1985年与1986年只刊登1期的新增栏目达到15个。看似眼花缭乱，实则积极探索。经过38年的沉淀，《读者》最终积淀成文苑、人物、社会、人生、生活、文明、悦读、点滴、互动等9个核心栏目(艺术)。而诸如"理财""军事天地""人类1000年""报刊拾零""生物世界""科技之窗""心理人生""法律知识""警探史话""台港之页"等栏目，则随着时代逐渐消亡。大约1998年后，《读者》栏目逐渐稳定，品牌意识也日渐加强，并开始创办《读者》AB版、乡村版、海外版、精华版、《读者欣赏》等，终于成长为一个国内的期刊帝国。

二是内容创新。栏目创新必然带来内容创新。如《读者》2004年第1期新增的"原创精品"就脍炙人口；1990年增设的"体育之窗""人物轶事"和"人与动物"三个栏目，也客观上反映了20世纪90年代初人们对社会及人生的关注点。如果说栏目变化属于刊物个体创新的话，《读者丛书》就属于有意的集体创新。2017年7月，读者丛书编辑组出版《社会主义核心价值观读本》(12册)，丛书围绕"富强、民主、文明"等12个社会主义核心价值观，从各种图书、报刊、网站上精选600余篇优美文章汇编成册。2018年9月，读者丛书编辑组出版《中国梦读本》（10册），丛书围绕"寻梦、追梦、圆梦"等主题，精选了500多篇文章，以随笔、杂文的形式通俗生动地诠释中国梦的含义。

今年是我们共和国七十华诞。2019年3月，读者丛书编辑组出版了《国家记忆读本》（10册）。丛书以时代为主线，以与人民最密切相关的衣食住行等生活变迁为切入点，用朴素的文字，亲切、自然、真实地讲述了共和国70年的历史风云和发展变迁。品读这些充满温度的文字，会有一种在场感，仿佛我们已然置身其中，时代气息扑面而来。如《从前，购物证那些事儿》和《那段岁月，那段爱》两册，主要讲述了20世纪50——70年代，在物质极端匮乏中老百姓的日常生活，让我们体味到家国情怀之深；《春暖花开的日子》和《青春打滚的季节》两册，主要聚集20世纪80年代人们精神世界的巨大变化，让我们领略到精神生活之美；《大时代下的生活叙事》和《人生菜单上的选择》两册，主要聚焦20世纪90年代国家逐渐走向富强的记忆，让我们领悟到民族自强不息之伟；《生活从这里出发》和《在一个时代里行走》主要讲述国家惠民政策给生活带来的巨变以及富起来的老百姓在物质丰硕而精神贫瘠之间的矛盾与拼搏，让我们体味到民族自豪之感；《飞翔，是我的姿态》和《遇见你，真好》两册，主要讲述新时代普通民众的奋斗和对未来人工智能时代的思考，让我们明白科技与人文之辨。

  这是一套成功的丛书。因为这套丛书，我们对民族的奋斗不再陌生；因为这套丛书，我们对国家的记忆不再模糊；因为这套丛书，我们对未来的到来不再害怕。我相信，在中华民族实现伟大复兴的历史使命中，《读者》依然会用文字谱写气吞山河的壮丽史诗！

  谢谢大家！

2019 年 7 月 26 日

在第三届天鹅杯少儿美术作品展上的致辞

尊敬的主持人、各位嘉宾、各位家长、亲爱的小朋友们：

大家早上好。

第三届天鹅杯少儿美术作品展今天开幕了！我谨代表学生家长向画展的举办表示热烈的祝贺！向各位小画家的辛勤创作表示衷心的感谢！

天鹅国际少儿艺术学院曲江校区与我家仅隔一条马路。三年前的一个夏日，当我们散步路过刚落成的天鹅曲江校区时，小萱萱的目光久久落在门口那条典雅的蓝色天鹅裙上。我从她的眼睛中读出了期盼和渴望。从此，我们便和小天鹅有了不解之缘。先是，小萱萱成了曲江校区芭蕾舞班的一名小学员。后来，曲江校区开设绘画班，小萱萱又加入其中。屈指算来，小天鹅已经陪伴小萱萱走过三个春秋，目睹了她的懵懂，也见证了她的成长。我相信，这只美丽的小天鹅会一直陪伴她，直到她长大成人，展翅高飞。我也相信，家长们选择天鹅国际，应该和我一样，都认同他们"立足西安、链接世界"的办学宗旨，欣赏"细微见诚意，平凡塑人心"的经营理念。当然，更让家长感到欣慰的，应该是老师的认真负责和工作人员的温和亲切。

大家都知道天鹅国际以舞蹈见长，殊不知它们的绘画、声乐和语言也颇具特色。昨天晚上，曲江校区在创意谷成功举办的"美育之约 梦想同行"教学展演，就是明证。天鹅国际的绘画，以培养儿童的创造性、自信心和观察力为重点。在这里，孩子们的想象力得以激发，好奇心得以张扬，色彩感得以锻炼，内心情感得以表现。慢慢地，孩子们对水彩笔、毛笔、油画笔、刻刀等各种手段有了直观的认识；慢慢地，孩子们对丙烯、水粉、水彩、国画等各种技法有了真切的体验；慢慢地，孩子们对人物、动物、花鸟、山水、建筑、民俗等美好的东西，有了自己的理解。在想象和色彩的浸染中，在技法和知识的训练下，他们一天天长大。

我们知道，今天画展的主题是"童心·童画·童世界"。绘画大师毕加索曾说过："绘画的技巧成分越少，艺术成分就越高。每个孩子都是艺术家，问题在于长大之后是否能够继续保持艺术家的灵性。我在十几岁时画画就像一位大师，但我花了一辈子去学习怎样像孩子那样画画。"我想，孩子对于艺术的表现是感性的，在孩子们的眼中任何事物都是具体的、生动的、有趣的、充满生命力的，正由于这种思维的直觉性、具象性和情感性，才使少儿的艺术充满了活力与魅力。画展选在半坡艺术中心壹空间举办，也体现出举办方的良苦用心。半坡艺术区，既是西安的798，又是艺术家的天堂，也是孩子们的乐园。6000年前，当半坡早期人类在陶盆上刻划人面网纹时，他们绝不会想到会成为今日的艺术瑰宝。今天，谁又敢断定，孩子们充满想象的画作，在6000年后不是艺术珍品呢？

画笔从不辜负童心。我相信，庚子年末的岁月，一定会因孩子们的描绘，而变得更加温暖！更加美丽！

最后，预祝画展圆满成功！

谢谢大家！

2020 年 12 月 13 日

第六辑 附录

我和工行一路走来

王在富

1963年，甘肃省武都县成立了"中国农业银行武都县支行"。

我于1964年1月，从部队复员返回家乡武都县，2月份便被武都县政府分配到中国农业银行武都县支行工作。从此，我的命运便和银行紧紧地连在一起。经历了各家银行分分合合及风风火火的各个阶段。在银行工作了近40年时间，我也和银行建立了深厚的情感。

1965年中国农业银行又和中国人民银行合并，我便到了中国人民银行武都县支行。"文化大革命"中，原"中国林业部白龙江林业管理局"成立的"中国建设银行白龙江办事处"，也合并到中国人民银行武都县支行。从此，武都县就只有中国人民银行武都县支行一家银行。当时武都地区也只有中国人民银行武都地区中心支行一家银行，辖武都县、文县、宕昌县、康县、成县、岷县六个县支行，是一个高度垄断的金融企业。

1979年以后，进入了大变革时代，这种垄断模式被打破了。各家金融机构，像雨后春笋般恢复的恢复、成立的成立。首先恢复了农业银行、建设银行；成立了中国工商银行、中国银行、保险公司，后又把"农村信用合作社"从农业银行分离出来，成立了"信用联社"，后改为"陇南武都农村信用合作银行"，还成立了"邮政储蓄银行"，以及私营"村镇银行"，再后来还成立了"农业发展银行"和"陇南市银监分局"。

一

中国工商银行武都地区中心支行是1984年11月成立的。当时我任中国人民银行武都县支行副行长。记得那年8月4日，武都县连降三天暴雨，全县都发生了洪涝灾害，我被武都县委抽调到蒲池乡抗洪救灾，大约10月中旬，我接到通知立即回行有新的任务。

回行后中国人民银行武都地区中心支行党组织书记、行长肖廷耀跟我谈话说："根据省分行指示，地区成立了'中国工商银行武都地区中心支行'，你被调去任办公室副主任。你有啥意见没有？"我回答："坚决服从组织分配，就怕我干不好。"他说："你能行，干中学，学中干吧。快找你们的行长庞凤智同志去。"

我找到庞凤智同志，一看是一个20多岁的年轻人。他说："明天赶紧上班，咱们商量和中国人民银行武都地区中心支行分家的事。"

中国人民银行武都地区中心支行，虽然设在武都县，我很少去，故而好多人我都不认识。当时人员已经分好，从中国人民银行武都地区中心支行分来11个人，基层行调来我一个，从外单位调来5个人，共17人。人工两行用房在一幢新修的双面三层三间戴帽办公楼中，共68间房。一层楼是发行库，还有一间房是大门、一间门卫房，全归人民银行。第二层楼给工商银行分三间办公室，两间信贷科办公室，一间人事科办公室，一间单身宿舍。第三层楼中给工商银行分一间储蓄科办公室，两间会计科办公室，两间工会办公室，两位行长、人事科长和我各一间办公室，另外还分了三间单身宿舍。四楼戴帽的五间房中，给工商银行分了两间会议室，工商银行共分21间房。有一个公共食堂和一个公共厕所归工行管理，两家使用。至于家属楼，原来是谁住的，就随人走；交通工具只有一辆北京吉普，一辆嘎斯卡车。卡车归人行运钞，北京吉普由人、工两行共同使用，产权归人行。各县支行人事、业务全归工行管理，一套人马挂"中国人民银行""中国工商银行"两块牌子。

万事开头难，当时我感觉困难极了。领导班子不完整，基层情况不了解，办公住宿房屋紧张，交通工具极缺，各科室人员都很紧张，开办费用很少，中国工商银行甘肃省分行人员更不认识。总之一句话：难、难、难。难也得开展工作，顶着困难干吧。

先说说领导班子。我认为我们当时的领导班子是不完整、也是不称职的领导班子。那时选拔干部特别注重"四化"。即：革命化、专业化、知识化、年轻化。这是正确的。但当时银行系统领导班子人员老的太老，中年人又文凭太低，还有一些领导因清理"四人帮"打砸抢分子未甄别清楚，不能使用，选拔领导太困难了。

中国工商银行武都地区中心支行第一任行长庞凤智同志是甘肃省财贸学校1980年毕业，分配到中国人民银行武都地区中心支行工作的一般干部，当时27岁，在学校加入中国共产党组织，学的金融专业。虽然不是大学生，但基本具备"四化"要求，配为行长兼党组书记，人很不错，但缺乏基层工作经验。

党组成员、人事科长李重文，是从武都地区供销社调来的，当时49岁，文凭也不高，更缺乏金融专业知识和对干部情况的了解。

我是党组成员、办公室副主任。虽在武都县支行干了20年时间，任武都县支行副行长也才一年多时间，文凭低（小学文凭），没有学过金融专业，1983年只在省银行学校培训了四个月。对银行各种业务不完全懂，对各县支行的情况更不了解，工作上给行长帮不上大忙。我认为我进党组成员是马棚里没马了拿驴顶差的，是个凑数儿的，是领导班子中的一个过渡时期的人物。

还有一个副行长王维忠，是陕西省财经学院的学生，尚未毕业，没有到职。

根据以上领导成员的具体分析。所以，我认为"中国工商银行武都地区中心支行"刚成立时的领导班子是个不完整、不称职的班子。

二

当时的政治运动是清理"四人帮"打砸抢分子。中国工商银行武都地区中心支行有两个县支行的领导靠边站，领导职位还空缺着。我们一班人上任后首先考虑两个支行要指定负责人，以便于县支行工作正常运转，再逐步细致地甄别这些人的问题（后来都甄别清楚了，有一人还选配到中国工商银行武都地区中心支行任副行长）。在我们下基层时，虽然说有一辆北京牌吉普车人行、工行两家共用，但中国人民银行武都地区中心支行领导都是我和庞凤智行长的老领导，我们不好意思去申请用车，只好乘坐长途公交车，走任何一个县支行，来去都要好几天时间。

还有一项政治任务是企业整顿。文县、宕昌支行已报告企业整顿全面结束，申请中国工商银行武都地区中心支行派人验收。12月中旬，党组研究决定由我和成县支行副行长李芝林及中国工商银行武都地区中心支行办公室会计刘宝然（女）同志组成工作组，我任组长先后去文县、宕昌支行验收企业整顿情况。

当时，全区只有武都县支行配有一辆罗马吉普运钞车，成县支行配有一辆北京吉普运钞车。成县支行李芝林副行长接到通知后，在上午乘北京吉普运钞车赶到工商银行武都地区中心支行报到，工商银行武都地区中心支行领导便让成县支行北京吉普运钞车于下午将我们三人送往文县支行。刘宝然同志当时还有一个四五岁大的男孩子，她老公在部队无人照顾，也只好领上一起下乡。

从武都到文县147公里路程，要翻越一座海拔近3000米的高楼山，九盘十八弯，又是简易公路，险象环生。当我们的车行驶到高半山时，山上下冻雨，路上结的冰像玻璃一样厚、一样滑，电话线上结的冰像棒槌一样粗，车辆根本走不了啦。让车辆返回后，我们四人准备徒步前往文县支行。李行长年龄大，一个人走，我和刘宝然拉着孩子走。路特别难走，几乎是一步一摔跤，我们三个人连一根小木棍都没有，几乎是爬行前进，走了两个小时，才走了五六公里路，走到高楼山国营农场了。这里离山洼还有四五公里路程，离文县还有50公里路程。已经5点多钟了，今天是赶不到文县支行了，我们只好住在这里。高楼山农场的同志们，对我们很热情，在客房里给我们生了火炉子，还给我们泡茶、做饭。那一晚，我们并没有觉得冷，却感到了革命大家庭的温暖。

司机返回行里后，向行领导汇报了路况，行领导很是为我们担心，天黑了还没有我们到达文县支行的消息，行领导着急了，让文县支行跟高楼山农场联系了解情况，可农场的电话怎么也打不通，是因为冻雨将电话线压断了。

第二天，我们在农场吃过早饭，刚要往文县支行走时，一辆北京吉普停在了农场边的公路上，车上下来了一位文县支行的同志，看见我们高兴极了，他说："地区中心支行领导和文县支行领导不了解你们的情况都很着急，文县支行在文县人大借了一辆北京吉普，让我们沿路找来，要求务必将你们接到文县支行去。"听到这话我们既激动又惭愧，给中心支行和县支行领导添了不少的麻烦，心感不安。我们非常感谢农场同志的情谊，依依不舍地离开了他们。

路上的结冰仍然是像玻璃一样厚、一样滑，电话线上结的冰还像棒槌一样粗，一点也没改变。北京吉普小心翼翼地走上山洼、翻过山顶，开始下坡，走了20多米，车轮胎突然打滑，车辆先是撞向山崖，然后又向路边滑下去，正好滑向路边养路工人堆放的沙堆上又折回来，来了个180度大转弯，掉转车头停在路上。我们都从车上下来，走在路边一看，是几丈高陡坡。当时，我们都说是这一堆沙土救了众人的性命。从此，我对养路工人多了一份敬仰之情。我们几人在路上步行，让驾驶员一个人慢慢地将车开到没有冰冻的地方，我们才又重新上车……这次验收企业整顿的经历，给我留下了深刻的印象。

在人工两行分家时，中国人民银行武都地区中心支行新提拔的一位行长有点霸道。记得有次通知工行庞凤智行长和我去他办公室商量事情，我们还没有坐稳，他就大发雷霆，训斥庞凤智行长。庞凤智行长低头不语，可把我惹火了。我腾地站起来反问这位行长：你是人民银行行长，他是工商银行行长，你是正县级干部，他也是正县级干部。你凭什么训人？这位行长被我突如其来的顶撞给弄蒙了，张口结舌，只顾看着我不知说什么好。沉默了一会儿，庞凤智行长低声说：你是老领导，我年轻，我希望你多帮助我、支持我、提醒我，你批评我是对的。这时，这位人民银行行长说：今天不说了，你们走吧。他这次叫我们不知道要做什么，我一直没有弄明白。

还有一次，那时冬天各办公室都生煤炉子。有一天我正在办公，还是这位人民银行行长走来，对我黑风罩脸地说：王在富，你们做什么哩吗？搞得一个楼上乌烟瘴气的。我说：咋啦？他说：你自己看去。我去一看，原来是垃圾道废纸被点着了，烟顺着垃圾道口冒出来，整个三楼烟雾蒙蒙地呛人。我赶紧叫人提水灭火，并查明是人民银行一个女职工将炉子里没有烧尽的煤灰倒在垃圾道点燃了垃圾。我及时去给他汇报，心想，他要再训斥我，我就对他不客气了。到他办公室后，我说：行长大人，我给你汇报，火我们浇灭了。我已经查明，火不是我们工商银行员工点燃的，是你们人民银行员工点燃的。这会儿他可客气了，拍着我的肩膀说：行了、行了，王主任，我有点鲁莽，我回头批评她就是了。我心想，人民银行人员只吃、只拉，整个卫生是我们打扫，还时不时给人找点麻烦，我们好像低人一等，真是窝囊极了。可有啥办法呢？环境就是这样。

三

20世纪80年代，真是个大解放、大改革、大发展的年代。

1985年经国务院批准，对武都地区的行政区划和名称做了改变。改武都地区为陇南地区，将原武都地区的岷县划归定西地区，将原天水地区的西和县、礼县、徽县、两当县划归陇南地区，陇南地区党政办公地点由武都县迁往成县，因当时资金困难，至今未迁。这样我们陇南地区工商银行的县支行由六个变为九个了。地盘扩大了，人员增加了，业务量大了，服务范围也扩大了；年底各项存款余额9329万元，各项贷款余额9374万元，实现利润280万元。

1985年中国工商银行甘肃省分行给地、市中心支行分配运钞车。我记得我们一次就从省分行接来了七辆汽车。陇南地区中心支行留了辆巡洋舰越野车和一辆面包车，其余分到各县支行，加上原来配的车，各县支行都有一辆车了。这就大大地改变了我们原来没有交通工具的被动局面。

1985年在陕西财经学院读书的副行长王维忠同志毕业到职了。中国工商银行甘肃省分行又分来了一名陕西财经学院毕业的大学生和一名甘肃省银行学校毕业的学生。这两名新分来的学生都留在了工商银行陇南地区中心支行。两年来为了充实中心支行的各种紧俏人员，先后从基层调来了七名业务人员，充实在中心支行的业务部门；又从外单位调来了十多名同志充实在各个部门中，这样工商银行中心支行人员便增加到40多名。

1986年10月，中国人民银行决定在各县成立支行。这样就由一套人马、两块牌子，变为两套人马、两块牌子。人、工两行领导都紧张地从县支行中选人、留人、拉人。结果九个县支行的行长有七个到了人民银行；只有康县支行行长周维德同志留在工行。人民银行还从工商银行西和县支行挖走了副行长赵刚明同志，任命为人民银行礼县支行行长。经人、农、工三家银行的分家，又都挤在一起办公，房子十分紧张。加之工商银行内部又先后增设了计划科、宣教科、保卫科、稽核科等机构，这样不但办公房紧张，人员更紧张。当时最迫切的任务，首先是解决人员和办公楼的问题。

就在1987年夏天，陇南地区自学毕业的30多名大学生，在地区人事处报到。人事处给这些学生联系单位。我接到这个联系后，给两位行长反映争取把这些学生接收下。庞凤智行长在征求人事科长的意见时，人事科长不同意，原因是他们不如正式大学生，文化程度差。后来，为了这事还专门开了党组会研究；我在会上争辩说：正式大学生当然好，但一年能分来几个？他们程度再差，也是高中毕业的学生，底子还不算差，又受过几年的大学教育，有一部分人就学的是金融财会专业；我想经过一段实践锻炼，总会比原来的小学生和初中生强一些吧。现在各家银行人员都紧缺，我觉得还是收下好。经过一番争论，大家意见逐步统一；就将这30多名学生全部收下，分到各县支行工作。没几年时间，这些人基本上都成了各县支行的骨干。至此，陇南地区工商银行人员紧缺的局面大大缓和。

人员增加了，办公室就是问题。我们便在人、工两行合用办公楼四楼顶层重修八间单面楼。将原来三楼的单身宿舍和四楼的会议室改为办公室；将单身宿舍搬到四楼顶重修的房子中。在这八间房中还留了两间客房，以便工商银行省分行下来检查工作的人员和各县支行来地区中心支行办事的人员住宿。

有两件事现在想来很好笑。

一是，1985年为了中心支行行长在城内开会行动方便，也为了各科室出外办事方便，工行陇南地区中心支行办公室就买了几辆飞鸽牌自行车配给行长和有关科室。到1986年底，竟丢了三辆自行车，其中就有庞凤智行长的一辆。怎么办哩？当时我们定有制度，不论谁丢失、损坏公共财产都要照价赔偿。在年终开行务会议讨论这件事时，有个别科长提出庞凤智行长丢车是因公事丢的，就不赔了，别人的按规章制度赔偿。我想这事这样处理不妥，大家是会有意见的。我便大胆地谈了自己的意见：庞凤智行长丢车是为了公事，那别人丢车就是为了私事吗？以后再丢车都说是为了公事，那还怎么管理？我认为不管是行长丢车还是别人丢车，都要照价赔偿。可能是我的发言有道理吧，别人也不吭声了。庞凤智行长就按我的发言做了决定，从丢车人的工资中照价扣回。

二是，1987年夏，中国工商银行甘肃省分行姜文明行长来陇南参加甘肃省委召开的现场会；会后来陇南地区中心支行检查工作。当时就住在四楼客房里，临走时说，你们的客房太简陋了，能否搞几间像样的客房。更可笑的是吃饭问题，就在大食堂和职工一起吃，四菜一汤，只有庞凤智行长一人陪着，没烟也没酒，当时没有招待费。姜文明行长走后，几十元钱的饭钱没法报销。我又是死脑筋，不敢弄虚作假，也想不出什么好办法；只好将各科室的旧报纸收集起来卖了钱才填补了姜文明行长几十元钱的饭钱。

现在想来这些事算个啥吗？我深感自己办事太古板、太守旧、太认真、太死脑筋了。哈哈……可笑极了。

四

中国工商银行武都地区中心支行和各县支行成立时，办公条件都非常简陋。记得当时武都县支行条件稍好：一楼是砖混结构的营业室，二、三楼是砖木结构的办公室。礼县支行、两当县支行是砖木结构的平房；其余各县支行是砖木结构的两层楼。至于职工住房基本上都是土木结构的平房，而且一家最多住两间房，少的只有一间住房，多数职工在自己家门口搭一个简易灶房，或者两家合用一间灶房，合用一块案板。

中国农业银行武都地区中心支行和中国工商银行武都地区中心支行各县支行分设后，多半是将原来一个营业室一分为二，中间砌一道墙，再开个门，各自营业，中国人民银行分设县支行后，各家银行都挤在一起办公，相互掺杂，犬牙交错，十分混乱。

当时，工商银行职工的文化水平、专业知识、操作技能普遍较差。为了提高文化水平，各县支行的职工参加浙江银行学校中专函授教育，晚上集中学习，文化程度较高的同志辅导，经过考试有75名职工取得了85级、127名职工取得88级中专毕业证书。专业知识的提高主要靠各专业培训班，省、地、县三级行都办培训班，分期、分批地培训，全行有115名职工，经过考试被录取为浙江银行学校与我行联办金融专业中专教育学习班。还有17名职工通过全国成人高等院校统一招生考试，被录取到甘肃省电视大学脱产学习。

提高操作技能，主要靠业务技术比赛。省、地、县三级行都举行技术比赛；各县支行几乎每年都要搞一次技术比赛。用师傅带徒弟的办法，手把手、一帮一。那时社会上对银行工作的评价是："一把算盘一支笔，1234567，点来点去没出息。"当然业务技术比赛的内容也就是记账、计息、点钞、打算盘，前三名给予不同的物质和荣誉奖励。对服务质量的提高，一靠教育，二靠检查。教育主要是树立全心全意为人民服务的思想，说话客气，面带笑容，不骄不躁，耐心细致。打职工的顾客非常少、骂人的客户确实有，挨骂的职工不停地哭鼻子。这时多半由老职工或者股长、所长出面解危。至于检查，有两种情况：一种是明察，就是对账务、传票、现金进行抽查，看有无违章、钱账是否相等的情况。观察职工的操作技能和服务态度，并向顾客了解职工的服务水平等办法。一种是暗查，就是不让职工发现或者认出检查人员，从旁边观察，甚至偷偷录像；这些办法多半是中国工商银行陇南地区中心支行采用的检查方法。对于严重违规、态度恶劣的职工，给予适当纪律处分或者经济处罚，并对行领导提出批评，提出整改意见，限期整改。

经过十多年的历练，领导班子和职工都成熟了、称职了，业务发展了，后来成立了计算站等部门，办理业务开始用电脑操作了。记得中国工商银行陇南地区中心支行，到1997年全行各项存款余额达8.9亿元，是建行初的9.5倍，各项贷款余额6.63亿元，是建行初的7倍。曾一度占陇南地区金融业务的半壁江山。地区中心支行和各县支行都新建成了办公大楼和家属楼；有些大储蓄所也建成了小洋楼，真可谓鸟枪换大炮了，办公和生活条件有了极大改善。

2000年，我在中国工商银行陇南地区中心支行工会主席岗位上退休。但是我仍时刻刻关注着中国工商银行的发展。当看到中国工商银行发生了脱胎换骨般的变化时，我欣喜若狂。2005年10月28日，中国工商银行股份有限公司成立，2006年10月27日在国内率先上市，成为国际公众持股银行。创造了30多项中国资本市场之最和全球第一，成为有史以来最大规模的IPO，也跨入了建设国际一流现代金融企业历史新阶段。工商银行已跻身世界大银行之列，成为全球最盈利、市值最大的银行，并将成为全球最盈利、最优秀、最受尊重的银行。

我感到无上光荣和骄傲，我是工行人，我的衣食住行、生老病死都要靠工行供给。长江后浪推前浪，我深深体会到工行后来人比老工行人干得更好，业务开拓面更广阔，服务手段更先进。我希望工行业务发展更快、更好、更创新，为国家多做贡献，为职工多办实事；向党的十八大提出的2020年国民经济翻番和个人平均收入翻番，为全面建成小康社会的奋斗目标而努力。

五

中国工商银行武都地区中心支行创立时，我说过："我是领导班子中一个过渡时期的人物。"这句话在1987年夏天领导班子的调整中兑现了。

中国工商银行甘肃省分行副行长冯茂林和谭文福同志，来陇南地区工商银行中心支行调整领导班子。经和陇南地委协商：将陇南地区财政处处长张正堂调任中国工商银行陇南地区中心支行党组书记；庞凤智任党组副书记、行长；提拔中国工商银行康县支行行长周维德任中国工商银行陇南地区中心支行副行长、党组成员；人事科长李重文升任中国工商银行陇南地区中心支行纪检组长、党组成员；任命中国工商银行宕昌县支行行长朱孟耀为工会主任；原副行长王维忠调中国工商银行定西地区中心支行任副行长；我被免去党组成员，调任为中国工商银行陇南地区中心支行保卫科长。

班子调整的决定一宣布，我并没有感到意外，也没有人们常说的什么"失落感"。我倒觉得当办公室主任管着吃喝拉撒，迎来送往，乱七八糟的事太多，又容易得罪人，是个吃力不讨好的岗位。所以，我觉得将我调离办公室，是对我精神上的解脱。在办公室工作的几年是我感到很烦心的几年。

保卫科是个工作单纯的部门，保卫科长也是个较轻松的岗位，我这个科长只领着一个兵。那时，工行各营业室的营业员和顾客只隔着柜台与顾客面对面的服务，没有任何防护设施。所以，当时保卫科的主要任务是保障职工人身和国家资金的安全。因为在国内曾发生过抢劫分子进入营业室杀害职工、抢夺资金的案例。根据省工行保卫处的安排：各县支行、办事处、储蓄所的营业室都要安装防护栏杆和报警措施。经汇报庞凤智行长同意，给各县支行发文，并召开县支行行长、保卫股长工作会议做了详细安排，由保卫科负责检查落实。

后来，省工商银行对各县支行的所有业务库，也要求上下四壁都要重新用钢筋水泥加固。防止盗窃分子凿穿四壁，打开屋顶，或挖地道入库盗窃资金；并要求库房门除原来的木门外，另加防盗门，防盗门有两把锁，要求双人守库，各拿一把钥匙，同进同出。还给各网点、库房、办公楼及家属楼都配备了消防设施。

这两项任务，大约花了两年时间才全面完成。省分行保卫处王处长带领检查验收组，先后对各网点安装防护栏杆和报警器及库房加固等设施进行了认真检查，时间都长达半月之久，经验收，全部合格。那时的防护栏杆，既粗糙又简单；用钢筋焊成10厘米宽的隔挡，再加斜拉、横挡，高约1.5米，都很牢固。报警器按钮安在营业员座位旁的随手处；不像现在用的钢化防弹玻璃、铝合金隔挡那样美观、大方、坚固，还装有摄像头，基本上是封闭式的营业。

在保卫科工作的几年内，基本上是我一个人下基层检查工作；另一个人留在家里接电话、收文件，处理一些琐碎的事情。下基层时，我有时乘各县支行的便车，有时坐长途班车。全区各县支行，除了西和、康县支行之外，其余行都设有办事处。有些办事处离县支行还很远，如文县支行碧口办事处，距县支行80公里；成县支行厂坝办事处，距成县支行30公里；

两当县支行西坡办事处，距两当县支行40公里，在秦岭的深山中，道路很难走。

全辖9个县支行营业室；4个县支行营业专柜（武都、两当、礼县、康县、宕昌县支行营业室和储蓄所虽在一幢楼一楼，却分设着）；9个办事处营业室内设着9个储蓄专柜；44个储蓄所；全区共75个营业网点。有些办事处营业室内设有储蓄专柜，还另设储蓄所。像文县支行碧口办事处，另设两个储蓄所；徽县支行伏镇办事处，另在金徽酒厂新、旧两个厂区，各设一个储蓄所，都是一人临柜，既不符合当时双人临柜的要求，安全设施也不健全。

我每年都亲自在这75个网点检查两三次安保工作。所以，我走完了陇南地区的山山水水，各网点都留下了我的脚印，没有一个县支行职工不认识我的。后来，省分行保卫处给我们保卫科配发了一辆金兰吉普；我下基层检查工作方便多了。不知什么原因，中支办公室又把这辆车收回统一使用，不再是保卫科的专用车了。保卫科下基层检查工作仍然要向办公室申请，还不一定给你派车。

记得省分行保卫处，学习外省、市经验，给各中心支行保卫科配发了无线电台，中心支行调孙素洁为电台操作员。给县支行配发了对讲机，以便运钞车出发后和中支保卫科取得联系，及时处理突发事件。但经试验，车辆离开县城四五公里，遇上小山头，就联络不上了。因此，这项工作没有在全区推广。这个电台只能起到和省分行保卫处及各地、州、市保卫科联系的作用。

我在陇南工商银行保卫科的工作，得到了省分行保卫处和总行检查保卫工作的同志的表扬，曾被省分行评为先进保卫科，我个人也多次被省分行和中心支行评为先进工作者。在保卫科工作的几年里是我感到很顺心的几年。

由于我每次检查安保工作要深入全区各个网点，所以庞凤智行长又把全区优质文明服务的检查工作也加在我身上。按省分行分工，这项工作是由宣教科负责的。

在检查优质文明服务中，不仅明察有我，就是暗察也是我带队。在暗察时，我们到了每个县城，先不去县支行，而是直接到每个办事处或储蓄所检查。检查时我先不进营业室，由检查组中的陌生人和摄影师入室检查。每当个别办事处、储蓄所工作人员和摄影师发生争执时，我再出面解释。然后将这些录像拿给县支行领导和有关人员观看，让他们看看各网点的服务态度和工作秩序，再留下书面整改意见。

所以，每次检查，我不仅要给领导汇报各网点的安全保卫工作，还要汇报优质文明服务工作。这两项工作的检查报告和年终总结，都要我撰写上报。

记得有次省工行宣教处处长带工作组来陇南检查优质文明服务工作，地区中支宣教科长连一句都说不清楚。是庞凤智行长叫我把中支每次对优质文明服务工作的安排和检查报告收集在一起装订成册，供检查组查阅、提问。是我向检查组汇报优质文明服务情况，是我随检查组去网点检查。省分行宣教处处长说：真不知道陇南优质文明服务工作是保卫科负责的，这个方法还真好，一举两得。

我觉得当时各县支行储蓄所建得太多、太滥，有不少储蓄所一天办不了几笔业务。因而这些储蓄所的员工，闲着就各行其是。有的看闲书，有的织毛衣，有的与行外人员在营业室内聊天，有的甚至带孩子上班，还有的打瞌睡、萎靡不振。我觉得这是对人、财的浪费。我认为当时全区44个储蓄所、13个储蓄专柜中，最多有20个所、柜能盈利或者自给自足。其余37个所、柜都会是亏损的。20世纪末，工商银行陇南分行由盈转亏一方面是不良贷款增多，不少形成呆账，这是主要的；另一方面，多数储蓄所、柜的亏损也是一个被忽视了的原因。

1998年，我在徽县支行进行《1997年业务经营的调研》中，发现徽县支行1997年全行是盈利的；但经具体分析，徽县支行的1个办事处、8个储蓄所、柜中，除支行储蓄专柜和北街储蓄所盈利、东街储蓄所自给自足外，其余1个办事处、5个储蓄所都是亏损的。当时我向工商银行陇南分行写了调研报告，建议各县支行撤并亏损严重的储蓄所，将人员调配到其他紧俏的岗位上去。陇南地区分行领导对我的调研报告很重视，以正式文件上报省分行，下发各县支行，但最终却没有一个县支行有撤并亏损储蓄的实际行动。全区扭亏为盈的计划，也难于实现。

六

1994年10月9—10日，中国金融工会陇南地区工商银行工会委员会第一次职工暨会员代表大会在武都召开。中心支行庞凤智行长做了工作报告；我作了工会工作报告。大会选举了第一届工会委员会和常务委员，我被选为工会主席。省分行工会主席刘生桢专程来武都参加会议并讲了话；地委组织部部长李春荣、地区工会办事处主任苗永勤等同志出席了大会，也讲了话。随即省分行党组通知我任中国工商银行陇南地区分行工会主席。

同时，原中支党组书记张正堂已退休，庞凤智又任党组书记，倪增武提升为中支副行长、党组成员。党组成员还有副行长周维德、纪检组长李重文。

就在这时，庞凤智行长被共青团陇南地委授予"陇南十大杰出青年"称号。

这时陇南中支领导班子，比刚成立时成熟了、称职了。全行职工的文化水平、业务知识、操作技能、服务态度也比刚成立时有了极大的提高，职工人数成倍增加，业务量也翻了几倍，服务范围也扩展了很多。

（一）

有人说：工会，工会，吃了就睡。

我觉得我没有那么清闲。组织职工劳动竞赛、业务比赛，负责优质文明服务，加强企业文化建设，组建"职工之家"，评选先进、劳模，慰问困难职工等。好像有做不完的事。

我是全行劳动竞赛委员会主要负责人。制定下发了《劳动竞赛试行办法》。组织全行职工开展了轰轰烈烈的劳动竞赛活动。

首先组织全区出纳业务技术比赛，产生了等级手15名。其中二级手4人、三级手11人。

1997年在中支又组织了全行第二次业务技术比赛。比赛共分了四大类15个项目。产生业务等级手98人。其中一级手9人次、二级手20人次、三级手69人次。

1997年参加了省分行在兰州举行的业务技术比赛。我行的这次比赛选手发挥失常，比赛成绩不佳，只取得了翻打百张传票第三名、机器点钞第二名的成绩。

我们没有气馁，没有消沉，从中吸取了经验教训，更加强了岗位练兵活动，师傅苦教，徒弟苦练，高标准，严要求，常练不懈。终于在1997年陇南地区行署组织的岗位练兵比武活动中，工行陇南地区中心支行被评为"岗位练兵比武先进单位"。

工商银行陇南地区的优质文明服务工作仍归我负责，1996年制定了《文明服务工作实施细则》。我们每年都把此项工作作为检查工作重点，吸引顾客的重要任务常抓不懈。经过多年的教育、培养、锻炼、明察、暗访等措施，职工的服务态度、操作技能都有了很大提高，涌现出一大批优质文明服务的集体。

陇南地区中心支行正式命名武都县支行新市街储蓄所、成县支行的东街储蓄所等12个所、柜为优质文明服务示范单位。

成县支行东街和东门外储蓄所，武都县支行人民路、新市街储蓄所，徽县支行储蓄专柜，文县支行城关储蓄所，被团地委、地人行命名为地区级"青年文明号"。武都县人民路储蓄所，被省分行授予全省"最佳储蓄所"称号。武都县支行新市街储蓄所，被团省委、省人民银行命名为全省金融系统"青年文明号"，并被省工行树为全省优质文明服务示范窗口单位。

徽县支行储蓄专柜、武都县支行新市街储蓄所被评为全省优质文明服务先进单位。

1997年11月，省工行优质文明服务检查组对我行的优质文明服务工作进行了认真检查，肯定并表扬了我行的优质文明服务工作。

（二）

"职工之家"建设，是我们工会的一项主要工作。从中心支行到各县支行及各办事处都建成了"职工之家"。主要内容是各"职工之家"都要有健身房、图书馆、食堂、文艺活动室等，为辛劳工作的职工提供温馨的服务。同时对职工及家属的婚、丧、生育等事给予关怀和帮助；对有特殊困难的职工给予尽可能的补助。我曾记得对中心支行的一位职工的女儿患有先天性心脏病，在医疗中一次性补助了1万元；还对中心支行一位职工的女儿的语言障碍在医疗中一次性补助了5000元。在一些重要节日，对职工进行慰问活动。通过"职工之家"的这些活动，使职工感受到了工商银行这个大家庭的温暖。

1997年10月8—9日，全行"职工之家"现场会在宕昌县支行召开。我对全行"职工之家"的建设工作做了全面总结发言，并传达了全省工行"职工之家"经验交流会议精神。地区分行庞凤智行长、地区工会办事处苗永勤主任参加了会议并讲了话。苗主任在讲话中说：你们的"职工之家"建设给全区各单位、各部门树立了榜样。

后来，省分行工会主席焦玉鹏和强耀华同志用了十多天时间检查验收我行的"职工之家"建设。在座谈会上他们肯定了我行"职工之家"建设的成绩，表扬了我行，并希望我行继续巩固、加强、充实、提高"职工之家"建设的成果。后来，省分行还给我行各"职工之家"赠送了各种图书几百本，还赠送了些健身器材。使我行的"职工之家"越建越好。

（三）

加强工商银行企业文化建设，创建企业精神、塑造企业形象是工会工作的一项重要任务。企业文化精神，我简单的理解是：团结奋发，诚信创新，为人民服务，为国家聚财，为企业创效益。而优质文明服务、文体活动，是塑造企业形象和表现企业文化精神的一种形式，是工会的一项经常性的重要工作。一是组织职工在行内各部门之间搞一些文体活动。如，羽毛球、乒乓球、跳绳、拔河及一些趣味游戏，还有歌咏、朗诵、演讲、舞会等。

二是积极参加地、县政府组织的各种文体活动。三是参加省分行、总行及省政府组织的文艺会演。

1995年4月间，为了参加陇南地区行署组织的"五一"节各机关单位会演，我行由雍国庆、王淑英、金庸等人排练了小品《排练》；由吴芹琼、王春玉、陈艳娇等八人排练了舞蹈《雾里水乡》。"五一"节晚上在当时的"人民电影院"演出，两个节目均获得二等奖。

1995年5月3日，中国工商银行陇南地区中心支行职工业余艺术团成立，我任团长。向中心支行职工将上述两个节目做了汇报演出，并举行了联欢活动。说是艺术团，其实只定了20来名职工业余演员，再无别的人员和设施。

1996年6月间，省分行通知：8月间要举办全行职工业余文艺会演。要求各地、州、市中心支行都要组队参加会演。我行对这次会演十分重视，立即研究参加会演的各种事项。成立了临时剧本、歌词、谱曲创作组，决定参演人员。具体事项由我负责落实。

最终我行创作出小话剧《深情》，由郝宝琴、龚晓雄、崔志刚等人排练；也创作出了歌伴舞《您是》，由刘和丽独唱，吴芹琼、刘力、王春玉、陈艳娇等八人伴舞。这两个节目的导演是请陇南地区五一剧团专业演员排练的，并专门去兰州由专业乐队制作了两剧的音乐磁带，定制了演出服装。

演员的吃住都在我行的银都大酒店，仅排练就有一月。炎热的夏天，演员们汗流浃背，脚腿都练肿了，但从不叫苦。一天又一天，一遍又一遍，反复排练每一个字的发音、每一个音乐的节拍、每一个细微的动作，都要反复纠正千百遍，直到记熟、练准。

1996年8月25日我们去省分行演出，临行时庞凤智行长说：只要你们能获得全省前三名，我就安排你们去九寨沟旅游。我们住在省分行宾馆，晚上全省各中支代表队都在省分行会议大厅逐个排练，唯独我们住在宿舍未动。省分行工会主任焦玉鹏问我：人家都排练，你们为啥不去？我壮着胆子说：我们成竹在胸。其实我何尝不愿排练，而是有两个演员白天去兰州走亲戚办私事，我叫她们吃晚饭前回来，人家回来时已经晚上10点了。我狠狠地批评了她们，并立即去会议大厅排练，11点多才休息。

第二天全省各代表队都去兰州剧院彩排，我们排在最后。排过一遍后，管剧场的同志要求休息，我们还想再排几遍；经过请求，我们又排了两遍。我按导演平时的要求：要演员关注舞台中轴线。舞台比我们排练的场地大得多，动作一定要舒展、大方、乐观、准确，演话剧的一定要吐词清楚、深入角色、表演到位。

在兰州剧院正式演出两晚上。抽签时，我们队抽在第二天晚上。我要求演职人员一定要认真观看各队的演出，以便吸取经验教训。在头天晚上的演出中，发生了两个小问题。一个是兰州市工行代表队演出舞蹈时，幕布拉开，演员们低着头，双手抚地，半蹲在舞台上，大约有一分钟听不见音乐，演员们迷惑地你看我、我看你地等待着，十分尴尬；另一个是甘南工行代表队演出藏族舞时，演到中途不知什么原因音乐停止了。演员们便哼唱着将舞蹈跳完。这两件事提醒我一定要搞好音乐、灯光，不然演出效果会大打折扣。

第二天晚上演出前，我拜会了管音乐、灯光的师傅。他们说：把你们的磁带给我，我给你们事先调好，把你们的人给我派一个，给我指示，你们演出队的演出，就绝对不会出问题。

在我行演出的那天晚上，我没再给演员说什么，坐在下面静静地看着，在我们的节目演出结束后,全场响起了热烈的掌声。我想,我们的演出成功了。

第三天晚上,省分行领导请省委、省政府领导在金城剧院观看这次演出,并要录像。省分行工会在演出的几十个节目中筛选了20多个节目,我行的两个节目都被选上了。这天晚上我行的两个节目演出也很成功。后来,我在甘肃省电视报道中看到了我行两个节目的演出片段。

省分行为了给这次演出公正、准确的评奖,事先请省文艺界的知名专家全程观看了所有代表队的演出。功夫不负有心人,我行自编、自演的两个节目《深情》获优秀创作奖、优秀演员奖,《您是》获优秀节目奖,陇南工行工会获得优秀组织奖,综合奖项名列全省第一,我们成功了!

颁奖结束后,省分行张文轩行长单独会见了我行演出队全体成员,并合影留念。省分行工会单独宴请了我行代表队。那天我兴奋极了,我喝醉了。

根据庞凤智行长对代表队送行时的承诺,我行代表队全体成员乘一辆行里的面包车,去九寨沟旅游。

那时自己的车辆是可以直接开进九寨沟的。九寨沟是由藏族的九个寨子而得名,当天傍晚到达九寨沟,住在诺日朗宾馆。当晚我做了一个奇怪的梦:梦见一位藏族同胞对我说:"我们土司"请你去赴宴。我心想是否向我要钱。便回答说:我身上可没带钱。这位藏民说:你是贵客,不向你要钱。我便随这位藏民去见土司。土司见我非常热情。我们坐下后相互敬酒,吃着佳肴。我对土司说:我们是来九寨沟游玩的,你只要让我们玩好就行。土司说:那当然。在闲谈中忽然我就醒了。醒来后听见室外下雨的声音。心里想着这个梦,再也睡不着了。

雨,一直下着,吃过早饭还未停。大家都扫兴地坐在一起,埋怨老天爷。这时我给他们说了我做的梦。大家都说梦是假的，土司说让我们游好，为啥雨还下个不停。这时司机杨大宁说：看来雨今天不会停了，咱们还是坐在车上顺着路看看就行了。大家都同意这个意见。我们便乘车向右边这条沟的静海、原始森林驶去。

谁知当我们到原始森林后，雨竟然停了，一会儿天放晴了。大家便从原始森林一直步行观景回到诺日朗宾馆。在诺日朗宾馆吃过中午饭又去长海游玩，再回到诺日朗宾馆后大家又步行观赏了诺日朗瀑布，并去看拍过电影《自古英雄出少年》中武打景点小磨坊。这一天雨过天晴，大家都玩疯了。在回文县的途中看到南坪县到文县当天都下过大雨。在车上大家都说着对九寨沟的观感，同时还说到我的睡梦真灵。有的说土司看来说话还算数；有的说那位土司就是九寨沟的神灵；有人说山下下雨山上晴，老天爷还挺照顾我们的。大家有说有笑，当晚住在文县宾馆，第二天返回行里。

我感到这次到省分行的会演，是我参加工作以来，最高兴的一件事。

1997年陇南地委、行署举办"庆七一，迎回归"各系统、各部门的文艺会演。我行排练了《牡丹颂》（舞蹈）、《深情》（小话剧）、《春天的故事》（歌伴舞），参加金融系统的演出。我还为三个节目写了串台词。《牡丹颂》的词是："牡丹卡！您是那样美丽，您是那么娇艳，您走遍长城内外，地北天南，您给人间送去欢乐，您给千家万户带来方便"。《深情》的词是："天灾无情人有情，工行人和咱心连心，大旱之年夺丰收，难忘工行人的一片情。"《春天的故事》的词是："春风化雨，春光明媚，经济特区，像雨后春笋般崛起。在这香港回归的大喜日子里，我们更加怀念改革开放的总设计师——小平同志。"我们的演出受了领导和观众的赞赏。

1997年8月间，我行排演的小话剧《深情》和由我行李彩玲独唱、吴芹琼、刘力、李晓蓉、赵振华、赵丹、樊英等八人伴舞的《春天的故事》，代表工商银行甘肃省分行参加《甘肃省首届群星艺术节》演出。歌伴舞《春天的故事》获银奖，小话剧《深情》获铜奖。

1997年9月间，我行排演的小话剧《深情》，又代表工商银行甘肃省分行参加中国工商银行总行小品调演，荣获剧本创作和表演二等奖。

自从中国工商银行陇南地区中心支行职工业余艺术团1995年5月成立以来，至20世纪末，我行的文艺活动非常活跃，是陇南地区一颗耀眼的业余艺术之星，较好地宣传了工行的企业精神，展现了企业形象。

（四）

评选先进单位和先进个人，也是工会每年必做的一项重要工作。中心支行工会，起着上报下批的中转作用。即每年要在各县支行和中心支行各科室向中心支行推荐先进单位和先进个人中逐一审查材料，筛选出向省分行推荐的先进单位和先进个人。然后在中支党组会上汇报决定上报下批的先进单位和先进个人。有些先进个人和先进集体同时要向陇南地委、行署或地区工、青、妇上报。我在中支工会任工会主席的六年时间里，究竟上报下批了多少先进个人和先进集体，我也记不清了。至少每年要上报省分行和地区行署先进集体两三个、先进个人五六个吧。

记得从1996年开始中国工商银行陇南地区中心支行先后有省级劳模：张高福、李晓燕、姚西胜、王淑英、栗本忠、王文英、王晓辉等11人。在甘肃省总工会的组织带队下赴京，参加五一国际劳动节劳模进京参观团活动。

我是在即将退休的2000年参加五一国际劳动节劳模进京参观团活动

的。我曾到北京去过多次，唯有这次赴京参观给我留下了很深刻的印象。我曾在人民大会堂留影、赴宴，并欣赏艺术家的歌舞；也曾在天安门观礼台上观看五一节早晨天安门广场升国旗时，三军仪仗队的那种威武、庄严、整齐、神圣的升旗仪式；也曾登上天安门城楼，欣赏天安门广场周围的雄伟建筑，远眺了东西长安街的壮丽美景，回味着国家领导人在国庆节检阅的宏伟场面；也曾在唐山阅兵台上观看特种兵战士的各种战术表演，我被他们准确、敏捷、精干、有力、大胆的动作震撼着；也曾在"不到长城非好汉"的石碑前留影并登上雄伟、壮丽、一望无际的长城；观赏了十三陵明帝奢侈、宏大的墓址；游玩了山青、水碧、开阔、宏伟、秀丽的颐和园；在圆明园的残垣断壁前良久沉思着中华民族饱受侵略者的掠夺、残杀、蹂躏的羞耻。定要牢记帝国主义侵略者的罪行。我们华夏儿女一定要发愤图强，保家卫国，决不让历史悲剧在我国重演。中华民族的后来人一定要扛起这个历史重担，要把富国强民的精神一代一代传下去。

我从北京参观回行不久，行里又派我随甘肃省总工会组织的参观旅游团赴中国香港、中国澳门、泰国、新加坡、马来西亚去参观旅游。观赏了异国他乡的风情。这次活动圆了我多年的出国梦。这也是我退休前的最后一次活动，为我一生的工作画了个圆满的句号。我退休时庞凤智行长赠我的一首诗中说："功在贤臣第一位，开行元老不需推；白发护航风帆远，黑发难忘屈尊情；除簪解得光荣退，功高心在一丘坪；试看今日满门中，功德圆满还有谁？"庞凤智行长对我过誉了。但我觉得我在工行陇南中支工会工作的几年，是我很开心的几年。

在我当中支工会主席期间的一件事，我一直无法理解。就是自我当工会主席后，中支每次选拔副县级干部时的考察我基本都参加了。这是人事科管的事，为啥庞凤智行长要去我干呢？但他要我干，我不能不干。每次的考察我都认真记录、详细整理、忠实地向党组扩大到副县级的会议上汇报。而且在选拔人员决定之后，又是我撰写上报省分行的考察报告。在我退休后的一个偶然机会中，我曾问过庞凤智行长。他说：这事也并非非要人事科干不可。这种方法省分行领导也常采用。你在中心支行和各县支行职工中的印象较好，大家都认为你正直、公平。他好像半真半开玩笑地说：就算你办事我放心吧。话虽如是说，但我觉得有越俎代庖之嫌，是不妥当的。

2013 年 1 月 10 日

武都一中啊，我和你只差一张照片的距离

王晓辉

当我还在米仓山与高山戏缠绵，或者用一声唢呐调戏鸟鸣，歌唱太阳温暖双手的时候；当我暗自庆幸，昨夜与一场风雪擦肩而过，用铜锣皮鼓打响秦腔节奏的时候；当我走下高山，走过安化走过马街走过石坪，看见白龙江邂逅一群踏青少年的时候，石家庄的樱桃花已经铺满了山坡，雪一样地染白了北峪河两岸。武都美景三月天，桃花似火柳如烟。春天像一只小花狗一样跑过了山岗……

这个春天，朋友圈突然出现了许多怀旧的文字，阅读后我才知道是受李维臣老师邀请，为庆祝母校——武都一中建校80周年而撰写的文章。在我的记忆中，武都一中是神圣的学府，是许多农村孩子渴望的地方。

打开武都一中校友帖子，毕业照展现在眼前，但我知道没有我，我不能不感到万分遗憾。我高中一、二年级是在两水白龙江林管局中学度过的。

上高三后，听说武都一中设立了高三，我就想尽办法进了武都一中，被安排在高三（3）班。高三（3）班是文科班，高三（1）（2）班是理科班。文科班女生多，理科班男生多。我很快就融入了班集体，并且和李筱鹏、司新平、尹选民、曾渡泉几位同学成为铁杆朋友。我们几个加上后来的杨万民，在老师眼里并不算是好学生，我们的课桌都被安排在教室最后几排，可能是怕影响那些乖乖女们的学习吧。由于我年龄稍大，他们都叫我大哥。男生学习较好的是蔡向德、刘小彦、刘洪、王宏云、陈红岩和崔阶，其他男同学我已经记不起名字了。

我们的班主任孔元方老师教几何，张瑞声和李维臣老师共同教语文，地理老师刘可达，代数老师郑邦清，英语老师王忠，历史老师王安慰。这几位老师可是武都一中最好的老师，我们84届学生也是武都一中创新佳绩的学生。

临近高考，校园学习氛围陡然紧张，同学们晚自习经常学习到深夜，老师们也守到深夜。记得那时在学校大门口悬挂着"在省内争高低，与学校共荣辱"的横幅。我们84届有70多名同学考上大学，这在武都一中可是开天辟地的事情。没有考上大学的，恰遇社会招干，许多人入职公检法、银行等单位，后来都成为各行各业的佼佼者。（1）班的尹长春同学大学毕业后入伍，军衔大校，从事国防科技工作。

我刚到武都一中读书，发现文科班男女同学之间很少说话，就算同桌也是这样。可能怕引来别人说闲话，也可能是怕影响自己的学习。于是我和同桌李筱鹏商量，怎么样才能够打破这种僵局。我先是以借东西的名义，同女同学说话，可许多人把钢笔、铅笔等借给你，也不说一句话，不归还东西也不主动讨要，只有下课后听到她们相互嬉闹的声音。

记得有一次我偷偷拿了符锐兰同学的课本，李筱鹏不小心把一大滴墨水滴在书上，擦又不敢擦，撕又不敢撕，我急忙用嘴吹，他也跟着吹，竟然吹出了一朵梅花，然后悄悄放了回去。符锐兰同学回教室后惊喜万分："哎呀，这是谁给我画的花呀？真漂亮！"我和李筱鹏只是偷偷地笑，至今她都不知道是谁干的。

男女同学相互不说话，这怎么办呢？正好遇到五四青年节，我和李筱鹏商量组织一个"青春晚会"，把想法告诉了班主任，他大力支持，组织班干部随即开展了工作。教室的黑板上用七彩粉笔书写着"青春晚会"几个字，同学们纷纷表演节目，有朗诵、独唱、合唱和猜谜等，女生们还表演了舞蹈。孔元方老师独唱了俄罗斯民歌《三套车》，司新平表演了笛子独奏，我表演了口琴独奏。

这一活动让同学们谈论了好长时间。它改变了男女同学互不说话的现象，让同学们的关系慢慢融洽起来。

语文老师张瑞声对我喜爱有加，虽然他并不在同学面前表扬我，也不把我的作文向全班同学宣读，但他对我的作文批改得十分认真，一个错别字都不放过，评语也很多。

张老师喜爱主要是缘于我喜欢写作，每次布置一篇作文，我都要写三篇。看到作文本上红色的圈圈点点和长短不一的评语，我心里充满尊敬之情。

张老师身材魁梧，他去世时，我和李筱鹏得到消息已经迟了，两人买了花圈赶到学校，老师的灵车已经离开。我把花圈打开放到校园，禁不住失声痛哭。

另一位语文老师是李维臣。第一次上课，他说："同学们，今天我们上第一课。请打开课文盯着。"听老师原来的学生说，每一课老师都是背诵过的。起初我不相信，只是眼睛紧紧盯住课文，看他如何背诵。谁知道竟然一字不差，不由让我大吃一惊。后来他每节课都是这样，竟然将一本语文课本背诵得滚瓜烂熟，这功夫，让人不得不服啊！

离开学校以后，我曾两次跟李老师有过接触。一次是我参加职称考试，考场设在武都一中，监考老师就是他。我遇到一道难题不会做，就偷偷拿出携带的资料准备抄袭。谁知道他竟没收了我的夹带，我一怒之下交卷离开。那次职称考试，我们30多个人只通过了三个，我是其中之一。我虽然通过了考试，但心中耿耿于怀好长时间。后来，我终于想明白了，这件事是我不对，我不该那样做，更不该怨恨老师。

另一次，是李老师退休后，受聘在陇南讲坛讲授国学文化，我有幸参加了学习。演讲中他那渊博的学识、诙谐的语言和夸张的手势，让人如沐春风，如饮甘霖，为此我还写了一首诗歌纪念此事。

地理老师刘可达，上课只拿一本地图册，但能够把所有课讲完。听他讲天文地理、风暴洋流是一种享受。我最喜欢他的课，所有课程中我的地理成绩最好。刘老师也是我们兄妹四人的老师，我和大妹王晓燕、二妹王晓鹃、三妹王晓鹂，都是他的学生。我们参加工作多年后，兄妹四人一起去给他拜年，他高兴得就像一个孩子。刘老师喜欢音乐和围棋。记得有一年工行举办"储蓄杯"围棋赛，我曾跟他同台竞技。祝福刘老师健康长寿！

英语老师王忠，不怎么喜欢我。我的英语基础差，根本跟不上课程，王老师对我说："你就多学习其他课程吧，考大学你恐怕把握不太大。"我很听话，上英语课就经常做其他作业，但从不影响其他同学听课。

班主任孔老师对学生是恩威并举，关爱有加。他上几何课，随便用手在黑板上画个圈都十分圆，感觉比拿上圆规画得还圆。

听同学讲，填报志愿的时候，郭骄阳同学不敢报复旦大学，因为甘肃省就只有两个名额。孔老师鼓励她，孔老师说："你要是今年考不上复旦大学，我陪你再读一年。"要知道，孔老师当时已经准备调到兰州工作了。结果，郭骄阳同学金榜题名，考上了那所名牌大学。

人生难得遇上这样好的老师。有一群这样好的老师，我们84届同学都成了国家的有用之才，分别在不同行业、不同岗位，做出了自己的贡献。

在高考前夕，我被招收到武都县人民银行。当我知道要离开老师、离开同学们的时候，心里恋恋不舍，于是我偷偷做了两件事：一件是我把被选贴到校园专栏里的同学作文，轻轻撕下来。每天撕一份，最后装订成册，至今一直珍藏。我是留存了一份同学情、一份珍贵的回忆。另一件事，就是每天早晨比别的同学早到学校，打扫教室，清扫院子。这一行为坚持了许多天，直到1984年5月30日到武都县人民银行上班为止。直到现在，都没有人知道是我在替每天值日的同学打扫卫生。

说起来很遗憾，那时候青春萌动，我们几个男生经常给女同学起绰号以引起她们的注意。但全班同学除我和张文琴、刘小彦和司海燕结成伉俪外，就再也没有其他同学也这样了。

回忆过去的岁月，每一份感动都是幸福的能量；每一缕阳光都是生活的芬芳；带上自己温暖的微笑，做好自己喜欢的事，就是最好的日子。

自己酷爱文学，高中时就练习写诗歌。记得刘小彦写了一首诗歌《家乡的小河》，我们讨论修改后交给张瑞声老师，最后受到夸奖后，我俩高兴了一个星期。在两位语文老师的引导下，我步入了诗歌的神圣殿堂，几十年以后以阿丑的笔名，创作了许多诗歌和散文，并多次获奖。

我现在是中国诗歌学会会员，中国金融作家协会会员，甘肃作家协会会员，陇南市作家协会会员，陇南诗词学会理事，武都区作家协会副主席，中国工商银行甘肃省分行摄影家协会会员，《诗刊》社《子曰》诗社社员，中原诗词研究会会员，《荒原》诗社副社长、执行总编，《中国诗歌报》甘肃工作室主编、诗词工作室编辑，《现代诗歌传媒》甘肃分社副社长。当然，这些都是业余爱好，是多年来自己追求文学创作的结果。

我知道在陇南工作的几位同学的一些情况。蔡向德供职于陇南报社，任总编。李筱鹏供职于陇南市公安局，任特警支队长。陈红岩供职于武都区城建局，任局长。刘小彦供职于陇南市广播电视大学，任教授。尹选民供职于成县公安局，任局长。崔阶在陇南市教育学院任副教授。梁琳在陇南市党校任副教授。司海燕供职于武都一中，任办公室主任。王宏云也在武都一中任教。郝宝琴供职于中国工商银行陇南分行，任办公室副主任。张文琴在武都城关中学任教。张晓燕供职于中国工商银行陇南分行。司新平供职于市审计局。杨万民任两当县纪委副书记。

现在的我经常和刘小彦一起写诗，和李筱鹏一起喝酒，同学情谊陪伴我们度过了30多年时光。今天讲起武都一中的校园生活，我终究是留有遗憾，没有和老师同学们合影留念。

武都一中啊，我和你就差一张照片的距离……

唉！没有我的毕业合影。

2019 年 3 月 12 日

我的武都一中，我的中学时代

王晓燕

阳春三月，春风十里。当武都滨江大道旁高大的柳树吐露出了嫩绿的新芽，丝丝缕缕在微风中优雅地摇曳时，武都石家庄的樱桃花也如期粲然绽放了。那一簇簇粉白的花朵，层层叠叠，兀自铺漫成了一片白色的海洋。游人如织，穿梭在樱桃花树间，细赏花开，静听花语，拍照留念，似乎每个人都怕错过这场浪漫的樱桃花之旅。

然而，这个春天对我来说注定是个忧伤的季节，年迈八十的老父亲身染重病，躺在医院的重症监护室近半个月，几乎和死神撞个正着。在医护人员的全力抢救和儿女们的精心守护下，最近才刚刚好转。为此，哥哥王晓辉心情大振，为庆祝母校——武都一中建校80周年撰写了散文《武都一中啊，我和你只差一张照片的距离》。字字诉说着心声，句句充满深情，把我的思绪也拉回到了80年代的武都一中。母校的一砖一瓦、一草一木、一桌一椅，如同一个个跳跃的音符，在脑海中挥之不去。那点点滴滴的回忆弥漫过心头，就如樱桃花雨一般纷纷飘落，捡拾起的每一朵都是母校赐予我的最珍贵的礼物。

武都一中，也许在学长的笔下母校是再狭小也广阔得可以藏下无数秘密的伊甸园；在同学的心中是精巧得容不下晨操，无法接纳校级运动会的地方；在哥哥的眼里，母校是校园专栏里一篇篇同学的佳作，可在我心头母校就是教室门前那两棵挺拔的梧桐，后院中安详沧桑的老榆树，角落小花坛中圣洁芳香的白玉兰。是母校见证了我的懵懂和天真，包容了我的偏见与执拗，点燃了我的青春和希望，铸就了我的达观和梦想。是母校陪我走过了人生最美好的年华，给我的中学时代插上了知识的翅膀，在我心灵深处，母校是唯一的乐土、神圣的殿堂。尽管如此，每每谈起母校的历史，我便惭愧不已，从未研究过，历届校长也知之甚少，依稀记得当时的校长罗开祥老师是武都一中的第17任校长。幸运的是我们兄妹四人均是在罗校长任职期间就读于武都一中高中的，哥哥王晓辉1984年高中毕业，我是1986年高中毕业，二妹王晓鹃、小妹王晓鹂1989年高中毕业，在一中我们兄妹四人度过了美好的高中时代，快乐地成长、成才。

那时的我们青涩懵懂，无忧无虑，口中唱着《在那桃花盛开的地方》《我的中国心》《阿里山的姑娘》《枉凝眉》，看着黑白电视机播放的电视剧《红楼梦》，梳着小辫儿向往着日本电视剧《血疑》中女主角山口百惠的发型，踩着妈妈做的布鞋，跳着迪斯科、交谊舞，吃着二角钱一碗的面皮、一角钱的酥油饼子……那时没有手机、轿车，依旧快乐着；没有空调、多媒体，依旧温暖着。

那时的校园团结、紧张、严肃、活泼，每个同学都健康成长，积极向上。学校生活丰富多彩，德、智、体、美、劳全面发展。上课教师一支粉笔、一本教材；下课同学们双杠、单杠进行比赛；体育课上项目繁多：跳山羊、扔铅球、跨木马、做俯卧撑；课外活动打排球、练跑步、比跳远、赛篮球；舞蹈队的队员们则踢腿、下腰、劈叉，练基本功。最快乐的要数上北山植树的活动，男生拿铁锨、镢头挖树坑，女生提水桶、拿水盆浇水栽树，劳动场面热火朝天，大家兴高采烈，干劲十足，难以忘记。更难忘的还有那一群人。

一曲交谊舞

记得大约在 1985 年元旦，我读高二时，学校举行了一次大型的青春晚会，整个校园都沉浸在欢乐的气氛中，每个班都精心准备着自己的节目，只盼赢得鲜花和掌声，捧着奖杯凯旋。我们班也积极准备，班委们讨论如何才能一鸣惊人，拔得头筹。班里的文艺尖子们个个多才多艺、个性十足，最后确定跳交谊舞《快乐的农夫》。公开表演交谊舞在当时可谓一项创举，需要勇气，极具挑战性。那个时候，班里的男女生连话都不说，更不要说手拉手跳交谊舞了，总觉得是痴人说梦。当听到跳舞名单里有我的名字时，我就像是要上刀山下火海一般，说啥都不去。和我一样反应的男生女生不止一个，班长庞巧凤和副班长薛江实在没辙，就召开班会，下令为了班级荣誉必须参加，不跳的人罚扫地，就这样我才极不情愿地、羞答答地开始了练习。记得当时我的男舞伴是同学马军，由于我们俩个子最小，只好站第一排。王和岩和钟家智第二排，赵囧和田霖晋第三排，罗丽和罗相辅第四排，李晖和闫新平第五排，张秀丽和龙小东第六排，苏萍和张文杰第七排，李玫和薛江第八排，也许我记得并不准确，大概就是这十几个人吧。每次体育课我们十几个人就在教室里练习，别的班调皮的男生总是在窗外打口哨、起哄。为了跳好这曲舞，班长庞巧凤还专门请来同学赵囧的姐姐（芭蕾舞演员）给我们排练，最后费了九牛二虎之力才学会。为了节目效果，舞蹈老师还要求着装统一，男生白毛衣、蓝裤子、黑皮鞋。女生红毛衣、蓝裤子、黑皮鞋。那时候我家里并不富裕，只好去邻居家已经工作了的姐姐那里借毛衣和皮鞋，结果皮鞋还有点跟儿，穿上就和踩高跷差不多，没办法，只好硬着头皮跳，最后脚踝又红又肿，难受了好多天。不过令人激动和兴奋的是我们班的交谊舞大放光彩，把晚会推向了高潮！至今同学们聚会还津津乐道呢。

两位校长

我们86届学生最熟悉的校长大概有两位，一位是罗开祥校长，一位是陈天柱副校长。

罗校长自1983年初担任武都一中校长以来长达八年之久，其间学校的发展繁荣有口皆碑。罗校长是一位真正懂得教育的校长，他勤勤恳恳、无私奉献，全身心投入教育事业，创造了武都一中的辉煌历史，具有里程碑的意义。

罗校长是四川人，甘肃师范大学俄语系毕业，1963年分配到武都一中，六年后改任英语老师。在我的印象中，罗校长常年留着短平头，戴着一副黑框眼镜，穿着干净的蓝色制服，走起路来精神抖擞，极富个性。当年他们夫妻二人都在武都一中任教，大儿子罗相辅曾是我的同班同学，喜欢拉小提琴，平时沉默寡言、深沉内敛。小儿子也和我一级，学习名列前茅，后考入了清华大学，现定居美国。

罗校长讲话总带着浓厚的四川口音，很特别。记得有一次高二全年级集会，罗校长站在教室门口台阶上讲话，他声音洪亮，慷慨激昂。站在班级前排的我近距离目睹了罗校长的演讲风采，他精干又充满激情，脸上的表情严肃又不失慈爱，挥手激励大家："高中时代是人生的黄金岁月，不能虚度年华，要学会规划人生，用三年的勤奋铸就一生的辉煌"。那次讲话让同学们热血沸腾！我深受鼓舞，勤奋学习，后来也成为一名人民教师，在我的课堂上，我常会引用罗校长的话语激励自己的学生，珍惜光阴，奋发有为。

另一位校长就是我高一时的数学老师陈天柱。陈校长高高瘦瘦、风度翩翩。课堂上他口若悬河、神采飞扬。一支粉笔在他手里就像一根魔棒，随手画图更是他的一项绝技。让我敬佩不已的是他随手画的三角形和圆比用尺子和圆规画的还要准确。那些难懂的枯燥无味的代数式，在他的讲解下，一个个字母都带着灵气，学生们总是用朝圣的心情听他讲课，兴致盎然，聚精会神。他对每一个学生都和蔼可亲，一贯内向胆怯的我，都会去他的办公室请教数学题，他的耐心和爱心深得同学们的尊敬和爱戴。

陈天柱校长还是一位天才的小提琴手，他也非常热爱运动，是个排球迷，球技高超，无人能比。陈校长的多才多艺让他自带光环，无论走到哪里，都散发着独特的魅力。

三位班主任

我1983年武都一中初中毕业，1986年高中毕业。可以说整个中学时代都是在武都一中度过的。初中印象最深的是我的班主任曹建设老师。曹老师相貌堂堂、一表人才。当时他非常年轻，二十来岁，就像邻居大哥哥一样，对我们宽严有度、关爱有加。他给我们带物理课，讲课深入浅出、思维敏捷，善用幽默的比喻，课堂气氛活跃，让我敬佩不已。

到了高一，我的班主任随之换成了王建民老师。王老师不但是我高一时的班主任，也是我高中三年的政治老师。他温暖敦厚，对学生总是笑眯眯的，一想起他就如同看到了他整齐漂亮的板书。记得王老师给我们讲"白马非马论"、辩证唯物主义、"人不能两次踏进同一条河流"，深奥的哲理，强大的逻辑，令人肃然起敬。

无巧不成书，王老师和我们姐妹三人缘分很深，后来他也是我二妹王晓鹃和小妹王晓鹂的班主任、政治老师。因此，我父亲对王老师非常熟悉和尊敬。王老师对我们姐妹三人的培育之情没齿难忘。大学毕业我们三姐妹曾一起去看望恩师，感觉他还是那样神采奕奕，拉着我们的手说个不停，还是那样的风趣健谈。

到了高二文理分科，我选择了文科。遇上了学校严厉出名的王德贤老师。王老师也是文科班的数学老师，他对学生要求非常严，每天来得最早，常常站在教室门口等学生。记得高三有一天上课铃刚响，他用手指着他的手表严肃地说："你迟到了一分钟，再迟到就罚站！"我又羞又怕，再也没有迟到过。

王老师幽默风趣，教学有方。别看他平时严肃，上课却很幽默，每次有学生课堂上打瞌睡，他都会停下来，然后转身在黑板上写下一个难认的汉字，让犯困的学生读。有一次他写了一个"悖"字，好多同学都不会读，他便摇头晃脑地说："悖者，相反也。"惹得同学们哈哈大笑，顿时大家毫无困意了。高三（3）班是当时唯一的文科班，在王老师的带领下，高考成绩名列前茅。当时上本科的就有李瑛、张秀丽、李玫、庞巧凤、马军、薛江、闫新平、范雪琴、钟家智、王红梅、肖卫东等数十人，其他的同学和我一样几乎都上了专科或者中专了。

令人痛心的是王老师早早就去世了，没能参加他的追悼会，送他一程，至今让我无法释怀。愿我的恩师在天堂安息，他永远都活在我的心里。

四位学霸

我们86届在武都一中也是响当当的一届学生，在我看来，有四位学霸不能不说。

一位是当年考上清华大学的理科（1）班学生郭向东。他在同学眼里简直就是神一般的存在，似乎没有他解不了的方程和难题，是罗校长任职期间第一位考上清华的学生，当时名声大噪，轰动了整个武都城。在文科班女生口中流传着他的许多版本：神秘、聪明、怪诞、孤独、冷漠、沉默寡言。这缘于他来去自如、我行我素的性格。他好像从来不会主动和同学交流，高高瘦瘦，戴着一副厚片眼镜，也没有笑容，用现在的话说，就是一个字"酷"。我和他高一时曾是同班同学，觉得他并不奇怪，只是独来独往，不爱说话。后来我们成了朋友，才发现他其实很活泼，有个性、有思想、有志向。他清华大学毕业后出国留学，现定居澳大利亚悉尼。

毫无例外，在高中时代总有那么一个颜值高、性格好、学习棒、情商高的男神。86届也有一位，那就是理科（2）班的高勇同学。他玉树临风，高大挺拔。白净的皮肤、俊朗的面庞、阳光的笑容、清澈的眼神总能秒杀无数青春萌动的女生。记得高三每天都要晨跑，我们（3）班自然就跟在（2）

班后面跑操，高勇是个大高个，总是站在（2）班最后一排，文科班女生们都会按时参加跑步，似乎只是看看翩翩少年的背影也是幸福的吧！那时候就听说有许多理科班的女孩暗恋他，偷偷给他写字条呢。我和高勇同学没有同过班，也没有说过话，基本无交集，但他的风采就像阳光一样无处不在。有一次我偶然陪同学去了他家里借书，只记得他家住得很高，要走许多级台阶。见到有女同学来访，他很紧张，倒水手都发抖，没想到他竟如此腼腆，给我留下了深刻印象。高勇同学在北京一所大学毕业后偕夫人一起留学，现定居美国。

"粗缯大布裹生涯，腹有诗书气自华"，用这句诗来形容86届女学霸王蕾十分恰当。在我眼里，她就像校园里那棵白玉兰一样圣洁美丽，清新脱俗。她是86届女生的佼佼者，也是当时的风云人物，不管语数外、物化生，全不在话下，许多男生都是她的手下败将，尤其物理成绩居高不下，其他同学难以望其项背，甘拜下风。我在文科班，王蕾在理科班，只因文理科班都在一排平房里，出出进进，不知不觉中就熟悉并结下了深厚的友谊。我喜欢她的聪慧、果敢和洒脱，和她在一起心情很愉悦，在她身上看不到一丝傲慢、沮丧和失望。她的乐观、耿直和真诚总是不自觉地吸引着我。高中毕业时，我们俩还专门去武都照相馆合影留念。她临别前送我一本相册，并写下临别赠言："影集里会留下你追逐生活的足迹，记载着我们一起走过的身影。当你回首往事的时候，打开它，将感到无限欣慰。"这本相册我至今珍藏着，里面有我们俩的合影。它见证了我们纯真的友谊和那些曾经欢快的日子。王蕾最后以优异的成绩考入南京气象学院，现定居北京，在北京市气象部门工作。

要说的第四位学霸就是我们文科班的才子钟家智。钟家智同学是四川人，父母都是高级知识分子，受家庭影响他饱读诗书，温文尔雅，英气十足。聪明机灵，微笑里又透着点狡黠，曾是我的同桌。他英语学得最棒，常年霸占着文科班的英语课代表的位置，无人撼动。在高中男女生不说话的时代，钟家智同学显得与众不同，很乐于帮助学习差的同学，请教他问题，从来不推托，总是耐心地解答，因此在文科班里他人缘极好。要论起各科成绩来他也是数一数二的，记得当时学校要推荐一名学生上西北师范大学英语系，这份幸运便落在了钟家智同学的身上了。同学们觉得不用参加高考就能轻松上大学，太划算了，羡慕不已。但是我们都不知道推荐是有条件的，大学毕业必须回到武都一中任教。其实就凭钟家智同学的成绩，他可以考到更理想的大学，但他依然选择了回武都一中任教，为武都的教育事业贡献力量。30年来无怨无悔，从英语教师、班主任到年级主任一直默默奉献在三尺讲台上，和许多前辈一样兢兢业业，无私奉献着，如今他已头发花白，仍然恪尽职守，不辍耕耘。

五位好友

爱因斯坦说过，"世间最美好的东西莫过于有几个头脑和心底都很正直的严正的朋友。"的确，高中时代撇开友谊，无法谈青春。对我影响最深的有这么几位好友，他们都是纯洁善良的青春少女，花朵般的容貌，性格迥异，气质各有千秋。

要说的第一位是我的好闺蜜张爱英同学。我和她初中就在一个班里学习，是形影不离的好朋友。后一同考进武都一中高中，又恰巧分在同一个班里，最后都选择了学文科，可谓情同姐妹，缘分至深。她性格温柔，娴静得就像一朵洁白的栀子花，头发天生有点微卷，眼窝较深，有一种异域美女的气韵。我俩性格相投，志趣一致，惺惺相惜。她数学很好，是我的小老师，上课没听懂的总是看她的笔记。现在我们还一直微信联系，互诉衷肠，成为一生的挚友。

另一位便是86文科班有名的"小作家"王和岩同学。虽然我俩文科班才认识，但她独特的气质、清丽的容颜、苗条的身材、温婉得如林黛玉般的仪态总能打动我，尤其她的作文写得极好，每次语文课上都能听到她的佳作。我很羡慕她的才华，也很喜欢和她谈天说地，她高中时的理想就是将来做一名记者，记得当时她曾偷偷向杂志社投过稿。在她的影响下，我也开始读《红楼梦》《简·爱》了，但不知为什么，文科班有许多女生并不喜欢她，也许是缘于她耿直的性格吧。好友王和岩多才多艺、能歌善舞，受她姐姐王和清的影响较大。王和清是我们的音乐老师，长得极美，小巧玲珑，皮肤白净，气质优雅，是当时武都一中有名的美女老师。王老师组织了校舞蹈队，我也受王和岩影响，积极参加了舞蹈培训和学校的文艺表演。后来我们俩都考到了天水师专，三年的大专生活，让我们两个更亲近，彼此也更了解对方了，毕业后她成为一名北漂，坚持做自己喜欢的事，成为《财新》传媒的首席调查记者，真正实现了她的理想。

第三位好友是文科班的班花李晖同学。高中时，我俩都住在南桥路，可以说是邻居。初一时也曾在一个班里，当时我刚转到武都一中初一（5）班，刚坐到座位上一眼就看到离我不远处有个女孩穿着洁白的连衣纱裙，头上用两根蓝色的丝带扎着蝴蝶结，美丽得就如同挂历，把我看呆了，印象非常深。后来我转学到林管局白林中学，就没有见过她了。巧的是，高中我们又都在武都一中文科班，放学自然就结伴一起回家了。整个高三晚自习我们都形影不离，一起吃过隍庙街的元宵，逛过新市街的商店，留下了许多美好的回忆。高中时的李晖相貌秀丽、五官精致、身材颀长，有一种江南女子的清雅韵味，那是一种东方古典的美，聪慧、脱俗。如今她供职于陇南市审计局，别看她体弱多病、瘦弱纤细，骨子里却有着阳刚之气，可谓刚柔相济，是现代知识女性的代表。

第四位好友是文科班的王红梅同学。她名如其人，美丽，又有些冷傲，一双剑眉，衬着漂亮的大眼睛。说话从来不拐弯抹角，一切喜怒哀乐全挂在脸上。印象深的是她不服输的性格，好胜心强，做事果断干练，带着点男孩子的倔强和执拗。也许是我很娇弱、胆怯，非常欣赏她的这种胆大心细的风格。我俩在性格上互补，学习上互助，非常友好。高中毕业她如愿考上西北师范大学，如今定居北京，是一位资深编辑。

第五位好友是文科班的高个女孩，她就是我们文科班有名的长腿美女李玫。她不但学习成绩好，还拥有一副模特身材，许多小个子女生望尘莫及，羡慕不已，不过她对自己的大个子却很苦恼。记得学校舞蹈队要排练一个舞蹈《阿里山的姑娘》，我们其他几个女生个子都小，站在一排，只有她鹤立鸡群，老师灵机一动让她扮演阿里山的少年，结果这个舞蹈就因为她这个俊俏的阿里山少年而出名了，真是出乎意料。高中毕业她以优异的成绩考入兰州大学，如今供职于兰州招商银行。

六位恩师

在我的高中时代，最难忘的还是我的几位恩师，是他们给了我知识和力量，为我解惑，教我做人，让我感动。

我最喜欢的是给我们代地理课的刘可达老师。在我的记忆中，刘老师总是西装革履，踩着上课铃的尾巴，急匆匆冲进教室，第一句话就是："马军，把地图挂上。"随即打开书本，一系列动作一气呵成。他的头发长年梳得一丝不苟，目光炯炯，一口标准的普通话，瞬间就能使骚乱的教室安静下来。他知识渊博，学富五车，手里拿一本地图册，天南地北，侃侃而谈，似乎他的大脑就是地图，刻满了江河湖海、高山草甸、丘陵草原和各种矿藏。那些我背十几遍都记不住的地理名称、无数的数据，刘老师张口就来，准确无误，令人钦佩。我们兄妹四人均受他的教诲，对地理课都有着同样的热情。退休后的刘老师老有所乐，拉着小提琴，过着幸福的晚年生活，愿我的恩师永远健康快乐。

高中时有一位老师，他给我的感觉就如同慈父一般，他就是我的历史老师王安慰。王老师是武都一中有名的历史把关教师，第一次上课给我印象很深，那时的他身体瘦弱，脸色憔悴，声音沙哑。后来从他女儿王明芳口中得知，王老师是带病给我们上课的，每年高三毕业班把他累病了。王老师能我们的历史课我们很幸运，从此但凡王老师的课，大家都安安静静的，同学们的这种默契一直持续到高考结束。记得有一年，我们几个女生受王明芳同学的邀请，去王老师家玩，王老师像慈父一般亲切温和，他拿出自己亲手炸的脆皮花生招待我们，那轻松愉快的气氛回想起来依然是那样清晰……

高中时我的作文水平真的不怎么样，尤其写议论文就是三段论，老师评语总是"空洞，言之无物"，所以每次见到教语文课的叶进贤老师就不好意思。在我的记忆中，叶老师总是匆匆忙忙的，每次来上课总是满头大汗。我很喜欢叶老师讲课时的样子，充满激情，声情并茂，讲到激动处手舞足蹈的，感染力极强，常把我带进课文的情节里。为了提高我们的写作水平，叶老师想了个办法，就是每节课留出一点时间读范文，大多数是同学的佳作，这个办法很有效，既鼓励了写得好的同学，又鞭策和引导了写作较弱的同学，一举两得！后来让我激动的是，我的一篇散文《我的奶奶》被评为范文在课堂上朗读了，有史以来第一次扬眉吐气，我高兴了很久。至今还记得叶老师给我的评语"感情真挚，写出了奶奶勤劳善良的品质"。从那以后我渐渐喜欢上了文学和写作。在此，让我说一声：谢谢老师。

在同学们的内心深处总有一位老师令人敬畏，我也有这样一位老师，他就是高中代我们物理课的关康基老师。关老师写得一手漂亮的粉笔字，感觉就和字帖一样，他也是出了名的严厉，我很害怕关老师，因为我的物理从来就没有及格过。每次见到关老师我就躲着走。记忆深刻的是关老师调板，叫我去写重力的公式，我平时除了死记硬背，啥也不懂，结果可想而知，我只能像个傻子一样站在讲台上，羞愧难当。关老师无可奈何，只好让我站在座位上听课，从此我对物理又恨又怕，铁了心要上文科，所以物理课上根本不听了，遇到我这样的学生，关老师真的太恼火了！现在想来，真不应该气老师，我想说声：老师对不起！

高三时代我们英语的是美女老师武芝萍。我们是她代的第一届学生，她那时刚毕业不久，脸上洋溢着青春的气息，像大姐姐一样关心爱护着我们。在我眼里她是那么亲切靓丽，浑身上下充满着书卷气，知性、高雅。武老师读英语韵味十足、音色优美，我们听得都入迷了，大家是那么地喜欢她。可是天有不测风云，人有旦夕祸福。即将高考，武老师却突然永远地离开了我们，她的离世就像一片阴云笼罩在了同学们的心头，和武老师的辞别就是我青春岁月里最悲伤的痛！

回顾高中三年,最年轻的数学老师就数蒲忠了。那个时候蒲老师刚大学毕业,给我们代解析几何,第一天见到他,同学们都以为来了一个新同学,上课了才知道他是老师。大家好惊讶,年轻的脸庞、乌黑的头发、洪亮的声音就是蒲老师的标配。他讲课非常用力,声音总是传得很远很远。蒲老师给我们带来了活力,很快就和同学们打成一片,大家喜欢他、崇拜他,他也介绍了许多大学生活,这促使同学们努力学习,奋力拼搏,要像蒲老师一样实现大学梦。后来蒲老师成为武都一中的副校长,在他的带领下武都一中有了更好的发展。

沧海桑田,物是人非,30多年过去了,我的武都一中早已逝去,无处寻觅;我的中学时代也已尘封,永远定格在1986。时光无法倒流,我只想用这些简单的文字记住那些难忘的面孔,怀念我的青春,致敬我的老师!致敬我的母校——武都一中!

2019年3月25日

就在那里，我的一中！

王晓鹂

"风乍起，吹皱一池春水！"

即使隔着千山万水，还是被同学们怀念青春的热情感染，忍不住翻检时光，想要分享自己记忆里的青春。虽然，自己的记忆被时间和距离风化得斑驳陆离，可能时间、地点、人物都混成一团。不过没关系，如果你恰好记得，那咱们就来玩一个拼图游戏，一块一块地拼出咱们的青春，咱们的一中，咱们生命中难以忘却的那六年。

一

对学文最初的兴趣，缘于初中语文马学良老师的一项额外要求：读课外书，摘抄精华。于是，就有了一本本手抄本：大小不一、薄厚不等的塑料皮笔记本，抄诗歌散文、成语俗语歇后语，甚至短篇小说。当然，历史朝代、地理名称、名言警句、百科知识、流行歌词自然也少不了。边边角角还有自己手画的插图。当然不光是摘抄，还有很多从报纸、杂志上剪下来的豆腐块。

到了高中，这种个人小打小闹的摘抄变成同学们一起创办的学报，大家自己写稿、编辑、刻板、油印，有文学、数理化、历史、英语等板块。我记得总编是张学军，因为他在高一写作大赛中拔得头筹。编辑有很多人，我只记得石燕、赵雪雁、李霞和我了。呵呵。那份学报的名字已不记得，可我记得大家坚持办到了高考预选。

一中的学生是浪漫的，喜欢文学的。每个班的教室都有墙报，教室的外墙上都有黑板报。那时候，一周还上六天课，但周六下午总是大扫除的时间，也是换板报的时间。印象最深的是一个夏日周六，粉笔字写得很漂亮的一个男生正在写黑板报，忘了是谁，哪个班的，但他一笔一画写的那首诗却记忆犹新："最是那一低头的温柔／像一朵水莲花不胜凉风的娇羞。"

还记得贴在校门刚进来那排教室山墙上的那些原创小说吗？为了能看清楚，用超大的方格纸，每一个字都巨大无比，小说的内容已经模糊了，应该都是写青春期懵懂的感情，像当时很流行的微型小说《柳眉儿落了》。唯一记得清楚的，是王海平的笔名：仇清。正是因为他的笔名，才知道"仇"字也是一个姓，而且不念"chóu"，念"qiú"。

那个时候，自己也偷偷写小说，开了很多头，可是没有一篇完成，只记得给一个女主角起名叫杨梅。也就在那时候开始读各种文学，从《少年文史报》《儿童文学》《故事会》到《今古传奇》《小说月报》《诗刊》；从《红岩》《林海雪原》《红楼梦》到《钢铁是怎样炼成的》《简·爱》《古希腊神话故事》；从琼瑶、三毛、席慕蓉，到金庸、古龙、梁羽生……

还记得把零花钱省下来，和石燕一起去地摊上淘书，她买了《曹禺戏剧文学作品集》，我买了一本讲太平天国的小说，只有上部的《星星草》。为了看下部，四处打听，问了很多人，最终也没找到。那本小说，就像断臂的维纳斯，成了我青春残缺美的一部分。

上次回国，女儿翻出了当年的摘抄本，压在自己的行李箱里带回了家。此刻翻开，看到自己用极其拙劣的钢笔字摘抄的一首诗《赞美您啊，老师》："老师啊，老师啊／在沉静中，您是雷／在黑夜中，您是灯／在雪地上，您是温暖的炭火／在阳光下，您是清凉的绿荫。"掩书细思，那雷就是刀子嘴豆腐心的王德贤老师，那灯就是穿着白衬衫的马学良老师，那炭火就是女生心中的男神崔保林老师，那绿荫就是至今还关心督促大家的李维臣老师。正因为有了这些好老师的教导和指引，我才考上了大学，读了心仪的中文系。所以，30年后的今天，请听我真诚地说一声：老师，谢谢您。

二

那时候，高考还没有那么沉重，老师还鼓励大家多发展课外兴趣。记忆中的学校生活是快乐的、丰富多彩的。忘了年月，可是很多细节沉淀在记忆里：

——是为了庆祝对越反击战的胜利吗？全校举行合唱比赛。我们班由何松琴指挥，唱的是《再见吧，妈妈》和《春光美》。《春光美》的旋律美极了，歌词也朗朗上口，还能张口就来："我们在回忆／说着那冬天／在冬天的山巅／露出春的生机／我们的故事／说着那春天／在春天的好时光／留在我们心里……"

——那年流行蝙蝠衫，跳舞的女孩子人手一件。张莉的两个节目紧挨着，她来不及换衣服（因为舞台是露天的呀！），只有她的衣服颜色和其他女生不同，她却依然笑嘻嘻地跳完了全场。

——葛彤表演《卖汤圆》，音乐起了之后，把一个篮子匆匆忙忙地从台侧扔到了舞台中央，引来哄堂大笑。此后，每次听到这首歌，都会想起那个阳光明媚的下午。

——篝火晚会上，赵桂芬老师领唱，全班同学合唱的《哆来咪》是全英文的。那时完全听不懂歌词，只觉得旋律好美好美。多年以后，看了原版电影《音乐之声》，才知道了歌词的意思。至今为止，这首歌依然是自己的最爱之一。

——是全校集体舞大赛，还是别的什么活动？总之，全班同学一起学集体舞，音乐是《年轻的朋友来相会》和《金梭和银梭》。

——一年一度的运动会，除了自己上场之外，当然是给同班同学当拉拉队。还记得李永昌比赛跳远，总是担心会踩线犯规。那年，自己信誓旦旦地说跑800米怎么也不能输给李勤燕呀，她那么瘦，自己那么胖！结果，呵呵，李勤燕跑了第一名，自己倒数。

——去朝阳洞春游，自己骑一辆二八大自行车，腿短得差点儿够不着脚镫子。那一路上的尘土啊，车一过，就掀起一阵沙尘暴！

——拿着火把、手电去万象洞探险，结果在里面迷了路。四周漆黑一片，手电筒微弱的光根本照不到洞顶，地上到处是水和泥，女生踩着男生的手往上爬。最后看到出口处"犀牛望月"的那轮月亮时，激动得差点儿哭出来。

——每年的3月12日植树节，树不知道种活了多少，但总是兴高采烈地去，意犹未尽地回。

——是全班同学去爬南山吧？抄小路，陡峭无比，手脚并用。王斌、蔡文新还是李荣？居然采到一朵野牡丹，白色的。下山回家在闫小荣的亲戚家歇脚，还吃了晌午饭。

——上晚自习最大的好处，是课间的时候抢李老师家的面皮儿吃！那是记忆中最好吃的面皮儿，没有之一。

三

朴树有一首歌，《生如夏花》。唱道："我在这里啊／就在这里啊／惊鸿一般短暂／像夏花一样绚烂……"

恰如我们的青春，单纯、美好、璀璨。

那时候，两人一张的长课桌上曾经画着白色的分界线。出了教室，男女生迎面而过也不说话。喜欢一个人，只推着自行车，远远地跟着她，看到那长长的麻花辫消失在家门口，才掉转车头，朝自己家猛蹬而去。或者，找各种理由路过她家附近的那条街。最常见的方法当然是借书，或者请教练习题。最理直气壮地登门拜访自然是过年的时候，招呼一群同学一家家去拜年，从黄昏到深夜，全然不觉得累。最大的愿望，不过是祈祷能和那个眼睛又黑又亮的同学考到同一家大学。

那时候的自己全然懵懂，只晓得和几个死党天天没心没肺地玩笑。我相信，因为志趣相投、因为家住得近、因为是老同学、因为是亲戚等种种缘由，每个同学都有自己的死党。就算我在文科班，也知道理科班有名的"胖瘦"组合。我自己的死党有四个人：李霞、石燕、赵雪雁、徐静。

放学后，出校门过隍庙街，就是剧团巷子里住的赵雪雁家。她家是一个四合院，大门里种着一株葡萄。她在我们当中是学霸。那一年，她意外摔断了右臂，学着用左手写字，给我讲习题。还记得送她回家，窝在她家床上聊天，把各自的名字编成故事的场景。路过她家再往下，过新市街，转上南桥路就是住在居民点的我家。过了我家，再走一段黑煤渣路就是石燕家。一般是我先送她回家，到了门口，她反过来再送我回家，然后，我再送，她再送，如此送来送去，一两个小时过去了，我们还在回家的路上。现在想起来也是诧异，怎么有那么多话要说呢？都说了什么呢？如今，我和她失联多年。可一想起她，就想起那条黑黑的煤渣路，路上说着悄悄话的那种温暖感觉。徐静家和李霞家却隔城而望，各占山头：一个住在东江党校山头上，一个住在高高的公路段山头上。每次去徐静家，就像去一次郊游。不像现在这么方便，那时没有出租车、公交车、私家车，去东江是要靠走的，最快也不过是骑自行车。她家住得高，就算骑车，等爬上坡也累个半死。她家的院子里种着几棵果树，一定有一棵苹果树吧？因为记忆里的花，洁白如雪，开得又密又繁，层层叠叠，像凡高笔下的《白果园》。

往李霞家去，先要爬一段又长又陡的台阶，我数过，一共106阶。那时年轻，每次去都是比赛往上跑，看谁第一个登顶。那些台阶啊，那些年里爬过无数次，也洒下过无数青春的笑声。还记得她妈妈给我们做的槐花饭：微甜，清香，和她妈妈温婉的笑容一起定格在记忆里。和她成为死党是自然而然的，因为初中的时候，她、何松琴和我就是死党。她的歌唱得极美，嗓音甜、亮、清，属于民歌型的。那年，全校六个年级几十个班的合唱大赛，她领唱的一首《明天会更好》，让我们班捧回了第一名的奖杯。从此，她声名大震，成为专业领唱，班里的、年级的、学校的。音乐老师曾经企图把她培养成一名民歌歌手，被她轻松拒绝。事实上，她并不喜欢唱民歌吧？

虽然《红楼梦》里那些歌她倒唱如流。那时候，正流行台湾校园歌曲谣，《上海滩》《霍元甲》《射雕英雄传》正风靡大街小巷。所以，她唱《童年》，唱《秋千》，唱《万水千山总是情》，唱《上海滩》和《铁血丹心》。正是"少年不知愁滋味"的年龄，可是，每当晚自习的间隙，几个女孩坐在楼道的窗台上，面对城市的点点灯火，听她唱"谁知我心，难道你还不明了"的时候，我就莫名地忧伤，不知道是为了即将到来的考试，还是为了那遥不可及的将来。

除了死党外，还有老乡。比如马昱东、韩浩他们是宕昌的，李慧东、刘艳红她们是两水化探队的。我的老乡则是北峪河上游的，董其虎、尹卫星、成让德、王娥、王晓鹃、王选社、浩刚有，每个都是学霸，每次大考以后的排名，都把我远远甩在后面。所以，那时候的我是自卑的。

说起学霸，文科班少不了王玉芹。她初二转校到我们班，初三时考试一鸣惊人，得了第一。此后，就在学霸的路上一马当先。李慧东的英语，也让人难以望其项背。理科班的学生我其实不太熟，但光荣榜上学霸的名字出现的次数多了，出于数理化学渣对学霸的仰视，自然也就记住了，比如王军、张士俊、吴三海、邱建新、汪鹏峰等。有些后来一起到兰州读大学，也就熟了，像陈洮明、谢德平、党跃修、杨天武、韩浩，甚至李奇后来成了我的姐夫，关系就更紧密。除了这一届的外，那些上了北大、清华的学霸学长的名字，自然也是如雷贯耳的：张惠琳、郭向东、罗相成和石彤。还记得张惠琳写给咱们学弟学妹的信，就张贴在进校门那座教室的山墙上。

那时候同学关系好，连名字都相似，很多都有一个"小"字，比如任小梅、郭小瑛、胡小丽、闫小荣、孙小爱、宋小兰、杨小元、李小全、张小军、李小春……尤其几个姓王的，简直像是一家子：王小玉、王小玲、王小燕、王小莉、王小霞、王小军、王小铎。

虽然，再回头已是 30 年。虽然自己远离家乡，成为一个异乡客。虽然我们的一中已经物是人非。可是，正如那首著名的诗《见与不见》所说：

你见，或者不见我

我就在那里

不悲不喜

你念，或者不念我

情就在那里

不来不去

你爱，或者不爱我

爱就在那里

不增不减

……

那么，无论你记得，或者不记得，我们的青春，我们的一中，就在那里，就在我们每个人的生命里。

2019 年 2 月 28 日

怀念武都，怀念一中

李 奇

今天是 2 月 18 日，农历正月十四。

春节已渐行渐远，此刻的窗外却彤云密布，大雪纷飞。为打造"西安年·中国最"而挂满大街小巷的各式彩灯，在千年古都"网红城市"西安的午后忽明忽暗，摇曳生姿。网友羡慕道：一下雪，西安就成了长安。不错，今日的西安，在飞雪中更有长安般"万千灯火流璀璨，画桥塔影映华辉"的静谧和蒙眬，而我的思绪也如春雪中一盏盏闪动的红灯笼，慢慢地向记忆的深处飘去。

武都，武都

我的家乡在千里之外的武都。武都是哪里？随便在西安的街上问十个路人，有九个都会茫然摇头。网名"一只刚睡醒的兔子"在《家在陇南，江城武都》中，满怀深情地对武都的前世今生进行了细致的描述，文笔清新、灵动；同学闫峻泉在《小城琐忆》中，结合自身的故事对武都的四时风情进行了描画，情感细腻、温柔；武都歌手马融更是用美妙的单曲《武都哎》唱出了对家乡的无比热爱之情：

> 今儿天的阳婆实在是欢，叫上几个一搭的在新市街上转，隍庙街上后头拉冉凉粉豆花子盖上一碗，还有最把稳米仓山的洋芋搅团，莲湖公园的茶碗子上上几碗，把街上长得能的女子瞅上几眼，鞭子抽的坡牛子地上转着哩，儿童乐园的大象还有溜溜板，
> 武都哎，武都哎，武都哎，最阔气的阔阔，
> 武都哎，武都哎，武都哎，最把稳的阔阔。

这首歌，是用地道的武都方言演唱的，有且只有武都人才能听懂，才会莞尔一笑。尽管已经过去了一年多，但初听时的震撼和激动依然无比清晰，乡愁也如白龙江水般涌上心头，而20世纪80年代武都城的景象也如电影镜头般在脑海中快速闪过：

武都城，是一座小巧而美丽的江城，地处秦岭山脉的最西段——米仓山南麓，早在秦汉就已经建城。小城夹在南山和北山之间，南山陡峭高峻，北山低矮平缓，长江支流白龙江从南山脚下缓缓绕城而过。这里自古就是交通要道，素有"巴蜀咽喉、秦陇锁钥"之称。这里属于亚热带气候，常年种植水稻，出产橘子、无花果、橄榄等亚热带水果。80年代初，我们这批人正读小学。

那时，这座小城称为"阶州"。城里好像只有3万余人，人们耕读传家，

过着平静、平淡、平安的生活，日子就像江水一样悄悄逝去。

那时，小城还有一渠水。从城西引入的清澈的北峪河水，一路叮叮咚咚穿城而过，成了家家户户的生活用水，刷牙漱口，淘米洗菜，捣衣描红，大都靠这渠水。

那时，小城还有青石板路。在三月柔柔的细雨中，在隍庙街寂寥的雨巷里，常常有撑着油纸伞、独自彷徨的、结着愁怨的、丁香一样的姑娘。

那时，小城气候温润。雪极少落到城中，即便在最冷的三九天，城里的男孩也只加一条薄薄的秋裤，就能过冬。

那时，小城生活温馨。米下锅时，去城西菜园拔一把嫩绿的青菜烧饭，刚刚来得及；下午放学，在城中荷塘书摊看两小时连环画，父母也浑然不知；周末闲暇，在城东种植区教场坝稻田中摸一下午田螺，也无人理会。

那时，小城生活有趣。春天，可以在江边的槐树上采摘槐花吃；夏季，可以在白龙江水中嬉戏扎猛子；秋日，可以去姚寨沟野游捉娃娃鱼；冬季，可以去五凤山赏雪寻松子。

那时，小城生活单纯。全城只有一家电影院、一家新华书店、一家百货公司、一家银行、一家邮局、一家剧院；漂亮的女生不敢穿裙子，英俊的男生不敢留长发；男生女生相约看电影，不敢坐在同一排；相约爬山，不敢用手去牵。

……

那时的天是蓝的，水是绿的，空气是甜的，人们生活节奏慢，要求简单，笑容真实，爱情美好。这种日子，充满宋代李之仪所描绘的，"我住长江头，君住长江尾。日日思君不见君，共饮长江水"似的甜蜜、真诚和温暖。

如今的武都城，早已沧海桑田，高楼大厦接踵而起，原本容纳几万人的小城居住着十余万人，喧闹无比。兰渝铁路和高速公路穿城而过，出行不再是问题。"山比云高""水比城高""路比房高"的诟病也逐渐成了历史。

遗憾的是，城北北峪河清澈的水枯了，裸露出干瘪的河床；石家庄水帘洞的水干了，徒留樱桃花在风中凌乱；城西菜园梁园子村全部竖起村民自建的楼房；城东粮场教场坝也变成高端住宅楼；城中的半亩荷塘亦成了喧闹的儿童游乐场，甚至连南山脚下的泥石流冲积带也拔起一座座高楼……

永远的一中

我的初中和高中岁月都在武都一中度过。1989年夏天毕业至今，已经整整30年。30年时光飞逝，当年青涩的姑娘已是两鬓飞霜，懵懂的少年也头秃背驼，尊敬的老师们更是退居二线，而有些已经离开人世……人生如河，岁月如歌，又怎能不心生感慨。

那时的武都一中，还在小城最核心的位置中山街和隍庙街路口，高高的铁大门上还悬挂着"甘肃省武都第一中学"的字样，校园中还种植着竹子、芭蕉和棕榈。至今还记得张学军同学一篇张贴在宣传墙的范文——《又见棕榈》。后来，再回校看望老师，蓦然发现这里已经成了"陇南市实验小学"，而我们敬爱的老师竟然被圈在围墙外，几乎成了城市的弃儿。

熟悉的地方，却不再有亲切的风景。"知我者谓我心忧，不知我者问我何愁。悠悠苍天，此何人哉！"这种遗憾和感伤太过于深刻，以至于到目前我都没勇气去武都一中在吉石坝的新校区，哦，不，现在应该叫"陇南市第一中学"。近乡情怯，不敢问人——我深切怀念"武都一中"，因为她承载着20世纪80年代学子的芳华和最深情的记忆。

那时的武都一中,有一个好校长。学校创建于1939年8月,1981年3月,更名为"甘肃省武都第一中学",是全省24所重点中学之一。1984—1990年,在罗开祥老师担任第十七任校长期间,学校有了巨大的飞跃。罗校长是四川南充人,西北师范大学俄语系毕业,1963年分配到武都一中自学改教英语,1981年任教导主任,特级教师。罗校长夫妻二人都在武都一中任教,两个儿子罗相辅、罗相成都是学霸,小儿子80年代出国留学,目前定居美国。我至今仍记得罗校长的一次演讲,题目大约是《珍惜荣誉,从青春时代开始》。就在操场上,罗校长站在临时搬来的一把椅子上,背剪着双手,操着带浓重南充口音的普通话,向围在四周的学生慷慨陈词。说到兴奋处,罗校长两手叉腰,高声训导,大有伟人的风采。平日里,他却平易近人,对学生很是温和。在他的严格要求和有效治理下,武都一中日益向上,升学率更是大大增长。待我们1989年毕业时,全年级竟有120余人考入各类大中专院校,几占三分之二,在当时创造出奇迹。遗憾的是,罗校长次年就调任甘肃财政学校校长,从此离开生活了37年的武都。在他之后,江苏无锡人李继锋老师继任校长,武都一中仍在平稳发展。1995年,李校长调至陇南教育学院任院长。后来,听说武都一中逐渐下滑,全省重点中学的牌子也被摘掉。无奈之下,望子成龙的家长只好将孩子转往兰州、天水、会宁、成都、绵阳、西安等地,大大增加了教育成本和家庭负担,这又直接导致武都教育的恶性循环。欣慰的是,目前的陇南一中据说很不错。

那时的武都一中,有一群好老师。印象较深的,有十几位:李维臣老师不苟言笑,勤奋敬业,是第一个用普通话讲语文课的武都本土教师;王建民老师总是笑眯眯的,将枯燥的政治课讲得出神入化;王德贤老师相貌堂堂,工作勤奋,每天第一个到教室,最后一个离开校园;张瑞声老师胖胖的，声音洪亮，尽职尽责。此外，平和稳健的马桂莲老师、诙谐幽默的桑义军老师、消瘦高冷的焦建军老师、严肃犀利的关康基老师、细致温和的龙吟福老师、歌声优美的赵桂芬老师……都让我印象深刻。老师们将学生当成自己的孩子，一点一滴地传授知识，不厌其烦地辅导作业，从来没有喊过苦，叫过累。在我的记忆中，我从来没有向任何一位老师送过一分钱的礼物。他们耕耘在三尺讲台，一生清贫，两袖清风，但他们身上自有一种积极向上、催人奋进的力量，这种内在的修养和追求使他们成了一个时代的符号。桃李不言，下自成蹊。如果逝去的老师泉下有知，应该含笑九泉——"星星之火，可以燎原"，你们的精神定会代代相传。

那时的武都一中，有一个好制度。清晨6:20，小城广播站的高音喇叭准时唤醒全城人。6:30，中学生开始晨跑。校园狭小，我们晨跑是在城内的大街小巷里进行：出校门，右拐到中山街，绕道新市街，经过人民路，穿过隍庙街，最后回到校园晨读。7:30，晨读结束，学生回家吃早餐。8:00，重新回到校园上课。中午，学校要求学生一定要午休，班主任有时甚至会到某家抽查午睡情况。下午放学后，我们先回家吃晚饭。19:00（夏天是19:30），回到学校上晚自习，直到21：00（夏天是21:30），写完作业回家，结束一天的学习。学习任务轻，作业量小，轻轻松松就能完成。到高三后，大家自觉学习的时间逐渐延长，一般要到22:30以后才休息。我们没有上过一天课外辅导班。现在回头想，老师们是付出了多大的精力和耐心啊！

那时的武都一中，有一群好同学。在学校，很少见到校园霸凌现象。同学之间不比吃、不比穿、不比钱，只比学习成绩。官二代、富二代和大家一样，谦虚平和，恭敬礼让。高一时，我在2班，班主任是王建民老师。班委是按学习成绩选出来的：班长是尹卫星，团支书是王晓鹃，体育委员是张士俊，文艺委员是张莉，组织委员是吴三海，宣传委员是郭小瑛，我是生活委员。四个班中，2班的学习成绩遥遥领先。记得高一第一次考试，我们班的平均成绩竟然比别的班高出十几分。这是一个团结向上、充满朝气的班集体。王建民老师谦虚温和，深受学生爱戴。至今，我们在外工作的同学还保留着春节回家一起看望王老师的习惯。高一结束后，文理分科，王晓鹃和王晓玉、王建敏、刘艳红、李娜、陈丽丽、李杰、董红梅、傅蕊、廉红英、赵莉、史青、杜红霞、张雪莲、马小兰、曹敏等一批同学去了文科班或转学，留下来的和分科转来的女神，只有郭小瑛、孙小爱、杜亲爱、张莉、李荣、寇昕莉、寇晓凤、马丽、石燕、王凡、杜文琰和杜亚莉等。

2班的男生，都是帅哥和才子，如陈洮明、龙晓、谢德平、汪鹏峰、薛宏、汪培勤、李军、何斌、张文平、朱旭东、谢谦、张军、王海平、李永明、王谡、王润平、崔新林、王磊等，在全年级都大有名气，而杨天武、秦德智、蔡文新、范学民、柏力、唐明、杨成县、小张军、胡赟、马文革、杜军、苟学德、张永忠、黄小龙等人则精灵古怪。2班同学间的友谊清纯如水，地久天长，甚至出现三对伉俪：陈洮明和郭小瑛、张士俊和张莉、王晓鹃和我。这在全年级中，据说比例也是最高的：1班有王军和吴莉莉夫妇、4班有董其虎和李勤燕夫妇、5班有张学军和周舟夫妇、3班好像没有。遗憾的是，我们2班的三位同学，李明亮、谢永成和蔡景平已过早离世。每思及此，心痛不已。

那时的武都一中，校风健康，活动多样。至今还记得一个姓石的音乐老师自填词自谱曲的一首歌，还记得他挥舞着双臂在操场教我们演唱时嘴角飞扬的笑容："青山高，绿水长，武都是个好地方。万象古洞奇，水帘瀑布扬……"旋律优美，歌词通俗，情感激越，至今余音绕梁。大约在1985年的元旦，学校第一次举行篝火晚会，高二学姐王和岩（音乐老师王和清的妹妹）和帅哥杨东风担任主持人。那一夜，每一位同学的脸上都洋溢着真诚和笑容，吹过的每一丝风似乎都带着青春和希望！晚会有很多节目，我记住的只有张军、李杰和王坚三人表演的陕北舞蹈。在操场的舞台下，我听过陈军和赵明海表演的相声，看过陈玲玲和王丽萍表演的舞蹈《血染的风采》；在五一剧团，我还看过者晖和郭旭隽表演的《龟兔赛跑》，而每天下午放学时，都会定时听到学姐帅群英优美的歌声从教室传来。如果换到现在，这些同学应该都是影视明星吧。

那时的武都一中，条件很艰苦。初中部集中在操场北面的四层教学楼上，高中部设在进校门的几排平房中，一排两个班级。武都城在秦岭以南，年最低气温大多在-6℃左右，按国家规定没有取暖设施。冬天，学校教室取暖，全靠学生自己生火，取暖的煤是学校提供的。那个火炉，就是全班最暖和的地方。于是，生火就成了每班值日同学最不愿做又必须做的工作。轮到值日，必须起得大早，赶在同学早操后将炉火烧旺——绝不能让同学们在烟熏火燎中早读。虽然艰苦，想在回忆起来也很温暖。初中部四层教学楼的南面有一片平台，比操场高出一米左右，那里便是武都一中的舞台，学校的各种演出活动基本都在那里举行。同时，那里也是每周一全校学生集合时，校领导的讲台，每一个一中的学生，都在这里聆听过教导。班上开元旦联欢晚会时，班委要组织同学将教室打扮一番，挂上彩带，用可怜的班费买些包装粗糙的水果糖、瓜子；联欢会上，猜谜语、击鼓传花、表演节目，跳迪斯科、霹雳舞、交谊舞，现在回想起来，还是其乐无穷。

现在的武都一中，哦，不，应该叫"陇南一中"，我从未去过，听说设施和条件都不错。

回不去的 80 年代

我想，我们怀念武都一中可能是表象——真正隐藏在心灵深处的，应该是留恋开放包容、鲜艳明媚、青春激扬的 80 年代。我认为，此生最庆幸的事，是我们这代人上中学恰好在 80 年代。这让我们在最美好的年华，接触到最珍贵的事物。

那是一个真诚、单纯、温暖的年代，也是一个弥漫着激情与浪漫的年代。虽然封闭在山区中，我们还不能准确了解外界的变化，但大约在 1984 年，小城中逐渐出现了西装，出现了喇叭裤，出现了墨镜，出现了爆炸头，出现了"招手停"，出现了琼瑶的爱情，出现了三毛的撒哈拉，出现了金庸梁羽生古龙三剑客的情仇江湖，出现了粤语。能学说几句粤语，无疑是那时最时髦的事。

那是一个文艺清新，影视经典频出的年代。电影《少林寺》《庐山恋》《人生》《被爱情遗忘的角落》《高山下的花环》，电视剧《红楼梦》《西游记》《乌龙山剿匪记》、日本电视剧《血疑》、港剧《霍元甲》《上海滩》《射雕英雄传》等，如雨后春笋般，数不胜数，尤其是《上海滩》中黑帽、风衣、白手套的"周润发"和梳着两个麻花瓣的"赵雅芝"，更成为一个时代的标志，承载着我们对于那个纯真年代的集体回忆。

那是一个乐坛百花齐放的时代，涌现出崔健、毛阿敏、成方圆、杭天琪、韦唯、刘欢等一大批优秀歌手，留下《一无所有》《渴望》《童年》《爱的奉献》等一大批经典歌曲。《血疑》哀婉动人的日语主题曲《谢谢你》，被我们用谐音唱出来，至今仍能随口哼出："哇大西路，塞一那拉"（你的痛苦，这样深重）；有着可爱小虎牙的山口百惠和三浦友和俊朗的图片，贴满了中学生的各种课本——还记得王建敏同学的妈妈一怒之下烧掉所有山口百惠图片的轶事。台湾歌手邓丽君清丽空灵的《甜蜜蜜》和罗大佑深情忧郁的《光阴的故事》传遍小城。后来，我曾在台大和台师大的校园久久徘徊，不愿离去，只为寻找罗大佑当年的踪迹。《射雕英雄传》中由罗文和甄妮演唱的主题曲《铁血丹心》脍炙人口，而郭靖（黄日华）弯弓射大雕的眼神和黄蓉（翁美玲）嗲叫"靖哥哥"的声音是如此地真切，多年后忆及，仍充满感动。《红楼梦》中林黛玉哀婉动人的《葬花吟》，几乎每个女生都能低吟——当时显然是"少年不识愁滋味，为赋新词强说愁"。后来，邓丽君、翁美玲（黄蓉）、陈晓旭（林黛玉）都英年早逝。我有时也常常想："庄生晓梦迷蝴蝶"，是她们成就了80年代，还是80年代成就了她们？在光阴的故事中，我们仍然过着世俗的人生，而人间已无深情人！真可谓"而今识尽愁滋味，欲说还休，欲说还休，却道天凉好个秋！"

"但愿到那时，我们再相会，举杯赞英雄，光荣属于谁？为祖国，为四化，流过多少汗？回首往事心中可有愧？啊，亲爱的朋友们，愿我们自豪地举起杯，挺胸膛，笑扬眉，光荣属于八十年代的新一辈！"——这是那时非常流行的一首歌曲，体现出"天行健，君子以自强不息；地势坤，君子以厚德载物"的崇高精神和英雄气魄。

30年后，我们再次如约相会，当年的誓言犹在耳边。在80年代，我们幸运地踏上时代的巨轮，随潮流滚滚向前，经历并书写着我国改革开放40年的辉煌历史，见证了一个民族的奋斗和崛起，同学们也都成了各自岗位的弄潮儿。是的，我们为祖国流过汗！回首往事，我们无怨，亦无悔！

80年代，有我们国家最美好的记忆。

80年代，有我们武都城最良善的岁月。

怀念武都城，怀念武都一中，怀念80年代。

1989年，诗人海子在山海关卧轨自杀，也终结了一个时代。现将他的一首诗《面朝大海，春暖花开》抄录如下，与大家共勉：

从明天起，做一个幸福的人

喂马、劈柴，周游世界

从明天起，关心粮食和蔬菜

我有一所房子，面朝大海，春暖花开

从明天起，和每一个亲人通信

告诉他们，我的幸福

那幸福的闪电告诉我的

我将告诉每一个人

给每一条河每一座山取一个温暖的名字

陌生人，我也为你祝福

愿你有一个灿烂的前程

愿你有情人终成眷属

愿你在尘世获得幸福

我只愿面朝大海，春暖花开。

谨将此文献给所有的老师和同学。愿每一个人都能面朝大海，春暖花开。

2019年2月18日

后　记

父亲的愿望

从未想过，我此生也会出版散文集。

小学时，母亲曾经给我们订阅《儿童文学》《故事会》等刊物，期望在潜移默化的阅读中，提高我们的作文水平。遗憾的是，我生性不喜欢咬文嚼字，每次拿到散发着油墨香味的新刊，只是粗粗地浏览情节，对写作方法和技巧毫无兴趣。不过，母亲并不气馁，初中时又给我们增订了《少年文史报》《中学生》等报刊，而我也一如既往地随手翻翻，一扔了之。

大约初二时，学校宣传栏要张贴优秀作文，年轻的班主任便选了几个学习成绩好的同学，要求每人写一篇，其中就有我。我搜肠刮肚，认真炮制了一篇，题目是《我的妈妈》。大意是说我的妈妈多么美，妈妈在农村劳动多么辛苦，我在月夜是多么思念妈妈，不但涕泪俱下，而且抄了许多华美的词语进去。作文贴出去后，引起了同学们的不满："她妈妈就在城里当老师，我昨天还在街上见了，啥时去农村了？""她妈妈个子那么高，单眼皮,才不好看呢!"小心思被揭穿后,我无比尴尬,嗫嚅道:"我瞎编的……"在此风波后,我更不喜欢写作了。

高考后,我的志愿被父母偷偷修改,直接将我送到了陕西师范大学中文系。从此,我开始与文学有了某种关系。20世纪八九十年代,大学校园里弥漫着浓郁的书香,我们如饥似渴地读书,读得很杂很乱,但我并不热衷写作,平日除了家信,从未多写过一个字。后来,日子就在读书、教书的平淡岁月中慢慢流逝,直到2012年。

2000年秋天,在金融系统工作了40多年的父亲光荣退休,终于不再与文人眼中的"阿堵物"打交道了。父亲兴高采烈,重新捡拾起尘封已久的笔墨纸砚,开始认真地练字,并不断给我们写各种条幅。明知父亲的字写得并不出色,我们仍然积极地将他老人家的书法悬挂在各自的家中。这让父亲很开心。此外,父亲虽然从事金融工作,但是他却喜欢文学。退休后,父亲终于有了大把大把的时间,可以进行阅读和写作。他老人家笔耕不辍,亦时有诗文见诸报端。2012年,父亲索性将自己的诗文作品结集出版,书名就叫《随感录》。父亲动员我们写书评,尽管我从未写过,还是一口应允。《礼记》云:"孝子之养也,乐其心,不违其志。"庄子曰:"父母之所爱亦爱之,父母之所敬亦敬之。"只要父母喜欢,我们愿意尝试。

就这样,我在2013年写了第一篇书评《昔我往矣,杨柳依依;今我来思,雨雪霏霏——读父亲的诗文集〈随感录〉有感》。父亲读后,很是开心。2016年,父亲出版《续集》时,需要一篇序言,原本是他的老朋友张伯伯要写,但关键时刻,张伯伯却不慎病倒,出版社又催得急,父亲便将这一工作布置给我。接到命令后,我丝毫不敢怠慢,反复阅读父亲的诗文,几易其稿,并写成了第二篇书评,《道德文章传几世,到君合上三台位——再评〈随感录〉及其〈续集〉》。父亲将这篇评论印在《续集》的扉页，给人炫耀道："我家二小姐写的。"欣喜之情溢于言表。

2017年春节，父亲郑重地说："你们姊妹三个都是中文系的毕业生，还不如我一个外行。在我有生之年，希望你们兄妹四个都能出版一部作品集，这样就圆满了。"大家欣然应允，我却诚惶诚恐。哥哥喜欢诗歌，从中学时代就开始创作，不要说一本，出版一套诗集都绰绰有余。姐姐擅长写小说，写一部就能出一本书。妹妹读研究生时，就时有作品发表，现在每天从美国寄给父母的来信堆积成山，出版五部都富余，而可怜的我，却连一个字都没有。

我有些焦虑。父亲已垂垂老矣，我不敢耽误，不能耽误，不愿耽误。恰好2017年秋，我被派往石河子大学挂职，有了些许闲暇，便试着写作。我先从游记写起，慢慢写到物、写到事、写到人，并小有收获。如2019年9月9日，我的一篇散文《掀起石城的盖头来》，被石河子市文体局"文化石城"公众号推送，阅读量达到两万多。紧接着，石河子大学、陕西师范大学、《澎湃新闻》和《大学生》等公众号，以及《石河子大学报》《陕西师大报》都推送了此文。这极大地鼓励了我，给了我继续写作的勇气和信心。2020年6月23日，为了逗父亲开心，也为了给大家提供一个文学交流平台，我们兄妹开通了"岁月能言"公众号，主要用以刊发家人的作品。2020年8月18日，家乡武都遭受特大洪水灾害，我心急如焚，匆匆写成一篇散文《我那遥远的武都城》，刊发在"岁月能言"。没想到，这篇散文被广泛转发，阅读量达到4万多。后来，《甘肃日报》《掌上陇南》《陇南武都发布》和《武都文联》等公众号和刊物纷纷转载了此文。我有点小欣喜。父亲看到后，语重心长地说："你的散文情感真挚，但题材较为狭窄，语言太过朴素，以后要注意。"知女莫若父，父亲一针见血地指出了我的不足，我心悦诚服。

就这样，我写写停停，打算积攒到一定规模，就结集出版，呈送父亲评阅。谁知天意弄人，还未等我正式出版，父亲却于2021年8月3日撒手人寰！每忆及此，我就难过得无法呼吸，而悲伤、自责、懊悔更是如影相随，久久挥之不去。

日月不淹，春秋代序。父亲离世，已近一年。我想，该兑现对父亲的承诺了。

《格言联璧》云："父母所欲为者，我继述之；父母所重念者，我亲厚之。"此后经年，我希望自己能够像父亲一样，在奔跑和燃烧中度过人生，并用文字记录生活的美好，在生活中体会人生的沧桑。

是为记。

2022年6月28日